Danielle Thiéry

Le Festin des anges

ÉDITIONS FRANCE LOISIRS

Édition du Club France Loisirs,
avec l'autorisation des Éditions Anne Carrière et Susanna Lea Associates.

Éditions France Loisirs,
123, boulevard de Grenelle, Paris
www.franceloisirs.com

ISBN 2-7441-7522-6

À Pierre,
À Paul,
À Manon,
mes bons petits diables.

Sa tête se fit lourde et ses jambes, qui lui semblaient pourtant coulées dans du béton, se dérobèrent. Ses mains liées dans le dos ne lui furent d'aucun secours et il chuta en avant. Son crâne fit un bruit mou en heurtant le sol et une poussière nauséabonde pénétra les orifices de son visage. Il ne ressentit aucune douleur. Comment l'aurait-il pu, puisque la peur occupait toute la place ? Une peur primaire, insurmontable, à cause du noir autour de lui. Un noir intense, sans espoir. Et du silence, qui menaçait du pire.

Il renifla l'atroce odeur en même temps que la lumière, en halo aveuglant, percutait ses rétines. Il cilla violemment et des larmes jaillirent, se mêlant sur ses joues au sang et à la terre. Un contact furtif contre ses mains derrière son dos, un petit cri, un couinement énervé. Un effleurement sur son cou, si doux. Un moment il eut envie de s'abandonner mais un reste de conscience rescapé des substances chimiques lui intima de résister, de comprendre à qui appartenaient les petites pattes griffues qui lui agaçaient la peau, qui le frôlaient en des invites contre nature, tandis qu'il gisait, cloué au sol sous une lampe comme un insecte sur une table de dissection.

Sa vue fit le point sur un museau pointu, des yeux petits, curieux. Il se mit à grogner. Fort, le plus fort qu'il put. Sa gorge serrée ne libéra qu'un feulement rauque et ses yeux s'affolèrent tandis qu'une petite pince aiguisée attaquait sa lèvre. Il rejeta la tête en arrière pour échapper à la morsure.

Des pas ébranlèrent le sol, libérant un nouveau nuage de poussière âcre, et la lumière se fit moins vive. Les attouchements sur sa peau cessèrent, il ressentit à travers ses vêtements la chaleur légère d'innombrables piétinements. Les rats s'enfuyaient, contrariés.

Une ombre massive se pencha et lentement, à gestes précautionneux, délia les mains de l'enfant qui geignit de douleur. Pétrifié, il fixa intensément les lèvres qui remuaient tout contre son visage :

« Tu vas venir avec moi, ma jolie... »

Son cœur s'affola. Ma jolie ! Ma jolie ! Qu'est-ce que... ?

« Il faut te préparer... Tu es contente ? »

Sa tête encore embrumée entama une valse lente, il ferma les yeux cependant qu'une étrange sensation assaillait ses jambes dénudées jusqu'aux genoux et qu'un objet froid parcourait sa peau.

L'inconnu poussa un gloussement joyeux en promenant la caresse glacée sur ses avant-bras, son visage, autour de la bouche, sur la protubérance soyeuse du menton. Puis les abandonna pour redescendre jusqu'au pubis et aux testicules qui se recroquevillèrent.

Au-delà de la peur, l'enfant ne bougeait pas, ne pleurait pas, ne suppliait pas. Il n'était plus qu'une statue de terreur.

Survolté, l'individu le tira en avant.

Une fois remis sur ses jambes, il chancela contre un corps épais dont l'odeur bestiale recouvrit fugacement la pestilence du trou noir. Un instant, il redouta des baisers, des étreintes, les gestes obscènes auxquels il s'attendait depuis le début. Rien de tel ne se passa, à son grand soulagement. Au contraire, l'ombre le lâcha, s'éloigna.

D'un geste précipité, l'enfant se baissa pour remonter son jean. Il parvint à l'attacher malgré ses doigts tremblant comme ceux d'un vieil homme malade. L'autre réapparut, agitant un bout de tissu avec un sourire égrillard.

La peur revint du fond de son ventre, intacte. Que lui voulait-il ? L'habiller en fille ?

Et après ?

Son corps expulsa un long frisson, un sursaut de vie qu'il n'avait encore jamais éprouvé ni même imaginé. Son regard balaya l'espace, cherchant un improbable salut, résistant à la nausée qui tordait son estomac au contact de l'inconnu qui venait de se placer derrière son dos et effleurait ses reins. Le froid d'une lame qui trifouillait la ceinture de son jean et se faufilait sous le bouton déchira les derniers lambeaux de sa léthargie. Il se laissa glisser, échappa au couteau, battit l'air puant de ses mains. Au moment de s'étaler par terre, il aperçut l'objet qui luisait doucement dans la lumière blanche. Un rasoir ! Son cœur tressauta et ce fut comme si le coton qui emplissait son crâne s'enflammait. Son cerveau reprit sa place, retrouva sa fonction de machine à survivre.

En une seconde, le rasoir fut dans sa main. À grands coups aveugles, il moulina autour de lui, au jugé. L'autre couina, bras levés devant son torse pour se protéger. Il fit un bond de côté, projeta en avant sa main qui n'avait pas lâché le couteau.

L'enfant ressentit la violence du coup au niveau de sa taille en même temps que les gros doigts crochetaient son bras. De toutes ses forces, de tout son désespoir, il repoussa son assaillant qui, déséquilibré, lâcha prise et partit à la renverse.

D'un bond, la proie s'écarta de son bourreau et fonça, droit devant, sans savoir. La douleur à son côté et le liquide qui coulait entre ses doigts ne l'affolèrent que le temps qu'il lui fallut pour trouver une issue. Inespérée mais là, devant lui. Une trouée dans la nuit.

Sans plus y réfléchir, il fonça dans le noir.

1

Dimanche. Gare du Nord. Salle de vidéosurveillance

L'horloge accrochée au-dessus du mur d'images indiquait 16 h 38 quand il apparut sur l'écran numéro quatre de la rangée du milieu.

L'agent de sécurité Roger Lenfant eut un haut-le-corps et se redressa. L'articulation de son siège grinça et son cœur se mit à battre plus vite tandis que le prénom de son fils explosait sous son crâne. Il lui sembla même qu'il murmurait « Kévin ! » au moment où, sur l'écran, l'enfant glissait doucement contre l'émail blanc du mur avant de toucher le sol avec grâce. À la manière d'un danseur qui se disloque après avoir raté son entrechat.

Le surveillant se rapprocha de l'écran pour examiner l'adolescent affalé dans le champ de la caméra K28TF. De la main gauche, il actionna la commande qui dirigeait le zoom à distance. Le gros plan lui apprit que ce n'était pas Kévin.

Celui-là devait avoir treize ou quatorze ans, peut-être un peu moins, sûrement pas plus. Un doux visage de fille, des cheveux blonds coupés au carré et des vêtements passe-partout.

Dans son regard, Roger Lenfant repéra ce mélange de provocation, de terreur et d'appel à l'aide qu'il avait tant de fois surpris dans les yeux des gosses qui hantent la gare du Nord. Jusque dans les souterrains, les coins et recoins, en surface ou dans les sous-sols. Des petits mendiants harassés, des camés débutants déjà au-delà de leur vie, des prostitués des deux sexes. Partout, ils étaient partout. Jusque dans le petit couloir qui séparait la mezzanine de l'entrée des toilettes des femmes.

— Qu'est-ce qu'il fout, l'autre ? murmura Mathias, un rouquin râblé aux petits yeux vifs qui occupait la console voisine. Encore un toxico qui s'est gouré de chiottes ?

Un coup d'œil lui suffit pour s'aviser de la pâleur excessive de son collègue et des sillons qui se creusaient autour de sa bouche close sur d'insondables douleurs. Mathias retint un de ces commentaires stupides qui lui venaient à l'esprit une ou deux fois par minute et, finalement, se leva en annonçant qu'il allait pisser. Roger Lenfant hocha la tête sans cesser son observation.

Sur l'écran, à présent, des fantômes de femmes frôlaient le garçon dont les lèvres remuaient cependant que, de ses yeux exorbités, il cherchait à attirer leur attention. Pourtant, aucune ne lui accordait plus qu'un regard furtif en passant. Certaines slalomaient pour l'éviter comme pour s'écarter d'un danger. Puis la tête du môme opéra un quart de tour vers la gauche, du côté des cabinets dont la caméra ne livrait qu'une enfilade imprécise de portes, ouvertes puis refermées sur des inconnues de passage. Le surveillant lut dans les yeux clairs une brutale panique, tandis que les mains du petit s'agitaient avec frénésie. Son bras droit s'éleva à hauteur de son visage, il écarta les doigts, les referma et son poing serré vint frapper sa poitrine. Il refit le geste une autre fois et une autre encore jusqu'à ce qu'une ombre s'inscrive brièvement dans le champ de la caméra. L'enfant disparut, avalé par la silhouette massive d'un homme filmé de dos et vêtu de sombre. Roger Lenfant se mit à râler tout en frappant la console avec la souris qui lui permettait de manœuvrer les caméras.

— Casse-toi, connard ! gronda-t-il en imaginant d'avoir à faire à un agent de sécurité, un pompier ou un flic appelé à la rescousse par les passantes qui entendaient chaque jour les pires histoires sur l'insécurité dans les gares.

Dans le même temps, il songea qu'un professionnel faisant irruption, seul, dans les toilettes des femmes sans que le PC de sécurité de la gare n'en ait été averti, ce n'était pas conforme. Il se leva brusquement.

— Je vais voir, dit-il.

— Merde, non ! s'exclama le chef de poste qui trônait au centre de la salle. C'est pas ton boulot, Roger ! J'appelle la sécurité...

La main sur le téléphone, le chef se ravisa quand il reçut en pleine face le visage livide de son coéquipier et les cernes qui soulignaient ses yeux fiévreux.

— Mets l'enregistrement de côté, lança Roger Lenfant, le souffle court.

Il enfila un blouson et retira de son chargeur un des émetteurs-récepteurs alignés contre le mur.

Il lui fallut quatre minutes pour arriver sur place. La caméra K28TF couvrait une zone située au deuxième sous-sol, dans la partie baptisée « mezzanine », secteur 8, extrémité sud. Le sas était vide, l'adolescent avait disparu. À la place où il avait été filmé, le carrelage du mur s'ornait d'une large traînée rouge sombre et, sur le sol, quelques taches foncées formaient une couronne dans laquelle des semelles indifférentes avaient déjà pataugé. L'endroit était désert et le surveillant ne vit, s'approchant avec nonchalance, qu'une préposée au ménage poussant son chariot. Toutes les portes des cabinets étaient ouvertes, il en inspecta l'intérieur méthodiquement avant de s'intéresser à la femme de ménage.

— Mais qu'est-ce que vous faites ? s'écria-t-il en l'apercevant qui passait sa serpillière sur la flaque de sang.

Elle ne releva pas la tête, mais prit le temps de rincer son instrument dans un seau en plastique translucide dont l'eau claire vira aussitôt au rose pisseux.

— Arrêtez, nom de Dieu !

La femme obéit. Appuyée sur son balai, elle se contenta de tourner vers le surveillant un visage ingrat, dévoré par des lunettes aux verres épais qui lui donnaient l'air d'un hibou surpris par la lumière. Cette figure figée au regard sans couleur fit remonter la nausée dans la gorge de Roger Lenfant qui se détourna en grimaçant.

— Alors, qu'est-ce que je fais ? interrogea la chouette d'une voix aiguë. Je nettoie ou je vais regarder passer les trains ?

Roger Lenfant la fusilla du regard. Il aboya :

— Vous l'avez vu ?

— Qui ?

— Le jeune...

— Quel jeune ?

Il battit en retraite. De toute façon, c'était trop tard, elle avait lavé l'essentiel des traces.

— J'peux continuer mon boulot ? cria la femme dans son dos. J'ai pas que ça à faire, moi !

Il pensa à Kévin. Il pensa au sang de Kévin dont il avait gardé le goût dans la bouche un jour que le gamin s'était coupé le doigt et qu'il avait fallu ce geste de son père pour le calmer. Ce souvenir le fit trébucher.

Il sentit les yeux d'oiseau de nuit dans son dos tandis qu'il repartait vers la gare et il en éprouva de l'hostilité, une aigreur diffuse contre la « technicienne de surface » au ton provocateur.

« Encore une qui n'aime pas le travail et ne supporte pas l'autorité », songea-t-il en se baissant pour ramasser un bout de papier gras jeté par terre.

À côté de l'emballage vide, il repéra un cercle rouge foncé de un centimètre de diamètre cerné de gouttelettes minuscules. Un petit œil sanglant, puis un autre, un mètre plus loin. Puis encore un, et d'autres, intacts ou écrasés par les semelles des passants. Il atteignit ainsi le pied du grand escalator qui menait à la surface et s'y engagea.

En haut, la foule était plus dense. Après dix-sept heures, la plate-forme ferroviaire reprenait lentement de la vie. Il fallut un moment à l'agent Roger Lenfant pour découvrir de nouvelles petites taches rondes qui se perdaient dans la gare, chemin de croix d'un martyr inconnu. Courbé en deux, le nez à un mètre du sol, indifférent aux visages intrigués des voyageurs, il suivit les gouttes de sang.

2

Ballottée par les remous de la rame, Marion résistait à une envie farouche de s'assoupir, tandis que Nina, assise en face d'elle, triturait un plan de Paris avec une nervosité maussade. Les yeux mi-clos, Marion examina sa fille adoptive, ses traits fins et décidés, ses yeux clairs qui fixaient sans ciller, ses petits seins qui bosselaient le tee-shirt blanc minuscule, la jupe rouge qui découvrait ses jambes minces. Elle réprima un sourire attendri.

— Qu'est-ce qui te fait rire ? gronda Nina sur la défensive.

— Toi... Tu es belle, la plus belle fille du monde.

— C'est ça, oui, marmonna la petite qui se trouvait trop petite, trop fessue, courte sur pattes, nez trop gros, yeux trop clairs. Pas belle quoi.

Elle tourna la tête du côté de la vitre derrière laquelle défilaient les murs crasseux des tunnels et sur son front buté, Marion lut tout le désenchantement d'un dimanche après-midi raté. Deux heures de queue à la tour Eiffel, l'armada infranchissable des touristes, caméras en bandoulière, à l'Arc de Triomphe, tout ce dont la petite s'était fait une fête échoué lamentablement sur les réalités de la capitale. Marion tendit la main vers la sienne mais Nina se rencogna dans son siège en fronçant le nez à l'approche de la station Châtelet-Les-Halles et ses odeurs d'égout.

— J'en ai marre, dit-elle assez fort pour que toute la voiture, bondée, entende. Paris c'est pourri, c'est moche et ça pue. J'aimais mieux Lyon.

Marion ne trouva rien à répondre. Elle referma les yeux pour éviter les regards surpris de ses voisins les plus proches.

Elle aussi, à chaque instant, se disait qu'elle aimait mieux Lyon.

3

La cour des départs était encombrée par les taxis et les chariots à bagages. Le chemin des gouttes de sang s'était perdu juste avant les portes automatiques et l'agent Roger Lenfant tournait en rond. À deux reprises déjà, Mathias l'avait appelé sur le Motorola. Mais pas question de répondre, ce môme avait besoin de lui, il le sentait. De la même façon qu'il avait senti le fossé se creuser entre lui et Kévin. Il n'avait pas su, pas osé, pas voulu comprendre. Englué dans le quotidien, il n'avait même pas essayé. Et Kévin avait disparu. Volatilisé. Le vide qu'il laissait était insupportable.

Le surveillant revint vers l'entrée de la gare, à présent assuré que la trace sanglante s'arrêtait bien à la porte à déclenchement électronique qu'il regardait s'ouvrir et se refermer depuis trois bonnes minutes. Persuadé que la solution était là, tout près, il retourna sur ses pas. Quand il parvint à deux mètres de l'angle du magasin Relay, les cercles rouges réapparurent et le surveillant faillit crier de joie. Il pista les taches encore fraîches jusqu'à la batterie d'ascenseurs qui jouxtait la boutique de presse et desservait le parking souterrain. La porte de la cabine du milieu s'ornait d'une petite traînée brune. Une fois à l'intérieur, Roger Lenfant constata qu'il avait vu juste : les gouttes de sang y étaient nombreuses, en tas serré vers le fond.

La cabine entama sa descente, lourde, lente.

Le parking de la gare comportait sept niveaux. Restait à savoir à quel étage l'adolescent avait quitté l'ascenseur.

4

— On arrive ! émit la voix rogue de Nina par-dessus le grondement de la rame qui entrait dans la station Gare du Nord.

Marion, qui s'était endormie pour de bon, sursauta.

Elles suivirent le flot des voyageurs qui se hâtaient vers la surface en traînant des bagages énormes et, chemin faisant, l'humeur de Nina s'arrangea quelque peu. Habituée aux fréquentes sautes d'humeur de sa fille que l'entrée en adolescence mettait souvent à vif, Marion se garda bien de lui en demander la raison. En débouchant dans la zone banlieue de la gare, Marion constata que son téléphone mobile avait enregistré deux messages pendant qu'elles étaient dans le métro et elle s'arrêta à l'abri d'un magasin de chaussures pour les écouter.

— C'est la brigade, dit-elle à Nina qui contemplait la vitrine distraitement. Il faut que j'y passe.

— Et moi, je fais quoi ?

— Tu viens avec moi. J'espère que ça ne sera pas long.

— Je peux pas rentrer à l'appart' ?

Marion hésita une fraction de seconde. Leur logement n'était qu'à deux minutes de la gare. Au milieu d'un triangle délimité par gare du Nord, Barbès, Lariboisière. Un quartier « sensible », un melting-pot de toutes les formes de délinquance et de déviances. Complètement pourri, disait Nina, qui, des fenêtres du septième étage, assistait chaque jour ou presque à des bagarres entre dealers, à des affrontements violents entre zonards aux accents divers et variés. Marion, elle, était bien placée pour savoir que ce n'était que la face émergée d'un iceberg dont elle sentait quotidiennement la masse secrète enfler.

— Pas question, fit-elle en s'emparant de la main de sa fille avec fermeté.

5

Elles pénétrèrent dans le poste de police et une angoisse aiguë s'empara de Marion comme chaque fois qu'elle y mettait les pieds. Enterrés au deuxième sous-sol de la gare du Nord, les trois cents mètres carrés de la police des chemins de fer, compétente dans les gares et sur les réseaux ferrés, étaient des locaux borgnes et dégradés. La lumière des néons renforçait l'impression de laisser-aller due aux meubles déglingués et aux éraflures laissées par les dossiers des chaises contre les murs. La centaine de policiers qui s'y relayaient vingt-quatre heures sur vingt-quatre pour traiter les trente gardes à vue quotidiennes et les allées et venues incessantes des plaignants et des agents de la SNCF ou du métro semblait résignée à supporter cette ambiance de décrépitude. Les cinq autres implantations dans les gares de Paris étaient en tous points identiques à celle-ci, à une nuance près : le commissaire principal Edwige Marion, chef de service nouvellement promu, son état-major et la salle de commandement de la brigade se trouvaient ici, gare du Nord.

Les trois gardiens assis derrière la banque d'accueil se levèrent ensemble pour la saluer. Pas habituée aux hommes de troupe, elle n'en avait pas encore tous les réflexes et ses gestes étaient souvent gauches. Elle leur serra la main et Nina en fit autant, détaillant avec intérêt leurs cotes bleu marine moulantes et leurs cheveux courts. La troupe était jeune, et si la moyenne d'âge atteignait les trente ans, elle le devait à une poignée de brigadiers frisant la quarantaine. C'était l'heure de la relève et la passation des consignes se faisait dans une agitation bruyante.

Le couloir était envahi par une dizaine d'individus et deux chiens qui grondaient dès qu'un uniforme passait à portée de leurs crocs. Une faune odorante que la mère et la fille fendirent en évitant de respirer. Tout au fond, du côté de l'escalier qui conduisait à la salle d'information et de commandement protégée par une porte blindée, un homme seul, le dos appuyé contre le mur, paraissait assoupi sous son chapeau. Avant d'arriver à sa hauteur, Marion ouvrit une porte identique aux autres et fit entrer Nina dans son bureau, une pièce plutôt spacieuse bien qu'aveugle. Nina se dirigea d'emblée vers le récepteur de télévision qu'elle mit en route.

Quelqu'un frappa et un homme en tenue d'officier – pantalon bleu marine, chemise blanche – entra sans attendre la réponse. Grand, beau et mince, brun, des cheveux courts et une moustache noire, des yeux sombres avec de longs cils de fille. Marion le reconnut à ses oreilles décollées et put le nommer quand il ouvrit la bouche. Son accent du Sud-Ouest identifiait le capitaine Luc Abadie.

— Patron ! fit-il dans sa moustache en guise de bonjour.

Il avait l'air épuisé, sa chemise n'était plus très nette et ses doigts jaunes de nicotine indiquaient que les dernières vingt-quatre heures avaient été rudes.

— Le week-end a été chaud ? demanda pourtant Marion.

Il acquiesça d'un signe de tête et répéta en quelques phrases ce qu'il lui avait dit au téléphone de cette dernière affaire, l'apothéose de sa permanence, et la raison du ramassage des individus assis dans le couloir. Ils avaient tous traîné dans les parages au cours des heures qui avaient précédé l'issue de ce que le capitaine Abadie supposait être une « baston entre zoneurs de la gare ». Il cita le nom du premier et, pour l'heure, unique témoin de l'affaire. Roger Lenfant, 44 ans, employé à la salle de vidéosurveillance de la gare du Nord qui avait, après un périple par les parkings de la gare et ses arrière-cours, suivi la piste des taches de sang jusque dans le hall des urgences de l'hôpital Lariboisière où un jeune homme ensanglanté avait trouvé refuge.

— Le témoin n'a reconnu aucun des individus interpellés, soupira le capitaine. Il est à côté, vous voulez le voir ?

— Oui, fit Marion en se dirigeant vers la porte. Il y a quelqu'un à l'hôpital avec le blessé ?

— Le lieutenant Valentine Cara. J'ai dû la rappeler, elle était d'astreinte à domicile...

— Vous avez bien fait. On n'a pas son identité, je suppose ?

Cette question aussi était superflue. La plupart des zoneurs n'avaient pas de papiers sur eux. Sauf, parfois, des faux.

— Non, confirma Abadie. J'ai lancé une diffusion avec une photo d'identité que j'ai trouvée dans la poche de son jean et le substitut de permanence m'a demandé d'informer la brigade des mineurs. Selon moi, la victime a moins de quinze ans. J'attends qu'il ait subi les examens de croissance osseuse pour confirmation. Il est mal barré. Hémorragie interne suite à une blessure au foie par arme blanche. Pour l'instant, il est dans le coma.

— Quoi d'autre ?

— C'est tout. Enfin... Pas vraiment. Ses vêtements sont couverts de poussière.

— Vous avez déjà vu des SDF propres comme des sous neufs, vous ?

Abadie chassa une mouche invisible d'un geste las.

— Non, évidemment. Mais là, la poussière est abondante, jusque dans les poches. On dirait qu'il s'est roulé dedans.

— Le labo nous donnera son avis là-dessus. J'aimerais aller sur les lieux où ce monsieur... Lenfant l'a repéré pour la première fois.

Le capitaine Abadie eut l'air surpris.

— Quoi ? demanda Marion un peu vivement. C'est trop demander ?

— Non, non. Mais j'y suis déjà allé, j'ai fait les constates, l'IJ a fait des photos et des prélèvements, j'ai saisi les vidéos...

— Je vous fais confiance.

— Dans ce cas...

— Oui ?

— Rien, patron, on y va quand vous voulez.

Il jeta un coup d'œil sur Nina qui se tordait le cou pour suivre la télé et la conversation de sa mère en même temps.

— Nina, dit celle-ci, tu m'attends ici ?

— J'ai le choix ? grogna la petite.

Marion se dirigeait déjà vers la porte.

— Je peux pas venir avec vous ? hasarda Nina.

Le capitaine Abadie ne bougeait pas, mais quelque

chose de contraint dans son attitude mit Marion en garde : elle était en période d'observation. Tous ses faits et gestes, tous ses sourires, toutes ses colères, le plus anodin de ses mots étaient recensés, commentés, analysés par ses hommes qui en tireraient des conclusions sur son caractère. Elle le savait, elle n'était pas encore admise à l'examen de passage.

— Non, Nina. Ce ne sera pas long, je te le promets. On y va, Abadie ?

Avant de sortir, elle se retourna et croisa le regard de sa fille. Clair et tendre. Elle aussi, jour après jour, faisait passer l'examen à sa mère.

6

Les horloges numériques de la gare indiquaient vingt heures trente. Marion marchait vite pour regagner la brigade et le capitaine Abadie, fatigué, avait du mal à suivre. Elle n'avait rien trouvé de plus du côté des toilettes des femmes et les équipes de sécurité de la gare avaient commencé leurs rondes. Le trafic ralentissait, le dernier Eurostar se préparait à embarquer et les voyageurs pressaient le pas pour regagner leurs banlieues moroses. C'était le coup de feu pour les hommes de Marion, les heures les plus dures commençaient : les derniers trains, la peur pour les voyageurs solitaires et les tentations pour les loubards.

Dès la porte de la brigade, Marion entendit la voix de Nina et des timbres plus mâles qui lui faisaient écho, ponctués, ici et là, des coups de gueule excités des chiens.

— C'est pas chiant de glander toute la journée dans une gare ? À rien faire ?

— Eh ! poulette, tu nous as bien regardés ? Tu veux pas qu'on travaille, en plus !

Un barbu ventru éclata d'un rire provocant en se grattant l'entrejambe. Les autres l'imitèrent. Nina se planta devant un grand type aux yeux délavés qui la fixait d'un air lubrique et soutint son regard en fronçant le nez :

— Je sais pas comment vous faites pour vivre comme ça ! Ça pue vraiment ici.

L'homme lâcha une bordée de mots dans une langue étrange et brutale. Marion eut juste le temps d'attraper le bras de Nina et de la tirer dans son bureau dont elle claqua la porte avec violence :

— Mais tu es complètement folle ! explosa-t-elle. Je ne peux pas te laisser cinq minutes ? Je ne peux pas te faire confiance ?

— Qu'est-ce que j'ai fait de mal ? s'écria Nina en ouvrant de grands yeux.

— Tu ne sais pas qu'ils sont tous shootés, pleins de gnole et de coke ? La moitié sort de taule et l'autre moitié mérite d'y aller. Ces types sont des brutes, prêts à buter n'importe qui... Nina, vraiment, tu m'inquiètes !

— Mais je m'ennuyais, t'avais qu'à pas rester si longtemps.

Marion consulta sa montre en contournant son bureau d'un pas vif.

— Vingt minutes ! J'ai été absente vingt minutes ! Tu te fiches de moi !

Elle appuya sur la touche d'un interphone et aussitôt une voix d'homme répondit.

— Envoyez-moi le major. Dans mon bureau. Immédiatement.

Elle entendit Luc Abadie qui s'affairait de l'autre côté de la porte. Le dernier individu venait d'être signalisé, photographié. À toutes fins utiles, selon le principe qu'il fallait engranger des informations et les garder au chaud en attendant qu'elles servent. Il fallait encore coucher ces actes en procédure, boucler l'audition du témoin, ranger, passer à autre chose, rentrer. Le capitaine étouffa un bâillement quand Marion ressortit de son bureau pour pousser Nina dans le couloir :

— Je vous la confie cinq minutes, capitaine. Et si vous en avez fini avec ces zigotos, mettez-les dehors.

L'homme au chapeau assis au bout du couloir n'avait pas bougé. Marion interrogea Abadie à voix basse sans s'attarder sur l'individu :

— Il fait partie de la clique, celui-là ?

— Non, non, c'est un plaignant. On lui a volé ses papiers. Je n'ai pas encore eu le temps de m'en occuper.

Il avisa une gardienne qui tapait sur un ordinateur dans la salle de rapports.

— Quand tu auras fini, Nathalie, tu prendras la plainte de ce monsieur ?

La jeune femme acquiesça sans relever la tête alors que le major Morel sortait de la salle de commandement. Il jeta un regard anxieux en direction de Marion dont il avait compris qu'elle n'était pas de bonne humeur. Il perdit néanmoins une minute à écouter le rapport d'une patrouille qui terminait son service et une autre à ouvrir la porte de l'armurerie afin que les hommes y déposent leurs armes. Il était aux ordres, mais pas servile et il prit son temps, malgré

Marion qui manifestait son impatience en pianotant contre le chambranle de la porte.

Marion savait qu'amener sa fille à la brigade était aussi déplacé que de désigner un gardien pour veiller sur elle à son domicile quand elle était dehors pour le travail. Elle l'avait fait, pourtant, plusieurs fois.

« Si tout le monde s'octroyait les mêmes droits, ce serait un joli souk ici » reconnut-elle in petto alors que le major se dirigeait enfin vers elle.

Cet homme près de la retraite avait créé le service douze ans plus tôt aux côtés d'une femme commissaire divisionnaire, une ancienne qui avait laissé sa marque et que Morel vénérait. Le major, pivot et mémoire de la brigade, ne pouvait s'empêcher de la citer à tout propos et Marion redoutait de ne pouvoir supporter la comparaison.

À la différence de Luc Abadie, tout entier dédié aux affaires judiciaires, Morel ne traitait que de l'organisation des gardiens de la paix, de leurs tableaux de service, de leurs congés, de la discipline. Chaque journée apportait son lot de mauvaises surprises. Le major Morel dissimulait une poigne de fer sous une apparence enjouée et courtoise. Mais il y avait des jours où il n'en pouvait plus. Ce dimanche en était un et Marion, subitement calmée par son air exténué, n'eut pas le cœur d'en rajouter. Elle le fit entrer dans son bureau et écouta sans l'interrompre le bilan d'un week-end ordinaire, ou presque.

— Merci, major, murmura-t-elle en l'entraînant dehors. On verra la suite demain.

Elle désigna d'un geste le couloir vide, d'où même l'homme au chapeau avait disparu. Il ne subsistait des individus interpellés qu'une odeur nauséabonde, quelques détritus et une large flaque trouble répandue sur le sol carrelé. Un mégot flottait au milieu. Marion fronça le nez :

— Les chiens ?

— Je ne crois pas.

Le major Morel eut une mimique résignée. Il repoussa du pied quelques bouts de papier et héla un gardien assis près de la porte d'entrée, le regard braqué sur les écrans de surveillance où il n'y avait rien à voir. L'homme rétorqua qu'il n'était pas payé pour faire le ménage et le major dut se fâcher. Marion se mordit les lèvres pour ne pas intervenir. Le gardien avait raison, le ménage, il y avait des gens pour ça. Il n'empêche qu'elle lui aurait bien volé dans les plumes pour ce ton arrogant, cette fainéantise affichée sans vergogne, la veste pas boutonnée, le calot posé sur les genoux.

— Convoquez-le-moi demain, celui-là, dit-elle à Morel, sans être sûre que c'était la bonne méthode.

— Je m'en occuperai tout à l'heure, c'est préférable.

Il s'efforça de tranquilliser Marion :

— Vous verrez, vous vous y ferez, patron.

— Je ne sais pas.

Elle avait hâte de remonter dans son pigeonnier avec Nina, de la serrer contre elle sur le vieux canapé et de l'écouter s'endormir. D'un coup, à la manière d'une pierre qui tombe au fond de l'eau.

Ils firent quelques pas dans le couloir et Marion se baissa pour ramasser une canette de bière vide jetée là comme sur un tas d'immondices. C'est en se relevant qu'elle remarqua que la porte de l'armurerie était entrebâillée. Elle l'ouvrit en grand, du bout du pied. Morel la suivait de près et elle entendit distinctement son souffle s'accélérer. La pièce était vide, les armes alignées dans les râteliers au-dessus des bacs à sable où les hommes les manipulaient à chaque prise et fin de service.

— Vous avez une explication, major ?

— Non. C'est moi qui ai ouvert la porte quand la dernière patrouille est arrivée. Les gars auraient dû m'appeler ou s'adresser à la SIC pour refermer. Je vais demander un rapport.

Marion s'appuya contre une des tables où quelques carcasses éventrées attendaient un petit coup de chiffon. Elle examina la pièce étroite d'un regard inquiet :

— J'espère qu'il ne manque rien... fit-elle en cherchant sur le visage du major des raisons de se rassurer.

— Je ferai l'inventaire quand toutes les équipes seront rentrées.

Il s'effaça pour la laisser sortir. Elle s'arrêta près de lui, le fixa avec inquiétude :

— C'est toujours comme ça, ici ?

Le major Morel haussa les épaules sans se départir de son attitude un peu raide :

— C'est un grand service.

*
* *

Elle avait la main de Nina dans la sienne. La petite bâilla. Alanguie et fondante comme un sucre d'orge, elle se collait à sa mère en s'efforçant d'épouser son rythme. La gare était vide, livrée aux techniciens de surface qui, perchés sur leurs machines, commençaient le toilettage de nuit. Elles traversèrent la mezzanine et, après le grand escalator, émergèrent en surface. Un convoi entrait dans la gare, côté trains de banlieue, tous freins hurlants. C'était un des derniers de la soirée.

Une patrouille de la brigade en descendit, arpentant le quai d'un pas rapide en direction du poste. Les menottes, les matraques et les appareils de transmission cliquetaient en cadence. Les trois policiers n'avaient interpellé personne, le capitaine Abadie allait pouvoir se glisser dans son lit picot et soulager ses jambes lourdes, fumer une dernière cigarette avant de regarder le journal télévisé de la nuit.

Marion s'arrêta une seconde au bout du quai. Les hommes l'apercevant de loin, marquèrent leur surprise par une légère hésitation. Puis ils levèrent le bras droit avec ensemble pour la saluer. Nina pouffa :

— Tu trouves pas ça bizarre, ces saluts militaires ?

— ... Si.

— Et ça te plaît ?

— ... Oui.

Elles rirent et leurs voix percutèrent la voûte de verre à travers laquelle se dessinaient les ombres des statues majestueuses symbolisant les grandes villes du Nord. Nina singea les gardiens en claquant les talons, la main à hauteur du front, le regard levé vers les quelques oiseaux qui hantaient les terrasses des bars et, pour l'heure, cherchaient sous la verrière des coins pour nicher. Marion se retourna, redoutant que les gardiens aient pu surprendre Nina en train de se moquer d'eux. Mais ils avaient disparu, ne laissant persister dans leur sillage que l'écho assourdi de leurs brodequins.

— Insolente... Tu n'as pas honte ? Au fait, tu as fini tes devoirs ?

7

Marion avait eu du mal à trouver le sommeil. Franchir les quelques centaines de mètres entre la gare et l'appartement lui avait confirmé ce qu'elle ne savait que trop.

Des ombres louches les avaient frôlées, réclamant quelques pièces, agressivement. À l'angle Maubeuge-Ambroise-Paré, un attroupement les avait ralenties. Des dealers se disputaient un carré de bitume et d'autres paumés les motivaient en hurlant des insultes en cadence. Marion avait entraîné Nina au large et appelé le commissariat d'arrondissement depuis son téléphone mobile. Elles avaient pris la fuite sans attendre l'arrivée de police secours.

— Pourquoi t'es pas allée les séparer ? avait demandé Nina dans l'escalier, à hauteur du quatrième.

Marion n'avait pas répondu. Une barre lui sciait l'estomac et elle s'essoufflait plus vite depuis qu'elle avait remisé ses Nike au placard. Un renoncement qu'elle devait à sa mutation à Paris pour laquelle elle avait aussi sacrifié Gilles, le dernier homme qui l'avait aimée. Il était resté dans ses montagnes, incapable de comprendre son choix et pas assez fou pour tout plaquer et la suivre.

Alors qu'elle ouvrait la porte de l'appartement, Nina avait enfoncé le dernier clou :

— Ça serait bien si j'avais un portable.

— Un portable ?

— Oui. Un téléphone portable. Toutes mes copines en ont un. Je pourrais t'appeler et toi, tu saurais toujours où je suis.

Décontenancée, Marion avait remis la réponse au lendemain.

N'empêche que les bienfaits du bain chaud, du pyjama propre et de la tisane relaxante s'étaient fait attendre.

Elle avait finalement sombré vers une heure.

À une heure trente, elle rêva brièvement de Nina hurlant au secours dans un téléphone mobile et se dressa dans son lit, le cœur en folie. La sonnerie – Pulp Fiction avait remplacé Amazing Grace – cessa au moment où elle parvint à mettre la main sur l'appareil qui s'égosillait au fond de la poche de son blouson. Elle lut le numéro affiché dans la fenêtre. C'était celui de la brigade.

*
* *

— Je crois que c'est le moment où jamais, dit le capitaine Abadie. Il est conscient et je ne suis pas sûr que ça dure.

Marion serra ses bras sur sa poitrine en réprimant un frisson. Luc Abadie se pencha :

— Vous avez froid ? Vous voulez ma parka ?

Elle refusa d'un mouvement de tête. Ils venaient de franchir la petite place en arc de cercle qui donnait accès aux urgences de l'hôpital Lariboisière et, avant d'y pénétrer, Marion fit une halte, le temps de se retourner pour jeter un coup d'œil sur le bâtiment gris et triste dont elle distinguait l'arrière et les fenêtres éteintes du septième étage. Nina dormait là-haut. Seule, malgré le monde hostile qui l'environnait. Marion eut l'intuition que le capitaine était sur le point de faire un commentaire et elle se remit en marche.

— C'est l'hôpital qui vous a prévenu ? demanda-t-elle en franchissant le sas des admissions.

Il ricana :

— Vous voulez rire ? Depuis que je bosse à Paris, il ne m'est pas arrivé une seule fois qu'un hosto m'appelle pour que je vienne interroger quelqu'un. Même une victime.

— C'est un mineur...

— C'est pas ça qui les dérange. C'est Lenfant qui m'a prévenu.

Marion le dévisagea, se demandant si vingt-quatre heures de service d'affilée ne nuisaient pas à l'équilibre mental de son chef de quart. Abadie sourit furtivement de son trouble.

— Roger Lenfant, dit-il, le surveillant de la SNCF, c'est lui qui m'a appelé.

8

Décidément, ce Roger Lenfant ne désarmait pas. Plus tôt dans la soirée, il avait raconté à Marion comment il avait pisté le jeune blessé jusqu'à l'hôpital. Puis, tout ce qu'il avait fait ensuite pour lui jusqu'à venir à la brigade signaler l'agression dont il avait été victime et retourner à son chevet épier son réveil. À deux heures du matin, il était toujours sur le pied de guerre et la commissaire se demanda ce que pouvait cacher un tel acharnement. Elle cessa pourtant de se poser des questions quand elle aperçut le surveillant dans le hall, les yeux cernés de mauve et la chemise marbrée d'auréoles laissées par la sueur.

— Je suis revenu pour voir comment il allait, dit-il en désignant la zone de réanimation où reposait le jeune blessé de la gare.

— Et Valentine Cara ? s'enquit Marion.

— Elle est partie quand je suis arrivé, répondit Roger Lenfant dont le regard allait de Marion au capitaine.

— J'ai prévu une garde pour la nuit, se hâta de préciser Abadie qui avait surpris sur le front de sa chef un froncement de mauvais augure.

Il montra du pouce le hall derrière son dos. Un gardien de la paix, la casquette sur les genoux, lisait un magazine.

Elle écarta Roger Lenfant avec douceur et se dirigea vers la salle de réanimation. Le témoin la suivit, essoufflé :

— La lieutenant Cara est partie et, juste après, le môme a ouvert les yeux. J'étais content qu'il sorte du coma mais, quand il m'a vu derrière la vitre, il a paniqué. Une infirmière l'a entendu s'agiter, elle est entrée et je l'ai suivie. Le gamin essayait de parler, rien ne sortait. Je lui ai posé des questions, mais il était mort de peur. Il ne se calmait que quand l'infirmière me dissimulait à sa vue. Je me suis rendu compte, enfin… je crois qu'il a peur des hommes. J'ai pensé qu'il fallait vous avertir.

« Voilà pourquoi je suis là, songea Marion avec amertume. Le gamin a peur des hommes. Valentine Cara est rentrée chez elle, il n'y a pas d'autre femme pour s'y coller cette nuit et moi, je suis là, à deux minutes à pied… »

Parvenue devant la porte de la salle de réanimation, elle fit barrage aux deux hommes :

— Restez là. Les hommes lui fichent la trouille, non ?

Abadie tendit à Marion un objet qu'il venait d'extirper d'un sac noir. Une petite caméra numérique...

— Prenez ça, madame, dit-il. S'il vous fait des révélations exploitables autant qu'on les ait en mémoire.

Il lui expliqua rapidement le fonctionnement de l'appareil.

— Je ne savais pas qu'on avait ça au service, dit-elle, irritée de constater tout ce qu'elle ignorait encore.

— C'est un équipement perso... expliqua Abadie avec son sens de l'ellipse. Vous avez compris comment ça marche ?

Elle le toisa, ouvrit la bouche pour une réponse cinglante. Finalement, elle se ravisa et entra dans la pièce.

L'enfant était conscient, elle le voyait à ses paupières en mouvement, à ses lèvres livides qui se contractaient à chaque instant. Elle se pencha sur le visage pâle, effleura du bout des doigts la main qui reposait sur le drap. Il frémit et ouvrit les yeux lentement.

— N'aie pas peur, murmura-t-elle. Je suis là pour t'aider. Tu veux bien me parler ?

Il entrouvrit les lèvres et son haleine mêlée aux effluves de l'hôpital parvint jusqu'à Marion.

— Je vais te filmer, n'aie pas peur, répéta-t-elle doucement alors que les yeux du jeune homme se révulsaient sous l'effet de la panique.

Elle prit conscience de la blouse, de la charlotte et du masque dont on l'avait affublée. Sans réfléchir, elle fit glisser le bout de tissu qui dissimulait sa bouche en mettant dans ses gestes toute la bienveillance possible :

— Je suis de la police, n'aie pas peur. Tu es en sécurité ici. Comment t'appelles-tu ?

L'adolescent fixait la mini-caméra et le petit point rouge indiquant qu'elle se trouvait en mode enregistrement.

— Tu as bien un nom ?

Il revint à Marion, cligna des paupières plusieurs fois en remuant les lèvres.

— Tu ne peux pas parler ?

Une main blanche et fine s'éleva avec difficulté et exécuta quelques arabesques. Le blessé pointa l'index plusieurs fois sur Marion, tenta sans succès de se servir de son autre main immobilisée par une perfusion. Sa bouche forma quelques mots qu'elle ne put saisir.

— Je ne comprends pas ce que tu dis. Quel est ton nom ? D'où viens-tu ? Où sont tes parents ? Qu'est-ce qui s'est passé dans la gare ?

Le garçon s'affola, son regard braqué sur Marion. De nouveau, sa main se dressa.

— Je ne comprends rien, maugréa la jeune femme sans cesser de filmer.

Un remue-ménage dans son dos l'avertit que les choses allaient se gâter. Quand elle se retourna, une blouse blanche fonçait sur elle. Le médecin s'arrêta presque contre sa poitrine, pointant un doigt sur la caméra qu'à présent, elle braquait sur lui.

— Vous ne reculez devant rien.

Sèchement, il remit le masque en place devant ses lèvres :

— Et remettez ça ! On est dans un hôpital, pas dans un hall de gare.

— Est-ce qu'il vous a parlé, docteur ? éluda Marion avec calme. J'ai besoin de savoir qui il est et ce qui lui est arrivé.

— Sans blague ?

— Je fais mon métier.

— Le mien est de soigner et de guérir. Pas de torturer les gens pour leur faire avouer je ne sais quoi sur leur lit de mort.

— Leur lit de mort ?

Le médecin prit Marion par son bras qui tenait la caméra et l'entraîna hors de la pièce.

— Laissez-le tranquille, dit-il quand ils eurent rejoint Abadie et Roger Lenfant. Ses blessures sont graves. Il ne s'en sortira pas.

— Merde !

Sans autre commentaire, la blouse blanche voltigea et le médecin repartit vers d'autres morts en sursis. Consternée, Marion tourna la tête vers la chambre où clignotaient quelques lumières verdâtres. Le blessé inconnu venait de reperdre connaissance.

9

Elle se glissa doucement dans la chambre de Nina et, après avoir enjambé divers obstacles, s'agenouilla près du lit. Nina s'était mis en tête de repeindre ses murs en mauve et l'atmosphère était imprégnée d'une tenace odeur de peinture. La petite, couchée sur le dos, émettait un léger ronflement. Marion la contempla, attendrie par le pli enfantin de sa bouche entrouverte et par son grand front que dégageaient ses cheveux dorés étalés sur l'oreiller.

— Qu'est-ce que tu es grande, souffla-t-elle, pourquoi tu n'es pas restée petite, ma toute petite ?

Nina remua, sourit légèrement dans son sommeil

comme pour se moquer de sa mère et se retourna du côté du mur.

Quand le téléphone vibra dans la pièce voisine, Marion se précipita.

— Vous n'étiez pas couchée, patron ?

— Pas loin, marmonna-t-elle. J'espère que vous avez une bonne raison, menaça-t-elle, la gorge serrée.

Elle entendit nettement le soupir d'Abadie à l'autre bout.

— Roger Lenfant a découvert quelque chose d'important.

*
* *

— Quand j'ai regardé la vidéo que vous avez enregistrée à l'hôpital, ça m'a sauté aux yeux.

Le surveillant ne présentait plus aucune trace de fatigue. Et, visiblement, il était fier de lui.

Marion attendit la suite dans le calme presque absolu de la brigade. Tous les hommes étaient rentrés depuis un bon moment et il n'y avait que les équipes chargées du rapatriement des patrouilles encore en opération en banlieue pour trafiquer avec la salle de commandement. Deux gardiens seulement occupaient les consoles. La nuit ralentissait leurs gestes et le rythme des échanges radio, de plus en plus brefs, de plus en plus espacés.

Luc Abadie était l'unique officier présent. Il enclencha une cassette dans le magnétoscope et Marion revit pour la troisième fois la scène captée l'après-midi par les caméras de surveillance. Puis le capitaine lui tendit le caméscope numérique et elle fit défiler les images de l'adolescent sur son lit d'hôpital. C'était évident.

— Je vois.
— Ce garçon est sourd-muet. Il s'exprime par le langage des signes.
— Nom d'un chien, murmura Marion. Je me demandais pourquoi il me fixait avec autant d'intensité. Il essayait de lire sur mes lèvres !
— Exactement.
— Et moi qui parlais comme une dératée ! Il ne risquait pas de me comprendre ! Encore heureux que j'aie retiré ce foutu masque... Vous pouvez interpréter ce qu'il dit ?
— Pas vraiment, intervint Abadie. Il y a ce geste qu'il répète sans cesse, mais...
— À mon avis, le coupa Roger Lenfant, il a été agressé par cet homme qu'on voit de dos sur la vidéo. Si seulement on le distinguait mieux...
Marion releva la tête en reposant la caméra :
— Peut-être que quelqu'un a vu quelque chose, tout de même. Demain, il faudra lancer un appel à témoins.
Un silence s'installa. Marion fixa sur Abadie un regard interrogateur :
— Ça ne paraît pas vous emballer ?
Le capitaine rembobina posément le film, éjecta la cassette du magnétoscope et la glissa dans une pochette translucide.
— Cette gare voit transiter chaque jour plusieurs centaines de milliers de personnes, fit-il d'un ton neutre. Pour la plupart, ces gens prennent un train pour l'étranger et n'ont donc aucune chance de lire ou d'entendre nos appels...
— Alors quoi ? On plie bagages, on va se coucher ?
Marion se demanda ce que cachait cette apparence lisse, cette indifférence polie qui lui donnait envie de

prendre l'officier par le col et de le secouer, le secouer, le secouer. Elle éleva le ton :

— Ce gosse est en train de mourir et on ne va rien faire ?

— C'est vous le patron, dit Abadie sans baisser les yeux.

Un des gardiens de la salle passa la tête et fit signe au capitaine qu'il avait besoin de lui. La tension diminua à la sortie des deux hommes.

— Il ne faut pas laisser tomber, implora Roger Lenfant. On n'a pas le droit.

— Et qu'est-ce que je fais, là, d'après vous ? s'énerva Marion. Et d'abord j'aimerais comprendre...

Le surveillant s'était assis quand Marion avait commencé à visionner les bandes. Il se releva avec un peu de peine en se tenant les reins. Puis, en grimaçant, il porta la main à la poche intérieure de son blouson bleu, en sortit un porte-cartes qu'il ouvrit et tendit à Marion.

Sur un cliché de qualité moyenne, corné et usé par de nombreuses manipulations, un adolescent blond souriait. Une longue mèche voilait un de ses yeux et ses lèvres bien dessinées découvraient de petites dents parfaitement alignées.

— On vous a déjà parlé des disparitions ?

— Pardon ? Des disparitions ?

— Oui.

— Non.

Elle faillit ajouter que, quand bien même elle resterait dix ans ici, elle ne saurait jamais tout ce qu'on oubliait de lui dire.

— Avant Kevin, plusieurs garçons ont été portés disparus. Ça a commencé il y a deux ans, un peu plus peut-être. Ces jeunes fréquentaient la gare, ou y transitaient.

— Kevin, enfin... votre fils a disparu dans la gare ?

Roger Lenfant hésita une seconde avant de se rasseoir, harassé :

— Je ne sais pas. Je le pense, mais je n'en suis pas sûr. Il venait souvent à Paris, j'habite Sarcelles, dans la banlieue nord, il passait par la gare du Nord, forcément.

Le capitaine Abadie revenait, un petit cigare belge aux lèvres.

— Si tu rentrais chez toi, Roger ? suggéra-t-il en soufflant une ample bouffée trouble.

Le surveillant secoua la tête avec lassitude, se remit debout.

— Personne ne m'attend chez moi, dit-il avec un sourire contraint. Mais il est tard et je vous retiens, je suis désolé.

Il tendit la main à Marion, puis au capitaine Abadie. Une longue poignée de main, insistante, comme s'il pensait à quelque chose, tout à coup.

— Tu sais que le bureau garde un stock de bandes, depuis plusieurs années...

— Oui, dit Abadie. C'est bien.

Marion attendit la suite. Abadie, lui, ne sautait pas d'enthousiasme. Le surveillant se permit d'insister :

— On pourrait les visionner.

— Écoute, Roger, j'ai pas le temps, là. On verra ça plus tard.

— Bon d'accord. Enfin, tu sais que je les ai. À demain ?

— Ah ! demain, sûrement pas ! répliqua le capitaine en secouant la cendre de son cigarillo au-dessus d'une corbeille à papiers. Je suis de repos. Trois jours. Mais

Valentine Cara sera là et les collègues de jour vont prendre la relève.

Marion raccompagna Roger Lenfant jusqu'à la porte et le regarda s'éloigner d'une démarche qui flottait un peu.

Elle éprouva une forte envie d'en faire autant, de remonter chez elle en plantant là son chef de quart indifférent. S'étant retournée, elle le vit qui repartait déjà vers son lit de camp, impassible.

Elle claqua la porte avec violence et Abadie, d'instinct, rentra la tête dans les épaules.

10

La grille grinça légèrement sous la poussée de Nina. La petite jaillit sur le trottoir, serrée de près par une silhouette plus menue qui la rejoignit d'un bond. Ange-Lou, une brunette aux yeux noirs étirés vers les tempes, s'abattit sur elle en riant et elles restèrent un long moment ainsi, accrochées l'une à l'autre, imitant Gervaise, leur professeur de théâtre :

— Allons, les filles ! gronda Nina d'une voix de basse éraillée et brusque, on met de la tripe dans son jeu ! C'est quoi, ce filet de voix ? Ça ressemble à quoi ces gesticulations ? Allez, qu'on y croie, merde !

— Toi la miss, c'est combien de piges que t'as aujourd'hui ? enchaîna Ange-Lou sur le même ton en brandissant le classeur vert dans lequel elle rassemblait ses textes. Treize ? Tu parles d'un petit bout de cul !

Les filles rirent de plus belle. Ange-Lou venait de fêter son anniversaire avec les élèves du cours et

Gervaise avait apporté une bouteille de champagne. Même partagées en seize fonds de verre, les bulles n'étaient pas étrangères à leur gaieté.

D'autres filles et garçons sortirent à leur tour, dans le même état, et s'éloignèrent par petits groupes de deux ou trois. Puis les lumières de l'ancien garage devenu théâtre grâce à Gervaise Bousse furent éteintes au fond de la cour et le pas lourd du professeur mit un bémol à la surexcitation des filles. La grosse femme enveloppée dans un châle bariolé s'arrêta près d'elles, une cigarette aux lèvres.

— Vous auriez pu enlever vos peintures de guerre, remarqua-t-elle de sa voix enrouée. C'est vos mères qui vont être contentes ! Qu'est-ce que vous attendez ?

— Ma mère justement, affirma Nina. C'est elle qui vient nous chercher ce soir. On va au McDo...

Gervaise n'avait pas d'enfants. Mais vingt élèves au cours de théâtre, seize à l'expression corporelle et autant d'adultes dans les mêmes spécialités, à des jours et à des heures différents. Ses sourcils épilés finement se rapprochèrent :

— C'est sûr, ça ?

— Évidemment. Pourquoi je raconterais des histoires ?

— Va savoir !

— On voit que tu connais pas ma mère.

Nina émit un petit rire forcé :

— Même chez moi, enfermée à double tour, elle me laisse pas toute seule.

— Bon.

Gervaise regarda sa montre et le cul de sac désert au fond duquel se cachait le minuscule théâtre. La nuit était plutôt douce et un léger voile brumeux enveloppait les réverbères. Il pleuvrait demain, sans doute.

— Elle est en retard, dit-elle encore, hésitant à partir.

— Elle est toujours en retard, ricana Nina, mais c'est bon, tu peux y aller, elle va arriver.

— Tu es sûre ? Tu ne veux pas que je fasse un bout de chemin avec vous ? Ou que je vous dépose quelque part ?

— Non, je t'assure. Elle va venir.

Le professeur de théâtre effleura la tête de Nina. Elle n'était pas portée sur les effusions et si Ange-Lou eut droit à un petit baiser sur le front, c'est uniquement parce que c'était son anniversaire. Elle désigna le classeur qui pendait au bout du bras de l'adolescente :

— Pour la prochaine fois, il faudra bosser un peu plus, hein, les donzelles ?

Les filles acquiescèrent et Gervaise se mit en marche, épaisse et nonchalante.

Puis, le moteur de sa vieille Simca déchira le silence et quand elle se fut éloignée, les deux amies se regardèrent, plus tellement sûres que tout était bien.

11

Le capitaine Abadie tapotait le bord du bureau avec son tonfa, ce long bâton de défense à poignée affecté à chacun des hommes et femmes de la brigade et qu'ils portaient au côté quand ils revêtaient la tenue d'intervention : cote bleue, rangers, calot. Les galons fixés par du Velcro sur la poitrine étaient le seul détail qui différenciait les officiers des gardiens de la paix. Marion, en arrivant ici, avait accepté les règles du jeu et abandonné son immuable panoplie jean-perfecto-paraboots pour revêtir tantôt l'uniforme classique des commissaires tantôt cette combinaison de toile bleu marine ignifugée qui épousait étroitement ses formes.

Elle fixa le mouvement de la matraque, obnubilée par la répétition du geste autant que par le silence qui régnait dans la pièce.

— Qu'est-ce qu'il y a, Abadie ?

Provenant du couloir et des autres bureaux, des bruits familiers filtraient à travers les murs. Portes qui claquent, gardés à vue qui crient, coups de gueule des gardiens. Interpellations, rires et, à intervalles réguliers, les grondements des rames de métro et des trains qui ébranlaient les murs et faisaient trembler sur le bureau de Marion le rond blafard de sa lampe.

— Il faut que je rentre.

— Vous êtes fatigué ?

— Non. Je dois rentrer, c'est tout.

— O.K. !

Marion entreprit de former une pile avec les papiers épars sur son bureau. Elle s'était pourtant juré de ne pas se laisser envahir par cette paperasse qu'en toute logique le micro-ordinateur flambant neuf était censé réduire à néant. Ses gestes étaient saccadés, beaucoup trop nerveux. Abadie cessa de jouer avec son tonfa.

— Je pressentais que cette opération ne nous mènerait nulle part, dit-il de son habituel ton morne.

— Il fallait la faire, affirma Marion en rajustant son ceinturon autour de sa taille.

Ce truc la gênait, surtout les menottes et l'étui de revolver qu'il fallait y suspendre. Le Manurhin pesait lourd sur sa hanche et la fatigue de cette journée interminable plus encore.

— On recommence demain, jusqu'à ce qu'on trouve

quelque chose, s'obstina-t-elle. On y mettra tous les civils et les gardiens disponibles s'il le faut.

— Bien sûr.

Elle l'observa à la dérobée. Comme toujours, sérieux, lisse, indéchiffrable. Contrairement à ce qu'il avait affirmé la veille et en dépit des vingt-quatre heures qu'il venait de tirer, il était revenu vers midi. Rasé de près, droit dans ses boots impeccablement cirés. Marion n'osa pas lui demander s'il comptait récidiver le lendemain, amputant un peu plus encore le temps de repos auquel il avait droit. Elle n'en eut d'ailleurs pas le temps. Valentine Cara entra après avoir frappé un coup bref.

— Quarante-huit, dit-elle en posant une liasse de papiers sur la table.

Le lieutenant Valentine Cara, trois ans seulement de maison, signifiait par là que les quarante-huit personnes interpellées dans la gare au cours de l'après-midi avaient été soumises aux investigations que la loi autorisait en pareil cas. Sans résultat.

La seule bonne nouvelle de la journée venait de l'hôpital : le jeune inconnu vivait toujours. Il n'avait pas repris connaissance et aucun médecin ne voulait parier sur la durée de ce sursis mais on avait le droit d'y croire.

Marion se tourna vers le tableau qui occupait tout un pan de mur en face d'elle. Une jeune femme envoyée par un centre d'aide aux sourds et malentendants avait décrypté les signes enregistrés sur les bandes vidéo puis les avait reproduits avec soin au marqueur sur la surface blanche. Leur succession ressemblait à une bande dessinée.

« Au secours » « Aidez-moi » « Au secours ».

L'orthophoniste avait également pu lire sur les lèvres

de l'adolescent les appels muets qu'il lançait à la ronde et qui disaient à peu près la même chose.

— Au fait, Abadie ! fit Marion avec une grimace, les centres, ça donne quoi ?

— Négatif, répondit la voix neutre. J'ai mis deux gars sur les recensements et pour l'instant on n'a aucune disparition signalée dans les établissements spécialisés de la région Île-de-France. On élargit.

— Pensez à la Belgique, au Luxembourg, à la Suisse, à... enfin, vous me comprenez.

Francophone, avait dit la jeune femme de l'association. C'était en français que le garçon avait exprimé sa terreur.

12

— Ah ! Nina !

Le cri d'Ange-Lou rebondit sur les murs aveugles de l'impasse. C'était une de ces anciennes cours d'artisans aujourd'hui occupées par quelques artistes ou associations sur le modèle de celle que pilotait Gervaise et qui ne s'y activaient que le jour ou en début de soirée.

L'homme avait surgi de l'ombre sans que rien ne l'eût annoncé. À peine un frôlement, un infime déplacement de l'air.

— S'il vous plaît, mademoiselle...

Ange-Lou n'osait pas lever les yeux. Elle avait trop peur et tremblait soudain de façon inexplicable. L'homme lui posa une question tandis qu'elle fixait le bas de son pantalon, une sorte de fuseau noir emprisonné dans des chaussures montantes. Elle entendit ses mots, en comprit vaguement le sens. Elle lui répondit d'une voix oppressée en jetant un bref coup d'œil sur sa gauche, espérant que Nina allait réapparaître.

— Ah, fit l'homme, et il y avait de la déception dans sa voix.

Son immobilité fit peur à la fillette.

— Nina, reviens ! cria Ange-Lou paniquée.

Les pas de son amie se firent entendre et l'homme recula dans l'ombre d'un jardinet en friche.

— Qu'est-ce qu'il y a ? Pourquoi tu cries comme ça ?

Un moment, Nina se montra dans la lumière un peu voilée du réverbère planté devant la grille du théâtre. Le regard de l'homme se fit perçant tandis qu'il la détaillait de haut en bas. Ce visage étroit encadré de cheveux raides et blonds lui rappelait quelqu'un.

Malgré la nuit et son visage maquillé, il reconnut Nina.

— Je sais pas ce qu'elle fout, râla Nina. Elle exagère. On va pas passer la nuit là.

Ange-Lou jeta un regard craintif dans la direction où s'était retiré l'homme. Elle ne le voyait plus mais elle sentait qu'il était encore là.

— Si j'avais un portable, poursuivit Nina, je pourrais l'appeler.

— Elle nous a oubliées ?

La voix d'Ange-Lou tremblait un peu. Nina prit conscience brusquement du froid qui mordait ses jambes découvertes et de la faim qui crispait son estomac.

— Écoute, dit-elle, on va pas l'attendre jusqu'à demain. On rentre à pied.

— Mais où tu veux aller ? protesta Ange-Lou.

— À la gare, elle est sûrement encore là-bas en train de bosser. C'est même pas à dix minutes.

— Et si elle n'y est plus ? Si elle est en route pour nous retrouver et qu'on la rate ? Tu sais qu'elle ne voudrait pas qu'on le fasse.

Nina se rapprocha d'Ange-Lou et constata qu'elle frissonnait plus fort.

— Arrête de paniquer. J'ai l'impression d'entendre ma mère : fais attention, méfie-toi, fais pas ci, fais pas ça... Toujours les j'tons pour rien. Et qu'est-ce que tu regardes ?

L'homme s'était remis en mouvement. Il s'avança, la tête tournée vers les grilles rouillées et les constructions borgnes. Sa démarche était lourde et maladroite, sa silhouette épaisse. Alors qu'il passait devant les filles en leur tournant le dos, elles remarquèrent qu'une de ses jambes traînait, provoquant un fort déhanchement. Nina, le premier moment de surprise passé, le regarda s'éloigner et interrogea Ange-Lou du regard.

— Oh mon Dieu ! fit son amie dont les dents claquaient maintenant.

— Qu'est-ce qu'il fait là, celui-là ? s'inquiéta Nina.

Ange-Lou le lui dit.

— Nina, j'ai peur, ajouta-t-elle très vite.

— De lui ? Non, mais tu plaisantes ? T'as vu la touche ?

Pour distraire Ange-Lou, elle se mit en devoir d'imiter l'homme et sa drôle de façon de marcher.

Il n'avait parcouru que quelques mètres quand les mots moqueurs de Nina claquèrent à ses oreilles. Déjà, sa seule présence avait fait monter en lui une violente tension, l'impression vertigineuse d'une menace. Sa gouaille à présent le révulsait. En tournant à peine la tête, il vit la fillette qui le singeait. Il se trouva propulsé dans le temps, au milieu d'une cour d'école où quelques enfants cruels lui adressaient les mêmes grimaces. La rage crispa ses nerfs, si fort qu'il pouvait les sentir se mettre en boule sous sa peau tandis que les cris d'une femme en colère – tu as sali ta robe, tu es sale – vrillaient ses tympans.

Quand les filles éclatèrent de rire dans son dos, sa hargne explosa, la vague rouge noya son cerveau au point qu'il dut se cramponner à sa voiture pour ne pas choir sur le trottoir.

13

— Parlez-moi de ces disparitions, dit Marion en rendant à Valentine Cara la liasse de fiches signalétiques qu'elle venait de feuilleter sans rien y trouver qui pût faire avancer l'enquête en cours.

Elle fixait la grande jeune femme brune aux yeux verts et à l'allure androgyne accentuée par la tenue bleue, mais c'est à Luc Abadie qu'elle s'adressait puisqu'elle croyait savoir, par le surveillant Roger Lenfant, qu'il avait travaillé sur ces affaires.

— Vous y tenez vraiment ?

— Mais enfin, capitaine ! s'insurgea Marion, vous avez de drôles de questions ! Rien ne vous intéresse, ou quoi ?

— C'est un genre qu'il se donne, grinça Valentine Cara, et Marion comprit qu'elle n'était pas la seule à être désarçonnée par l'attitude du capitaine Abadie.

Il était allé se changer pendant que Marion lisait les fiches. Il avait revêtu un pantalon gris et un pull léger en coton noir. « Un beau gars », avait pensé Marion qui ne l'avait encore jamais vu en civil.

— Je ne suis pas accro au genre beau ténébreux qui se la joue, ajouta Valentine avec ironie. Et vous, patron ?

— Il y a deux ans et demi, coupa Abadie dont les yeux s'étaient mis à briller de manière inattendue, un garçon de quinze ans a disparu. Il zonait dans la gare, on l'envoyait régulièrement dans un foyer, il revenait toujours ici. Il vivait de petits trafics et sûrement de prostitution. Il n'avait pas de famille identifiée, on ne l'a jamais revu.

Marion traduisit : personne ne le cherchait, on ne l'a pas trop cherché non plus.

Abadie lut le commentaire dans son regard.

— On a d'abord cru qu'il avait changé de secteur ou même de ville, rectifia-t-il. Comment savoir avec cette population volatile ?

— Ce n'était pas le cas ?

Il fit un signe bref de la tête :

— Je l'ignore. Ses copains de la gare ont fait beaucoup de foin. Ils affirmaient qu'il lui était arrivé malheur mais ils n'ont jamais pu dire quel genre de malheur, hélas. Six mois plus tard, on en a perdu un autre. Cette fois, c'était un peu différent, le gamin était signalé en fugue. Bonne famille du Nord mais recherches tout aussi négatives. Pas de corps, pas de nouvelles. Il y en a eu deux autres après. On n'en a retrouvé aucun.

— Vous en avez conclu quoi ?

Abadie haussa les épaules :

— Rien. Pour moi, ils sont partis, ailleurs, dans une autre ville, un autre pays. S'il leur est arrivé des bricoles, ce n'est a priori pas ici, puisqu'on n'a pas retrouvé de corps... Mais tout le monde sait qu'ils finissent souvent comme ça, à cause d'une overdose ou d'un mauvais coup. À part le gamin en fugue du Nord, c'était des paumés, des mômes au bout du rouleau...

— Le fils de Lenfant aussi ?

Abadie enfonça ses mains au fond de ses poches :

— Le pauvre se fait des idées. Son gosse, il s'est tiré en Amérique, rejoindre sa mère qui s'est fait la malle avec un indien Navajo... Y a que lui qui ne veut pas l'admettre. En plus, il est majeur...

— Patron, les interrompit Valentine Cara, il faut qu'on libère les guignols. On va dépasser les délais. Ils sont tous à la rue, mais bizarrement, ils savent trouver des avocats quand il faut...

— D'accord, fit Marion en levant la main. Vous avez raison, il faut en finir.

Abadie poussa un soupir imperceptible.

Marion se mit en mouvement et lui fit signe de la suivre :

— Demain, je veux les dossiers de ces disparitions sur mon bureau.

14

Elles entendirent rugir un moteur puissant. Un gros engin, équipé d'un moulin qui ronflait dans les basses, quitta l'alignement des voitures garées dans l'impasse et n'alluma ses feux qu'au moment où il tournait l'angle pour disparaître.

— Tu vois, dit Nina, il est parti. T'es vraiment qu'une sacrée trouillarde.

Elle faisait la brave. Pourtant, un petit moment, elle n'en avait pas mené large.

— J'ai envie de rentrer, pleurnicha Ange-Lou. J'ai froid.

— Bon, se décida Nina, on va chez toi, c'est plus près d'ici que la gare. De là, on appellera Marion. Tu vas voir ce que je vais lui jouer !

— D'accord, accepta Ange-Lou.

Nina prit la main de son amie et elles partirent en pressant le pas. Au bout de la ruelle, elles débouchèrent sur la rue du Delta, à peine plus large et tout aussi déserte. Bizarrement, le silence et le vide leur redonnèrent confiance.

— Tu vois, tout va bien, dit Nina après s'être assurée que l'homme en noir avait bien pris le large.

Ange-Lou se força à rire :

— Je suis pas vraiment courageuse.

Elles atteignirent l'avenue Trudaine et là non plus, il n'y avait pas foule. Un taxi descendait de Pigalle à vitesse réduite. Sur le trottoir opposé, un homme ouvrait une porte cochère. Le pêne claqua et les filles se retrouvèrent seules. C'était l'heure du repas pour les attardés, de la télé pour d'autres. Sans doute les enfants studieux étaient-ils déjà couchés. Progressivement pourtant, la tension d'Ange-Lou cédait du terrain.

— J'ai pas fait mes maths pour demain, fit Nina qui se décontractait aussi. Et toi ?

— Non plus. Quand je les aurais faites ? Elle nous a donné l'exercice ce matin, la mère Dupuc...

— La mère Tupuduc... renchérit Nina.

Ange-Lou éclata de son rire gracieux et son amie, mime incorrigible, imita quelques-unes des manies de la prof de maths.

Soudain, le bruit sourd d'un six cylindres enfla dans

leur dos. De nouveau, la main d'Ange-Lou se crispa sur celle de Nina qui cessa ses singeries et accéléra le rythme. Le véhicule les dépassa sans ralentir. Il s'éloigna et disparut, caché par les arbres dont les feuilles commençaient à changer de couleur.

— C'est lui, tu crois ? haleta Ange-Lou qui courait presque.

— Penses-tu ! mentit Nina. L'autre voiture était plus grosse. Tu te rappelles pas le gros type avec sa jambe de bois ?

S'appuyant sur son amie, elle se mit à boiter en soufflant fort dans l'espoir de la faire rire. Mais ses grimaces ne parvinrent pas à détendre Ange-Lou.

— Oh ! t'as vraiment trop les pétoches ! T'es pire que Marion, tiens !

L'avenue s'élargit et la masse du lycée Jacques-Decour surgit à quelques mètres, plongée dans la nuit. Sombre et abandonné, tout comme le square d'Anvers qui le séparait du boulevard de Rochechouart. Les filles n'étaient plus qu'à cent mètres de l'immeuble d'Ange-Lou. Nina percevait l'angoisse de son amie à la façon dont elle se cramponnait à sa main. Ange-Lou résista quand Nina bifurqua vers l'entrée du passage qui, entre le lycée et le square, reliait l'avenue Trudaine au boulevard et donnait accès à un parking souterrain dont l'enseigne apparaissait au-dessus des arbres.

— Allez, grouille ! ordonna Nina qui commençait à s'énerver. Moi aussi j'ai faim.

Elle n'avait pas osé dire « froid » ou « peur ». Ange-Lou céda, à contrecœur.

C'est quand elles furent parvenues au milieu du passage qu'elles virent qu'il était là.

Le gros 4 × 4, tapi dans l'ombre épaisse, moteur arrêté, tous feux éteints. L'obscurité ne permettait pas de distinguer son conducteur, mais Nina eut l'intuition qu'il n'était pas au volant. Ange-Lou s'était figée, agitée de tremblements.

Quelque chose claqua derrière elles. Elles tournèrent la tête en même temps, les jambes fauchées par la peur. L'homme en noir braquait sur elles un petit fusil qu'il tenait d'une seule main, collé à sa hanche. Il gardait sa tête penchée en avant, le visage dans l'ombre d'une visière de casquette qu'il ne portait pas quelques instants auparavant. Il fit deux pas en avant et se retrouva si près d'elles que Nina perçut son odeur. Déplaisante.

— Regardez devant vous ! ordonna-t-il d'une voix suave. Et couchez-vous, face contre terre !

Ange-Lou tremblait si fort que Nina pouvait entendre ses dents s'entrechoquer. Elle-même avait du mal à assimiler les ordres. L'homme s'impatienta, il haussa le ton, à peine :

— Couché ! J'ai dit : couchez-vous par terre. À plat ventre !

Les filles n'obéirent pas assez vite à son goût. De la pointe du canon, il poussa Ange-Lou qui trébucha. Elle ouvrit la bouche pour crier :

— Silence, gronda l'homme. On se couche en silence ! Sinon, crac !

Dépassée, Ange-Lou s'exécuta. Le classeur vert produisit un bruit sec en heurtant le sol, celui d'une gifle lancée à toute volée.

Nina réfléchissait. À toute vitesse, elle tentait de se souvenir de ce que Marion lui rabâchait chaque jour ou presque et qui l'agaçait tant. « Tu ne résistes pas devant une arme, tu obéis, tu fais ce qu'on te dit ! Il faut gagner du temps. Ne pas mettre sa vie en danger. »

C'était facile dans le confort douillet du salon. Là,

dans la nuit, elle n'était plus très sûre de ce qu'elle devait faire. L'homme décida pour elle en lui assénant un coup violent derrière les genoux, dans les creux poplités. Elle partit en avant, la tête la première, et faillit se la fracasser contre le bas de caisse du véhicule.

— Les mains sur la nuque !

Nina perçut le sanglot de panique d'Ange-Lou en même temps qu'elle sentit sa chaleur contre son flanc.

« Obéis, gagne du temps ! disait Marion en arpentant la pièce. Essaie de parler, si tu peux, les mots désarçonnent l'adversaire. »

Et Nina l'écoutait à peine. Comment une chose aussi incroyable aurait-elle pu lui arriver ailleurs que dans l'imagination de sa mère ?

— Monsieur, s'il vous plaît, dit-elle d'une voix altérée, qu'est-ce que vous nous voulez ?

— Silence ! répéta l'homme en noir, n'essaie pas de m'avoir. Tais-toi, obéis !

— Je m'excuse, je ne voulais pas me moquer de vous tout à l'heure, c'était pour rire... C'est à cause de ma copine, c'est son anniversaire, on a bu du...

— Silence ! s'énerva l'individu dont le pied atterrit avec méchanceté dans le dos de Nina qui poussa un petit cri de douleur. Vous ne bougez pas, espèce de petites garces... ou je vous flingue. C'est compris ?

« Au secours, maman ! hurla Nina dans sa tête. Qu'est-ce que je fais maintenant ? Bon Dieu, je me rappelle plus ce que tu me disais après "essaie de parler"... Marion, au secours ! »

L'homme s'était éloigné sensiblement. Nina le comprit quand elle l'entendit manipuler une portière du véhicule. D'instinct, elle releva la tête. Elle vit les pneus, les enjoliveurs, une inscription. Puis elle tendit le cou au maximum, infligeant à ses vertèbres cervicales une torsion douloureuse. L'homme fourrageait à l'arrière du camion, produisant des bruits inquiétants. Nina s'y vit couchée, attachée, bâillonnée, son amie à côté. Et qu'allait-il leur faire, après ? Doucement, elle fit pivoter sa tête du côté d'Ange-Lou. La fillette ne bronchait pas, mais ses épaules bougeaient, secouées par des convulsions violentes, et une odeur d'urine fraîche montait de sous elle.

La voix de Marion s'imposa enfin par-dessus la détresse de Nina : « Quand tu ne sais plus quoi faire, quand il n'y a rien à faire, il faut courir ! Cours le plus vite et le plus loin que tu peux ! »

— Ange-Lou, chuchota Nina, relève-toi ! Il faut courir. Vite, le plus vite que tu peux ! Chacune de son côté.

— Non, gémit Ange-Lou, je veux rester avec toi...

— Fais comme je dis. Ange-Lou, je t'en prie...

— Silence, cria l'homme.

Un sanglot rauque fusa de la gorge d'Ange-Lou. Nina fut prise d'une brusque envie de sortir de ce cauchemar, de courir se cacher dans les bras de sa mère, d'y pleurer à se vider le cerveau.

— Tu as entendu, Ange-Lou ? À trois, tu te lèves et tu cours vers le boulevard !

— Oui... souffla Ange-Lou d'une petite voix terrorisée.

— Un... Deux... Trois !

En un bond, Nina fut debout. Un court moment, elle eut peur que ses jambes la trahissent.

— Cours, Ange-Lou ! cria-t-elle en s'élançant sans regarder l'homme qui jaillissait de l'arrière de son véhicule.

— Arrête ! hurla-t-il. Immédiatement ! Stop !

Elle fut tentée de vérifier qu'Ange-Lou s'était bien

relevée et qu'elle courait dans la direction opposée mais une force terrible la poussait en avant.

— Arrête, Nina ! Stop !

Nina entendit son prénom crié par l'homme et faillit trébucher à cause de la panique. « Fonce, ne t'arrête pas ! » lui intima la voix de sa mère, de plus en plus forte au fur et à mesure qu'elle s'éloignait de l'homme en noir.

Un claquement brutal fit écho à l'ordre. Nina connaissait ce bruit. Le claquement d'une culasse.

— Arrête ou je la tue !

Dix mètres encore. L'avenue Trudaine était là, à portée de ses jambes minces. Bang ! La détonation fit décoller Nina du sol et elle faillit s'étaler sur le trottoir. L'onde sonore miaula longuement dans les arbres et l'enfant crut ressentir un choc dans ses reins. Où la balle l'avait-elle atteinte ? Pourquoi n'avait-elle pas mal ? Marion disait que la douleur ne survenait que longtemps après l'impact. Le temps que le cerveau comprenne ce que lui transmettait la chair. Comment c'était la mort ? Glacé comme un tombeau ? Doux comme une délivrance ?

Clouée au bord de l'avenue, Nina revit sa courte vie en accéléré. Marion éclaboussée de peinture violette mêlant son rire au sien. Brièvement aussi, un flash lui ramena sa maman, la première, assassinée, déjà, par un fou. Dans sa bouche, le goût amer des larmes que Marion allait verser.

Mais pourquoi ne sentait-elle rien ?

Elle fit un pas, un autre. Ses jambes fonctionnaient, son corps se mouvait dans l'espace et elle n'avait pas mal. Elle n'avait rien !

Une seconde plus tard, elle dévalait l'avenue Trudaine, entrait en ouragan dans la rue de Dunkerque.

Des gens qui faisaient la queue devant un distributeur de billets lui dirent des mots, lui tendirent les mains. Elle fonça sans s'arrêter.

Le carrefour de Maubeuge apparut, elle le traversa sans prendre garde aux voitures. Quand elle aperçut la gare du Nord, elle sut qu'elle était sauvée.

15

Le dernier des quarante-huit venait de partir.

— Tout ce boulot pour rien, commenta Valentine Cara en contemplant ses mains sales.

La crasse des zonards, l'encre à relever les empreintes. Elle en avait même des traces sur les joues.

— J'ai faim, dit Marion.

— Je vais me chercher un sandwich. Je vous prends quelque chose ?

— Non merci. J'ai promis à ma fille...

Elle s'interrompit et releva la tête. La pendule accrochée au mur du bureau du chef de quart marquait 22 h 20.

— Oh merde ! s'exclama-t-elle en courant vers son bureau pour y récupérer ses clefs de voiture. J'ai complètement oublié Nina ! Elle avait théâtre, ce soir. Elle va me faire un de ces sacs !

— Elle vous attend depuis longtemps ?

— Vingt minutes. Merde !

— Oh, c'est rien alors, la rassura la lieutenant Cara, je croyais qu'elle poireautait depuis une heure.

— Quand même pas... marmonna Marion en fermant sa porte à clef.

— Vous partez comme ça ? s'étonna Valentine en désignant la tenue d'intervention et l'attirail accroché au ceinturon.

— Pas le temps de me changer.

Elle était déjà près de la banque d'accueil. Le gardien chargé de surveiller l'entrée mastiquait sans enthousiasme un casse-croûte de gare en faisant des mots fléchés. Marion vit ses sourcils se froncer. Elle crut entendre quelqu'un appeler « maman ». Puis une petite voix lointaine qui hurlait à la mort, quelque part.

Le gardien se leva brusquement en reboutonnant sa vareuse. Le sandwich atterrit dans la poubelle tandis qu'il se précipitait vers la porte, dévoilant ainsi les écrans des deux moniteurs de veille.

Sur l'un d'eux Nina, les joues maculées de coulures noires, cognait à la porte en hurlant à pleins poumons.

16

Il leur fallut peu de temps pour refaire le trajet en sens inverse. Le temps de s'engouffrer dans les voitures et de foncer, sirènes hurlantes, jusqu'au lycée. Nina avait refusé de rester à la gare du Nord, elle voulait retourner là-bas, retrouver Ange-Lou. Marion la tenait serrée contre elle tandis que, du téléphone de bord, Valentine Cara essayait d'entrer en contact avec la famille Marly, les parents d'Ange-Lou. Elle raccrocha au moment où apparaissait l'enseigne du parking.

— Personne ne répond.

— Ils sont sortis, dit Nina d'une voix calme. Ange-Lou devait manger avec nous.

— Elle a les clefs de l'appartement ?

— Oui.

Ce n'était pas bon signe. Ange-Lou avait largement eu le temps de rejoindre l'immeuble situé juste en face du square. Largement le temps de rentrer chez elle et de répondre au téléphone. À moins qu'elle n'ait pas eu la force d'ouvrir la porte, à moins qu'elle se soit évanouie de terreur. À moins...

Les véhicules stoppèrent le long du trottoir et une douzaine d'hommes en jaillirent. Malgré les protestations de Nina, Marion fit signe à Valentine Cara de rester à l'écart avec elle. Pas question que la petite se trouve là si l'agresseur rôdait encore dans les parages.

— Enfoiré, cracha Marion entre ses dents pour éloigner le pressentiment qui ne la lâchait pas depuis que Nina lui avait raconté ce qu'elle venait de vivre...

Pas question que Nina soit là si Ange-Lou...

Elle rejoignit les hommes qui avaient encerclé l'entrée du parking et tentaient d'apercevoir ce qui se passait dans le square. Marion s'avança, indifférente aux automobilistes qui ralentissaient sur le boulevard à la vue des uniformes. Rapidement, elle constata que le passage était désert. Le « camion » de l'enfoiré était parti. D'un large geste circulaire, elle signifia à ses hommes de se déployer. Puis elle pénétra la première dans la zone d'ombre.

Son pouls s'accéléra quand, après avoir parcouru quelques mètres dans une quasi-obscurité, elle aperçut, entre un banc couvert de feuilles mortes et un buisson taillé en boule, un petit tas clair à même le sol.

— Nom de Dieu ! jura-t-elle en se précipitant.

*
* *

Ange-Lou respirait. À peine, les yeux clos, mais elle respirait. Allongée sur le dos, les jambes repliées, les cheveux dans la figure. Marion toucha ses mains froides, constata que ses vêtements étaient mouillés. Elle ne vit aucune trace de sang et en fut momentanément rassurée.

— Ange-Lou, chuchota-t-elle en tapotant ses mains et ses joues pour la faire revenir à elle. Réveille-toi, ma puce. N'aie pas peur ! On est là, Nina est venue te chercher... C'est moi, Marion, sa maman.

Ange-Lou ne bougeait pas. Marion comprit, à ses narines pincées, qu'elle était inconsciente. Redressant la tête, elle vit ses hommes qui fouillaient les buissons alentour, tandis que d'autres s'interpellaient à l'autre bout du square.

— L'ambulance, nom de Dieu ! cria-t-elle dans la nuit.

— Elle arrive.

Le déploiement de forces de la brigade, soutenu par des patrouilles de l'arrondissement, avait attiré l'attention et déjà des badauds s'avançaient, ombres improbables assoiffées de morbides images. Marion ordonna qu'on les contienne hors du champ de la scène et, surtout, loin de Nina, accrochée aux bras vigilants de Valentine.

Les doigts sur le poignet d'Ange-Lou, elle sentait la vie qui battait lentement, lointaine. Puis le rythme ralentit, se fit imperceptible.

Marion s'affola.

— Non ! Ange-Lou ! Par pitié !

Elle passa sa main sous la nuque de la fillette, souleva sa tête qui se renversa en arrière, inerte. Elle entrouvrit les lèvres d'Ange-Lou où des restes de rouge à lèvre avaient bavé et y posa les siennes pour lui donner son souffle et un peu de sa vie. Sous la fillette, la main de Marion rencontra une matière humide et gluante. Affolée, elle releva complètement l'enfant et découvrit la flaque de sang qui imbibait le sable jaune.

— Vite, hurla-t-elle, mais qu'est-ce qu'ils foutent !

Elle reprit ses gestes de survie, tâta le pouls d'Ange-Lou et ne le trouva pas. De la petite bouche entrouverte, un mince filet de sang s'échappa et coula sur le blouson blanc de l'adolescente.

— Mais magnez-vous, bordel ! cria encore Marion tandis que la sirène de l'ambulance lui déchirait les oreilles.

Ange-Lou serrée contre elle, elle entrevit les tenues bleues des pompiers et les tenues blanches du SAMU. Des mains l'écartèrent, s'emparèrent de l'enfant inanimée. Elle se redressa et assista, impuissante, aux gestes des médecins qui avaient pris la relève pour la faire revenir.

— Elle a été blessée par balle, enfin je suppose... s'entendit-elle dire.

Les secours s'activèrent un long moment jusqu'à ce que leurs gestes se fassent plus lents, puis las, découragés, s'arrêtent complètement. L'un d'entre eux écarta les bras en un geste symbolique et les laissa retomber.

— C'est fini, dit un autre, courbé sur la fillette.

— Non, c'est impossible ! Vous pouvez la ranimer. Il le faut ! Voyons ! Nom de Dieu !

L'homme en blanc se remit debout et, d'une main autoritaire, ordonna aux pompiers de s'occuper de la suite. Puis il fit demi-tour et affronta Marion, sa tenue de flic d'intervention et son étrange comportement.

— Gardez vos nerfs, madame, dit-il froidement. Elle est morte.

— Non ! C'est impossible.

Marion tremblait. Le médecin la prit aux épaules et la secoua gentiment, comme il aurait agi avec une somnambule en crise :

— On ne peut plus rien pour elle. C'est trop tard. Je vous en prie, calmez-vous.

Valentine Cara avait laissé Nina s'avancer de quelques pas pour échapper aux commentaires des spectateurs et d'un journaliste surgi d'on ne savait où. Le flash d'un appareil photo troua l'obscurité, éclairant brièvement le visage étroit de la fillette et ses yeux bleus démesurément ouverts sur les gesticulations inutiles de sa mère. La fillette se dégagea de l'étreinte de Valentine d'un mouvement souple qui désarçonna la lieutenant.

Horrifiée, Marion vit sa fille courir vers le corps d'Ange-Lou.

17

Les heures qui suivirent furent éprouvantes. Au point que Marion se demanda si Nina pourrait un jour les effacer de sa mémoire et continuer à vivre comme avant. Bouleversée par les images d'Ange-Lou en train de mourir, sa cote bleue encore maculée du sang de l'enfant, elle ne se faisait aucune illusion : il y aurait le temps d'avant la mort d'Ange-Lou et le temps d'après. Quelle que soit la suite des événements, elle serait terrifiante, dévastatrice.

Assise sur une chaise sous l'œil d'une webcam qui enregistrait ses mots et le plus intime de ses gestes, Nina paraissait plus menue, plus fragile que jamais.

Installée en face d'elle, Marion ne la quittait pas des yeux et ce qui la frappait le plus était l'air serein que sa fille n'abandonnait que lorsqu'elle butait sur une question difficile et quêtait de l'aide auprès d'elle. Des traces de maquillage ombraient encore son visage menu et, parfois, elle frottait sur sa jupe les paumes de ses mains posées à plat sur ses genoux.

Dès qu'il avait été informé du drame, le substitut de permanence au parquet de Paris avait confié l'enquête à la brigade criminelle de la PJ de Paris. Le groupe Duplat (du nom de son commandant, Régine Duplat), de dérouille ce soir-là, était sur place, au grand complet. Un officier à lunettes interrogeait Nina, deux autres femmes l'assistaient. L'une était membre de la brigade des mineurs, envoyée par l'état-major pour le cas où les faits, s'agissant de très jeunes filles, évoqueraient des similitudes avec d'autres affaires. La seconde, une psychologue qui avait eu avec la fillette un entretien préalable à son audition et qui en aurait encore un dans la nuit pour l'aider à assimiler les événements de la soirée. Brigitte Nill était en réalité une psycho-criminologue dont la mission à la Crim' ne comprenait pas l'aide aux victimes. Sa présence aux côtés de Nina, c'était un régime de faveur eu égard à la qualité de Marion.

Pour l'heure, Nina s'en fichait complètement. Elle répondait aux questions, décrivait avec docilité le peu d'images qu'elle avait enregistrées avant l'agression, pendant et après. Elle donnait le signalement d'un homme en noir, corpulent, qui portait une casquette, boitait bas et tenait de la main gauche un fusil à canon scié.

— Tu as dit que juste avant le coup de feu, l'homme a crié « Arrête, Nina ! » Tu es sûre de ça ?

— Oui.
— Comment expliques-tu qu'il connaissait ton prénom ?
— Devant le théâtre, Ange-Lou m'a appelée. J'étais allée jusqu'au bout de la rue voir si ma mère arrivait.
— Tu penses que l'homme a entendu ? Il se trouvait où, selon toi ?
Nina réfléchit quelques secondes.
— Je ne sais pas, dit-elle enfin, quand Ange-Lou m'a appelée, je suis venue aussitôt, il n'y avait personne avec elle. Je me suis moquée d'elle.
Le policier cessa de taper sur son clavier, fronça les sourcils.
— Pourquoi ?
— Il m'a semblé qu'elle avait peur, mais Ange-Lou, elle avait tout le temps peur. J'ai cru qu'elle avait halluciné. C'est pour ça que je l'ai chambrée...
— Et l'homme ?
— Il est apparu un peu après.
— Il était à pied, à ce moment-là ?
— Oui.
— Tu penses qu'Ange-Lou l'avait vu avant toi ?
Nina hésita.
— Oui, dit-elle enfin, il...
— Il ? demanda doucement l'officier après lui avoir laissé le temps de se souvenir.
— Je pense que c'est lui qui lui a fait peur et que c'est pour ça qu'elle m'a appelée.
— Fait peur ? Comment ? Tu crois qu'il a voulu s'en prendre à elle à ce moment-là ?
— Non, fit Nina en secouant la tête, il lui a parlé... Je me rappelle plus très bien ce qu'elle m'a dit. Elle a cité un nom, je crois.
— Un nom ? Ou un prénom ?

Nina leva les yeux vers sa mère. Marion lui sourit pour l'encourager.

— Essaie de te souvenir Nina, dit l'officier, tu sais que c'est important.

— Je sais. Je crois que c'était un prénom.

— De fille, de garçon ?

Nina se concentra. Elle se replaça dans la ruelle, dans la nuit. Le regard paniqué d'Ange-Lou. Ses lèvres tremblèrent et les larmes emplirent ses yeux.

— Une fille, dit-elle enfin à voix basse. Je suis pas sûre...

— Une fille... répéta l'officier dans un silence complet.

Nina fit oui de la tête.

— Il me semble qu'elle a dit « Anne » ou « Jeanne »...

— Essaie de te rappeler ce que t'a dit Ange-Lou, exactement.

La petite replongea dans ses souvenirs mais après une minute d'efforts, secoua la tête, navrée. Elle s'affaissa, les épaules courbées.

Brigitte Nill, debout derrière elle, fit un signe à l'officier.

— Bien, dit celui-ci. On reverra ça plus tard. Ne t'en fais pas, Nina, ce n'est pas grave. Raconte-moi la suite !

— L'homme est parti à pied dans l'impasse, il boitait. Il était tourné vers les maisons, je n'ai pas pu voir sa tête. Sa voiture était garée plus haut.

Marion savait que les patrouilles de la préfecture de Police retournaient la capitale à la recherche d'un véhicule haut sur pattes, de grosse cylindrée, dont Nina ne pouvait même pas donner la couleur exacte. On lui avait posé la question plusieurs fois, sous différentes formes. Elle se souvenait d'une masse sombre, le reste, comme les mots d'Ange-Lou, demeurait enfoui dans un repli inaccessible de sa mémoire.

« Ça reviendra, ne t'inquiète pas, la rassurait la psy, c'est une question de temps. »

Vers une heure, un homme en costume foncé fit une entrée discrète dans la pièce. Il se tint un long moment dans le dos de Marion avant que celle-ci ne s'aperçoive de sa présence. Quand elle se retourna, alertée par le regard qui pesait sur sa nuque, son cœur eut un raté. De haute taille, mince, les cheveux bruns à peine grisonnants coupés courts et des yeux sombres légèrement enfoncés dans les orbites, Serge Kerman lui adressa un sourire contraint et d'un signe de la main l'invita à le rejoindre à l'extérieur.

— Je reviens, dit-elle à Nina le plus doucement qu'elle put.

L'officier qui tapait la déposition de Nina sur son ordinateur en profita pour redresser le buste et s'étirer discrètement. Il sourit à la fillette :

— On va s'arrêter un moment, tu as droit à un chocolat chaud.

Marion se leva pour sortir. Nina n'eut aucune réaction.

18

— Merci de t'être dérangé, dit Marion qui sentait les larmes monter pour la première fois de la nuit.

Serge lui entoura les épaules d'un geste rassurant et elle reconnut aussitôt la sensation de chaleur protectrice que le commissaire divisionnaire, chef de la célèbre brigade criminelle de Paris, savait si bien faire passer dans ses mains. Quelques images surgirent de leur très brève histoire entre les murs de l'école de Saint-Cyr-au-Mont-d'Or, du temps de leurs études communes. Entre les courses au petit matin sur le Mont Cindre et le tatami où ils échangeaient des coups pour rire, les salles de cours où ils apprenaient, dans l'insouciance des potaches qu'ils n'avaient pas cessé d'être, à devenir des chefs de police, et les discothèques de Lyon où ils refaisaient le monde en buvant des Cuba libre, Marion flirtait, libre et volage. Serge Kerman rêvait de mariage et de famille. Elle était un elfe qui ne se fixe pas, il avait la sombre exigence d'un propriétaire terrien qui ne concède rien. Elle l'avait quitté pour un jeune magistrat beau comme un jésus. Il avait failli crever de chagrin.

Elle laissa aller son front contre le tissu soyeux du costume et la main de Kerman resserra sa prise, remonta jusqu'à son cou. Elle frissonna.

Ah ! Seigneur ! les mains de Kerman ! Fines et fortes, impérieuses et chastes, douces, savantes. S'il n'avait eu ce caractère de chien enragé, jaloux de son os jusqu'à l'enterrer profondément pour le garder...

— Je viens toujours quand il faut, dit-il de sa voix grave sur ce ton un peu raide qu'elle avait, à la longue, fini par oublier.

— Je m'en veux, j'étais au boulot, j'ai oublié l'heure. Ce qui est arrivé est ma faute, je suis responsable.

— Tu es responsable de ta fille, pas de ce qu'on lui a fait.

— Je voudrais voir les parents d'Ange-Lou Marly. C'est possible ?

Serge Kerman marqua une hésitation de mauvais augure.

— Je les ai vus tout à l'heure, dit-il avec réticence. Chez eux. Edwige, ça ne va pas bien se passer.

Edwige ! Depuis quand ne l'avait-on pas appelée Edwige ? Edwige ! Ce prénom détesté. Pour tous, elle était Marion, tout court.

— J'imagine, admit-elle. Je me mets à leur place.

— Tu ne peux pas. Ta fille est vivante, la leur est morte.

Marion se rendait compte que Kerman connaissait déjà tout du dossier. Il avait tout en main, tout sous contrôle. Comme avant. Il s'arrêta de marcher, laissa retomber son bras.

— Au fait, ta fille... Nina ? C'est bien ça ? C'est la fille du juge ?

— Non. Tu n'y es pas. J'ai adopté Nina. Ses parents sont morts.

— Et le juge ?

— Tu n'as pas changé, protesta Marion en colère. Toujours bêtement jaloux.

— Pas du tout. Curieux, sans plus.

La crispation de ses lèvres démentait ses propos.

— On a divorcé un an après...

Le bref mariage de Marion avait commencé comme un conte de fées entre deux rangées de commissaires en grande tenue. Après, ce n'était pas un bon souvenir. Kerman eut un mince sourire :

— C'était à prévoir.

— Allons bon ! Tu sais ça comment, toi ?

Elle devenait agressive. Serge Kerman avait le don de la crisper, déjà au temps de leurs amours. Il changea de sujet :

— Tu peux rester en observateur sur l'enquête. À titre tout à fait exceptionnel. J'y mets toutefois une condition : tu ne prends aucune initiative. Je te dirai tout ce que tu dois savoir mais je ne veux pas d'embrouilles.

Marion connaissait le principe. Surtout, elle connaissait Kerman et il la connaissait aussi, elle et sa réputation de flic qui ne lâche jamais son os. Touchée au cœur, elle pouvait se révéler redoutable et Kerman, d'habitude moins partageur, n'allait pas gâcher cette chance. Elle acquiesça mais n'en pensait pas moins. Autorisée ou pas, elle ne resterait pas sur le bord du chemin. C'était le minimum qu'elle devait à deux petites filles, une morte et une vivante.

Ils étaient arrivés au pied de l'escalier étroit qui conduisait au séchoir. Dès le milieu du colimaçon, l'odeur fade de sang décomposé, les relents sournois de la mort prenaient à la gorge. Sur des chaises, les vêtements d'Ange-Lou récupérés à l'institut médicolégal par les hommes de Kerman. Un blouson blanc, un pantalon bleu en lainage, un slip, des chaussettes et des tennis. Un tee-shirt clair imbibé de sang avec un petit trou devant et un manque de la taille d'un bol au milieu du dos.

— Il a tiré à moins de un mètre.

La poudre brûlée formait sur le tissu une collerette d'essuyage, une couronne de projections diffuses autour du point de perforation.

— D'après l'impact sur le corps, reprit Kerman, il est vraisemblable qu'elle était en train de se relever. Elle n'a pas fait un mètre et le choc l'a retournée comme une crêpe. Qu'est-ce qu'elle dit, ta fille ?

Échapper au souvenir des lèvres froides contre sa bouche, du souffle fuyant. Marion fit un effort pour revenir dans la pièce.

— Elle a dit à Ange-Lou de se lever et de courir. Chacune de son côté.

— C'est toi qui lui a enseigné ça.

Marion ne répondit pas. D'ailleurs, Kerman n'attendait pas de réponse. Il se dirigea vers le fond de la pièce :

— Pour l'instant, on n'a pas trouvé grand-chose sur les lieux. Seulement ça.

Serge Kerman saisit par un angle un sachet translucide. Une couple de clefs, une longue en métal blanc, une plus large en métal jaune reliées à un porte-clefs représentant une danseuse en tutu. Un cadeau de Nina à Ange-Lou pour son anniversaire. Une grosse boule bloqua la gorge de Marion :

— Ce sont les clefs d'Ange-Lou.

— Je m'en doutais. Elle n'avait rien d'autre sur elle. Bizarre, non ?

— Quand elles vont au théâtre, les filles n'emportent rien. Sauf, parfois le texte sur lequel elles travaillent.

— Pas toujours ?

— Pas toujours. Là, je ne sais pas, il faudra demander à Nina.

Le divisionnaire hocha lentement la tête, un automatisme qui l'aidait à réfléchir.

— On reprendra le ratissage demain, dit-il, à la lumière du jour. Et on va faire les tests habituels.

Il pointa le doigt sur les vêtements. Marion leva les yeux :

— Tu espères quoi ? De l'ADN ?

— Ma foi. Sperme, cheveux, poils.

— Il n'y a pas eu d'agression sexuelle, fit la jeune femme un peu vivement.

— Qu'est-ce que tu en sais ? Tu étais là ?

Elle haussa les épaules. Bien sûr, il avait raison. L'enfoiré avait pu se lâcher après la fuite de Nina, elle était bien placée pour savoir que mettre leur victime à mort était pour les tueurs sexuels un facteur d'excitation. Mais le boiteux était-il un tueur sexuel ?

— En attendant, conclut Kerman en entraînant Marion vers la sortie, on fait avec ce qu'on a : une victime qui ne parlera plus et un témoin qui ne sait rien.

Ange-Lou n'était plus une petite fille mais une victime. Nina n'était plus l'amie d'Ange-Lou, à peine encore la fille de Marion. Elle était devenue un témoin. Juste un témoin.

19

Les lumières des réverbères tremblaient sur la Seine, brouillant le reflet de la tour pointue, la proue du 36 quai des Orfèvres. Marion ouvrit la portière côté passager et installa Nina dans la voiture. Son visage blanc semblait figé, ses yeux grands ouverts sur des images qu'elle était seule à voir. Marion s'assit au volant et démarra lentement sur le quai livré aux véhicules de police et à quelques uniformes qui attendaient l'aube dans des guérites ou des encoignures de portes.

— Maman ! dit soudain Nina et sa voix fit sursauter sa mère.

— Oui ?

— On pourra aller voir Ange-Lou ?

La Renault fit une embardée, un taxi en maraude lança un coup de klaxon.

— Mais, Nina, tu sais bien qu'Ange-Lou...

— Elle est morte, je sais, soupira Nina en se rencognant dans le fond du siège. C'est comment quand on est mort ?

« Ne soyez pas surprise, avait dit la psy, il va falloir à Nina quelques jours pour objectiver la mort de son amie. Elle l'a quittée vivante, vous comprenez ? De plus, elle a vécu une tension terrible pendant quelques minutes, ce stress occupe toute la place, pour l'instant. »

Comment savoir « comment c'est quand on est mort » ?

— Je ne sais pas, Nina, je ne sais pas.

Nina ne prononça plus un mot jusqu'à la rue Saint-Vincent-de-Paul. Marion avait fait un détour pour éviter le square d'Anvers et le boulevard de Rochechouart. Malgré sa léthargie apparente, elle sentait sa fille à cran, prête à craquer.

Elle lui fit prendre un bain, l'enveloppa dans une serviette tiède et l'emmena dans son propre lit. Nina, gavée de chocolat chaud tout au long de son audition, avait refusé toute autre nourriture.

— Reste avec moi ! supplia-t-elle, j'ai peur, il va revenir...

— Tu ne risques rien, je suis là. Je vais prendre une douche et je reviens.

Nina se dressa, agitée de spasmes :

— Non, non ! Je veux que tu regardes partout. Sous le lit, dans les placards. Marion s'exécuta.

— T'as regardé dans les toilettes ?

« Soyez patiente avec elle, et attentive. Rassurez-la chaque fois qu'il le faut. Si vous voyez qu'elle ne peut pas surmonter sa peur, qu'elle ne peut pas se calmer toute seule, donnez-lui ça. »

Une petite pilule rose. Marion était contre ces

chimies qui ne résolvaient rien, bouffaient le cerveau, déglinguaient les défenses en neutralisant toute velléité de réaction. Pourtant, cette nuit, elle ne se sentait pas le courage d'en priver Nina.

— Tu vas dormir maintenant, lui dit Marion en se couchant contre elle.

— Qu'est-ce qu'il va me faire, maman ?

Nina saisit la main de sa mère et la serra convulsivement. Une fraction de seconde, les doigts glacés d'Ange-Lou et ses ongles translucides, sa main inerte... Nina serra plus fort et Marion retrouva la chaleur et la couleur, la vie qui battait dans le réseau serré des veines de sa fille.

De sa main libre, elle caressa ses cheveux, glissa ses doigts sur sa nuque et entreprit un massage précautionneux des os de son crâne. Elle aurait presque pu sentir l'angoisse derrière la peau tendre, la peur y ramper comme un animal malfaisant.

— Il ne te fera rien, mon ange. N'aie pas peur. Je reste avec toi, je ne te quitte pas.

— Et demain ?

— Il faut essayer de dormir, dit Marion pour éviter de mentir.

— Tu vas l'arrêter, maman ?

— Je te le jure.

Les tensions de la petite cédèrent avec le sédatif. Doucement, Marion dénoua les doigts de sa fille encore accrochés aux siens, puis se leva avec précaution. Nina dormait, apaisée enfin et, subitement, Marion se sentit fragile à son tour. La porte-fenêtre du salon ouvrait sur un balcon qui dominait Paris. La nuit tirait à sa fin et les premiers éclats de l'aube rosissaient l'horizon. Elle suivit des yeux la trace blanche d'un avion qui coupait le ciel en deux au-dessus de la tour

Eiffel. En se penchant sur la gauche, elle apercevrait le Sacré-Cœur mais, pour l'heure, c'est le trou noir de la cour qu'elle scrutait, gagnée par l'appréhension. L'enfoiré était quelque part dans cet entrelacs de rues, invisible et imprenable.

Ou alors, là, en bas, tout près.

Instinctivement, elle fit un pas en arrière.

20

Kerman avait dit que l'attaque dont Nina et Ange-Lou avaient été victimes n'avait pas de précédent. Les faits similaires ou proches allaient être recherchés dans les archives, méthodiquement. Le logiciel Chardon avait été installé à cet effet. Et bientôt, un logiciel encore plus performant baptisé Salvac par les Canadiens qui l'avaient conçu, serait utilisable par toutes les polices criminelles d'Europe. Toutefois, malgré son apparente modernité, Kerman se fiait encore beaucoup à lui-même. Six ans de Crim', adjoint, puis chef, une mémoire implacable. Son infaillibilité exaspérante.

Pourtant, Marion était sûre qu'il avait tort de se montrer aussi péremptoire. Elle écoutait Nina orienter les gestes du technicien qui, grâce au programme Revelator, s'efforçait de sortir de son ordinateur un portrait acceptable de l'enfoiré. Elle vérifiait de temps en temps l'évolution du travail en s'efforçant de se raccrocher à des souvenirs de ses enquêtes passées. Est-ce qu'un fait de cette nature leur avait jamais été signalé, à l'époque où elle ne traitait que des affaires de ce type ? Est-ce qu'un de ses hommes, à Lyon, se souviendrait ? Elle chassa la nostalgie qui la gagnait, insidieusement : ils n'étaient plus là, de toute façon. Pour être juste, c'était elle qui était partie.

— Je crois que ça suffit pour aujourd'hui, dit l'informaticien en appuyant sur la touche qui déclenchait l'imprimante.

— Ça donne quoi ?

Il fit la moue :

— Faible. Très faible.

Le mot n'était pas approprié. Le portrait craché par la machine ne ressemblait à rien. Nina était désolée.

— Ce n'est pas grave, ma puce, la rassura Marion. Tu ne l'as pas vu, c'est comme ça.

— Vous allez au Canonge ? demanda le technicien en tendant à Marion une épreuve en couleur.

— Oui.

Il lui remit le portrait-robot. Nina suivit sa mère et l'officier à lunettes qui avait recueilli son témoignage durant la nuit et l'avait aidée pour l'épreuve de dessin électronique. La petite semblait en état second. Pas concernée, mais docile, soucieuse de bien faire.

« Attention à la culpabilité et au sentiment d'échec qu'elle peut éprouver si ce que vous lui demandez est trop difficile pour elle, avait averti Brigitte Nill. Respectez son rythme, celui de ses souvenirs. »

Marion posa la main sur l'épaule de sa fille et la pressa longuement.

Le fichier Canonge, du nom de son inventeur, rassemblait les photos de tous les individus interpellés dans le cadre de procédures judiciaires. National, informatisé et multicritères, il recelait tous les éléments de description disponibles sur les mis en cause. Il permettait de sortir de nombreuses affaires. Dans le cas de Nina, Marion en attendait beaucoup. L'enfoiré n'avait pas de visage, mais il avait des particularités physiques. S'il était dans le Canonge, la machine le cracherait.

À midi, Nina était fatiguée. Le défilé de centaines de photos d'hommes d'environ quarante ans, de taille moyenne et corpulents, lui donnait mal à la tête. Quand on ajoutait le critère « boiteux », le nombre de suspects chutait fortement. Probablement gaucher, il en tombait plus de 80 % dans la corbeille. Agissant vêtu de noir et chaussé de brodequins de parachutiste ou de saut, il n'en restait qu'un. Un nommé Struder. Hermann Struder, tombé pour homicide dix ans plus tôt. C'est dans une tenue de treillis noire qu'il avait commis ses crimes, à trois reprises, sur des femmes d'âge mûr. L'officier de la Crim' lança à Marion un regard éloquent : un taulard peut bénéficier de permissions de sortie et, surtout, il peut évoluer dans le choix de ses victimes. Bien sûr. Mais rarement. Ne rien négliger, pourtant, principe de base quand on n'a rien.

Les clichés de Struder, face, profil, debout, ne suscitèrent aucune réaction chez Nina.

Elle se laissa encore une fois trimballer à travers les couloirs et les escaliers sans poser de questions, sans même regarder autour d'elle. En s'asseyant sur le même siège que la veille, face à la même caméra, dans ce bureau où elle commençait à avoir ses repères, elle demanda à sa mère quand elle pourrait retourner au collège.

« Laissez-la aller à l'école, avait dit la psy, elle a besoin de reprendre le chemin de ce qu'elle connaît. La vie continue, il faut qu'elle le constate par elle-même. »

Mais pourquoi n'était-elle pas en colère, pourquoi n'avait-elle pas de chagrin ?

« La sidération, madame. Elle est à côté de la réalité.

Il va lui falloir constater l'absence de son amie dans les situations quotidiennes. L'enterrer. Après, vous pouvez vous attendre au pire. »

21

Marion avait laissé Nina entre les mains de l'officier à lunettes et elle cherchait Kerman. Dans un recoin qui tenait lieu de salle d'attente, elle reconnut les parents d'Ange-Lou Marly.

Elle les avait rencontrés au moment de la rentrée des classes, un mois et demi plus tôt. Ils arrivaient de Marseille, elle de Lyon. Ils s'étaient trouvés ensemble à la réunion préscolaire, dans la catégorie « nouveaux », au fond de la pièce, à l'égal des mauvais élèves. Entre Ange-Lou et Nina, si différentes, le coup de foudre avait été immédiat. Ange-Lou, dernière de quatre, était une enfant tardive. Elle était pourrie par son père, Jean Marly, qui avait largement dépassé la soixantaine. Massif et sanguin, le teint plombé d'un bon vivant. « Gros fumeur et alcoolique », avait diagnostiqué Marion qui en connaissait un rayon sur la question. Ève Marly était à l'inverse. À peine plus jeune que son mari, d'une maigreur anorexique, elle avait essuyé un grave baby-blues à la naissance d'Ange-Lou et n'en était jamais vraiment sortie. Outre la fillette, un seul des enfants vivait encore sous le toit familial. Un garçon de vingt ans dont le regard fuyant et les sautes d'humeur avaient d'emblée élevé un mur entre lui et Nina qui détestait le frère et évitait le père qu'elle trouvait trop présent, trop bruyant.

Ève Marly aperçut Marion la première et fixa sur elle un regard hébété. Jean Marly, occupé à téléphoner d'un portable, ne la vit pas tout de suite. Puis il se rendit compte de sa présence et changea de couleur.

— Vous avez fait du beau travail, madame, l'interpella-t-il de sa voix de stentor. Bravo.

Kerman l'avait prévenue. Pourtant, ce fut comme si elle mettait un genou à terre.

— Je suis affreusement triste pour vous, dit-elle en faisant des efforts pour parler normalement... J'étais en retard. Je...

— Je sentais qu'il ne fallait pas vous faire confiance, je l'avais dit à mon épouse. J'aurais dû suivre mon instinct.

— Mais... supplia Marion, désemparée.

— Taisez-vous ! Vous n'avez aucune idée de la façon d'élever les enfants. Vous n'êtes pas une vraie mère...

— Jean !

Éplorée, Ève Marly posa la main sur le bras de son mari et tourna vers Marion un visage ravagé.

— Je t'en prie, Jean, ça ne la ramènera pas. Allez-vous-en, madame. Laissez-nous.

Marion venait de recevoir un coup dans l'estomac. Elle tenta, avec peine, de faire la part de la douleur, de la colère, du désespoir. Elle redressa le buste et fit face :

— Vous n'avez pas le droit...

— J'ai tous les droits, gronda le père d'Ange-Lou en la toisant. J'espère qu'on va vous retirer votre fille après ça. C'est un minimum.

Kerman avait capté les éclats de voix depuis son bureau. D'une main ferme, il entraîna Marion à l'écart. Il avait le même costume gris que la veille mais une nouvelle chemise bleu ciel et une cravate gris perle avec des chouettes bordeaux alignées comme des soldats de plomb.

— Je t'avais dit que ça ne se passerait pas bien. Je ne savais pas qu'ils étaient déjà là.

— Il faut bien que je les rencontre, protesta Marion. J'ai besoin de leur expliquer.

— Quoi ? Que tu étais en retard ? Que ta fille a entraîné la leur dans la nuit ? Qu'elle a sauvé sa peau en s'enfuyant et qu'elle a condamné son amie ?

La pièce se mit à tourner autour de Marion. Elle dut se cramponner au dossier d'une chaise.

— C'est ce que tu penses ?

— Je ne pense rien. Je constate des faits et tu ferais bien d'en faire autant. Ces gens cherchent à transférer sur toi leur propre culpabilité. C'est du grand classique, ne te laisse pas avoir.

Marion lui lança un regard plein de rancune. C'était facile pour lui. Célibataire, sans enfant.

— Il m'a dit que je suis une mauvaise mère. Pire, que je ne suis pas une vraie mère.

— C'est le chagrin. Ils souffrent. Allez, viens par ici.

Il fit apporter du café et quelques galettes de Pont-Aven dans une boîte en fer. Ce détail sauta à la mémoire de Marion. Douze ans que Kerman mangeait des galettes de Pont-Aven, tous les matins, tous les après-midi. À la même heure. Avec un café très allongé et très sucré. Vierge ascendant vierge. Comment aurait-elle pu vivre avec un homme réglé comme un métronome ? Même avec des mains pareilles ?

— J'ai vu le légiste tout à l'heure.

Il avait pris place dans son fauteuil de patron, cuir noir, réglable, basculant. Elle, de l'autre côté du bureau gigantesque. Ce n'était plus une discussion amicale. Elle redouta violemment ce qu'il allait dire.

— Ange-Lou Marly avait une grave hémorragie interne, mais il pense que si on avait pris des précautions en lui administrant les premiers soins...

Le corps d'Ange-Lou couché sagement avec ses jambes repliées, son pantalon mouillé, ses yeux clos, sa main molle, son pouls à peine audible déjà...

Le sang de Marion cogna sans pitié dans ses artères, brouilla la marche de ses neurones. Kerman lui disait quoi, au juste ? Qu'elle avait tué Ange-Lou ?

— Il n'y avait pas de sang sur ses vêtements, j'ai cru qu'elle n'était qu'évanouie, murmura-t-elle. Nina croyait qu'il avait tiré sur elle, elle ne pouvait pas deviner qu'Ange-Lou avait été touchée... J'ai agi par réflexe. Ne me dis pas qu'elle aurait survécu si...

— Ce n'est pas ce que j'ai dit. Mais je préfère t'avertir, la famille ne va pas passer à côté de ça. Le père est un teigneux. Il en a déjà parlé avec son avocat.

— Nom de Dieu !

Marion posa ses coudes sur ses genoux et enfonça ses mains dans ses cheveux. Elle les portait plus courts qu'au temps de leur liaison, mais quand elle releva la tête, elle surprit une lueur de nostalgie attendrie au fond des yeux de Kerman. Ce geste qu'elle exécutait dix fois par jour sans s'en rendre compte, il l'avait reconnu.

— Tu te défendras, je te fais confiance, assura Kerman.

— Si tu savais comme je m'en fous... J'en ai marre que vous pensiez tous que je suis une sorte d'animal à sang froid, une grenouille qui ne réagit que quand on lui pique le cul.

— Ma foi...

— Tu vois ! Toi aussi, tu...

— Mais non, la coupa Kerman avec un soupir conciliant. Je te connais un peu, tout de même. Tu veux te faire plaindre, ou quoi ?

Un silence trouble s'installa. À travers les cloisons sourdaient les bruits que l'on pouvait entendre dans tout service de police. Les téléphones qui se déchaînaient et les allées et venues rappelèrent à Marion qu'elle n'avait pas une fois, depuis la veille, pensé à appeler la gare du Nord et que ce qui pouvait s'y passer était, à cet instant, le cadet de ses soucis. Du reste, personne ne l'avait appelée non plus et elle n'osa pas interpréter ce silence. On se passait d'elle et c'était très bien ainsi.

Elle se leva. Serge Kerman resta assis, tournant lentement sa tasse entre ses doigts, le regard plongé dans un fond de café comme pour y lire les oracles.

— Tu as autre chose à me dire ? demanda Marion, pas dupe.

— Oui. Je retourne ce soir avec ta fille sur les lieux.

22

Marion traversa la gare et tous les gens qui la connaissaient la regardèrent passer sans rien oser lui dire. Elle savait qu'ils savaient, la rumeur et les nouvelles couraient ici plus vite qu'ailleurs.

Le major Morel l'attendait, figé dans sa raideur, presque au garde-à-vous. Elle vit aussi Valentine Cara et Luc Abadie qui rôdaient dans le couloir en faisant semblant de se trouver là par hasard. Et d'autres encore dont elle n'arrivait pas à se rappeler les noms, qui sortaient des bureaux pour voir à quoi ressemble un patron quand lui tombe sur la tête un emmerdement de cette taille. Elle ressentit une violente envie de prendre la fuite.

— Excusez-moi, patron, de vous avoir dérangée.

Le major Morel avait appelé Marion au moment où elle quittait le quai des Orfèvres, encore retournée par les exigences de Kerman. Une reconstitution ! Comment infliger à Nina une pareille épreuve moins de vingt-quatre heures après le drame ? Et à quoi cela pouvait-il bien servir tant qu'on n'avait pas la moindre idée sur l'auteur ?

— J'ai appris ce qui s'est passé... Votre fille... Je suis désolé, on est tous choqués, ici, je tiens à vous le dire.

— Oui. Merci. Qu'est-ce qui se passe, major ?

— Un de nos gars n'est pas rentré chez lui, ce matin. Il faisait la tournée pour rapatrier les équipes de nuit à leurs domiciles et la salle radio l'a perdu vers cinq heures.

— Il était seul ?

— Oui. Il venait de déposer deux collègues à Villeneuve-Saint-Georges.

— Qu'est-ce qu'il a dit en dernier ?

— Euh... Qu'il rentrait à la base. Rien d'autre. On ne nous a rien signalé, ni accident, ni embrouille.

— C'est déjà arrivé, une histoire pareille ?

— Une fois. Il y a longtemps.

Il se tut et affronta le regard de Marion. Un sentiment désagréable tordit l'estomac de la commissaire. Elle se laissa tomber dans son fauteuil et Morel resta debout, sa casquette à la main, avec l'allure d'un étudiant en train de passer un examen.

— Alors ? l'encouragea Marion à contrecœur.

Tendu, le major se mit à buter sur les mots :

— Il était allé se-se flinguer dans la voiture de service, avec son-son arme administrative.

— Qu'est-ce que vous dites ?

— Oui, oui, se hâta-t-il d'ajouter, mais lui, on l'avait retrouvé très vite. Ce genre de chose ne passe pas longtemps inaperçu.

— Sauf si on va se planquer au fond d'une forêt ou d'un canal.

— É-évidemment !

La pendule indiquait 14 heures. Combien de temps fallait-il pour retrouver une voiture et un cadavre dedans ?

Marion ferma les yeux, pressa fortement ses tempes entre ses pouces. Des images fusèrent, sanglantes. Une nausée sournoise enfla dans sa gorge.

Elle pensa à Nina qui dormait au septième étage, enfouie sous sa couette. Fourbue après plusieurs heures au 36, la petite n'avait émergé de son silence que pour réclamer une pilule rose. Il n'était plus question d'aller au collège. Marion lui avait accordé une moitié de comprimé et Morel avait envoyé Martine Lemaire, une gardienne trapue qui ne s'en laissait pas conter, pour veiller sur elle. Marion se demanda ce qui allait se passer quand la fillette se réveillerait et, tout à coup, malgré les horreurs que Morel lui débitait, elle se sentit presque soulagée d'être là. Comme pour lui accorder un répit supplémentaire, le major énuméra les mesures prises pour retrouver le gardien disparu, ajoutant qu'il serait bon qu'elle prenne connaissance des rapports des dernières vingt-quatre heures et du contenu de la main courante.

Elle repoussa sur le côté une volumineuse chemise cartonnée afin de faire de la place sur son bureau et consentit un dernier effort pour s'intéresser au contenu des documents que Morel venait de poser devant elle.

Gare de Lyon, un gardien de confession israélite avait annoncé qu'il refusait désormais de travailler le samedi. Gare Saint-Lazare, un couple marié en cours de divorce s'était battu, comme des chiffonniers, dans le vestiaire. Gare Montparnasse, l'officier de permanence avait été hospitalisé après s'être piqué la main sur une seringue usagée. Gare de l'Est, c'est une fausse bombe qui avait mis la panique dans le poste, obligeant les hommes à évacuer les lieux. Un ESI[1] en avait profité pour se faire la valise... La routine.

— Qu'est-ce que vous avez fait, Morel, de toutes ces salades ?

— Le déminage a fait sauter le bagage suspect mais on n'a pas retrouvé l'ESI.

— Le contraire m'aurait étonnée. Ensuite ?

— Le lieutenant Borelli est sorti de l'hôpital. Il a subi un test HIV, il lui faudra en refaire un dans huit jours et un autre dans trois mois. J'ai séparé le couple de Saint-Lazare, la femme viendra travailler ici, ça lui fera les pieds.

— Pourquoi elle ?

— C'est elle qui a commencé. C'est une... une saute au paf.

— Major !

— Excusez-moi, mais y a pas d'autre mot, elle se tape tous les petits jeunes qui arrivent. D'ailleurs, il faut s'attendre à une action syndicale car elle s'envoie aussi le délégué du SNIF.

— Le SNIF ?

— Le syndicat majoritaire chez les gardiens, une

1. ESI : Étranger en situation irrégulière.

grosse force de frappe et une grande capacité de nuisance.

Marion soupira de contrariété. Morel enchaîna :

— Pour le juif, j'ai dit non.

— Mais... Comment ça, non ?

— Ne vous inquiétez pas, madame, ce sont des faits courants. Dans un cas semblable, je ne discute pas, j'applique le règlement.

« Ça m'arrange bien, pensa Marion. »

— Tenez-moi au courant pour le disparu... Si ça se trouve, ce n'est qu'une fugue. Ah ! À propos de fugue ! Où en est le gosse ?

— Le gosse ?

— Dimanche, les toilettes des femmes, les gouttes de sang jusqu'à Lariboisière, major... Ça vous rappelle quelque chose ?

— Excusez-moi, bafouilla le major. Je-je... je ne sais pas. Ils ne m'ont rien dit.

« Ils » c'étaient les officiers de police judiciaire. Les querelles ancestrales entre la troupe en bleu et le « gratin », les officiers, perduraient encore malgré les efforts de l'administration pour créer une filière unique. Complexe, improbable.

Marion termina rapidement la lecture des rapports et de la main courante et les rendit à Morel.

Le major battait en retraite quand elle interrompit sa progression :

— Envoyez-moi Abadie et Valentine Cara !

Morel ne broncha pas.

— S'il vous plaît, major, se reprit-elle en quittant son fauteuil.

Elle remit son blouson de cuir et s'avisa qu'elle avait gardé sa tenue du matin, celle qu'elle avait enfilée à la hâte, n'importe comment, après avoir fourré dans la machine à laver la cote bleue tachée du sang d'Ange-Lou. La surprise dans les yeux de ses hommes, c'était le jean, les boots et le cuir. Elle se rassit quand Valentine Cara et Luc Abadie entrèrent côte à côte.

Ils portaient leur uniforme avec élégance et tels quels, elle les trouva très bien assortis. Un instant, fugace, elle se demanda si, entre eux... Puis dégagea en touche cette pensée hors de propos.

— Ça va, madame ?

Le regard vert de Valentine Cara était empli de bienveillance. Même pas compassionnelle, se dit Marion en l'observant. Luc Abadie n'exprimait rien de plus que d'habitude, mais il lui sembla qu'il se tenait moins en arrière.

— Ça va, lieutenant, dit-elle. Je suppose que vous avez eu vent des derniers cancans ?

— Tout le monde ne parle que de ça, répondit Abadie après un temps de réflexion. Et refait l'histoire à sa façon. Certains disent que la petite Marly...

— Moi j'étais là ! intervint Valentine avec fermeté. Je sais ce qui s'est passé. Je suis convoquée au 36, demain. Ils veulent savoir...

— Je sais ce qu'ils veulent savoir, lieutenant.

— Je dis quoi ?

— Ce que vous avez vu, ce que vous savez. Rien de plus, rien de moins.

Marion planta ses yeux dans ceux du capitaine Abadie :

— Du nouveau, Abadie ?

D'un coup de menton, il désigna le dossier volumineux qui attendait son tour sur le bord du bureau.

— Non. Mais j'ai préparé ce que vous m'avez demandé.

23

Marion venait d'ouvrir le dossier des disparitions quand son téléphone avait sonné : Nina s'était réveillée.

— Elle a fait un cauchemar, dit la gardienne Martine Lemaire aussitôt la porte de l'appartement ouverte. Je ne sais plus quoi faire.

— Merci, dit Marion, allez m'attendre dans la cuisine.

La gardienne se raidit.

— S'il vous plaît, fit Marion plus doucement.

Nina était prostrée dans le canapé, les cheveux dans les yeux, grave et lointaine.

Marion, doucement, écarta les mèches et prit sa fille contre elle. Nina résista, se pelotonna dans un coin.

— Maman, dit-elle, je l'ai vu.

— Quoi ? Qui ?

— Celui qui a tué Ange-Lou. J'ai rêvé, tout à l'heure. J'ai tout revu.

Elle frissonna. Marion se rapprocha, le pouls rapide.

— Qu'est-ce que tu as vu, Nina ? L'homme ? Son visage ?

— Mais non, maman ! s'énerva la petite, je t'ai déjà dit, près du théâtre, il tournait la tête et après, il avait une casquette !

— Qu'est-ce que tu as vu, alors ?

— La voiture. Les roues et les... les ronds au milieu.

— Les ronds ? Tu veux dire les enjoliveurs ?

— Oui. « Elles » étaient rouges avec un truc inscrit dessus. Je me souviens d'un signe. Un éclair...

— Un éclair ?

— Ben oui ! s'emporta Nina, t'as jamais vu un éclair ?

Marion se leva fébrilement, bousculant le carton qui servait de table basse. Une lampe coquillage en faïence de Vallauris vacilla. Un instant plus tard, elle plaquait devant sa fille un bout de papier et un stylo.

— Dessine-le, ton éclair !

Nina s'exécuta. Marion examina le croquis qui ressemblait à tout sauf à un éclair. Un Z à la rigueur, mais aux angles émoussés.

— Tu es sûre que c'était ça ?

Le front de la fillette se plissa. Elle ferma les yeux, concentrée à l'extrême. Un long moment après, elle releva les paupières et secoua lentement la tête :

— Non. Peut-être...

— Non ou peut-être ?

Nina prit le stylo, le suçota, hésitante.

— Un rond... dit-elle songeuse en traçant autour de l'éclair un trait, un cercle aplati.

— Un ovale ? Il y a un ovale autour de l'éclair ?

Marion s'efforçait de rester calme.

Nina haussa les épaules.

— Je sais pas. Je crois que oui. Les pneus, ils étaient blancs. Autour de la... jante, c'était blanc.

— Tu es sûre, Nina ?

— J'avais le nez dessus.

Marion avait bondi sur le téléphone :

— Abadie ?

— J'allais partir.

— Attendez-moi. Je suis là dans deux minutes.

24

Peu avant vingt heures, elle mit la télévision en marche. Le journal télévisé de la mi-journée avait mentionné sur toutes les chaînes l'assassinat d'Ange-Lou et France Soir en avait fait son titre à la une. Ce soir aussi, la télé venait de l'évoquer, mais en fin d'édition, après le championnat de foot. L'événement serait commenté dans les journaux parisiens du lendemain et bénéficierait de quelques lignes dans les quotidiens non nationaux. Marion avait évité tout contact avec les journalistes qui cherchaient à l'interviewer, renvoyant systématiquement sur Kerman la charge de les informer. Elle redoutait pourtant que ces précautions ne suffisent pas à écarter de Nina la curiosité importune des médias.

Perturbée par son rêve, la petite était allée se réfugier dans sa chambre dont elle avait allumé toutes les lumières. Marion entendait beugler la musique sans intervenir : Nina avait besoin de se refaire une santé avant l'épreuve qui l'attendait tout à l'heure. Vingt-deux heures avait dit Kerman. Le juge d'instruction, désigné dans l'après-midi après que le parquet avait décidé l'ouverture d'une information, prévoyait de se déplacer aussi. Tout le monde comptait sur Nina et sur ses souvenirs en situation.

— Quelle connerie ! gronda Marion en se penchant pour ramasser une bouteille de cognac, un Martell XO Suprême que son équipe lui avait offert, en double exemplaire, pour ses adieux à Lyon.

Cela ne servirait à rien, sinon à mettre Nina un peu plus sens dessus dessous. Mais Kerman était un psychorigide, personne ne pourrait le faire changer d'avis.

Elle décapsula le flacon, admira l'ambre qui reflétait la lumière de la lampe et, une fois retiré le bouchon, huma le liquide, avala une gorgée au goulot. Elle mit un terme à l'énumération de nouvelles sur lesquelles elle ne parvenait pas à fixer son attention et contempla un long moment l'écran noir du téléviseur en ruminant des pensées moroses. Chez Nina, la musique progressa de quelques décibels et des coups sourds ébranlèrent les murs. Le voisin – Dieu, celui du septième, dont elles entendaient parfois les ébats amoureux aussi distinctement que si elles s'étaient trouvées avec lui, dans sa chambre – n'aimait pas le reggae et Marion sortit de ses songes pour aller dire à sa fille de mettre une sourdine.

Son téléphone portable vibra au loin avant que n'éclatent les premières mesures d'un air qui commençait à l'agacer.

Kerman avait la voix mouillée et elle se dit qu'il était en train de faire la même chose qu'elle : il commençait à se saouler.

— C'est quoi cette musique de barbare ?

— Nina décompresse. Qu'est-ce que tu veux, Serge ?

— Pour ce soir, c'est barré. Le juge a un contretemps et j'ai une grosse merde sur les bras.

— Quoi ?

— Une fusillade près des Champs... Quatre mecs au tapis.

— Ça m'arrange.

Kerman ricana à l'autre bout. Sans joie.

— Qu'est-ce que tu fais ? demanda-t-il après un temps.

— Comme toi. Je bois.

— Vas-y mollo, Edwige, fit-il doucement. Et ne reste pas seule, c'est pas bon. Tu veux que je vienne ?

— Certainement pas. Rassure-toi, je vais bien. Salut, Serge.

Elle avait envie d'accepter pourtant. Même avec lui, parler pourrait lui faire du bien. Tout plutôt que la solitude de l'appartement trop vide. Tout plutôt que l'angoisse du trou de la cour. Elle attendit qu'il raccroche.

— Ah ! Edwige, au fait... Herman Struder...

Elle avait déjà oublié qui était Herman Struder. Son silence empli de questions arracha un petit rire à Kerman. Un rire hors de propos qui indiquait qu'il avait pris de l'avance sur elle. Qu'est-ce qu'il buvait donc, Kerman, quand ils étaient ensemble ? Elle n'arrivait plus à s'en souvenir.

— Struder... Le type qu'on a extrait du fichier Canonge ce matin, tu te rappelles ?

— Oui, bien sûr. C'est pas lui, j'imagine ?

— Il est mort, il y a un mois. Cancer du foie. L'alcool, tu vois...

Elle eut envie de dire « paix à son âme ». Struder ne l'intéressait pas, elle avait tout de suite compris qu'il n'avait rien à voir dans cette histoire. On repartait de zéro, c'était tout ce qu'il y avait à retenir. Elle but une gorgée de cognac et se souvint tout à coup de l'addiction alcoolique de Kerman.

— Whisky !

— Hein ?

— Tu bois du whisky. Single pur malt.

— Oui. Tu t'en souviens, c'est bien... Je voudrais boire avec toi, Edwige. Laisse-moi venir.

Elle raccrocha sans lui dire au revoir.

25

Gervaise Bousse téléphona vers vingt et une heures. Personne n'avait pensé à la prévenir et c'est au cours de théâtre pour adultes qu'elle venait d'apprendre la nouvelle. Il n'y avait aucun reproche dans sa voix bourrue, seulement de l'inquiétude.

— Comment va Nina ?

— Pas très bien...

— J'annule mon cours... De toute façon, c'est tous des cons ce soir. Je viens vous voir. Je suis à côté.

Elle arriva dix minutes plus tard et Marion, qui ne l'avait jamais vue de si près, la trouva très encombrante dans l'espace restreint de l'appartement. C'était une femme très corpulente, grosse même, fourrée à la diable dans une robe noire sur laquelle elle avait enroulé un châle multicolore. Ses chaussures plates étaient éculées et ses longs cheveux reliés en catogan auraient supporté une bonne coupe et une coloration sur les racines. Elle ne roulait pas sur l'or, de toute évidence. Ou alors, elle se fichait de son apparence comme d'une guigne. Sa voix grave résonna dans le couloir étroit :

— Oh ! bon sang ! Qu'est-ce que je m'en veux !

— C'est ma faute, pas la vôtre, rectifia Marion.

— Non, non, j'aurais jamais dû les laisser seules dans ce coupe-gorge.

— C'est ma faute, pleurnicha Nina, c'est moi qui n'ai pas voulu attendre ma mère... Tu dis que je fais toujours la maligne, Gervaise. Tu vois...

— Ça c'est vrai, bougonna Gervaise. Qu'est-ce qui s'est passé ? demanda-t-elle en suivant les deux femmes dans la cuisine.

Marion lui en fit le résumé en choisissant ses mots afin de ne pas choquer Nina.

— Pauvre petite môme ! conclut Gervaise, je la vois encore partir avec son classeur vert !

— Ben voilà ! murmura Marion, c'est Kerman qui va être content. Il se demandait si elle avait son classeur avec elle...

— Qui est Kerman ? demanda la prof de théâtre.

— Le patron de la Crim'. La brigade criminelle, ajouta Marion alors que Gervaise ne semblait pas comprendre. C'est le service chargé de l'enquête. Tout puissant à Paris. C'est un rouleau compresseur.

Nina fit une moue dédaigneuse.

— Je ne connais pas ce Kerman, dit Gervaise, mais, à mon avis, il a intérêt à faire fissa pour serrer ce salopard.

Elles s'installèrent sur les chaises en toile. Marion prépara du café pour Gervaise, un jus d'orange pour sa fille et se servit un troisième cognac.

Gervaise observait Nina, le front plissé.

— Bordel de merde ! s'écria-t-elle soudain.

Nina sursauta et Marion ne songea même pas à s'offusquer de la grossièreté de la prof.

— Quoi ?

— La bagnole ! Nina, décris-la-moi !

— Mais je l'ai à peine aperçue, s'exclama la petite. J'ai vu que ses feux dans la ruelle. Et après, ses pneus et les... machins au milieu.

— Enjoliveurs, dit Marion. Pourquoi...

— Chut, fit Gervaise en fermant les yeux.

Sa voix cassée et son ton autoritaire faisaient merveille au théâtre. Ailleurs aussi. Nina cessa tout mouvement, Marion avala une gorgée d'alcool et, quand elle déglutit, le bruit parut amplifié, déplacé.

— Je marche jusqu'à mon tacot, fit Gervaise, lointaine, j'ouvre la portière. Je monte, je démarre. Ce con, il s'est garé contre mon pare-chocs. Je suis obligée de manœuvrer. Avec ma Simca qu'a pas la direction assistée... Je le traite de connard et... C'est ça, c'est un gros 4 × 4 noir. Je vois pas la marque. De toute façon, ces engins, c'est tout kif-kif pour moi... Tu m'en mets dix côte à côte, je suis incapable de faire la différence. Par contre, celui-là, il a un truc sur la vitre arrière, une bestiole. Un tigre ou un lion, enfin il me semble. En tout cas, on peut pas le rater...

Elle releva les paupières, fixa Marion :

— Les yeux de la « bête » s'allument et s'éteignent. Je sais pas comment ça peut marcher, une connerie pareille...

Marion intervint :

— C'est simple : ce sont deux ampoules reliées au système électrique. C'est sûrement couplé avec les freins.

— C'est un blaireau, ce type ! s'exclama Gervaise.

— Ben ça... fit Nina en haussant les épaules.

Marion fixa la grosse femme :

— Je vais vous poser une question idiote, madame Gervaise.

— Gervaise tout court, ça ira. Ma réponse est non, je n'ai pas vu ses plaques. Pas mémorisées en tout cas.

— Dommage. Mais vous les avez sans doute regardées sans y prêter attention. Si vous ne les avez pas remarquées, c'est parce qu'elles n'avaient rien de particulier. On remarque plus facilement ce qui est inhabituel, non ?

Gervaise se plongea dans une réflexion dont elle sortit très vite. Elle se leva :

— Excusez-moi, mais il faut que j'aille en griller une.

— Vous pouvez fumer ici, s'empressa Marion qui n'avait pas envie de la voir partir maintenant.

Gervaise exhiba ses Gitanes maïs :

— Vous êtes sûre ?

Le nuage opaque envahit la pièce et l'empuantit instantanément. Gervaise tira avec avidité de grosses bouffées dont elle garda la fumée le plus longtemps possible dans ses poumons.

— C'est marrant quand même, fit-elle remarquer après un temps, en clignant de l'œil pour éviter le fumet qui montait de la cigarette coincée entre ses lèvres, que personne n'ait songé à me poser ces questions avant.

— Ça va venir, assura Marion. Les gens de la Crim' connaissent leur boulot. Je suis sûre qu'ils sont dans le secteur ce soir. À relever les numéros des véhicules en stationnement, à tirer les sonnettes.

— En tout cas, ils ont pas tiré la mienne. Pour la plaque, je ne suis pas certaine, mais je pense que vous avez raison, c'est un numéro d'ici. Je veux dire d'Île-de-France. Pas 75, non, parce que je crois que je l'ai engueulé en le traitant de banlieusard de mes deux... Mais, 95, c'est possible.

Marion mémorisait les éléments à toute allure. Elle hésitait à se lever pour prendre un papier et un crayon. Ne pas rompre le charme étrange qui s'était installé.

— Pauvre gosse... ajouta Gervaise tout à trac. Si c'est pas malheureux.

Nina n'écoutait plus, elle était ailleurs. Elle semblait perdue, légèrement hagarde. Elle leva finalement les yeux sur Gervaise :

— J'arrive plus à me rappeler comment elle était, Ange-Lou. Je vois plus son visage.

— Mon pauvre petit chou, s'attendrit la prof en lui caressant les cheveux.

— Je me rappelle que son maquillage. Elle avait la trouille et le rimmel ça lui faisait des yeux grands comme des soucoupes. Pourquoi je me rappelle pas sa voix ? Quand je pense à elle, c'est pas elle que j'entends... C'est l'autre... Mais pourquoi je me suis moquée de lui, moi ?

Gervaise, pas pressée de partir, s'installa au salon tandis que Marion accompagnait Nina au lit. Tourmentée – une pilule rose, maman, s'il te plaît – et agitée, la petite annonça pourtant qu'elle voulait aller au collège le lendemain. Marion caressa son front et acquiesça sans un mot, redoutant que la nuit et les mauvais rêves la fassent encore changer d'avis.

*
* *

Marion attendit que Nina soit endormie pour appeler la brigade sous l'œil intrigué de Gervaise qui paraissait découvrir un monde parallèle, aux antipodes du sien.

L'officier de quart se débattait avec une demi-douzaine de gardes à vue à notifier et il sembla à Marion qu'elle tombait comme un cheveu sur la soupe. On commençait à redouter ses appels intempestifs car sa réputation de « patron porte poisse » avait fait le tour des gares.

— Joignez le capitaine Abadie, j'ai besoin de lui parler.

— Tout de suite ?

— Disons, dix minutes.

— C'est-à-dire que...

Elle raccrocha, se força à respirer à petits coups appliqués en imaginant la tête du permanent qu'elle venait de déranger au milieu d'un gros bazar et qui, sans doute, pestait contre elle, son caractère abrupt, sa distance, ses exigences jamais satisfaites. Elle avait surpris quelques menaces du syndicat majoritaire, le SNIF, qui lui promettait du bon temps si elle n'y mettait pas du sien.

Elle vit la brigade de la gare du Nord et se demanda, ainsi qu'elle le faisait cent fois par jour depuis trois mois, ce qu'elle était venue faire dans cette galère. Avec des hommes, trop nombreux, qui, à peine le service terminé, rentraient chez eux comme des rats dans leur trou. Bien sûr il y avait l'éloignement des domiciles – durée moyenne du trajet pour les gens qui travaillent à Paris : deux heures – mais surtout aucune envie de rester ensemble, de former un groupe. Était-ce à cause du travail désespérant, de la petite et moyenne délinquance irréductible, des « crânillons » sans gloire, des « sauvageons » insaisissables et impunissables ? À cause d'une brigade qui finissait par ressembler davantage à un vide-ordures qu'à un service public ?

Elle aurait dû faire des efforts, parler avec eux de leurs petits soucis, de leurs états d'âme, accepter que sur 500, il y en avait forcément un bon nombre dont elle ne tirerait jamais rien.

Abadie, par exemple, songea-t-elle avec hargne.

— Qu'est-ce qu'il fout, bon Dieu ? Il le fait exprès...

Gervaise la regarda avec surprise et, voyant qu'elle ne s'adressait pas à elle mais au mur de cartons à déballer, se saisit de la bouteille de cognac.

— Je peux ? demanda-t-elle.

Considérant que l'acquiescement de Marion allait de

soi, elle se leva avec effort et se dirigea vers la cuisine pour y chercher des verres.

Marion dut patienter encore un bon quart d'heure avant que le capitaine Abadie ne se manifeste. Elle s'attendait à un mouvement d'humeur, elle en fut pour ses frais. Il avait sa voix habituelle avec même un surprenant frisson d'excitation.

— J'allais me permettre de vous appeler, madame.

— Ah oui ? persifla Marion, à quel sujet ?

— Le gamin de la gare... On a son identité. Pierre Palmieri, 15 ans, sourd-muet de naissance. Il est le fils d'un diplomate français en poste au Sénégal. Il est arrivé samedi matin de Dakar à six heures sur un vol Air France. Il était sensé se rendre seul de Roissy à Thonon-les-Bains, chez ses grands parents. Il a pris le RER à Roissy...

— Il est descendu à la gare du Nord.

— On suppose, oui. Mais on n'a toujours pas retrouvé ses bagages, il n'y a rien sur lui qui...

— O.K. ! Abadie, on fera le point là-dessus demain.

Ça recommençait. Sa voix était trop sèche, son intonation défensive, bientôt agressive.

— Très bien, dit Abadie aussi aimablement. À demain, patron.

— Capitaine, attendez ! s'empressa-t-elle sur un ton plus amical. Vous avez quelque chose à propos du véhicule ?

— Pas encore de certitude. Une piste.

— Il est possible que l'immatriculation soit 95. C'est pour ça que je vous...

— 95 ?

— Le département 95. Val-d'Oise.

— Merci, je connais, fit-il avec une pointe d'irritation. Rien d'autre ?

— Non. Enfin, si, il y a un fauve sur la vitre arrière.

— C'est une blague ?

— Écoutez, je n'ai aucune envie de blaguer. Il y a un fauve sur la vitre arrière, un dessin quoi ! s'emporta Marion. Un tigre ou un lion, une grosse bestiole en tout cas. Avec les yeux qui clignotent.

Le capitaine Abadie observa un silence. Marion crut qu'il allait éclater de rire avant de comprendre qu'il parlait à quelqu'un près de lui. Sa voix était étouffée, lointaine. Sans doute avait-il posé sa main sur le combiné. Il revint en ligne.

— Il faut que je vérifie. Je vous appelle demain matin.

— Dites-moi au moins ce que vous faites !

— Je visionne des bandes...

— Des bandes ? Des bandes de quoi, nom d'un chien ?

Abadie ignora sa question :

— Excusez-moi, mais avec le département et le logo, ça change la donne... Je vous tiens au courant. À demain, patron.

Il raccrocha et elle sentit monter la colère.

— Mais merde ! explosa-t-elle sans lâcher le combiné.

Elle était sûre qu'il mentait, qu'il n'avait rien, qu'il n'avait pas prévu de l'appeler. Même pas pour lui donner les informations élémentaires qu'il lui devait. Cette attitude la mettait hors d'elle.

Au même titre que la mettait hors d'elle Gervaise qui s'incrustait, ingurgitant de grandes lampées d'un cognac hors de prix comme si elle avait avalé un vulgaire vin de supermarché.

Marion se dit qu'il fallait qu'elle dorme même si elle

redoutait la solitude de son lit vide, le silence, le face-à-face avec la panique, la sienne et celle de Nina, les cauchemars. L'enfer du trou noir de la cour, sous ses pieds. L'insomnie.

Elle se planta soudain devant Gervaise Bousse, bras croisés.

— Anne ou Jeanne, ça vous dit quelque chose ?

— Hein ?

— Nina dit qu'Ange-Lou aurait prononcé un prénom ressemblant à un de ceux-là. Ça pourrait avoir un rapport avec la présence de l'homme près du théâtre.

Gervaise s'abîma dans un profond remue-méninges dont elle émergea avec une moue dépitée.

— Négatif, fit-elle, j'ai pas ça en magasin. Même pas chez les adultes, d'ailleurs. Je vérifierai si vous voulez mais, à mon avis, si c'est ça qu'il est venu attendre, votre bonhomme, il s'est gouré de théâtre.

Elle avala une gorgée d'alcool :

— Vous savez à quoi je pense, là, subitement ?

Marion remarqua l'expression saisissante de Gervaise et fut aussitôt en alerte. La femme fronça les sourcils :

— Juste avant qu'il ne tire sur Ange-Lou, l'enfoiré a bien dit : « Arrête, Nina ! Stop ! » ?

— Oui, mais Nina a donné l'explication. C'est Ange-Lou qui l'a appelée par son prénom...

— Ça vous chiffonne pas, vous ? Il entend son prénom une fois et il s'en souvient ? Enfin, je dis ça moi...

— Précisez votre pensée, lui enjoignit Marion. Qu'est-ce que vous suggérez ?

Le silence de Gervaise était éloquent. Marion se laissa tomber près d'elle sur le canapé, les jambes molles :

— Vous pensez qu'il attendait les filles ? Nina ? Pourquoi Nina ? Pourquoi pas quelqu'un d'autre ?

— Et il serait reparti seul ?

— S'il est venu attendre quelqu'un qui n'était pas là...

— Ou qui n'existe pas, riposta Gervaise.

Marion s'était jusqu'ici voilé la face. Gervaise était en train de lui démontrer qu'il n'y a pas de hasard, que le hasard n'est qu'une invention d'impuissants ou de paresseux. Elle prit son souffle, les yeux grands ouverts rivés au mur nu en face d'elle :

— Si vous avez raison, ça veut dire qu'il a rencontré Nina quelque part. C'est un pédophile, il l'a suivie. Si ça se trouve, ça durait depuis plusieurs jours. Hier soir, il est venu pour elle. Ange-Lou n'était pas prévue dans son plan, ça l'a contrarié. Mais il s'est dit, dans un deuxième temps, qu'il pourrait peut-être en avoir deux pour le même prix... Bon Dieu !

La grosse bonne femme s'affola de sa pâleur soudaine :

— Ne vous mettez pas dans cet état ! J'ai dit ça comme ça.

Marion hocha la tête :

— Non, non, vous avez raison, il avait vu Nina avant la soirée d'hier, j'en suis sûre à présent. Il voulait l'enlever.

— Mais si vous étiez venue la chercher à temps, son coup foirait. Oh, je suis vraiment une conne de vous avoir mis ça en tête.

Marion se bloqua, le verre à moitié plein à hauteur des lèvres.

— Et si c'était quelqu'un qui savait que j'étais encore au travail ? Que j'allais être en retard ?

— Mais il faut que ce quelqu'un connaisse vos habitudes, l'emploi du temps de Nina...

— Tout le monde connaît l'emploi du temps de Nina, à la brigade.

Gervaise la dévisagea, déconcertée. Elle ne connaissait pas ce travers de Marion : tout mélanger, amener Nina à la brigade, la laisser seule avec les hommes. À Lyon, ça passait, le groupe était petit, homogène, presque familial. Là, ils étaient 500 inconnus, noyés dans la jungle des réseaux de banlieue...

— Vous n'allez pas un peu loin, tout de même ? demanda-t-elle d'une voix qui manquait de fermeté.

*
* *

Elle s'était levée pour partir, mal assurée sur ses jambes. Sur le point de franchir la porte, elle s'arrêta, cherchant à formuler une idée vagabonde.

— Y a autre chose qui me chiffonne, dit-elle, c'est cette claudication.

— Pourquoi ?

— Nina a dit qu'elle ne se souvient pas que le taré boitait encore au moment où il les a attaquées. Et après, vous, vous avez dit un truc intelligent...

Marion sourit, à peine :

— Merci... Trop aimable.

— Vous avez dit : on remarque plus facilement ce qui est inhabituel. Je pense qu'il boite exprès pour qu'on s'en souvienne.

— C'est pas con, ça ! s'écria Marion, les yeux brillants. Même pas con du tout, Gervaise !

Gervaise baissa les yeux, modeste :

— Le théâtre m'a beaucoup appris. Et je ne dis pas

que j'ai raison. Mais c'est comme le coup du prénom... C'est un chiffon rouge qu'il agite sous le nez de ses proies pour les perturber.

— Je comprends ce que vous voulez dire.

— Allez, il faut que je rentre me zoner.

Marion la retint un bref instant :

— Merci, Gervaise. Faites attention à vous !

— Vous voulez rire ! ricana la prof en s'entortillant dans son châle. J'ai toujours foutu les jetons aux hommes.

Marion s'empressa de refermer la porte derrière elle et de boucler les deux verrous, ce qu'elle n'avait encore jamais fait.

Elle entendit décroître les pas de Gervaise dans l'escalier et une sirène d'ambulance lança un appel bref dans la rue. Elle rinça les verres, remit un peu d'ordre dans le salon en pensant à ce que la grosse femme avait dit à propos de l'enfoiré et de son infirmité à la carte. Elle se figea, soudain, percutée de plein fouet par une évidence : si, devant le théâtre, l'enfoiré avait simulé une claudication pour attirer l'attention là-dessus et qu'ensuite, dans l'ombre du lycée, il n'avait plus pris la peine de boiter, c'est qu'il avait, entre-temps, décidé de tuer les filles. Toutes les deux.

26

Nina se leva à sept heures, chiffonnée par une nuit incertaine. Elle refusa les tartines et toute nourriture solide, et Marion se fâcha pour qu'elle avale au moins un verre de lait. Ce qu'elle fit en fixant sur sa mère un regard flou. Marion non plus ne pouvait rien avaler mais elle, ce qui avait hanté sa nuit, c'était ce que sa discussion avec Gervaise avait mis à nu : Nina était la cible de l'enfoiré et, étant donné qu'il avait raté son coup, il recommencerait. Les pervers ont de la suite dans les idées et une incommensurable patience.

À huit heures, elles étaient prêtes. Nina prit la main de sa mère et, fermement, l'entraîna vers l'ascenseur.

Cette journée qui s'annonçait difficile débutait pourtant bien : l'appareil, habituellement en panne, fonctionnait.

En passant devant le square d'Anvers, Nina scruta longuement la zone délimitée par la bande jaune où les mots « Police zone interdite » éclataient en lettres noires. Tous les lycéens s'y arrêtaient pour essayer d'apercevoir quelque chose de ces mystères déflorés par la télévision et ses flics virtuels. Pourtant, là, la victime avait un nom et s'ils avaient pu franchir les limites de la scène de crime, ils auraient pu voir son sang dans le sable du square.

À l'intérieur du périmètre, des hommes vêtus de blanc s'activaient toujours. Plusieurs voitures de police barraient les accès et un véhicule technique s'était garé à peu près à l'endroit où le 4 × 4 de l'enfoiré avait attendu les deux filles. On y lisait l'inscription « préfecture de Police » et l'écusson de la grande maison était placardé sur les portières.

Marion et Nina entrèrent dans la cour du lycée Jacques-Decour. Quelques camarades de classe de Nina les regardèrent passer avec curiosité. Elles traversèrent la cour principale et empruntèrent une coursive qui menait au collège. La directrice de l'établissement les attendait à l'entrée du bâtiment préfabriqué qui abritait les salles de classe des 5e. Quand Marion l'avait appelée, elle s'était d'abord étonnée que Nina reprenne aussi vite le chemin de l'école.

Vêtue d'un tailleur bleu roi agrémenté d'un carré Hermès et de lunettes Dior – c'était écrit en gros sur les montures –, elle accompagna les deux femmes en formulant, sur un ton revêche, des objections quant à cette précipitation et aux questions dont Nina allait être assaillie. Marion marqua un temps devant la porte de la classe en lui faisant observer que c'était précisément pour y répondre qu'elle avait accompagné sa fille.

Elle entra dans la classe en tenant Nina par la main et la fillette alla s'asseoir à sa place, au milieu de la salle. Le jeune professeur de français cessa de crayonner sur le tableau et se figea quand Marion s'avança à hauteur des premières tables. D'un geste de la main, elle réclama le silence à la trentaine d'adolescents et entreprit, en quelques phrases, de leur expliquer ce qui s'était passé l'avant-veille, dans le square. La directrice avait dit que des rumeurs circulaient déjà dans le collège et elle fit en sorte d'être précise sans donner trop de détails pourtant. Quand elle eut terminé, le silence était impressionnant. Les adolescents, abasourdis, ne trouvaient rien à dire.

— Je suis prête à répondre à toutes vos interrogations, affirma-t-elle d'une voix calme, même à revenir devant vous s'il le faut, autant de fois que vous le souhaiterez. Mais je vous demande de ne pas harceler Nina. De ne pas lui poser de questions qui pourraient perturber ses souvenirs. À cause de l'enquête. Sachez que votre désarroi et votre tristesse sont pour elle multipliés par dix. Ange-Lou était son amie et elles étaient ensemble quand elle... quand le drame est arrivé. Sachez aussi que ce qu'a fait Nina était la seule chose à faire. Si elle n'avait pas eu l'idée de courir...

— Ange-Lou serait vivante, dit la voix détimbrée de Nina au milieu d'un silence glacé.

— Non, Nina, dit la voix posée de la prof de français. Tu serais morte, toi aussi, ou quelque part dans la nature entre les mains d'un cinglé. Ta mère a raison, tu as fait ce qu'il fallait.

Marion lui adressa un regard reconnaissant. Puis, comme les enfants restaient pétrifiés et muets, elle reflua vers la sortie. À la porte, elle se retourna pour rassurer sa fille. Nina ne la regardait pas. Les paupières mi-closes, elle contemplait sur la table la copie que le professeur de français venait de rendre. Nina reconnaissait l'écriture d'Ange-Lou, lisait en rouge la bonne note qu'elle avait obtenue et deux grosses larmes glissèrent le long de son nez.

— Oh ! Seigneur ! lança Marion en rejoignant la directrice qui avait assisté à la scène sans se montrer.

Elle prit appui un instant contre la cloison et gratifia la femme d'un coup d'œil plein de rancune.

— Vous ne m'avez guère aidée, madame. Heureusement que cette jeune prof était là. J'espère que tous les adultes de cet établissement auront la même réaction qu'elle.

— N'y comptez pas trop. Et ne rêvez pas : Nina sera importunée. Personne ne pourra empêcher la curiosité de ses camarades. Et je voudrais que vous m'expliquiez ça...

« Ça », qu'elle désignait du menton, c'était un homme en civil qui avait avancé une chaise près de la porte de la classe. Indifférent à la présence de la directrice, il lisait *L'Équipe*.

— Il va rester avec Nina et veiller sur elle, affirma

Marion. Jusqu'à ce que l'assassin d'Ange-Lou soit arrêté.

— Vous croyez qu'il peut s'en prendre à votre fille ?

Marion hésita à livrer le fond de sa pensée à cette femme un peu hautaine.

— Non. C'est une simple mesure de sécurité. Je redoute surtout que des journalistes ou des photographes essaient de l'approcher.

— Je ne suis pas d'accord, dit la directrice d'une voix ferme. Ou Nina est à même de suivre les cours dans des conditions normales, ou elle ne l'est pas. Et dans ce cas...

Marion se dirigea vers l'homme qui leva sur elle un regard contrarié.

— Ne restez pas si près des enfants.

— Pourquoi ?

— Parce que vous gênez. Allez plus loin, dans la cour, fondez-vous dans le décor. Je ne sais pas, moi, bougez.

Le garde du corps de Nina ne semblait pas comprendre.

— Allez, exécution ! grinça Marion tandis que la directrice s'éloignait en faisant claquer ses talons sur les dalles.

L'homme se mit debout, plia calmement son journal.

— À vos ordres, ronchonna-t-il en attrapant sa chaise.

La femme en bleu avait tourné le coin de la coursive. Marion n'entendait plus que le clac-clac décroissant de ses chaussures de luxe. Elle leva les yeux vers le ciel où de gros nuages sombres avançaient à toute allure. Une goutte d'eau s'écrasa sur sa joue. Elle se sentit très seule.

27

Marion, en introduisant son badge magnétique dans le lecteur du sas d'entrée perçut d'emblée l'atmosphère de la brigade : pesante, hostile.

Trois gardiens qui encadraient une fille livide constellée de percings la saluèrent, mais elle crut percevoir de la distance dans leurs gestes réflexes et leurs visages fermés. Puis, elle se souvint que la paranoïa la gagnait quand les choses se déglinguaient autour d'elle et, s'exhortant au calme, se rendit directement à la salle de commandement avec l'idée qu'une visite de courtoisie ne pourrait qu'améliorer l'ambiance générale. Les trois hommes occupés derrière les consoles ne se retournèrent pas quand la porte claqua derrière elle. Plusieurs pièces vitrées encadraient l'espace central consacré au trafic radio. Dans un bureau sur la gauche, le chef de quart interrogeait un type aux cheveux longs encore plus chargé de métal que la fille du couloir. Dans la petite salle voisine, un homme faisait les cent pas et Marion reconnut un jeune avocat familier du service. Sur la droite, se trouvait le bureau du major Morel, juste à côté de la salle où les patrouilles rédigeaient leurs rapports, cassaient la croûte, buvaient le café ou l'apéro. Quatre gardiens s'y tenaient debout, alignés contre le mur du fond. Un cinquième homme tournait le dos à la salle de commandement. Marion entendit la voix de Morel.

— Vous faites tous un rapport, et vous ne copiez pas les uns sur les autres. Je veux la vérité vraie. Vous avez une heure, après, je vais voir la patronne.

Le ton du major renforça l'impression de malaise qu'elle avait ressentie à son arrivée. Elle imagina une bavure. Le couple de Saint-Lazare entretué à coups de Manurhin. Une autre attaque de seringues contaminées. Le gardien disparu ! Elle l'avait presque oublié, celui-là ! C'était quoi son nom, déjà ? Prince, Roi ? Empereur ! C'était ça, oui, Empereur ! On l'avait retrouvé mort et on ne lui avait rien dit !

Elle s'avança dans le dos des opérateurs radio, capta les indicatifs et les échanges habituels, les noms des personnes contrôlées épelés selon les codes en usage dans les services de police, avec, en surimpression, la voix contrariée du major qui poursuivait sa harangue.

Marion s'arrêta entre deux gardiens, des gamins aux tenues impeccables. Ils se levèrent pour la saluer et elle remarqua que l'un d'entre eux avait les cheveux décolorés et un anneau minuscule à l'oreille. Elle se demanda si ces artifices étaient bien réglementaires et se promit de poser la question à Morel. Les deux hommes se rassirent et elle resta un moment à écouter ce qui se passait sur les ondes. Incapable de fixer son attention et de décoder les messages, elle battit en retraite en direction du chef de quart sur la tête duquel elle ne parvenait décidément pas à mettre un nom.

« 500, pensa-t-elle pour se rassurer, comment je pourrais retenir 500 noms ? »

L'officier Amel, pareil à un gros ours affublé de lunettes, lui sourit sans lever le nez de son clavier.

— Je termine mon PV, dit-il, je ne suis pas en avance et le baveux est déjà là pour la GAV. Je vais vous voir dès que je peux.

Elle traduisit : laisse-moi bosser, j'irai te parler quand j'aurai le temps.

— C'est quoi, votre affaire ? Stupes ?

C'était la première impression que lui inspirait la dégaine du détenu plus percé qu'une vieille gamelle.

— Non, vol de voiture.

Agressions, trafics en tous genres, soit. Vols, simples, avec violence, avec armes, tous les jours. Mais vol de voiture ! Dans une gare ou dans un train ?

— Vol de voiture ?

— Cinq minutes, patron, je vais vous expliquer.

Elle eut un geste désabusé et fit demi-tour. Dans le couloir, les portes s'étaient ouvertes. Marion aperçut Abadie de dos, renversé sur sa chaise, les pieds sur son bureau et le téléphone vissé à l'oreille. Elle resta un moment à l'observer, écoutant malgré elle sa conversation. Quand elle comprit qu'il s'agissait d'une communication privée, elle s'esquiva.

À côté, dans la salle commune qui servait à tout, Valentine Cara buvait le café avec trois officiers en civil. Jeans-blousons-baskets. Crânes rasés, la dernière mode. Eux aussi portaient des boucles d'oreilles, toutes petites, sur le haut des pavillons. Signes de reconnaissance, d'appartenance tribale ? Marion reconnut quelques hommes du groupe d'intervention. Ils étaient dix en tout, hors contingent, libres et silencieux, qui renforçaient ponctuellement les équipes implantées dans les gares. Elle entra dans la pièce pour leur dire bonjour et Valentine lui proposa un café.

— Plus tard, dit-elle en se dirigeant vers son bureau.

La grosse chemise cartonnée renfermant les dossiers des disparitions était toujours à la même place. Abadie l'avait posée là et sans doute considérait-il qu'il lui en avait transféré la charge. Le jeu de la patate chaude. Marion eut une bouffée de colère.

Elle repartit vers la porte et l'ouvrit à la volée :

— Capitaine Abadie, cria-t-elle dans le couloir.

*
* *

Ils regardaient Marion avec anxiété. Ils s'étaient placés spontanément en rang d'oignon : Morel, Abadie, Amel, dit Caramel (parce que l'officier de quart Amel, elle est bien bonne) et les trois officiers qui buvaient le café un moment plus tôt avec Valentine.

Marion était debout entre son bureau et une grande carte du réseau SNCF, les mains dans le dos, le visage pâle. Tendue à craquer. La fatigue creusait ses traits et il y avait sans doute des fils gris dans ses cheveux délicatement méchés qu'elle coiffait en arrière. Ils la dévisageaient et ils la trouvaient belle même s'il y avait cette dureté, ce pli qui barrait son front de plus en plus profondément. Et une ombre, sur sa bouche attirante, qui ressemblait à de la lassitude.

« Allez, vas-y, vide ton sac ! s'encouragea-t-elle.

Mais il fallait d'abord qu'elle digère ce qu'en vrac ses hommes venaient de déverser comme on vide une benne à ordures. Amel avait ouvert le feu avec l'affaire du gardien Empereur, évaporé dans la nature avec arme – de service – et bagages.

— Alors ? avait demandé Marion. Toujours pas de nouvelles ?

— De lui, non. De la voiture, oui.

— Il faut que je vous tire les vers du nez ?

Amel avait souri de toutes ses dents :

— C'est le couple que vous avez vu tout à l'heure qui l'a piquée. Ils prétendent qu'elle était abandonnée avec les clefs dessus, en plein bois de Vincennes. Ils n'ont eu qu'à se servir. C'est une patrouille de la PP qui les a serrés à dix-neuf heures hier soir, dans la bagnole.

— Hier soir.

— Exact.

— À dix-neuf heures.

— Tout à fait.

— Et Lempereur ?

— Empereur, patron. Aucune trace. L'endroit où ça s'est passé est un des coins les plus craignos du bois.

— C'est-à-dire ?

— Le coin des pédés et des travelos. Y a souvent des embrouilles.

Abadie avait tordu la bouche en un sourire ambigu.

— Et Empereur, c'est quoi ? Un pédé ou un travelo ?

Marion persiflait pour éviter de sortir trop vite de ses gonds. Son effet était tombé à plat.

— Empereur ? Mais j'en sais rien, jurait le major Morel. Je-je, je comprends plus rien aux mecs, moi. Empereur, c'est pourtant pas le genre tarlouze.

— Il est allé se faire sucer, il a laissé les clefs sur la bagnole et voilà. Ça arrive à tout le monde, mais là, ça devait presser, je vous le dis, pour qu'il oublie de verrouiller le break ! Le break de la boîte, en plus !

Amel avait tiré sa conclusion tout seul. Rien ne semblait de nature à le surprendre, pas plus qu'Abadie qui regardait, par-delà la tête de Marion, les lignes qui se croisaient sur la carte. Elle seule, à l'évidence, se posait cette question inquiétante : où était passé le gardien Empereur ?

— Je pense qu'il n'ose tout simplement pas se pointer, conclut Amel. Il a honte et il se planque. On continue à le chercher.

— J'espère bien.

Puis, Abadie avait annoncé que le jeune sourd agressé dans la gare était en état de mort clinique. L'hôpital attendait l'arrivée de ses parents pour déclarer le décès avec l'espoir qu'ils consentiraient au prélèvement de ses organes. Marion s'était étranglée :

— Je suppose que vous avez avisé le parquet ?

— Bien entendu. Pour l'instant, il nous laisse l'enquête.

— Et rédigé les avis réglementaires ?

— Affirmatif.

Tout le monde avait été avisé. Tout le monde, sauf elle.

Le reste : les enquêtes au point mort, les incidents à Mantes-la-Jolie entre une patrouille et une bande de jeunes qui avaient incendié une rame de banlieue, la raclée reçue par deux contrôleurs de la SNCF à Juvisy, avaient, à côté, des airs de broutille. Quand était venu le tour de Morel, il avait plongé le nez sur ses chaussures impeccablement cirées :

— Je préfère vous entretenir en tête à tête, s'il vous plaît, patron.

— Pourquoi ? On a des choses à se cacher ?

— Excusez-moi, je préfère.

Le teint de Morel était jaune, ce matin, sa voix blanche. Qu'est-ce qu'il avait à dire que les autres ne devaient pas entendre ?

Marion avait eu l'impression de toucher le fond. Ça ne pouvait pas durer.

— Bon, à présent vous allez m'écouter !

Sa voix était éraillée. Le cognac. Plus l'émotion. Séisme en vue, tous aux abris. Ils rentrèrent la tête dans les épaules.

— Vous savez, dit-elle calmement, que je ne suis pas parisienne. Vous savez que je n'ai jamais commandé autant de personnel à la fois. Vous savez que ma spécialité, c'est la PJ. Que je suis un chef de service qui vient vous diriger après de nombreux autres. Qu'avec un peu de chance, je resterai ici trois ans, au maximum. Que pour vous, un patron en vaut un autre et que, quoi qu'il fasse, la terre tournera pareillement. La terre et, devrais-je plutôt dire, cette brigade. Vous savez que je vis seule, que j'ai une fille à qui il vient d'arriver une chose terrible. Moi, en revanche, je ne sais rien de vous, même pas tous vos noms, et il y a des chances pour qu'il en soit ainsi tant que je serai parmi vous. Mais s'il y a une chose, une seule que je dois savoir, c'est ce qui se passe dans ce putain de service !

Elle avait élevé le ton.

— Et cessez de me regarder comme si j'étais un petit chef un peu demeuré, juste bon à compter les crayons et les gommes.

Elle fit deux pas en avant. Plus qu'à ses hommes, c'était à elle qu'elle bottait le train.

— Alors, à partir de maintenant, je veux tout savoir de ce qui se passe ici, aussitôt que ça se passe. Je veux vous donner des instructions, des ordres et pas seulement un avis ou un conseil. Je veux suivre le travail et les affaires, pas seulement signer des transmissions au parquet ou des bordereaux pour les juges. Ça va peut-être changer vos habitudes mais vous vous y ferez.

Elle marqua une pause pour reprendre son souffle face à ses hommes paralysés. Amel se risqua le premier :

— Je n'ai pas voulu vous importuner hier soir avec cette histoire, vu ce qui s'était passé avec votre fille...

— M'importuner ? Mais ça fait trois mois que vous essayez de ne pas m'importuner, monsieur Amel. Et laissez ma fille en dehors de ça, s'il vous plaît.

Elle les regardait à tour de rôle et elle essayait de lire derrière le front buté d'Abadie, les mimiques ennuyées de Morel, les dents bien alignées d'Amel, les yeux verts de Valentine, les crânes lisses des trois civils qui se demandaient ce qu'ils avaient fait pour se retrouver là, à prendre la douche avec les autres. Elle y décrypta des messages divers, mais quelque chose lui disait que c'était ce qu'elle devait faire et qu'ils la respecteraient pour cela.

— À partir d'aujourd'hui, le groupe judiciaire sera placé sous le contrôle du capitaine Abadie. Il coordonnera les affaires et c'est lui qui jugera de la nécessité de m'importuner ou non. C'est tout, conclut-elle avec un geste sec de la main.

Abadie sursauta, pâlit, se demandant ce qu'il devait comprendre. Ses collègues lui jetèrent un regard surpris puis revinrent à Marion qui arborait un air terriblement sérieux.

Elle aurait dû se montrer plus amicale, plus chaleureuse maintenant qu'elle avait largué son venin. Elle aurait dû leur demander si ces nouvelles règles leur convenaient puisqu'on lui avait enseigné le management des hommes et qu'ils n'étaient pas des machines ou des pions qu'on déplace à sa guise. Mais elle demeura immobile, les dents serrées pour leur signifier qu'elle ne dirait rien de plus.

Ils sortirent en silence, laissant avec elle le major Morel qui faisait de visibles efforts pour ne pas perdre contenance.

Marion se laissa tomber dans son fauteuil de cuir :

— Je vous écoute !

— C'est une mauvaise nouvelle, patron.

— Vous m'étonnez.

— J'ai fait l'inventaire de l'armement.

Une giclée de bile inonda la gorge de Marion et la pièce se mit à tourner. Elle se cramponna au rebord du bureau. Elle ne se souvenait pas d'avoir jamais éprouvé cela, sauf peut-être sur le grand huit, dix ou vingt ans plus tôt.

— Qu'est-ce qui manque ?

— Un fusil à pompe. C'est une arme qui revenait de l'armurerie centrale, l'armurier l'a déposée dans le local sans la verrouiller au râtelier.

— Comment il s'appelle ? demanda Marion comme si cette question était primordiale.

— Qui, l'armurier ? Mais... Jobert... Pourquoi ? C'est un gars sérieux. Jamais de faille.

— Jamais, en effet.

Morel baissa la tête, confus de sa maladresse :

— Sauf là, bien sûr.

— Des munitions ont disparu ?

— Non, pas que je sache. Tout est au coffre. Mais il peut toujours traîner une cartouche ici ou là, surtout après les séances de tir.

Une fois par semaine, deux moniteurs emmenaient les gars tirer par groupes de dix. C'était insuffisant, mais tous les services n'avaient pas cette chance.

— L'équipe qui a omis de fermer la porte fait un rapport. J'ai fait diffuser les caractéristiques de l'arme et les circonstances de l'incident.

Marion sursauta :

— Un incident ! Vous savez que la direction va nous envoyer une inspection pour ça ?

— Je le sais. Je ne comprends pas ce qui s'est passé et je ne peux pas être derrière tout le monde.

Elle avait envie de lui dire que si, justement. Mais elle avait déjà dépassé le stade de la gestion de l'événement lui-même pour gamberger à ce qu'elle avait exposé à Gervaise la nuit dernière : si l'assassin attendait Nina devant le théâtre, c'est qu'il connaissait ses habitudes. C'était quelqu'un de proche. Qui avait aussi volé une arme dans le service ? Quelqu'un de la brigade ?

Elle se dressa tout à coup.

— Dites-moi, major, il est comment votre Empereur ?

À des années-lumière du gardien porté manquant depuis trente-six heures, Morel faillit s'étrangler.

— Co-co comment ?

— Physiquement, il est comment, le gardien Empereur ?

— Ah ! Grand, brun, plutôt beau gosse.

— Gros ?

— Mais non, pourquoi ?

— Grand comment ?

— Mais... je ne sais pas. Assez grand...

— Plus grand que vous ?

Il écarquilla les yeux, dérouté. Inconsciemment, il redressa son mètre soixante dix.

— Euh oui ! Beaucoup plus... Ah oui... Mais, qu'est-ce que ?... On peut regarder son dossier, si vous voulez.

Il se tut, tendu vers le visage crispé de Marion qui tardait à lui donner l'ordre qu'il attendait pour se mettre en mouvement.

— Tout ce que je sais, fit-il, pris d'une inspiration subite, c'est qu'il chausse du 49. Les plus grands pieds de la brigade si on excepte Tamin qui fait du 52...

Marion éclata d'un rire nerveux qui la détendit enfin.

— Vous connaissez tous les hommes et femmes du service par leurs pointures ? C'est incroyable ! Moi qui n'arrive déjà pas à retenir leurs noms !

Le major Morel s'autorisa un sourire :

— C'est spécial pour Empereur. Il est venu récemment chercher des rangers neufs, c'est pour ça que je m'en rappelle...

Elle fut tentée de lui faire remarquer qu'il commettait une faute de syntaxe mais se retint.

— Quand ?

— Quand Empereur est venu ? Attendez voir...

Il se coinça le menton entre le pouce et l'index et fronça fortement ses sourcils poivre et sel.

— Ah ! s'exclama-t-il les yeux brillants, ça me revient. C'était dimanche après-midi. Non, le soir, il allait prendre sa nuit à 21 heures... Il était, attendez voir...

— Bon, on s'en fout, l'interrompit Marion avec brusquerie. J'étais encore là quand il est passé ?

— Non, vous étiez dans la gare avec le capitaine Abadie. C'est même à cause de lui que j'ai pas pu surveiller votre fille.

— À cause d'Abadie ?

— Mais non ! À cause d'Empereur !

Morel perdait patience. Elle s'adoucit :

— Excusez-moi, major... Il vous a paru normal ?

— Ben oui... Je pense... Il est resté un moment à discuter avec les gars de la salle... Je l'ai pas vu partir.

Personne n'avait vu s'en aller ce « nuiteux » discret, solitaire et sûrement un peu schizo et suicidaire, comme tous les « nuiteux ». Suicidaire et assassin ?

En tout cas, c'était après son départ que Marion avait trouvé Nina dans le couloir avec les zoneurs et, un peu plus tard encore, la porte de l'armurerie ouverte.

28

— C'est cousu de fil blanc.

Elle arpentait la pièce, les mains dans le dos.

Abadie suivait ses allées et venues et il commençait à avoir mal au cœur. Il n'avait jamais pu regarder un match de tennis en entier et les trains mal suspendus, à la vérité tous les trains, lui étaient une torture.

Il ferma à demi les yeux afin de ne plus la voir.

Depuis un quart d'heure, Marion essayait de le convaincre qu'Empereur était l'assassin d'Ange-Lou et lui s'obstinait à rester impassible, muet. Elle repartit à l'attaque, le regard flamboyant :

— C'est un pervers sexuel. Son truc, c'est les travestis. Les vrais, bien sûr, avec des nichons et un pénis. Mais comme de nombreux pervers, il n'est pas monomaniaque, il change de sujet en fonction de sa pulsion et de ce qui se présente alors... Dimanche, il est passé chercher ses rangers neufs. Il a vu Nina dans le couloir, il a flashé sur elle. Si ça se trouve, il l'avait déjà vue ou il la suivait, en tout cas il connaissait ses activités et ses horaires. En partant, il a trouvé la porte de l'armurerie ouverte, il est entré, il a pris une arme. Lundi soir, sachant que j'étais retenue ici, il est allé l'attendre au théâtre. Il n'avait pas prévu Ange-Lou dans son programme ni que Nina serait assez gonflée pour lui fausser compagnie. Il a raté son coup et c'est pour ça qu'il a tué Ange-Lou.

— Pourquoi pas l'inverse ? Pourquoi n'aurait-il pas attendu Ange-Lou ?

Tiens, il lui arrivait de parler, au beau brun. Marion l'examina de biais. Elle avait obéi à une impulsion brutale en le nommant à la tête du groupe judiciaire, au mépris de ce qu'elle se répétait depuis la veille : il y en avait un parmi eux qui n'était pas clair. Elle avait désigné Abadie en dépit de son attitude décourageante et elle ne savait pas pourquoi.

— J'y ai pensé, figurez-vous, fit-elle sèchement. Mais je vous répète qu'il connaissait Nina puisqu'il l'a nommée, près du lycée, et que, s'il avait voulu Ange-Lou, il ne l'aurait pas tuée, il l'aurait embarquée quand Nina a pris la fuite.

Abadie laissa retomber légèrement ses épaules ce qui signifiait sans doute qu'il admettait l'argument. Ils s'affrontèrent du regard et le capitaine céda le premier.

— Pourquoi voler une arme puisqu'il en a une ? fit-il avec effort.

— Mais ça tombe sous le sens, non ? S'il se sert de son arme personnelle, il signe son crime !

Abadie haussa les épaules, discrètement. Encore sous le coup de sa promotion fulgurante, prudent :

— Il essaie d'enlever Nina, il rate son coup. Il tue Ange-Lou, ensuite il part tranquillement reprendre son service et, en fin de nuit, il va se soulager avec les travelos du bois de Vincennes...

— Pas mal, fit-elle sarcastique. Continuez !

— Votre fille a vu une arme avec un canon court. Le riot gun volé est une arme à canon long...

— Un canon, ça se trafique. Trente secondes pour le scier, et encore ! Nina dit qu'il portait des rangers. Des rangers, Abadie !

— Elle décrit un type gros, qui boitait.

— Et alors ? Boiter, tout le monde sait le faire. C'est un truc pour attirer l'attention... Il aurait aussi bien pu se mettre un nez de clown ou un postiche rasta. Et si ça se trouve, il n'est pas gros. Ma fille est une ablette, elle voit tout le monde énorme. Et il faisait nuit.

— Et la voiture ? Un gardien ne peut pas se payer une caisse de cet acabit...

— Une bagnole, ça se vole, surtout si on a en tête de faire une connerie avec...

— Je trouve un peu stupide de voler un engin aussi

voyant... Et puis, à l'heure du crime, Empereur était au travail. Il a pris son service à 21 heures.

Elle exprima par une grimace la faiblesse de l'objection : les retards, absences injustifiées et autres anomalies n'étaient pas exceptionnels, surtout dans un service atomisé comme la brigade des chemins de fer où, par principe, les gens étaient mobiles, soumis aux aléas de la circulation ferroviaire.

— Il est gaucher ? demanda Abadie calmement.

La question déconcerta Marion. Elle lui jeta un regard glacial :

— Faites vérifier. Tout, dans le moindre détail. Je veux toutes les réponses avant midi.

Il attendit pourtant, avant de se diriger vers la sortie sans se presser. Avec dans ses yeux noirs, une question : pourquoi moi ? Elle sourit vaguement, satisfaite de désarçonner enfin ce capitaine qui lui tapait sur les nerfs.

29

Dans son bureau de la tour pointue, Serge Kerman se battait avec un nouvel ordinateur qu'on venait de lui installer. Penché sur le clavier, il essayait de comprendre la notice rédigée en des termes qu'il jugeait abscons. Cet attirail le barbait, mais la maîtrise de l'informatique satisfaisait son ego. Kerman était un patron élégant, intelligent, rigoureux et soucieux de son image. Il écoutait avec une attention distante sa chef de groupe de permanence, la commandant Régine

Duplat, lui faire le compte rendu de la nuit et le point sur les affaires en cours. Duplat évoqua longuement le cas d'Ange-Lou Marly sur lequel il y avait pourtant encore peu à dire.

— Vous devriez vous méfier de votre collègue Marion, dit subitement la jeune commandant au regard froid.

— Ah oui ? Qu'est-ce qu'elle maquille ?

— Elle investigue en solo.

— Elle travaille.

— Elle vous a remonté quelque chose ?

— Pas encore. Mais je connais Marion, elle remonte seulement quand elle est sûre. Ne vous occupez pas de ça.

Bien sûr qu'il connaissait Marion sûrement mieux que cette prétentieuse qui le regardait avec ironie, l'air de penser qu'il était en train de se faire avoir par une jolie femme qu'il avait un jour tenue dans ses bras. Tout le monde connaissait l'histoire. Marion était le seul amour de Kerman, les autres femmes n'avaient été que des pansements sur une plaie à vif.

— Elle est sur un type, insista l'officier. Un certain Empereur.

Kerman cessa de tripoter ses touches qui refusaient d'obéir et ne lui livraient que des idéogrammes incompréhensibles. Il releva vivement la tête et ses cervicales craquèrent. La douleur vive fit éclater des milliers de lucioles devant ses yeux.

— Ah ? fit-il, imperturbable.

— Oui.

— Et alors ?

— Alors rien, je vous le dis, c'est tout. Qu'est-ce qu'on fait ? Vous l'appelez ?

— Certainement pas.

Kerman pointa un index soigné sur sa collaboratrice :

— Mais vous, vous vous mettez sur son gars.

30

Marion téléphona la première et l'ego de Kerman s'en porta mieux. Il mentit en prétendant qu'il se préparait justement à la contacter pour lui parler de l'autopsie d'Ange-Lou qui avait eu lieu la veille, en fin d'après-midi. Une balle, une seule, l'avait transpercée, une Brenneck. Ses gars l'avait retrouvée dans le sable du square, à un mètre cinquante du point d'impact.

La bouche de Marion s'assécha. Les Brenneck, c'était pile le type de munition qu'on trouvait dans l'armurerie de la brigade et qu'on utilisait dans les fusils à pompe...

— Tu avais raison, ajouta Kerman sans émotion, il n'y avait pas de sperme, aucune agression sexuelle. Par contre, on a retrouvé des éléments étrangers à la victime sur le corps et les vêtements... Il faudrait que tu passes au labo...

— Moi ?

— Tu l'as manipulée... On a besoin de tes cheveux, notamment, pour des comparaisons. On doit être sûr que l'agresseur ne l'a pas touchée, qu'il n'a rien laissé sur elle.

Un ange passa. Marion resta silencieuse. Qu'aurait-elle pu dire, sinon qu'elle avait parfois l'impression que le sol s'ouvrait sous ses pieds ? Que cette situation était la pire que l'on puisse imaginer ? Kerman lui aurait sans doute rétorqué que non : le pire était à venir. Le vide se creusait entre eux. Kerman finit par pousser un soupir agacé :

— Et toi, tu n'as rien à me dire ?

Il prenait déjà cette intonation de censeur quand, des années auparavant, il arrivait à Marion de sortir sans lui et de rentrer au milieu de la nuit. Quand il posait cette question le lendemain, c'est qu'il savait très précisément ce qu'elle avait fait, l'heure de son retour, son taux d'alcoolémie... Père possessif, frère surprotecteur, mari jaloux. Trop pour une seule femme...

Tu n'as rien à me dire ?

— Si.

Lui donner du grain à moudre. Endormir sa méfiance endémique. Au moins essayer.

Elle lui relata en détail le vol du fusil dans l'armurerie, ses soupçons au sujet du gardien Empereur. Sa disparition qui en faisait un bon suspect.

— J'ai dans l'idée depuis le début que Nina est familière à ce salaud, qu'il la connaît. Ça colle très bien avec ce type aux mœurs douteuses.

— C'est une possibilité, en effet, dit prudemment Kerman, satisfait de constater que Marion était plus honnête qu'il ne l'aurait cru. En allant au labo, tu passes au 36 faire une déposition ?

Il n'attendit pas sa réponse, l'acceptation de Marion ne faisait aucun doute.

— Tu ne t'occupes plus d'Empereur, ordonna-t-il, sauf si tu lui remets la main dessus avant moi. Dans ce cas, tu m'avertis aussitôt.

— Bien sûr.

Elle était au moins assurée d'une chose : elle ne serait plus seule à chercher Empereur. Elle raccrocha pourtant avec la sensation déplaisante que Kerman avait déjà entendu parler du gardien disparu. Quelqu'un de son entourage immédiat bavassait à la Crim'. Ce n'était qu'à moitié surprenant. Ils devaient être une bonne demi-douzaine d'OPJ à rêver d'intégrer la prestigieuse brigade. Un fantasme qu'ils pouvaient d'ailleurs tout de suite ranger au placard : la sélection pour la Crim' ne passait pas par la gare du Nord. Ils étaient tout aussi nombreux à considérer Marion comme une petite cousine attardée de province, persuadés que les vraies affaires et la vraie police n'avaient pas droit de cité en dehors de la capitale. Mais ils n'étaient pas autant à connaître les détails entourant la mort d'Ange-Lou.

En balançant Empereur à Kerman, Marion sacrifiait une piste à laquelle elle n'était pas sûre de croire complètement. En contrepartie, elle achetait du temps et, du moins l'espérait-elle, la confiance du divisionnaire. Même si elle savait que, en jouant au chat et à la souris avec lui, elle avait toutes les chances de perdre.

31

Le capitaine Abadie arborait son air indéchiffrable et Marion craignit de ne pouvoir le supporter une minute de plus. Pourtant, elle s'efforça de ne rien laisser paraître et, assise du bout des fesses dans son fauteuil de chef, elle posa les mains à plat sur la surface lisse de son bureau en respirant à fond.

— Oui, capitaine ? Vous avez des choses à me dire ?

Les PV des disparitions étaient toujours étalés sur le

bord de la table. Abadie y jeta un bref coup d'œil avant de répondre.

— C'est au sujet de la voiture de l'assassin de la petite Marly, dit-il. Ce que vous m'avez dit ne m'arrange pas.

— Désolée, grinça-t-elle. Je ne peux pas inventer.

— Ne le prenez pas mal, patron. Je ne voudrais pas que vous pensiez que je suis contre vous.

Elle se pencha en avant, fouilla dans ses yeux noirs, aussi impénétrables que des lacs de grotte.

— Ah non ? Voyez-vous, j'aurais juré le contraire. Qu'est-ce qui se passe, Abadie ? Qu'est-ce que j'ai fait ? Ou pas fait ?

— Rien, lâcha-t-il après un temps. Je pensais avoir repéré le 4 × 4 de l'assassin de la petite. Ce n'est pas le bon. C'est tout.

— Comment ça, repéré ?

Il regardait Marion avec un drôle d'air. Elle sentait que le vernis craquait, qu'il luttait contre une envie féroce de lâcher prise. Il se lança :

— J'ai accès aux enregistrements vidéo de la compagnie du périph'. C'est surprenant le nombre de petites infos qu'on peut y trouver. Votre fille a été agressée pas loin de la porte de Clignancourt... Je me suis dit qu'il avait pu filer par là.

Il sembla à Marion que la réserve du capitaine fondait lentement. Son expression changeait à peine, mais ses beaux yeux noirs s'élargissaient.

— Génial... fit Marion, circonspecte. Ça nous mène où ?

— Nulle part... Je ne l'ai pas identifié. J'ai bien cru en trouver un qui pouvait nous intéresser, les heures correspondaient, mais les précisions que vous m'avez données ultérieurement ont remis les compteurs à zéro.

— Merde, déplora Marion en se levant. C'est vraiment foutu ?

— Oui. J'ai des agrandissements. Nina a vu des pneus blancs, des enjoliveurs rouges avec un éclair. Le véhicule photographié sur le périph' est un Land Rover, le sigle de la marque n'a rien à voir avec ça. De plus, il est passé à 22 h 35 devant la caméra, moins de cinq minutes après l'agression, le tueur n'a pas eu le temps de changer ses quatre roues... Enfin, j'ai une image nette de l'arrière, il n'y a pas de bestiole, même sur la roue de secours. Il faut chercher ailleurs.

Marion encaissa la nouvelle en s'efforçant de dissimuler sa déception. Elle se redressa avec peine. Doucement, les yeux mi-clos, desserrer l'étau qui lui bloquait la respiration. Elle releva la tête.

— Quoi d'autre, Abadie ?

Il se tenait entre la porte et le bureau. Il posa sur elle un regard qu'elle trouva trouble :

— Les parents du jeune Palmieri arrivent demain... laissa-t-il tomber d'une voix étranglée.

— Vous avez du nouveau à son sujet ?

— Peu de chose. On sait avec certitude qu'il n'y a eu aucune agression sexuelle. Les prélèvements sont partis au labo avec ses vêtements. On n'a toujours pas retrouvé ses bagages, ni ses papiers. J'ai l'impression qu'on lui a vidé les poches aussi et retiré tout ce qu'il avait de personnel. À part la petite photo dans la poche arrière de son jean.

Marion s'intéressa soudain à une vue aérienne de la gare du Nord sous laquelle une légende indiquait qu'elle était une des plus grandes du monde. Grouillante, animale, profonde comme le grand Canyon. Elle murmura en suivant des yeux les kilomètres de couloir qui sinuaient sur plusieurs niveaux :

— Qu'est-ce qu'il faisait dans les toilettes des femmes ?

— Pardon ?

— Non, rien. Je me demande combien cette ville camoufle de cinglés... C'est insondable, ça me fout les j'tons... Autre chose, capitaine ?

Abadie fit la moue :

— Un détail... insolite.

— Ah ?

— Le médecin du service réa m'a fait remarquer que le gamin était entièrement rasé.

— Rasé ? C'est-à-dire ?

— Rasé. Des pieds à la tête. Bras, jambes, pubis. C'était pas un vrai poilu, notez bien, mais quand même.

— Il y avait peut-être une raison. Vous verrez ça avec la famille, capitaine.

Il acquiesça d'un signe de tête sans bouger.

Marion le dévisagea en se demandant pourquoi il ne partait pas. Ils n'avaient plus rien à se dire, elle avait besoin de rester seule, mais elle se souvint que sa froideur n'arrangeait pas ses relations avec ses troupes. Elle lui adressa un sourire poli :

— Votre... contact à la salle de commandement du périph', c'est...

— La personne qui partage ma vie.

— Ah... Très bien.

Il ne bougeait toujours pas.

— Bon, dit Marion en se tournant vers la carte murale, vous la remercierez quand même. Elle est commissaire ?

— Il n'est pas commissaire. Mais je le remercierai, bien sûr.

Marion se figea. Abadie fixait son dos, tendu et provocant. Elle se retourna lentement.

— Attendez ! C'est pour ça que vous... Enfin, vous pensiez que... Merde, Abadie ! Vous vivez avec un homme, c'est votre droit. Qu'est-ce que vous voulez que ça me fasse ? Ça vous regarde, non ?

Le capitaine montra ses dents dans un sourire crispé :

— Vos prédécesseurs m'ont mené la vie dure à cause de ça. Ils ne pouvaient pas admettre qu'un flic, un vrai couillu de flic ainsi que disait le dernier d'entre eux...

Il marqua un temps.

— Je vois le genre, soupira Marion. J'en ai connu de semblables à mes débuts... Il vous a pourri la vie, n'est-ce pas ?

— Il a saboté ma carrière. Je voulais passer les concours... Devenir commissaire, pourquoi pas. Il m'a foutu des bâtons dans les roues jusqu'à ce que je renonce. C'est la raison pour laquelle je me tenais à distance de vous.

— Et qu'est-ce qui vous fait croire que je suis différente ?

— Vous m'avez confié le groupe judiciaire sans me connaître. Pourtant, depuis que vous êtes arrivée, je suis infect avec vous. Je crois que j'avais peur de votre jugement. Mais vous m'avez évalué sur mon travail et pas sur ma vie privée. Croyez bien que j'apprécie...

— C'est moi qui suis bouchée, Abadie. Je n'ai rien pigé. Je croyais que c'était moi votre problème... Mais, vous n'avez pas l'air... enfin, je veux dire, on ne dirait pas... oh et puis zut, je m'enfonce là !

Luc Abadie éclata de rire. Un rire jeune et frais, aussi spontané qu'une pluie d'orage.

— On m'a prêté des aventures avec toutes les

femmes de la gare, vous savez... Même avec Valentine, c'est dire...

— C'est dire quoi ?

— Rien, patron. Excusez-moi ! Je m'égare.

Son visage redevenait grave. Marion scruta un instant ses oreilles décollées qui donnaient un air humain à son visage presque parfait. Valentine... Quoi avec Valentine ? Qu'est-ce qu'elle en avait à faire de la vie sexuelle d'Abadie et de Valentine ? Elle ferait bien mieux de s'occuper de la sienne. Triste et frustrante...

— Bon, alors, capitaine, dit-elle, désireuse de revenir à des sujets moins personnels, qu'est-ce qu'on fait pour cette bagnole ? Je suppose qu'on n'a aucune plainte pour le vol d'un engin de ce genre ?

Abadie avait vérifié, bien sûr. C'était même par là qu'il avait commencé. Il fit non de la tête.

— La Crim' a placé le 4 × 4 en diffusion prioritaire, ajouta-t-il. Les patrouilles devraient le trouver s'il est sur la VP ou dans un parking public. Sinon, il faudra plus de temps.

— Surtout s'il l'a modifié depuis.

Abadie passa la main dans ses cheveux noirs. Une main dont l'annulaire s'ornait d'un anneau en or avec des brillants comme Marion ne se souvenait pas d'en avoir jamais porté, même au temps de son mariage avec celui que Serge Kerman appelait « le juge ».

Un coup discret fut frappé à la porte qui livra passage au major Morel :

— Empereur n'a pas de voiture personnelle, mais il est gaucher.

Marion prit le temps de digérer les informations.

— Son emploi du temps de la soirée de lundi a été vérifié ?

— Oui, il est arrivé en retard au travail.

— Quelle heure ?
— Vingt-deux heures trente.
— Cinq minutes après le meurtre de la petite, dit Abadie, subitement excité.
— Qu'est-ce qu'il a donné comme excuse pour son absence ?
— Rien, fit Morel en haussant les épaules, enfin, rien que du classique. Genre les bouchons dans Paris ou une panne de réveil...
Abadie fit la moue :
— De toute façon, gare du Nord, gare de Lyon en cinq minutes, ça serait balèze... Impossible, même au deux-tons...
— Oui. Merci major.
— Qu'est-ce qu'on fait, patron ? demanda Abadie une fois le gradé sorti.
— Il faut que j'aille au 36, il m'attend, dit Marion.
Abadie écarquilla les yeux.
— Kerman. Je vais lui donner ces infos toutes chaudes... Il faut lui laisser ronger cet os le plus longtemps possible.
— Et nous, on fait quoi ? insista Abadie.
— On cherche ailleurs. On vérifie les emplois du temps des gens du service qui savaient que Nina allait au théâtre ce lundi-là et que j'étais retenue ici. On épluche leurs dossiers administratifs. On recense les gauchers, ceux qui savent manipuler leur arme d'une seule main, qui ont une blessure d'un membre inférieur ou un handicap passager ou des dons de comédien... Épluchez tout, même les détails insignifiants. Asticotez les « rats » et tous vos indics dans la gare et en dehors.
Abadie soupira avec élégance. « On » avait un mois de boulot, au bas mot.
— Et pendant que vous y serez, remettez une louche

sur tous les individus qu'on a interpellés le dimanche après-midi et passez tout ça à la moulinette, grille fine... Nina a parlé avec eux. Ça peut avoir donné une idée à un de ces tordus.

— Ils ont tous été relâchés avant que Morel ouvre l'armurerie, objecta Abadie.

— Tous ? Vous êtes sûr ? Il me semble qu'il en restait un, non ?

— Un plaignant.

— Et alors ?

— Très bien, concéda l'officier. Mais je dois me faire aider, je ne pourrai pas tout faire seul. Vous avez des réserves sur quelqu'un ?

Pas con, Abadie. Peut-être pas assez con ?

— Oui, mais je ne sais pas sur qui. Il y a tellement de monde ici.

— Je peux vous aider ?

Elle hésita. Déchirée entre la réserve que le capitaine lui inspirait encore et le besoin forcené de faire confiance à quelqu'un. Elle non plus ne pouvait pas rester seule sur ce coup. Elle se lança :

— Quelqu'un du service bave à la Crim'.

Abadie sourit furtivement.

— Valentine Cara, souffla-t-il. Elle est maquée là-bas.

— Kerman ?

L'officier remarqua que le visage de Marion s'était crispé. Imperceptiblement, mais crispé. Il la rassura :

— Non, quand même pas. Un chef de groupe.

— Un commandant ?

— Une, patron. « Une » commandant.

32

Le temps que Marion passe au laboratoire et revienne faire sa déposition à la Crim', l'heure du déjeuner était largement dépassée. Personne ne lui avait proposé un en-cas. Même pas un café. Un oubli dont elle comprit la raison quand, après avoir quitté la commandant Régine Duplat qui dirigeait l'enquête sur l'assassinat d'Ange-Lou, elle se heurta à Kerman. Sans doute devait-il guetter sa sortie car il la prit aussitôt par le bras et l'entraîna dans l'escalier.

— J'ai réservé aux Trois Marches. Je meurs de faim.

Marion se raidit et s'arrêta. Décision, exécution. Pas de discussion. Kerman dans ses grands moments.

— Excuse-moi, Serge, mais je n'ai pas faim. Et pas le temps. Et pas la tête à ça. Une autre fois.

Il n'avait pas lâché son bras et elle ressentit la légère crispation de ses doigts. Elle se dégagea avec fermeté.

— Je t'en prie, Serge.

Quelques curieux sortaient des bureaux. Le ton de la conversation entre les deux tauliers anciennement amants laissait présager du gratiné. Pas question de rater ça.

— Tu tiens vraiment à faire l'attraction ? dit Kerman d'une voix sourde. Allez, viens, j'ai des choses à te dire.

*
* *

— Tu ne changeras jamais, fulmina Marion après qu'une serveuse grincheuse les eut installés à une table du fond.

Le restaurant mythique, qui avait vu défiler tant de

flics célèbres, était à peu près vide. L'horloge au-dessus de la caisse indiquait quatorze heures trente-cinq.

— Deux Kir ! lança le divisionnaire à la femme qui attendait avec son carnet de commandes.

Marion frappa la table de la paume de la main :

— Mais dans quel monde tu vis, Kerman, nom de Dieu ? gronda-t-elle. Je ne suis pas à tes ordres.

La serveuse revenait déjà avec deux verres pleins à ras bord. Elle toisa Marion en ayant l'air de se demander qui était cette pécore qui osait parler ainsi au grand homme.

— Ce sera quoi, monsieur Serge, aujourd'hui ? demanda-t-elle avec une familiarité destinée à faire barrage à l'hostilité de cette jolie femme que le divisionnaire dévorait des yeux.

Kerman lui répondit sur le même ton complice :

— Deux plats du jour, Sylvette. Et un « Côte rôtie ». Chambré.

— C'est pas vrai ! ricana Marion. Deux plats du jour ! Mais on ne sait même pas ce que c'est, le plat du jour !

— C'est un petit... hasarda la serveuse.

Marion lui coupa la parole d'un geste brusque :

— Ça m'est égal. Je n'ai pas faim. Ni soif.

— Quoi ? Tu n'aimes plus le vin ?

Quand elle était dans cet état, il essayait l'ironie. Il forçait sa nature, s'efforçait de tordre le cou à sa dignité. Il devenait fragile, pathétique presque. Elle le dévisagea quelques secondes puis avala d'un trait le contenu du verre qu'il lui tendait. Le Kir enflamma aussitôt ses pommettes.

— Tu veux me soûler ? Pour me faire parler ?

Le vin agissait sur elle comme un décapsuleur, libérait la soupape qui enfermait ses humeurs comme dans une Cocotte-minute. Kerman avait fait les frais, pour le pire et le meilleur, de ces explosions et elle n'avait pas oublié que, s'il en avait parfois souffert, il y avait maintes fois trouvé son compte. Kerman ne faisait rien pour rien, ce n'était pas un homme, c'était un tiroir-caisse.

Il effleura son avant-bras et elle frissonna.

— J'essaie seulement de te détendre, dit-il, hésitant à interpréter le spasme discret qui hérissait le fin duvet de son poignet.

Elle leva les yeux au ciel.

— C'est vrai, dit-il en avalant une gorgée de son Kir, tu es trop tendue. Tu as besoin de repos, Edwige. Pourquoi veux-tu toujours être forte, pourquoi ne veux-tu pas te laisser prendre en charge, juste un peu ?

— Serge, fit Marion excédée, dis-moi ce que tu voulais me dire. Et, par pitié, ne me dis rien d'autre.

— Dis donc, ma chère, ce n'est pas toi, par hasard, qui aurais des choses à me dire ?

***

Le plat du jour, un petit salé aux lentilles au demeurant savoureux, refroidissait dans l'assiette de Marion. Elle venait d'écouter sans broncher Kerman lui décrire le véhicule de l'enfoiré. Elle sourit :

— Décidément, elle doit être très amoureuse !

— Amoureuse ? De qui tu parles ?

— Valentine Cara, un lieutenant de mon service.

— Comprends pas.

Elle se pencha, provocante :

— Elle baise avec Régine Duplat et, entre deux orgasmes, elle lui rapporte dans le détail tout ce qui se passe dans ma brigade. Ne me dis pas que tu ignorais comment la commandant Duplat pouvait connaître mes moindres faits et gestes ?

Serge Kerman avala une autre lampée de vin, claqua la langue en hochant la tête. Il posa son verre doucement et l'examina, impénétrable :

— Comme tu as pu le constater, Régine Duplat est un remarquable chef de groupe et un flic hors pair. C'est aussi une femme de quarante ans qui a un peu de mal à gérer sa vie privée. Elle a été mariée deux fois, elle a un fils de vingt ans et une fille de six. Elle navigue d'un homme à une femme et, sur le plan sexuel, elle est plutôt du genre boulimique. Je ne sais pas qui est la jeune lieutenant dont tu me parles et je m'en fous. Ça te suffit ?

— Le lieutenant Valentine Cara est aussi un flic compétent, ça n'a rien à voir. Et ce n'est pas à toi que je vais apprendre toutes les conneries qu'on peut faire à cause de ce fichu sentiment amoureux qui suspend le temps et engourdit le sens critique... C'est qui alors, ton indic ?

— Mon indic ? Quel indic ? Tu veux dire mon témoin ? Je ne devrais pas te le dire, mais tu vois, moi je joue le jeu avec toi... C'est une certaine Gervaise Bousse. Elle a été entendue ce matin. J'aurais apprécié que ce soit toi qui me parles de ce véhicule.

— J'allais le faire, dit Marion tranquillement.

— Pourquoi tu n'as rien dit au commandant Duplat ?

— Je n'ai rien dit à Duplat ? Je n'ai rien dit à Duplat ? Mais on a refait l'histoire pendant une heure et demie ! Elle a noirci des pages sur Empereur, sur l'arme volée dans mon armurerie. Je lui ai apporté les fiches de tous les individus contrôlés le dimanche et le lundi dans la gare...

À l'air buté de Kerman, elle comprit qu'il la manipulait sans même chercher à se cacher. Elle se dressa :

— Arrête de jouer avec moi ! Je te connais par cœur ! Tu avais ordonné à Duplat de ne pas me parler de cette bagnole. Pour voir si j'allais le faire. Et si j'avais abordé le sujet, là, elle serait venue te chercher. Pour te laisser le soin de me tirer les oreilles parce que j'avais trop tardé...

Elle était en colère. Kerman esquissa une grimace qui se voulait apaisante.

— Tu n'es pas saisie de cette enquête, Edwige ! Et si tu recueilles des informations, toi ou tes gars, tu dois me les donner sans attendre. Je croyais que c'était clair pourtant.

— Ça l'est !

Marion plia posément sa serviette comme sa mère, une femme élevée à la campagne et à la dure, le lui avait enseigné. Elle se leva et remit son blouson de cuir sur sa chemise d'uniforme.

— Tu sais où me trouver, lança-t-elle avant de traverser la salle sans un regard en arrière.

* * *

Elle l'attendit sur le pont Saint-Michel. Les eaux troubles de la Seine et le petit vent frisquet l'avaient calmée, d'un coup. Elle pensait à Gervaise qui avait fait sa déposition en s'en tenant à ce qu'elle avait vu, scrupuleusement. Kerman ne savait donc rien des détails donnés par Nina. Marion aurait dû lui en parler même si ces informations, issues des cauchemars de la petite, étaient discutables. Elle savait qu'elle devait le faire et, à cet instant, elle ne comprenait toujours pas pourquoi elle ne lui avait rien dit.

« Il est tellement énervant, il se prend pour Dieu le père », tenta-t-elle de se justifier tandis que la silhouette svelte du patron de la Crim' apparaissait au bout du pont.

Elle le regarda s'avancer du coin de l'œil et ne put s'empêcher d'admirer son allure. Elle gardait des souvenirs de leurs ébats amoureux et, à les évoquer ainsi, au dessus des eaux grises, son ventre se contractait encore. Et lui ? Que restait-il de son encombrante passion ?

Il s'accouda sans la regarder et resta silencieux une bonne minute, indifférent aux nombreux passants qui les frôlaient.

— Je pensais que tu étais sortie de ma vie et de ma tête, dit-il enfin comme pour apporter une réponse aux questions qu'elle se posait. Et voilà que depuis deux jours, je ne peux plus penser à autre chose. Edwige, je voudrais qu'on se revoie.

Je voudrais, je veux, j'exige... Aime-moi, Edwige, je te l'ordonne !

Elle regardait ses mains posées sur la rambarde et son épaule, tout près, et le tissu à chevrons de son costume gris. Elle n'avait qu'à y poser la tête, lentement. À laisser ces bras d'homme se refermer sur elle. À le laisser décider à sa place. Arme à terre.

— Et qu'est-ce qu'on fait depuis deux jours, selon toi ? souffla-t-elle.

— Tu sais très bien ce que je veux dire.

— Pas question.

— Pourquoi ?

— Je ne peux pas, Serge, je vis un drame épouvantable.

— Justement. Je suis seul, je n'ai pas d'enfants, mais

je peux comprendre ce que tu ressens. Je voudrais partager ça avec toi.

— Et avec Nina ? demanda-t-elle pour signifier qu'elle, à présent, c'était aussi Nina.

— Bien sûr, avec Nina.

Il avait hésité. Marion secoua ses boucles courtes :

— Non.

— Pourquoi ?

— Je suis la même qu'il y a dix ans, Serge. Et toi non plus tu n'as pas changé. Ça ne peut pas marcher entre nous, tu le sais parfaitement.

— Mais où tu vas encore ? cria-t-il alors qu'elle se décollait de la balustrade du pont, faisant fuir un groupe de pigeons imprudemment rassemblés autour d'eux.

En quelques enjambées, il revint à sa hauteur.

— On se rappelle, dit Marion, à court d'inspiration. J'ai une visite à rendre.

— À qui ?

— Comment, à qui ? Ça ne te regarde pas.

— J'espère que tu ne vas pas voir la famille de la gamine ?

Il était raide, mais intuitif. Ou bien c'était elle qui ne savait rien cacher. Pour toute réponse, elle accéléra encore le rythme.

— Je te l'interdis !

Elle lui fit face si brusquement qu'il dut faire un écart et heurta un passant. L'homme faillit tomber et les invectiva violemment.

— Toi, dégage ! grinça-t-elle à son adresse.

Abasourdi, l'homme partit à reculons, en marmonnant encore pour la forme. Kerman hocha la tête avec une mimique familière. Elle plongea son regard dans le sien :

— Tu vois bien que tu n'as pas changé, Kerman ! Tu veux, tu interdis ! Ton esprit supérieur mène le monde !

— Je veux seulement t'éviter des ennuis. Edwige, je te répète que ces gens sont...

— Fous de chagrin, je sais.

Elle pointa l'index sur son front :

— Mais je suis adulte, je sais ce que j'ai à faire. Et tu ne m'interdis rien. D'accord ?

33

Ève Marly paraissait avoir perdu dix kilos en deux jours. Elle ouvrit la porte à Marion avec difficulté. Le moindre geste, l'acte le plus insignifiant semblaient lui coûter, même respirer. Ses yeux secs mangeaient ses joues où sa peau grise de chagrin se ratatinait comme celle d'une vieille pomme. Elle fut d'abord tentée de refermer la porte, mais Marion était la plus forte. Au calme qui régnait dans l'appartement cossu du boulevard de Rochechouart, elle comprit que la mère d'Ange-Lou était seule. Du moins le tonitruant monsieur Marly devait-il être sorti sans quoi elle n'aurait jamais pu pénétrer dans les lieux. Pourtant, une fois au milieu du vestibule décoré dans un style années cinquante chic, Marion surprit un mouvement à l'autre bout de la grande pièce qui donnait sur le boulevard. Une silhouette s'encadra brièvement en contre-jour de la porte-fenêtre avant de disparaître.

Ève Marly restait figée entre une console en acajou flanquée de deux belles appliques en verre mat de chez les frères Muller et un guéridon surchargé de bibelots fragiles. Les bras le long du corps et les épaules voûtées, elle fixait les pieds de Marion qui n'osait pas bouger, de peur de déclencher le cataclysme qu'elle sentait enfler chez cette femme au bout du rouleau.

— Mon mari, murmura Ève Marly, il ne veut pas...

— Je sais, madame Marly, votre mari a de la peine. Laissez-moi vous venir en aide, si je peux. Je vous en prie !

La femme vacilla. Ses mains battirent l'air devant elle à la recherche d'un équilibre incertain. Elles finirent par trouver un point d'appui sur le guéridon qui bascula sous la charge. Ève Marly s'écroula en avant et Marion n'eut que le temps d'ouvrir les bras pour la recueillir. Ce fut comme si elle agrippait un paquet de chiffon, un corps vidé dont on pouvait se demander ce qui le maintenait encore en vie. Quelque chose ronfla dans la maigre poitrine collée à celle de Marion, un râle animal monta jusqu'aux lèvres sèches d'Ève Marly avant d'exploser dans un rugissement qui ressemblait à la douleur d'un enfantement impossible.

Marion laissa le tumulte jaillir et se déverser en elle sans bouger, soutenant le corps décharné jusqu'à en avoir mal dans les bras et les épaules, jusqu'à la nausée.

Après des minutes terrifiantes, les soubresauts s'espacèrent, les plaintes cessèrent et Marion put conduire Ève jusqu'à un fauteuil club où elle la fit asseoir. La mère d'Ange-Lou laissait à présent les larmes couler de ses yeux et la morve glisser de son nez sans faire un geste pour l'essuyer. Elle pleurait sans un cri, les bras serrés sur son torse creux. Marion attendit longtemps encore que la femme retrouve son calme. C'était sans doute la première fois qu'elle parvenait à libérer son chagrin, à laisser la douleur s'échapper et cesser de l'étouffer. Quand elle parut enfin se rendre compte de la présence de Marion, elle exhala un soupir terrible et lui tendit une main à la peau translucide sur laquelle les veines couraient en relief :

— Merci, dit-elle d'une petite voix, merci.

Marion prit la main d'Ève dans les siennes, ne sachant plus trop ce qu'elle devait faire.

Ève Marly semblait apaisée, sa peau retendue, ses yeux moins vides.

— Je voulais vous demander... Est-ce qu'elle vous a dit quelque chose ?

Marion crut avoir mal entendu. Épouvantée, elle demanda à Ève Marly de répéter sa question.

— Ange-Lou... souffla la femme, est-ce qu'elle vous a parlé avant de mourir ?

Les doigts glacés d'Ange-Lou, sa bouche entrouverte, son souffle imperceptible, ses yeux clos.

Bouleversée, Marion eut une folle envie de faire plaisir à cette mère en deuil, de lui dire « oui, elle vous a réclamée, oui, elle a dit « maman, je t'aime... ».

Elle avala sa salive.

— Elle n'a rien dit, madame Marly, elle était inconsciente. Elle ne pouvait plus parler... Elle était trop loin...

Ève Marly exhala un sanglot sec puis se tut, prostrée.

Marion prit tout à coup conscience qu'elles n'étaient plus seules. Un grand adolescent au physique ingrat se tenait dans son dos, mal fagoté dans un jean deux fois trop large et un pull beige sale assez vaste pour en héberger plusieurs comme lui. Marion reconnut le frère d'Ange-Lou. Sa bouche crispée, son teint livide et ses pupilles dilatées indiquaient qu'il était chargé à bloc et que, subitement, les choses pourraient mal tourner.

Alors qu'elle allait battre en retraite, la porte palière s'ouvrit brusquement. Jean Marly entra et fit claquer le battant avant de considérer la scène d'un regard mauvais.

— Qu'est-ce que vous faites là, vous ? gronda-t-il.

Marion se tourna du côté d'Ève Marly pour chercher un soutien. La femme triturait un bout de sa jupe en la regardant intensément.

— Je vous en prie, madame, nous devons nous soutenir. Nina a besoin de vous... Il faut que vous lui disiez qu'elle n'est coupable de rien. Il faut que vous fassiez ça pour elle.

Ève Marly hocha la tête pour signifier son désarroi. Son mari fit un pas en avant :

— Foutez le camp d'ici !

— Je vous en prie... Écoutez-moi au moins !

— Rien du tout. Allez-vous-en !

Le front buté de Jean Marly, sa haine stupide firent monter la colère au front de Marion. Elle lui fit face :

— Monsieur Marly, je compatis à votre chagrin, mais votre attitude est absurde. Nous devrions nous serrer les coudes. Au lieu de cela, vous vous en prenez à moi, à Nina... Regardez autour de vous. Votre fils est mal en point, votre femme fait une dépression très grave. Vous devriez vous occuper d'eux avant qu'il n'arrive un autre malheur.

— C'est vous qui me dites ça ? s'offusqua Jean Marly. Mais je rêve ! Vous vous foutez du monde ! Encore un peu et vous allez me dire que c'est ma faute si ma fille est morte !

Il fouilla la poche de poitrine de sa veste et en tira un rectangle blanc qu'il lui tendit avec brusquerie. Il agita un index menaçant :

— Je ne veux plus vous croiser sur ma route. Et si

vous tentez encore de vous approcher de ma famille, attention à vous !

Médusée, Marion jeta un coup d'œil sur la carte de visite. Le nom d'un avocat connu y figurait, en caractères couchés et en relief. Sans un mot, Jean Marly ouvrit la porte et désigna le palier d'un coup de menton hautain.

— Je vous plains ! fit Marion en sortant.

34

En ouvrant la porte de l'appartement, elle entendit les voix de Nina et de Gervaise dans la cuisine. Elle tremblait encore à cause de Jean Marly et de son foutu caractère quand elle posa ses clefs sur la tablette fixée sous un miroir années 30 que Nina n'aimait pas.

— J'ai fait des pâtes, dit Gervaise, au moment où elle apparut à la porte, vous en voulez ?

Nina était assise au bout de la table. Elle vint jusqu'à sa mère et, levant sur elle ses yeux cernés, se laissa embrasser sans mot dire.

— T'étais où ? dit-elle après un moment.

Marion regarda Gervaise qui avalaient de grosses fourchetées de nouilles à la tomate et au parmesan. Elle l'avait appelée en quittant le domicile des Marly, juste avant de retourner à la brigade où quelques affaires urgentes requéraient sa présence. Il fallait libérer le garde du corps de Nina et, surtout, elle avait quelque chose à demander à la prof de théâtre. Une idée qui lui était venue après son passage à la Crim'.

— J'étais à la brigade, répondit-elle, je suis désolée, chérie, mais tu sais, là-bas, c'est toujours agité.

— Un problème ? demanda la petite en examinant sa mère avec circonspection.

— Cinq cents hommes, cinq cents problèmes, soupira Marion en s'asseyant.

Elle fronça les sourcils.

— Tu as une petite mine, ma Nina... Je me demande si c'est une bonne idée que tu ailles au collège en ce moment.

Nina sauta sur l'occasion :

— C'est l'enfer là-bas, tout le monde me regarde comme si j'avais fait je sais pas quoi. Personne ne me parle. Si j'allais chez Mamie ?

Lisette Lemaire, la grand-mère de Nina, était restée à Lyon. Elle s'était laissé apprivoiser par la ville, finalement, après de longs mois incertains. Et voilà que Marion avait été mutée juste au moment où la vieille dame envisageait de reprendre avec elle Luis et Adèle, le frère et la sœur aînés de la petite. Une décision difficile pour une personne de son âge. Devenue impossible avec le départ de Marion et de Nina qu'elle considérait comme une défection. Pire, une trahison. Elle ne donnait pas beaucoup de nouvelles et Nina savait que c'était une source de tracas pour sa mère.

— Je ne pense pas que ce soit possible en ce moment, murmura Marion. À cause de l'enquête, tu comprends ? Tu sais que la police a besoin de toi pour la reconstitution ?

Nina hocha la tête en regardant ailleurs. Le silence s'installa, troublé par les seuls bruits de mastication de Gervaise. Agaçante. Marion faillit lui faire une remarque mais elle se tut quand elle vit que Nina avait les larmes aux yeux. Elle caressa ses cheveux blonds, doucement.

— Je pourrai partir quand il sera arrêté ? fit Nina sur le point de fondre en larmes vraiment.

— Je crains que non.

Nina se leva.

— Pourquoi ?

— Eh bien... Il faudra que tu le voies, qu'on confronte tes souvenirs avec ses déclarations. Que tu dises si tu le reconnais... Tu comprends ? répéta Marion.

— Évidemment, je suis pas débile ! C'est injuste ! Lui, il est dehors et moi je suis prisonnière ! Je le crois pas !

Elle sortit brusquement de la cuisine et Marion avala d'un trait le verre de vin que la professeur de théâtre venait de remplir. Une bouteille qu'elle avait apportée, un saint-émilion 96. Pas mal, pensa Marion, fascinée par l'appétit de Gervaise qui, à présent, piochait à même le plat de pâtes.

— Vous avez tort, dit-elle la bouche pleine, elles sont formidables.

Gervaise lut l'imminence d'un commentaire inamical dans les yeux sombres de Marion et se hâta de changer de sujet :

— Vos copains de la brigade spéciale sont venus me voir.

— Criminelle.

— Hein ?

— Brigade criminelle, pas « spéciale ».

Gervaise fit un ample geste :

— C'est kif-kif. On a tout passé en revue. J'ai parlé de la voiture.

— Vous avez bien fait.

Nina ne revenait pas et Marion se leva pour aller la voir.

— Laissez-la donc respirer, dit Gervaise, elle reviendra quand elle en aura envie.

— Vous croyez ?

Gervaise allumait une Gitane, les yeux mi-clos, repue.

— Bien sûr. Qu'est-ce que je disais ? Ah oui ! Vos collègues m'ont assaillie de questions sur Ange-Lou et Nina. Ils m'ont demandé la liste des élèves. De cette année, des années précédentes. Mais rien sur les absents. Votre... rouleau compresseur n'a pas votre imagination.

— Ne vous y fiez pas !

À midi, Régine Duplat avait écouté Marion lui faire part de sa conviction que l'enfoiré était venu au théâtre pour capturer Nina. Sans nier que cette éventualité était prise au sérieux par la Crim', elle avait, de sa voix froide, affirmé qu'elle travaillait sur une hypothèse plus large : le meurtrier d'Ange-Lou était venu attendre quelqu'un. Elle ne savait pas qui et n'écartait ni ne privilégiait aucune piste. Marion n'en avait rien tiré de plus mais s'était aussitôt cramponnée à l'idée que l'enfoiré attendait cette personne dont Ange-Lou avait murmuré le prénom à Nina. Anne ? Jeanne ?

— Je les ai pas trouvés transcendants ni franchement sympathiques, proféra Gervaise de sa voix de basse. Ils se prennent pas pour des merdes et je pense comme Nina : j'aimerais qu'on le trouve avant eux.

Qu'« on » le trouve ! Voilà que Gervaise s'autoproclamait auxiliaire de police !

Marion eut envie de la renvoyer à son théâtre. Mais elle croisa son regard d'où débordait une évidente empathie. Rendre service était inscrit dans les gènes de la grosse femme qui alluma une autre Gitane. L'atmosphère dans la cuisine étroite devint irrespirable. Marion toussa en entrouvrant la fenêtre pour dissiper le nuage opaque.

— Alors, elles vous intéressent, mes listes, ou pas ?

Gervaise s'impatientait. Marion tendit la main et la prof y déposa deux feuillets dactylographiés.

— Alors, commenta Gervaise, ils sont vingt. Inscrits. Mais en moyenne j'en ai quinze ou seize par séance, quelquefois moins. C'est normal, c'est un loisir et c'est le soir. Quand on commence à travailler la pièce de fin d'année, ils sont plus assidus. Lundi, il n'en manquait que quatre.

Subitement, Marion se saisit d'une fourchette qu'elle plongea dans son assiette de pâtes encore intacte.

— Attendez ! protesta Gervaise, elles sont froides, je vais vous les passer au micro-ondes...

— Faites comme chez vous, marmonna la commissaire.

— Une fille et trois garçons, enchaîna Gervaise en forçant sa voix pour couvrir le bruit du four.

Elle attendit que l'appareil ait cessé de vrombir et en sortit l'assiette qu'elle posa devant Marion. Celle-ci surprit son regard envieux :

— Vous en voulez ?

— Ah ! non, je ne voudrais pas vous enlever le pain de la bouche, tout de même !

— Si, si, je vous en prie !

Gervaise reprit sa fourchette en main. Il y avait de la volupté dans sa voracité, de la poésie dans ses gestes avides. Gênée, Marion détourna la tête du côté de la porte.

Nina était là, appuyée contre le chambranle, son

petit visage livide marqué de cernes noirs. Ses lèvres tremblaient. Marion se précipita.

— Je te demande pardon, maman, dit Nina d'une petite voix. Je suis nulle. Je peux manger ? Je meurs de faim !

— Mais bien sûr, s'empressa Gervaise. Où est-ce qu'on a la tête, nous deux ? Tiens ma poulette, mange ! Y a que ça de vrai pour se requinquer !

Nina s'exécuta sous l'œil attendri de son professeur pour qui les choses paraissaient si simples. Manger, boire, fumer.

La petite dégustait lentement les pâtes déjà tièdes et, dans la cuisine silencieuse, on n'entendit plus que le bruit de la petite cuiller de Gervaise dans sa tasse de café.

Nina reprit soudain la parole :

— J'ai entendu ce que vous disiez tout à l'heure. J'essaie de me rappeler ce que m'a dit Ange-Lou dans l'impasse, j'y arrive pas.

Marion se raidit, Gervaise cessa de laper le sucre fondu au fond de sa tasse. Nina fixait un point sur l'étagère, entre le sucre et la farine :

— Elle était au fond de l'impasse, elle m'a appelée : « Nina, reviens ! » Je suis revenue près d'elle. Elle m'a parlé de l'homme, elle l'avait vu de près, j'en suis sûre car elle avait peur. Je lui ai demandé ce qu'il voulait, pourquoi il était venu lui parler. Elle m'a répondu, mais je n'arrive pas à me souvenir de ce qu'elle a dit. Je peux même pas me rappeler ce prénom. Ça m'énerve !

— Ne cherche pas à te souvenir, Nina, dit Gervaise en soufflant sur le bout de sa cigarette, plus tu vas essayer, moins ça va marcher. Tu vas voir, ça va revenir tout seul.

— Je peux voir la liste ? demanda Nina, et sa mère s'empressa de la lui montrer.

La fille qui n'était pas venue au cours du lundi s'appelait Lucie Martinet.

— C'est pas ça, dit Nina en secouant la tête. Je suis sûre que c'est pas ça.

Les garçons absents : Louis, Marc et Lucas.

— Non, non, fit Nina très concentrée.

À part cela, sur la liste des filles inscrites, il y avait deux Laurence, une Manon et une Meg. Une Julie, deux Léa, une Pauline. Et, enfin, Nina, qui reposa la liste, déçue.

— Ça ne fait rien, ma chérie, la rassura Marion. Laisse tomber pour ce soir, tu es fatiguée.

Elle continua à examiner les listes apportées par Gervaise. Les noms des adultes et aussi ceux des inscrits de l'année précédente. Aucune consonance, ni avec Jeanne, ni avec Anne.

Gervaise bâilla :

— Excusez-moi, je tombe de fatigue aussi. N'hésitez pas à m'appeler si vous avez besoin de moi.

Marion la laissa partir et après son départ, la minuscule cuisine parut immense.

— Viens, dit-elle en entraînant Nina vers son lit.

35

Marion abaissa d'un geste vif la fermeture Éclair de son blouson d'uniforme. Elle suspendit le vêtement à une patère fixée derrière la porte et fit face aux deux hommes qui la détaillèrent sans broncher. Ses seins épanouis moulés par un sous-pull blanc, la taille mince marquée par le ceinturon de cuir, les chevilles emprisonnées dans des chaussures de saut à haute tige, elle était superbe. Même Valentine Cara qui était la beauté même, n'avait pas ce « chien », cette assurance généreuse. Bien qu'il ne soit pas amateur, Abadie apprécia le spectacle en silence. Amel avala sa salive avec difficulté.

— Alors ? demanda Marion qui venait de s'apercevoir de l'intérêt qu'elle suscitait.

— Heu... fit Caramel en rougissant. Abadie m'a dit que vous aviez besoin de moi...

Elle soupira :

— On peut dire ça, oui.

Ainsi, Abadie avait choisi Amel. Elle ne le connaissait pas plus que les autres, mais, au moins, il lui semblait neutre. Insipide, murmura la petite voix désarmante. Comment savoir à qui se fier ?

« Oh Seigneur ! songea-t-elle avec angoisse en les observant à la dérobée, faites que je ne me plante pas ! »

— Un café, patron ? suggéra Abadie avec un sourire gentil.

— Écoutez, capitaine, n'en faites pas trop tout de même ! Hier vous me parliez à peine, aujourd'hui vous me servez le café... Demain, vous allez me dérouler le tapis rouge... Et après-demain ? La chaise à porteur ?

Abadie se rembrunit. Il avait déjà constaté que Marion n'était pas du matin et que, quoi qu'on fasse, elle trouvait toujours une tête de turc, un exutoire à sa mauvaise humeur.

— Bon, soupira Marion qui avait remarqué l'air chagrin de l'officier et celui de l'autre qui ne comprenait rien, d'accord pour le café... Mais c'est moi qui vais le chercher.

Elle revint quelques instants plus tard, un plateau entre les mains. Dans le couloir, avant qu'elle ne referme sa porte, les deux hommes eurent le temps d'apercevoir Valentine Cara et quelques hommes rassemblés en train de se demander quelle mouche l'avait piquée. Si les tauliers se mettaient à faire le café et les subalternes à se laisser servir, la police était définitivement foutue. Avant de refermer la porte, elle surprit quelques murmures irrités. La voix de Morel qui n'avait pas eu le temps de lui fourguer les rapports de la nuit. Celle de Valentine qui notifiait aux deux voleurs de voiture une prolongation de garde à vue censée leur délier la langue. La perquisition à leur domicile – un bout de matelas cerné de cartons dans une usine désaffectée de Saint-Denis – n'avait pas fait avancer les recherches sur la disparition d'Empereur, mais de nombreux témoins dénonçaient le caractère extrêmement violent du tandem.

— Compte rendu ! ordonna Marion en soufflant sur son café.

Abadie se lança dans un exposé lapidaire de ses investigations au sein du service : l'étude des dossiers individuels, la pression sur les informateurs et les squatters de la gare. Conclusion provisoire : néant. À un détail près : le plaignant au chapeau. On n'avait pas retrouvé sa plainte.

— La gardienne à qui j'avais demandé de s'occuper de lui a réagi avec retard. Quand elle a été disponible, le type venait de sortir, à bout de patience sans doute. Elle l'a rattrapé dans la gare. Il a dit qu'il n'avait plus le temps d'attendre et qu'il reviendrait le lendemain.

— Il avait un fusil dans les mains ? demanda Marion sérieusement.

Les deux officiers se regardèrent, incertains de la conduite à tenir.

— Non, bien sûr que non.

— Question idiote : il est revenu le lendemain ?

— Non. Et elle n'a pas de signalement précis de lui. Moi-même je ne l'ai pas regardé du tout.

— Moi non plus. Je signalerai l'incident à la Crim', à tout hasard. C'est tout ?

Abadie acquiesça d'un bref signe de tête et le silence s'installa.

Après une attente raisonnable, Marion saisit un magazine qu'elle avait posé près de son sac à même le sol et le lança en travers du bureau. Abadie y jeta un coup d'œil vaguement intrigué. Le titre, BOOST, qui se présentait en sous-titre comme « le premier mensuel du tuning », lui était totalement inconnu. Il la dévisagea sans comprendre. Elle croisa les bras, impatiente :

— Eh bien allez-y, regardez-le ! Feuilletez-le ! Ça ne va pas vous brûler !

Caramel s'exécuta sans enthousiasme et Marion se dit que, décidément, l'absence de fougue était contagieuse dans la brigade. Il tournait les pages avec l'air de se demander quelle était cette folle qu'on leur avait fourguée comme chef de service et, par moments, jetait sur elle de brefs coups d'œil inquiets.

Il vit des photos de voitures qui ne ressemblaient à aucune de celles qu'il croisait chaque jour. Des engins rutilants, briqués, astiqués comme des pompes de luxe, agrémentés de mille et un artifices, certains peints de scènes étranges, sur le capot, sur les portières. Il vit des pages et des pages de pub pour des accessoires mécaniques ou décoratifs, des jantes époustouflantes, des amortisseurs roses, des pots d'échappement qu'on aurait dit en argent massif et des sonos énormes qui remplissaient entièrement les coffres de ces bolides suréquipés.

— Ça vous inspire quoi ? demanda-t-elle après quelques minutes où seul le froissement des pages indiquait que les deux hommes étaient bien là avec elle. Les artifices, reprit-elle, les gadgets sophistiqués, pour une bagnole, ou une moto, ça s'appelle le customing ou le tuning.

Marion s'enflammait. Du café glissa sur son menton, elle n'eut pas le temps de l'empêcher de se répandre sur la table.

— Merde ! s'irrita-t-elle en contemplant les dégâts. Alors, vraiment rien sur le tuning, messieurs ? Je ne vous empêche pas de finir votre nuit, là ?

Ils firent non de la tête avec un sourire contraint. Abadie s'anima un tantinet cependant et indiqua qu'il en avait vaguement entendu parler. Amel fit remarquer qu'il ne possédait pas de véhicule personnel et qu'il n'en aurait probablement jamais. Le sujet lui était par conséquent totalement étranger. Et, sur sa bouille ronde, en surimpression, l'adjectif indifférent.

— Je n'ai pas pu fermer l'œil de la nuit, fit Marion. Mais au moins, pour une fois, ça a servi à quelque chose. Cette bagnole me bouffait la tête et, à force d'y penser, ça m'a rappelé un ami. Pas un petit ami, précisa-t-elle pour éteindre la lueur qui frisait dans les yeux de ses vis-à-vis... Un ami d'enfance, précisément. Il était fou de moto. Il avait acheté une Harley et il avait tout changé dessus. Aucun des éléments n'était d'origine, il l'avait relookée façon Far West, il y avait des indiens et des chevaux peints sur le réservoir et les garde-boue, la béquille se terminait par une patte de rapace en argent. Bref, une véritable œuvre d'art à elle toute seule, le genre de truc sur lequel on n'ose pas grimper tellement c'est beau. Mon copain, il la briquait tous les soirs, sa moto, il traquait le plus infime grain de poussière, polissait les chromes pendant des heures, il la bichonnait comme une reine. Elle dormait dans son salon et toute sa paie y passait.

— Pas possible ? fit Amel qui semblait n'avoir de la vie qu'une vision spartiate et aucune distraction en dehors de son boulot.

— Si, si. C'était devenu son unique préoccupation, sa copine l'a même plaqué, en définitive.

— Je comprends ça, murmura Abadie impressionné, déjà un motard ordinaire, c'est difficile à vivre...

Il continuait à feuilleter le magazine. Il tomba en arrêt sur une page de publicité qui vantait une promotion exceptionnelle pour des jantes.

— Regardez ! OZ... Ça serait pas le rond et l'éclair décrits par votre fille, ça ?

— C'est possible, fit Marion dont la voix altérée trahissait l'espoir que la solution était là, imminente. Mais il ne faut pas s'emballer. Il y en a des pages entières, de sigles qui pourraient ressembler à ce qu'elle a décrit.

— Vous lui avez montré ce bouquin ?

— Pas encore. Je le ferai quand elle sera réveillée.

— Et on les trouve où et comment, ces fondus de tuning ? reprit Abadie.

Elle se mit à faire les cent pas.

— Ces types sont plutôt solitaires. Ils bricolent souvent eux-mêmes ou en petit comité. Ils n'aiment pas trop que des mains étrangères et impures touchent à leur idole... Mais ils aiment exhiber leurs merveilles dans des shows, des concours, des regroupements, des salons... Vous verrez, il y a tout dans ce canard. Et en page 1...

— La vie des clubs, conclut Amel qui avait justement le nez sur le bon feuillet.

Son visage lunaire s'était subitement éclairé. Y avait-il donc quelque chose derrière ces yeux habituellement inexpressifs ?

Les bruits provenant du couloir se firent assourdissants. Il y avait du grabuge et Marion se dit fugitivement qu'elle aurait dû aller voir ce qui se passait. Au lieu de cela, elle fixait les deux officiers comme si elle avait voulu les hypnotiser.

Ils se levèrent en chœur de leurs sièges.

— Il n'y en a pas des milliers, de ces clubs, fit Abadie tandis qu'ils se dirigeaient vers la porte. Mais quand même, ça revient à peu près à chercher une aiguille dans une meule de paille...

— En plus, objecta Amel, rien ne dit qu'il fait partie d'un de ces clubs !

Marion eut soudain envie de hurler. Abadie comprit qu'elle allait se jeter à la gorge de l'un des deux s'ils ne faisaient pas rapidement quelque chose. Il s'empressa :

— On va le chercher, patron.

36

Tant que la gardienne Martine Lemaire n'appelait pas, c'est que Nina dormait, plongée dans les rêves sans couleur des pilules roses. Ce matin, elle avait confirmé qu'elle n'irait pas au collège. Affronter la curiosité des autres, faire comme si de rien n'était... Une épreuve au-dessus de ses forces. Marion avait d'autant moins insisté que, la veille au soir, le lieutenant qui veillait sur la petite au lycée avait détecté la présence de journalistes qui rôdaient dans le quartier.

La jeune femme se consacra aux affaires courantes, expédia plusieurs rapports sur les événements de la journée, parapha quelques bordereaux de transmission de procédures, reçut trois membres de l'IGPN chargés d'enquêter sur la disparition de l'arme, s'entendit menacer d'une inspection détaillée sur le fonctionnement de son service. Le tout avec une distance qui irritait ses interlocuteurs.

— C'est tout l'effet que cela vous fait ? s'étonna le divisionnaire qui menait les investigations, impersonnel et sûr de lui. Vous devriez vous intéresser à ce qu'on vous dit, c'est un conseil...

— Désolée. J'ai mal au cœur. Excusez-moi, mais je crois que je vais vomir.

Dégoûté, le trio avait battu en retraite, non sans lui remettre une convocation pour le lundi suivant. Elle n'était pas quitte, elle le savait, mais là, tout de suite, elle gagnait du temps. Il n'empêche qu'elle avait vraiment mal au cœur et qu'elle avait dû s'asseoir quelques minutes en attendant que cela se passe.

Puis elle avait parcouru rapidement les notes que Morel avait réunies en réponse à quelques-unes de ses nombreuses questions de la veille. Il y avait pas mal de gauchers dans le service, surtout des filles. Jobert, le chef armurier avait interrogé les moniteurs de tir sur ceux qui tiraient aussi de la main gauche. Selon leurs fiches, seulement une femme était dans ce cas. Le reste était en cours, comme on disait communément dans les services d'enquête.

Elle regarda sa montre : il était presque midi.

Vingt fois elle avait résisté à l'envie de traverser le couloir. Dans le bureau d'Abadie, les deux officiers s'étaient enfermés à double tour et Marion s'aperçut qu'elle parcourait pour la troisième fois le rapport partiel du laboratoire qu'elle venait de trouver sur sa messagerie électronique.

« Rapport d'examen. Affaire Pierre Palmieri. » Le sourd-muet de la gare.

Elle respira un grand coup pour comprendre le sens de ce qu'elle lisait.

« Des éléments annexes prélevés sur les vêtements s'apparentent à des excréments d'origine animale, de rongeurs vraisemblablement, de moyenne et grande taille, probablement surmulots (rats d'égout)... Quelques cadavres et mues de parasites colonisant habituellement ces espèces. »

Elle frémit. Elle n'avait jamais supporté les rats, les araignées, les reptiles. Comment ce gosse avait-il pu se trouver en présence de tels animaux ? Il y en avait dans la gare, un peu partout, mais ils se montraient rarement en pleine lumière, sauf de temps en temps, de petites souris affamées qui venaient chercher de quoi grignoter sous les distributeurs de bonbons. Est-ce qu'il y en avait dans la zone où on l'avait retrouvé ? Il faudrait qu'elle pense à le demander. La suite du compte rendu renvoyait à des investigations en cours dont les résultats lui seraient transmis dès qu'ils seraient disponibles.

Comme par inadvertance, elle se rapprocha des papiers qu'elle avait étalés sur son bureau. Un long moment, elle feuilleta et lut les procès-verbaux, les fiches signalétiques contenues dans le dossier des disparitions. Elle s'attarda sur les photos des adolescents, les aligna, troublée de constater que ces jeunes gens d'origine et de milieu si divers présentaient de nombreux caractères physiques communs. Une blondeur et des traits fins, un visage ingénu, une candeur dans le regard qui luttait bizarrement avec une lueur plus étrange : une sorte de provocation vaguement perverse.

Elle parcourut les rapports et il lui sembla à plusieurs reprises qu'elle relisait la même chose. Les lieux décrits, les dépositions des rares témoins présentaient un air de déjà vu, une redondance que personne ne semblait avoir remarquée ou, en tout cas, pas mentionnée. Mais ce qui la frappait c'était un détail géographique. Elle leva la tête vers la carte murale. Un crayon feutre traînait près du tableau blanc. Elle le prit sans cesser de fouiller du regard l'entrelacs des souterrains. Malgré la complexité de la plate-forme, elle avait fini par s'y repérer. À force d'heures passées à visualiser sur le plan les itinéraires, tous les cheminements possibles, les raccourcis, les passages transversaux et verticaux, à en vérifier ensuite la matérialité sur le terrain, au cours d'inlassables arpentages. Elle en avait fait une doctrine : connaître à fond le terrain de chasse était le préalable à la réussite de toute opération de police. Ce principe s'appliquait à toutes les plates-formes et, chaque jour, son bien-fondé se vérifiait.

Elle finit par trouver ce qu'elle cherchait et traça un cercle rouge, un infime point dans l'immense fouillis. Ce petit rien, presque invisible, passait par la zone des toilettes des femmes, niveau mezzanine.

La sonnerie de son portable l'arracha à ses réflexions. La voix d'Abadie, étrangement proche et lointaine aussi, à cause du sang qui se mettait à brasser fort contre ses tympans.

— On peut vous voir, patron ?

37

— On a appelé tous les clubs, pavoisa Amel.

Abadie agita un papier :

— X-Auto Tuning 95... Le président est un certain Roland Menez. On l'a eu sur son portable. Dans le civil, il est agent de lignes chez France Telecom.

Le capitaine parlait lentement comme s'il savourait chaque mot, avec gourmandise mais sans triomphe. Marion buvait ses paroles.

— Il connaît le 4 × 4, poursuivit Amel. C'est même lui qui a aidé à graver le tigre sur la lunette arrière et installé les petites lampes rouges à la place des yeux...

Luc Abadie décapuchonna un feutre. Il dessina un ovale et, à l'intérieur, un signe qui pouvait représenter la lettre Z ou la lettre H.

— C'est un Hyundai noir, dit Amel, modèle Terracan, 3,5 l, V6... personnalisé mais pas trop. Repérable mais qui ne saute pas aux yeux. Si l'on excepte les flancs blancs des pneus et le fauve évidemment.

— Le H, c'est le sigle de la marque, fit Abadie, l'éclair décrit par Nina qui figure sur les moyeux des roues.

— Mais alors, souffla Marion, ce... Roland Menez, il connaît le propriétaire ?

— Oui.

— Oh ! Seigneur ! Vous voulez ma mort ?

— Il s'appelle Morino, Jean-Loup Morino.

— On a son adresse ? À quoi il ressemble ?

Elle s'emballait, elle voulait tout, tout de suite. Dans ces moments de grande tension, cette compulsion pouvait la jeter, fébrile, sur n'importe quoi. Son cœur aussi s'emballait, anéantissant tous les autres bruits autour. Elle pensa qu'elle tenait le salaud. Il serait là, dans une heure, deux peut-être, en face d'elle. Enfin, dans le bureau de Kerman ou dans celui de Régine Duplat. D'une façon ou d'une autre, elle l'aurait en face d'elle. Elle se demanda ce qu'elle allait lui faire.

Jean-Loup Morino... Jean-Loup, un prénom si doux pour un enfoiré.

Les deux officiers ne disaient rien, désolés. Silencieux et désolés.

— Il y a un hic ?

— Oui.

— Quoi ?

— Morino, c'était un vrai fou de tuning. Il avait aussi bricolé une moto. Il est mort, il y a deux ans, dans un accident.

— Merde. Qui c'est alors, le bâtard qui roule dans le 4 × 4 ?

*
* *

De son vivant, Jean-Loup Morino habitait le département 95. Il avait laissé une veuve, c'est tout ce que savait Roland Menez, le président de X-Auto Tuning 95. Pas d'adresse, pas de téléphone.

Marion se concentra, de toutes ses forces. Ils n'avaient pas la moindre raison de continuer à chercher. Elle avait l'obligation d'appeler séance tenante Kerman et de tout lui balancer. Lui, il avait une commission rogatoire qui lui autorisait des requêtes tous azimuts. D'ailleurs, grâce aux renseignements de Gervaise Bousse, une de ses équipes recensait tous les véhicules 4 × 4 immatriculés dans le 95. Ils faisaient un travail homérique et, s'ils avaient disposé de ce qu'elle venait d'entendre, ils auraient fait aussitôt un pas décisif. Dans moins d'une heure, Kerman aurait le nom et l'adresse de l'enfoiré et il irait le sauter. Elle releva le menton et son regard croisa celui d'Abadie. Il comprit ce qu'elle avait en tête et le déchirement qu'elle ressentait à la pensée de céder la place au divisionnaire. De laisser un autre poser le canon de son arme sur le front de l'enfoiré.

— J'appelle Nimbus, dit-elle résolue.

Les deux hommes ouvrirent de grands yeux.

38

Nimbus était ingénieur en télécommunications et Marion l'avait connu à l'occasion d'une affaire de fraude téléphonique, complexe et interminable. Ils avaient fait équipe pendant six mois, s'étaient fréquentés quasiment tous les jours et, longtemps après l'arrestation des fraudeurs et leur procès, Nimbus, ainsi surnommé à cause de son savoir inépuisable et de son crâne déplumé, avait été un précieux informateur. Bien sûr, s'il consentait à aider Marion à l'insu de sa hiérarchie, c'était par amitié mais aussi parce qu'il avait un faible secret pour elle qui faisait semblant de ne pas s'en apercevoir. Elle avait eu une fois l'occasion de lui renvoyer l'ascenseur, un soir qu'il avait noyé son chagrin dans la vodka orange et percuté une demi-douzaine de véhicules en stationnement. Depuis ce jour, avec ou sans document officiel, il répondait à ses sollicitations. Un reste d'honnêteté poussait Marion à ne pas en abuser.

Il décrocha aussitôt. Sa voix vibra d'émotion en la reconnaissant. La recherche dans l'application contenant l'ensemble des abonnés du téléphone du territoire national ne lui prit que quelques secondes. Madame veuve Sylviane Morino habitait rue des Morillons, à Paris, et l'historique de son dossier indiquait qu'elle avait emménagé là juste après la mort de son mari.

— Elle est chez elle, dit Amel qui avait utilisé un autre poste téléphonique pour vérifier. Qu'est-ce qu'on fait ?

Il avait posé le combiné et le cœur de Marion tapait comme un fou.

Elle regarda Abadie qui venait de s'emparer du téléphone abandonné par Amel. Elle mourait d'envie de lui donner le feu vert et elle savait aussi qu'un simple clignement de paupières allait la précipiter, et eux avec elle, à coup sûr, dans une spirale qui leur serait fatale. Administrativement fatale.

— Allez-y, dit-elle pourtant d'une voix qui ne tremblait pas.

*
* *

Elle entendait Abadie parler à la veuve en se disant qu'elle n'aurait pas été capable d'une telle sérénité. Des picotements envahissaient le dos de ses mains et la peau de son crâne brûlait.

— Ah ! Vous l'avez vendu tout de suite après la mort de votre mari... Bien sûr, je comprends... Et... à qui, s'il vous plaît ?

Elle s'assit, les jambes molles. L'attente était insupportable. Elle se retenait d'arracher le combiné des mains du capitaine trop poli et de hurler à la veuve de Morino :

— Son nom, bordel de merde !

Amel attendait la suite, attentif.

Marion capta inconsciemment le déclic du téléphone raccroché et s'aperçut qu'Abadie avait coupé la communication.

— Elle ne se souvient pas de son nom, dit-il les sourcils froncés par la contrariété. Elle a balancé tous les papiers. Vous savez, le grand ménage après un deuil... Elle n'a que le vague souvenir d'un mec de trente-cinq ans environ et plutôt enrobé.

— C'est lui ! affirma Marion. J'en suis sûre, je le sens. Mais merde ! Elle peut rien donner d'autre ?

— Si : le numéro d'immatriculation.

39

Elle marchait de long en large les mains dans le dos, les épaules voûtées. L'après-midi s'étirait lentement et Martine Maitre n'avait toujours pas appelé. Nina ne se réveillait pas et Marion se demandait si c'était normal. Elle était sûre d'une chose pourtant : elle aurait dû s'en inquiéter, monter voir sa fille, rester avec elle, l'entourer de sa tendresse. Mais aussi, elle voulait savoir, elle voulait attraper l'enfoiré et l'offrir à Nina sur un plateau. Afin qu'elle puisse donner un visage à sa haine, et pleurer Ange-Lou, enfin.

Elle lisait les procédures des disparitions en évitant de regarder l'horloge, apparemment calme. Mais à chaque instant, elle trahissait sa nervosité en se raclant la gorge. À cause du stress, inexplicablement, son gosier s'obstruait, sa voix s'enrouait. Quand la porte s'ouvrit sur Abadie qui ne prit même pas la peine de frapper, elle sursauta violemment. Elle se retint de hurler.

Le capitaine tenait un papier à la main :

— Zig.

— Quoi ? Quel zig ?

— C'est son nom. Zig.

— Zig ! C'est pas un nom, ça !

— C'est celui que m'a donné le service des cartes grises, objecta Abadie. Je ne l'ai pas inventé.

— C'est un sobriquet ! Il se planque derrière un sobriquet !

Sans lui demander son autorisation, l'officier avait ouvert le PC de Marion et accédé à l'annuaire téléphonique. Il pianota avec frénésie, redressa la tête :

— Il y a une demi-douzaine de Zig rien qu'à Paris. Autant dans les départements limitrophes.

Il chercha encore quelques secondes, soupira :

— Mais aucun Claude Zig, route du Miel à Écouen, Val-d'Oise.

C'était l'identité et l'adresse qui figuraient sur la carte grise du 4 × 4 depuis qu'il avait été vendu par la veuve Morino. Abadie passa une main nerveuse dans ses cheveux noirs.

— Aucun, répéta-t-il comme pour s'en convaincre. J'ai un Victor, une Francine...

— On s'en tape ! s'écria Marion.

— Bon. Il n'y a pas eu d'autre transfert depuis, mais cet homme qui roule dans le 4 × 4 a peut être « oublié » de changer la carte grise... Et je confirme que le véhicule n'est pas signalé volé.

— O.K. !, O.K. !... Faute de mieux, cherchez-moi ce Claude Zig... Mairie d'Écouen, la poste, les impôts, la sécu... Bref, tout. Moi, je vais rappeler Nimbus. L'enfoiré est peut-être en liste rouge. Il a sans doute un dossier dans la base centrale, on va découvrir d'autres éléments sur lui... Allez, fissa !

Abadie ne bougeait pas.

— Qu'est-ce qu'il y a, capitaine ?

— On n'est pas chargés de l'enquête, objecta l'officier en remettant d'aplomb sa cravate.

— Merci, j'avais remarqué. Eh bien, on va dire qu'on n'enquête pas. On vérifie des informations qui nous sont parvenues par hasard.

Abadie ne fit pas d'autre commentaire.

Quand il ouvrit la porte, Marion entendit le bruit d'une cavalcade dans le couloir, des cris.

— Les affaires reprennent, dit-elle, et cela ne fit pas rire Abadie.

*
* *

Marion était montée jusqu'à la salle de commandement et, plantée devant la grande carte du réseau banlieue, y cherchait dans le Val-d'Oise la ville où Zig était supposé résider. Elle repéra la route du Miel qui traversait la forêt d'Écouen et imagina un lieu plein de verdure et d'oiseaux. Bizarrement, elle ne sentait pas l'enfoiré au milieu des arbres et des oiseaux. Elle le sentait dans des dédales noirs et glauques grouillant de serpents et de rats. C'était là, sa place.

— Il n'y a aucun Claude Zig abonné au téléphone en région Île-de-France, dit-elle d'une voix plate à Abadie qui venait de la rejoindre. Il y a eu un Joseph Zig à Écouen, mais il est résilié définitivement depuis trois ans. Mon correspondant vérifie les abonnés aux mobiles mais jusqu'à présent ça ne donne rien. Et on est dans la clandestinité totale, ce qui n'arrange rien.

— Qu'est-ce que vous comptez faire ? demanda le capitaine en adoptant malgré lui le même ton confidentiel.

— Je vais tout raconter à Kerman, dit-elle sans se retourner. De toute façon je n'ai pas le choix, il vient de me faire appeler, il va procéder à la reconstitution ce soir. Nina va devoir lui dire ce qu'elle a vu et moi, je lui dirai le reste. Voilà.

Elle venait de prendre sa décision, contrainte et forcée.

— Je laisse tomber la mairie, alors ? demanda Abadie.

Elle passa devant lui en haussant les épaules. Il faillit lui courir après, lui demander ce qu'il devait conclure de ce geste désabusé. Oui ? Non ? Il renonça quand la porte métallique claqua, arrachant une grimace à Morel qui observait la scène depuis son bureau.

Abadie se sentit las, tout à coup. Il avait envie de rentrer chez lui, mais il ne se sentait pas le courage d'abandonner Marion. Il se dit qu'une petite promenade en forêt d'Écouen ne pourrait lui faire que du bien. Il aperçut Amel qui rôdait, désœuvré :

— Amène-toi, lui lança-t-il, je t'emmène à la campagne.

40

Marion n'avait pas été autorisée à participer aux opérations de reconstitution sous prétexte que sa présence pourrait influencer Nina. Kerman lui avait vendu cette version qui en valait une autre. De toute façon c'était lui le responsable de l'enquête, elle ne pouvait que s'incliner. Elle se tenait donc en retrait, dans une voiture de la brigade. Au volant, Valentine Cara qui, comme elle, observait la ruelle où officiait une femme plutôt petite et mince, à la blondeur diaphane, vêtue d'un strict tailleur gris et armée d'une liasse de papiers fixée sur un support rigide. Le commandant Régine Duplat faisait son boulot, impassible.

Nina semblait plus menue et désemparée que jamais et Marion souffrait. Le poids qui lui bloquait l'estomac ne désarmait pas et elle aurait payé cher pour être ailleurs, loin d'ici, avec sa fille qui n'aurait pas vécu cet enfer et gardé intacte son insouciance.

— Vous croyez que ça va apporter quelque chose, cette gesticulation ? demanda la lieutenant d'une voix contrainte.

— Je n'en sais rien.

Sans doute Nina se laissait-elle faire docilement. Sans doute participait-elle sans protester puisque sa mère le lui avait demandé. Mais elle ne raconterait rien à Kerman, elle l'avait affirmé à Marion qui avait insisté en vain. Nina ne parlerait pas de ses rêves ni de ses souvenirs. D'ailleurs elle ne parlait presque plus.

Marion avait accouru à l'appartement vers seize heures, à l'appel de la gardienne Maitre. Nina s'était réveillée et levée mais elle ne voulait rien faire, ni s'habiller, ni manger, ni parler. Elle ne voulait rien faire que rêvasser, le regard au loin, sur la pointe de la tour Eiffel, au-delà de la fenêtre. Martine Maitre avait appelé car elle avait fini son service et demandait à être relevée. Marion avait trouvé Nina dans sa chambre, assise à son bureau d'écolière, la tête appuyée sur sa main. Elle avait étalé devant elle une dizaine de séries de photos d'identité prises dans un de ces photomatons que l'on trouve dans les gares. Inaccessible, elle contemplait ses propres grimaces et le petit visage d'Ange-Lou qui, tout contre le sien, riait de toutes ses dents.

Marion, stupéfaite, découvrait le passe-temps favori des filles : se photographier ensemble. Tout leur argent de poche y passait, probablement. Nina faisait le pitre et Ange-Lou riait, c'était dans l'ordre des choses. Les photos étaient en couleur, tantôt avec un fond blanc, tantôt avec un fond bleu sur lequel un graffiti n'avait pas été effacé. Un signe qui ressemblait à un point d'interrogation sans point.

Marion n'avait pas su quoi lui dire et la petite s'était contentée de lever sur elle un regard perdu. Puis elle était allée se recoucher.

— Il faudra tout dire au commissaire Kerman, lui avait demandé Marion beaucoup plus tard, quand elle avait consenti à se lever et à revêtir un jean et un pull.

— J'ai pas envie de lui parler. T'as qu'à lui dire, toi. Pourquoi je dois y aller ?

Marion le lui avait expliqué longuement. Mais les mots lui écorchaient la bouche. C'était facile d'expliquer à des victimes qu'elles devaient jouer le jeu de la justice, c'était une torture que de livrer à cet exercice son propre enfant.

— La psychologue a dit qu'elle est en état, lui avait affirmé Kerman au début de l'après-midi, parfaitement apte à supporter...

Comment pouvait-il se montrer aussi péremptoire ? Quand et comment Brigitte Nill avait-elle pu déterminer que Nina pourrait refaire les gestes, redire les mots ? Et qui allait tenir le rôle d'Ange-Lou ? Et celui de l'enfoiré ?

— Des gens de mon service, avait dit Kerman.

Marion s'était rebellée :

— Pourquoi si vite, pourquoi ce soir ?

— Parce que le juge l'a décidé et parce que ce soir, il y a cours au théâtre avec les adolescents. Voilà pourquoi.

41

Les élèves sortaient du théâtre, les uns après les autres. Scrutaient avec curiosité les hommes de la Crim' et Nina au milieu d'eux. Les policiers les invitaient à se comporter normalement et à circuler. Très vite, Nina resta seule avec la femme-flic qui jouait le rôle d'Ange-Lou. Gervaise apparut dans son châle bariolé, aussi gonflée qu'une montgolfière. Elle s'arrêta un instant près des deux filles et s'éloigna dans la ruelle. Comme elle l'avait fait le lundi précédent.

Au moment où la prof arrivait près de sa vieille Simca, le téléphone de Marion fit résonner sa musique absurde dans la nuit.

Impossible de dire si c'était la voix d'Amel ou celle d'Abadie. Les dents serrées, Marion fit un effort surhumain pour comprendre ce que disait son interlocuteur.

— Je suis à Écouen avec Amel, finit-elle par entendre.

— Quoi ? Qu'est-ce que vous faites là-bas ?

— On est allés à la mairie. Y a bien une famille Zig qui a vécu à Écouen, dans le temps.

Elle sortit précipitamment de la voiture et Valentine Cara lui jeta un regard intrigué. Par discrétion, la lieutenant tourna le bouton de la radio et une salsa endiablée explosa dans l'habitacle.

— J'ai dit qu'on passait la main à Kerman, dit-elle en s'éloignant de quelques pas.

— J'avais à faire dans le coin, improvisa Abadie. Un dossier à déposer au parquet de Pontoise. Alors, je me suis dit, comme c'était sur ma route...

— O.K. ! le coupa Marion qui brûlait d'entendre la suite, qu'est-ce que vous avez trouvé ?

— Le dernier membre de la famille, Joseph Zig, est mort, il y a trois ans. C'est inscrit sur le registre d'état civil.

— Pas d'enfants ?

— Aucune trace. S'ils en ont eu, ils ne sont pas nés à Écouen. La trace Zig s'arrête avec ce Joseph...

— Quoi d'autre ?

— On est allés à l'ancienne adresse... D'après la mairie, la propriété de famille a été liquidée. Mais il reste un terrain, un bois et une petite maison toujours enregistrés au cadastre au nom de Zig... C'est une construction, disons... entre la grosse cabane de jardin et le chalet forestier. Tout est fermé, à l'abandon. Il y a pas mal de ruches autour, dans le même état. D'ailleurs, les ruches c'est pas ce qui manque dans le coin...

— La route du Miel ? suggéra Marion.

— Oui... La femme de la mairie se souvient que le

vieux Zig était un passionné d'abeilles, il avait des centaines de ruches...

— Conclusion ?

— Il n'y a personne ici. Pas de trace visible de passage de voiture, aucun signe de vie. J'ai l'impression que personne ne vit plus là depuis longtemps mais il faudrait interroger les gens du coin. Qu'est-ce qu'on fait ?

— Ce soir, rien. De toute façon il fait nuit. Et ne prenez plus ce genre d'initiative, compris ?

— J'ai pensé que...

— Je sais, oui. Merci.

Elle coupa la communication et, les reins contre le capot de la voiture, laissa errer son regard sur les curieux qui observaient les gesticulations pataudes de Gervaise et tentaient d'entendre ce que pouvait bien raconter la petite fille dont le visage livide dénonçait la détresse.

Un homme en noir s'éloignait rapidement et tournait le coin de la rue du Delta. Marion le suivit des yeux machinalement puis entendit que Valentine Cara cognait le pare-brise avec insistance. La troupe de la Crim' s'avançait vers elles pour continuer son boulot de rouleau compresseur. Il fallait dégager de là. Dans la voiture, radio Latina diffusait une chanson de Mariana Montalvo. Sa voix rauque donnait le frisson, ravivait des blessures enfouies. D'un geste sec, la commissaire coupa le son.

42

Marion attendait de l'autre côté du square. Elle avait libéré Valentine Cara qui avait filé sans demander son reste et il était presque minuit quand la troupe de la Crim' commença à se disperser. Serge Kerman tint à rendre lui-même à sa mère Nina qui titubait de fatigue.

— Elle a été très courageuse, admira le divisionnaire en posant sa main sur l'épaule de la fillette qui se dégagea avec lenteur.

Marion prit la main de sa fille et la pressa contre sa joue. Nina était glacée, elle réagit à peine.

— Tu as appris quelque chose, au moins ? fit la jeune femme avec rancune.

— Plus que tu ne crois.

Kerman scrutait avidement le visage de Marion. C'était le moment où jamais de faire ce qu'elle avait décidé : lui communiquer ce qu'elle savait et qu'il ignorait. Une immense colère la retenait encore.

Nina leva la tête vers sa mère, implorante :

— On peut rentrer maintenant ?

Kerman donna son accord d'un signe de tête. À quelques mètres de là, le juge, Régine Duplat et d'autres flics anonymes attendaient le bon vouloir du divisionnaire. Marion prit sa fille par la main et l'installa dans la voiture blanche banalisée de la brigade. Nina se laissa faire sans dire au revoir, sans même un regard pour Kerman et boucla sa ceinture. Marion s'assit derrière le volant et mit le contact. Serge Kerman la regardait faire. Il semblait sur le qui-vive, déchiré par un intense combat intérieur. Il se décida brusquement alors qu'elle passait la première :

— Je n'ai pas envie que tu partes comme ça...

— Et pourquoi donc ?

— Ne te moque pas... mais je m'en veux. J'aurais dû empêcher cette opération. Ça n'a pas apporté grand chose, en fait. Je me sens coupable vis-à-vis de Nina.

— Tu parles !

Ils se mesurèrent un moment du regard. Marion était lasse et la fatigue tirait sur son visage des ombres émouvantes. Kerman, qui s'y était toujours laissé prendre, la contempla, troublé. Lui aussi paraissait crevé et Marion aimait le pli un peu amer de sa bouche et ses paupières qui s'affaissaient légèrement comme pour signifier un début de reddition. Il cessait d'être le plus grand, il se mettait à sa merci et elle en éprouva une furieuse jubilation.

Elle eut pitié de lui :

— Bon, d'accord, soupira-t-elle, viens prendre un verre à la maison !

Elle décolla du trottoir sans douceur.

— Eh ! cria-t-il, je ne sais même pas où tu habites !

Elle fit par la vitre ouverte un geste insouciant de la main.

Même Nina réagit :

— Pourquoi tu lui as dit de venir ? Il sait même pas où on habite !

Un rictus las déforma brièvement la bouche de Marion.

— Mais si. Kerman sait tout, chérie.

43

Il aimait le single pur malt, sans glace, et il avait apporté sa bouteille de Lagavulin. Persuadé, avec raison, que Marion n'avait pas cela en magasin. Elle se demanda à quel moment il avait préparé son coup ou bien s'il en avait toujours une bouteille dans sa bagnole, au cas où une bonne fortune se présenterait.

Marion s'était laissé servir un verre de whisky puisque le Martell XO Suprême avait été liquidé en deux soirées avec Gervaise. De toute façon, ce soir, elle aurait bu n'importe quoi pour desserrer l'étau qui lui comprimait la poitrine.

Nina avait plongé dans sa nuit chimique après avoir redemandé à sa mère pourquoi elle avait invité Kerman et ce qu'il venait faire. Secouée mais pas dupe. Contrairement à Lyon où la chose était courante, à Paris, aucun collègue masculin ne mettait les pieds chez elles et la pensée de lui mentir en invoquant l'enquête en cours avait effleuré Marion.

— Nous avons été... proches, autrefois, lui avait-elle avoué en définitive.

— Il va dormir ici ?

— Nina, c'était il y a longtemps. C'est fini entre nous.

Nina avait vu se succéder un certain nombre d'hommes que Marion avait aimés, à sa manière, brève et entière. Ils avaient disparu de sa vie et cela n'avait pas toujours été de son fait. La petite savait que d'autres hommes reviendraient. Ce Kerman, elle sentait bien qu'il troublait Marion. Rien que sa façon de s'énerver contre lui était un signe. En plus, là, elle venait d'avouer qu'autrefois... C'était quand, autrefois ?

Avant de se tourner du côté du mur, Nina avait repoussé la main de sa mère qui voulait toucher ses cheveux et masser son crâne, des gestes de tous les jours pour apaiser la douleur et le chagrin.

— Dors bien, mon amour. Je t'aime.

Nina n'avait pas daigné répondre.

Marion se taisait et Kerman aussi. Il avait dénoué sa cravate et allongé ses jambes sur les cartons. Parfois il avalait une gorgée de whisky, lentement, savourant son plaisir en regardant le dos de la jeune femme et ses fesses musclées moulées par son pantalon de toile bleue. Pas féminine, la tenue, mais plus sexy, c'était impossible.

Elle, debout devant la porte-fenêtre, son verre à la main, contemplait les lumières sur Paris en évitant le puits de la cour, à mille lieues des fantasmes du divisionnaire.

Il fallait qu'elle lui parle.

— Serge... Il faut que je te dise...

— Je ne suis pas venu pour parler.

Sa voix était sourde, voilée. Marion identifia la tonalité si particulière du désir.

— C'est important, il y a...

— Chut !

En un bond souple et silencieux, il fut contre elle, dans son dos.

***

Elle enfila un peignoir en soie rouge et le regarda s'habiller. Il n'avait guère changé. À peine si, à la taille, les contours de son corps d'athlète se faisaient plus flous. Comme s'il avait lu dans ses pensées, il contracta ses abdominaux pour attacher le bouton de son pantalon.

— Tu veux un café ?

— Te fatigue pas, Edwige, ou je vais finir par croire que je suis un amant exceptionnel. Je m'en vais.

Elle quitta la chambre et alla attendre dans le salon qu'il ait fini de se préparer. Quand il apparut, personne n'aurait supposé qu'il sortait du lit d'une femme. Marion admirait cette maîtrise en même temps qu'elle la détestait. Il s'arrêta contre elle, respira le parfum qui montait du peignoir entrebâillé, releva la tête, chaviré. Pour éviter les mots qu'il allait dire, elle exhiba rapidement une disquette informatique qu'elle cachait derrière son dos. Il y jeta un regard rapide et la fourra dans la poche de sa veste sans manifester de surprise.

— Je peux savoir comment...

— Non, dit-elle. Je ne te donnerai pas ma source. Et je te préviens, je ne suis sûre de rien.

— Les rêves de Nina ? demanda Kerman avec un petit sourire furtif.

— Des intuitions, des déductions et... un peu de chance, corrigea-t-elle.

Il posa ses belles mains sur ses épaules et la tint à bout de bras quelques secondes, attendant qu'elle lui en dise plus. Elle garda un silence obstiné.

Il secoua la tête avec commisération et s'écarta, prêt à partir. Elle s'appuya au chambranle de la porte et referma les pans entrebâillés de son peignoir. Il revint sur ses pas.

— J'ai envie de te revoir, dit-il.

Elle se contenta d'un petit sourire ironique. Il fronça les sourcils, approcha ses lèvres de son oreille, en mordilla le lobe, s'amusant du long frisson qu'il déclenchait.

— Mais, par pitié, murmura-t-il, arrête de me prendre pour un con avec tes intuitions.

Elle haussa les épaules et, doucement, le poussa dehors.

44

À son réveil, Nina avait sa tête des mauvais jours. Elle avait longuement scruté celle de Marion et était allée s'enfermer dans sa chambre. Elle n'en était sortie que pour pleurer dans les bras de sa mère et celle-ci était arrivée à la brigade les yeux rouges.

— Je ne peux pas continuer comme ça, dit-elle à Abadie.

Le capitaine, d'un coup d'œil, s'aperçut qu'elle était à bout de nerfs.

— Qu'est-ce qui se passe ?

— C'est ma fille. Il faut que je l'emmène voir un médecin, un psy, quelqu'un de compétent.

— Je croyais qu'il y avait quelqu'un de la Crim'...

— Oui, mais c'est précisément le problème. Elle est de la Crim' et elle a autre chose à faire.

— Et si vous preniez quelques jours ?

Elle renifla :

— Et ici, comment je fais ? Chaque jour, c'est un peu plus la merde. J'ai l'impression que tout s'écroule lentement mais sûrement et que je n'y peux rien, que l'enfoiré peut continuer à courir et que tout le monde s'en fout, même Kerman.

Abadie plongea le nez dans les documents qui jonchaient le bureau (la récolte de la nuit, un ramassis consternant d'abjections) et entreprit de les feuilleter d'une main détendue tandis que de l'autre il allumait une blonde extra-light.

— À propos de Kerman, je lui ai tout balancé, ajouta-t-elle, abrupte, en se laissant choir dans son fauteuil.

Abadie leva le nez avec le sentiment qu'elle voulait en découdre. Allait-elle lui reprocher son incursion à Écouen ? Ou en avait-elle après Kerman à cause de cette vieille histoire entre eux ?

— Prenez quelques jours de vacances, répéta-t-il prudemment. Occupez-vous de votre fille, croyez-moi c'est primordial et personne ne vous en voudra ici.

— On va voir comment il va s'en tirer, le grand Kerman, ronchonna-t-elle.

Abadie poussa un léger soupir de soulagement. C'était bien après Kerman qu'elle en avait.

— Les parents de Pierre Palmieri sont arrivés ce matin, à l'avion de 6 heures, dit-il après un silence, peu soucieux de la suivre dans une polémique sans issue. Il faut que j'aille m'occuper d'eux.

Il posa la main sur la poignée de la porte et elle se dit tout à coup qu'elle allait rester seule. Cette pensée lui fut insupportable. Elle jaillit de son siège.

— Je viens avec vous.

*
* *

Kerman téléphona au moment où le couple Palmieri expliquait qui était leur fils et tentait de comprendre ce qui avait bien pu dérailler subitement dans leur vie douillette et bien structurée.

— Edwige, dit-il de son ton de divisionnaire, il faut que je sache comment tu as eu ces tuyaux.

— Pas question.

— Le coup du tuning, la bagnole... tu ne peux pas être tombée là-dessus par hasard...

— Tu es perspicace, dis donc. Je t'ai donné les infos, ça ne te suffit pas ?

— Et comment je mets ça en procédure ? Je t'entends une fois de plus ? À moins que tu ne préfères aller devant le juge, directement ?

Marion s'enflamma :

— Mais je m'en fous de ta procédure ! Je veux qu'on arrête ce connard ! Je peux m'en charger si tu ne te sens pas d'attaque.

Abadie lui jeta un coup d'œil réprobateur. Il haussa le ton pour demander à ses parents si le jeune Pierre avait pour habitude de se raser entièrement les membres et le corps.

Fernand et Solange Palmieri sursautèrent en se récriant.

Lui, la cinquantaine fade mais élégante d'un diplomate à la carrière sans panache. Elle, ronde et maquillée, bronzée et dolente. Pierre était leur fils unique, arrivé sur le tard dans un couple qui avait depuis longtemps dépassé le temps de l'amour et perdu l'espoir de procréer. Un retour de flamme sexuelle ? envisagea Marion qui les observait en écoutant distraitement le laïus de Kerman. Plutôt un adultère, décida-t-elle en se remémorant les traits délicats du petit moribond. Le consul de France à Dakar était un homme au visage épais, gros nez et menton empâté. Son épouse n'avait guère de charme non plus. Une adoption ? On adopte rarement un enfant handicapé, songea-t-elle en les écoutant répondre à Abadie que jamais de la vie leur fils ne s'épilait le corps, d'ailleurs il n'avait même pas de barbe ou si peu.

— Tu m' écoutes ?

— Mais oui... J'étais sûre que tu allais me dire quelque chose comme ça !

— Quoi ?

— Ça ne te suffit pas que je te donne ce que j'ai ! La vérité c'est que tu ne supportes pas que j'aille plus vite que toi.

— Non, non ! Tu fais erreur. Ce n'est pas du tout de ça qu'il s'agit...

Elle posa le combiné sur le bureau et la voix de Kerman continua de débiter des mots dont les personnes présentes pouvaient profiter de loin.

— C'est la première fois que nous laissions Pierre voyager seul, gémit Solange Palmieri. À cause de son handicap, nous l'avons toujours protégé, vous comprenez ?

— Vous êtes allés à l'hôpital ? demanda Abadie sur le ton professionnel qui le maintenait, mieux que Marion, à l'abri des émotions.

— Oui, souffla le père. Les médecins vont nous le laisser jusqu'à ce soir, dix-huit heures...

« Je ne veux plus dorénavant que tu prennes l'ombre d'une initiative, disait Kerman dans le téléphone, même pas en rêve, sinon le parquet sera avisé, je dois te mettre en garde... »

La balancer au procureur général, Kerman en était tout à fait capable. Et lui faire retirer son habilitation d'OPJ. Mais est-ce qu'il savait qu'à l'instant, là tout de suite, elle n'en avait rien, mais vraiment rien à faire ? Que pesait une habilitation à côté d'Ange-Lou, de Nina, de Pierre et des autres, de tous ces enfants que l'on n'avait pas sauvés ?

Les époux Palmieri se levaient pour prendre congé. Ils semblaient tout à coup vieux et exténués, à l'image de tous les parents confrontés à l'horreur de la perte d'un enfant. Ils allaient passer quelques heures auprès de leur fils déjà à demi-mort et puis un médecin viendrait débrancher les appareils. Il dirait « c'est fini » et emmènerait très vite l'enfant pour lui prendre son cœur, son foie, ses poumons. Il porterait ses organes à d'autres enfants eux-mêmes proches de la mort. Ceux-là survivraient et leurs parents se réjouiraient. Les Palmieri s'en iraient rejoindre la longue cohorte des familles brisées.

Marion reprit le combiné tandis que le diplomate et sa femme lui adressaient de loin un signe d'au revoir.

Kerman, d'habitude plus expéditif, ne semblait pas pressé de raccrocher. Le ventre de Marion se crispa d'appréhension.

— Tu m'as déjà dit ça au moins deux ou trois fois, dit-elle entre ses dents. Alors accouche maintenant, qu'est-ce qu'il y a ?

— Les Marly ont déposé une plainte avec constitution de partie civile.

Il avait, enfin, retrouvé son ton habituel, sec et pro.

— Contre moi ?

— En personne, oui.

— Alors ?

— Tu connais la loi. Obligation d'informer, le juge va te convoquer et t'entendre comme témoin assisté.

« Article 104 du CPP », se récita machinalement Marion. À la fin de l'audition, le juge peut décider d'une mise en examen. Elle n'eut pas le courage de demander à Kerman pourquoi c'était lui qui lui annonçait cette bonne nouvelle. Elle avala sa salive :

— Merci pour le tuyau.

— Tu n'as pas d'avocat ?

C'était une question qui n'en était pas une.

— Pour quoi faire ?

Il soupira, excédé :

— Tu le fais exprès ? Note ! Maître David Schmidt, place des Abbesses, 01 53 53...

Marion n'attendit pas la suite. La tête lui tournait, la pièce commença à basculer lentement. Elle reconnut Abadie à l'envers qui rassemblait les pièces de la procédure et y ajoutait l'audition du couple Palmieri. Elle laissa retomber le combiné sur son support et pressa ses pouces contre ses tempes. Une feuille de papier, échappée des doigts élégants d'Abadie, voltigea jusqu'à ses pieds. Marion se leva et la ramassa machinalement. C'était la fiche signalétique établie lors de la découverte du jeune Pierre Palmieri. Le capitaine y avait agrafé la photo découverte dans la poche arrière du pantalon de l'adolescent. Marion y jeta un coup d'œil et remarqua le point d'interrogation sans point qui tranchait sur la couleur bleue du rideau de fond. Elle rendit le document à Abadie qui attendait, main tendue. Elle croisa son regard apitoyé et aperçut ses hommes groupés à la porte.

— Je rentre chez moi, leur dit-elle. Ne m'appelez que si la troisième guerre mondiale est déclarée.

45

Marion ne réussit pas à convaincre Nina de sortir, même pour une séance d'équitation au club hippique de La Courneuve, ce qui, pour la petite, représentait habituellement la récompense suprême.

Aujourd'hui, tout ce que Nina réclamait, c'était d'aller voir Ange-Lou. Marion perdait pied. Désemparée, elle lui expliqua que ce n'était pas possible. On ne les laisserait pas entrer à l'institut médico-légal et cela valait sans doute mieux pour elle.

— Je peux pas croire qu'elle est morte, maman, tu comprends. Il faut que je la voie, que je sois sûre.

— Je comprends, mais pas maintenant. Dans quelques jours, le juge va autoriser l'inhumation. Tu pourras la voir à ce moment-là. Je te le promets.

« Vous avez bien réagi, lui dit Brigitte Nill, la psycho-criminologue de la Crim' que Marion avait appelée, en désespoir de cause, quand Nina était retournée s'enfermer dans sa chambre. Essayez de me l'amener, il faudrait que je puisse lui parler... Je comprends que ce soit difficile avec vous, vous êtes trop impliquée dans son histoire. »

— Nina refusera, avait déploré Marion, ce n'est même pas la peine d'essayer.

La psy avait réfléchi quelques secondes.

— Je serai chez vous à quatorze heures. Donnez-moi votre adresse.

Nina n'avait pas voulu sortir mais, finalement, elle avait bien voulu manger et Marion avait commandé une pizza. Elles y avaient à peine touché et, toujours aussi taciturne, la petite avait mis la télé en marche. Elle regardait la fin d'un film policier sur une chaîne du câble et les coups de feu qui se succédaient la faisaient régulièrement tressaillir. À plusieurs reprises, Marion avait essayé de changer de chaîne, à chaque fois Nina avait résisté avec toute la violence dont elle était parfois capable. Il était bientôt quatorze heures et Marion ne savait pas comment lui annoncer la venue de la psy. Elle prit la main de sa fille et de nouveau, les doigts glacés d'Ange-Lou, sa peau translucide et ses ongles courts... Elle frissonna.

— Nina...

Le coup de sonnette la décolla du canapé. La psy était à l'heure.

— Nina, dit-elle en se levant, on a de la visite. Tu sais, la psychologue que tu as déjà rencontrée...

Nina ne réagit pas et Marion en fut soulagée.

*
* *

Marion s'approcha doucement de la chambre de Nina. À travers la porte, elle entendit la voix de Brigitte Nill :

— Gare du Nord, j'achète !

Elle écouta un moment, surprit une exclamation joyeuse de Nina. Interdite, elle entrouvrit le battant.

La psychologue était assise sur le lit, la petite par terre à ses pieds. Elles jouaient au Monopoly.

— Rue de la Paix, exulta Nina. Ça, c'est pour moi !

— Oh ! Le bol ! Ah, ah ! Mais moi j'ai les Champs... Il va falloir négocier serré.

— Excusez-moi, dit Marion, je dois aller jusqu'à mon service. Une urgence.

— Allez-y ! fit la jeune femme en rangeant les billets colorés que Nina lui tendait pour régler son achat. On en a pour un moment, je vous attends.

— Si vous voulez partir...

— Non, j'ai du temps, aujourd'hui, je vous appellerai en cas de besoin.

En d'autres circonstances, Marion aurait trouvé étrange le comportement de cette femme. Mais Nina paraissait subitement tellement heureuse, comme si rien ne s'était passé, jamais. Elle hésita un moment, fit des yeux le tour de la pièce où il semblait qu'un cyclone avait sévi tant le désordre était impressionnant. Sur le bureau de Nina, les photos des fillettes étaient toujours étalées. Ange-Lou semblait sourire aux exclamations enthousiastes de Nina qui achetait des rues de Paris et des gares. Elle avança d'un pas et contempla le puzzle du photomaton en fronçant les sourcils. Elle saisit une photo et l'examina avec attention. Un détail lui sauta aux yeux. Mais bien sûr ! songea-t-elle en empochant le cliché tandis que les deux filles continuaient à jouer sans lui prêter attention.

Elle s'en fut avec un soulagement que sa conscience jugeait coupable et rejoignit le capitaine Abadie qui l'attendait devant l'ascenseur. Il avait débarqué un peu après Brigitte Nill parce que Marion avait coupé ses téléphones et qu'il était porteur de nouvelles qui ne pouvaient attendre. Il trahissait son impatience en pianotant sur le bouton de l'appareil et en fumant cigarette sur cigarette.

— Venez, lui cria-t-elle en se jetant dans l'escalier, on ira plus vite à pied !

46

Les objets étaient étalés sur la table de la salle de réunion. Le sac noir avait été emballé dans une poche en plastique pour éviter des contaminations indésirables.

— Il a traîné dans une poubelle, fit remarquer Wolski, un des officiers au crâne rasé plus musclé que Rambo, il va pas nous apprendre grand-chose.

C'était lui qui avait découvert le pot aux roses. À l'heure du déjeuner, il était allé accompagner un plaignant à qui on avait volé son sac à l'arraché. L'homme avait vu son voleur et l'avait poursuivi. Initiative qu'il jugeait stupide a posteriori eu égard au coquart dont s'ornait son œil gauche. Il avait rattrapé l'agresseur dans une zone éloignée des installations principales où étaient stockés les déchets que la gare produisait de jour en jour. Des camions-bennes attendaient les sacs-poubelles et, chaque soir, les emportaient vers les incinérateurs. C'était là que, la plupart du temps, les voleurs à la tire abandonnaient, après les avoir vidés de leur contenu, les sacs à main, valises et attachés-cases.

Le voleur avait cogné sa victime et détalé. L'homme n'avait pas retrouvé son bagage. En revanche, l'officier « Rambo » en avait découvert un autre, noir, dépassant d'une poche poubelle éventrée et l'avait ouvert.

— Imaginez ma tête, patron, dit-il à Marion, quand je suis tombé là-dessus.

Il pointait du doigt la carte de police et le revolver. Les deux objets appartenaient à Empereur. C'était marqué au dos de la carte tricolore et Morel venait de confirmer que le Manurhin était bien le sien aussi.

Marion, elle, fixait le classeur vert. Et le nom écrit au feutre noir, en haut à droite. Ange-Lou Marly.

— Madame, dit Abadie dans son dos, la Crim' vient d'arriver.

Régine Duplat, cheveux blonds coupés au carré, tailleur pantalon gris perle et chemisier de soie prune. Deux officiers l'accompagnaient. Costume sombre pour l'un, ensemble sport chic pour l'autre. Jeunes et avenants. Courtois et calmes. Des seigneurs. Tout le contraire des flics de la gare qui finissaient par ressembler à ceux qu'ils côtoyaient.

— J'espère que vous avez pris des précautions pour manipuler ces objets ? s'enquit Duplat d'une voix neutre.

Elle-même avait enfilé des gants de latex et du bout de ses doigts fins ouvrait le classeur d'Ange-Lou.

— On trouve une bonne vingtaine de sacs volés en moyenne par jour dans les poubelles, ricana Rambo, alors nous, quand on met des gants, c'est pour pas se piquer avec les shooteuses ou se faire mordre par les rats...

Régine Duplat lui adressa un coup d'œil glacial.

— Ils ont fait attention, la rassura Marion sèchement, ils connaissent leur boulot.

— Je n'en doute pas, fit la commandant.

— Qu'est-ce que vous en pensez ? lui demanda Marion tandis qu'un des officiers ouvrait une petite valise en cuir noir pour en extraire des sachets translucides et du matériel de prélèvement.

— Et vous ?

— Si je puis me permettre, minauda Rambo sur un ton qui lui allait comme un tablier à une vache...

— Oui ?

— D'habitude, les baltringues qui piquent des trucs les balancent dans les ordures sans se donner la peine de les planquer dans des sacs-poubelle...

— Je vois, fit Régine Duplat, on va aussi s'intéresser à l'emballage. C'est ce que je dois comprendre ?

Rambo acquiesça et elle se tourna vers Marion afin de reprendre le fil de leur échange.

— La piste de ce gardien introuvable n'a pas été complètement explorée, fit-elle. On a eu tort.

— On l'a cherché aussi, figurez-vous. Il n'a laissé aucun message à personne, il n'y a aujourd'hui, à ma connaissance, aucun signe qui permette de penser qu'il est vivant.

La commandant continua à s'affairer, examinant les objets un à un. Elle faisait son boulot sans se laisser distraire. Un effluve subtil effleura les narines de Marion. Elle identifia Cristalle de Chanel.

— Allez-y les gars, emballez-moi tout ça, dit Régine Duplat. Je vais prendre votre déposition, ajouta-t-elle à l'adresse de Rambo. Vous avez un bureau ?

Elle emboîta le pas de l'officier tandis que ses deux acolytes continuaient à faire des paquets sans s'occuper de leurs collègues.

— Mon chef de service vous tiendra informée des résultats de nos recherches sur ces objets, dit-elle à Marion qui l'avait suivie dans le couloir.

— Quand ?

— Dès qu'on aura quelque chose. Dans les jours qui viennent.

Marion s'étonna :

— Rechercher des empreintes et les passer au FAED, ça prend une heure, deux en cas de problème.

— À condition qu'on en trouve. Ce type portait des gants, votre fille l'a dit. Pour le reste, c'est toujours plus compliqué, vous le savez, je crois ?

47

Abadie sortit de la salle de commandement suivi de près par le major Morel et quelques autres.

— Patron, fit l'officier de permanence, vous croyez que c'est Empereur qui a fait ça ?

— Je ne sais pas, mon vieux.

— Empereur est mon ami, s'en mêla un brigadier roux doté d'une forte moustache presque blanche. On a commencé ensemble ici, il y a dix ans. C'est un type droit, un cœur gros comme ça. Il va de temps en temps voir une pute, comme tout le monde. Mais c'est pas un tordu sexuel. Et jamais il toucherait un gamin. Je peux pas croire ça, putain !

— Moi non plus, dit Marion. Mais chaque fois que j'ai arrêté un criminel, je lui ai toujours trouvé la tête de monsieur tout le monde, ce n'est pas à vous que je vais l'apprendre.

Le brigadier secoua la tête avec énergie :

— Alors là, je suis prêt à me faire couper les couilles...

Marion esquissa un petit sourire :

— À votre place, je réfléchirais, à moins que vous n'ayez renoncé définitivement à vous reproduire, bien entendu !

Elle redevint sérieuse avant que Rambo n'envisage de ricaner.

— Il y a deux hypothèses, dit-elle, soit Empereur est le meurtrier d'Ange-Lou Marly et il s'est débarrassé en même temps de ses affaires personnelles et du classeur de la petite et je me demande bien pourquoi il aurait fait ça ici, soit...

Morel et l'ami d'Empereur échangèrent un regard

consterné. Marion formula la deuxième hypothèse qu'ils avaient tous en tête : le gardien était d'une façon ou d'une autre tombé entre les mains du tueur qui avait jeté des objets compromettants pour lui dans la benne à ordures. Dans ce cas, pour Empereur, on devait, hélas, s'attendre au pire.

— Pourquoi ce type se débarrasse-t-il soudain de son sac ? fit Abadie en écho à une pensée encore vague de Marion. Les déchets sont enlevés tous les soirs, c'est forcément ce matin qu'il est venu larguer son colis. Pourquoi ce matin ?

— Parce qu'on brûle, Abadie. On est tout près de lui et il panique. C'est sa première grosse connerie.

— Et on va attendre que les autres, la blonde avec son air de...

Marion fit un geste apaisant :

— Ils font leur boulot, on n'a pas à juger de la manière. Ce qui importe, c'est le résultat. Mais une chose est sûre, moi je ne vais pas rester là les bras croisés.

Elle fit demi-tour puis s'arrêta après quelques pas. Le groupe la regardait s'éloigner sans bouger. Elle extirpa de sa poche la photo de Nina et d'Ange-Lou et la tendit à Abadie. Il s'en saisit sans un mot.

48

Marion observait les allées et venues nonchalantes de la préposée au ménage qui roulait son trolley équipé d'un sac-poubelle vert sombre. La femme, une brune bien en chair chaussée de savates éculées, retira le sac plein, le ficela et le déposa contre le mur, juste à côté de la cabine Photomaton. Marion savait qu'il serait ramassé un peu plus tard et transporté dans les bennes de la dalle routière. Le sac noir dans lequel on avait retrouvé les affaires d'Empereur et le classeur d'Ange-Lou avait certainement suivi le même chemin. Car, ainsi que l'avait fait remarquer Rambo à Régine Duplat, la méthode de largage dans la benne à ordures n'était pas celle d'un vulgaire dépouilleur. Ces prédateurs ordinaires ne perdaient pas de temps à emballer leurs prises dans des sacs-poubelle.

L'entreprise Pronet, titulaire du contrat d'entretien de la plateforme, utilisait plusieurs sortes de sacs-poubelle. Les plus grands, de couleur vert foncé, faisaient partie de la panoplie des voitures de ménage, ces chariots que poussaient inlassablement les hommes et les femmes chargés du nettoyage diurne des lieux publics, notamment des sanitaires. Ces grands fourre-tout étaient particulièrement résistants et c'est dans l'un d'eux que le sac noir avait été déposé au milieu de tout un tas d'immondices, de journaux, papiers, et autres objets incroyables que le personnel de ménage ramassait à longueur de temps. Depuis cette découverte, l'équipe de Kerman avait plus ou moins investi le territoire de Marion mais ses recherches de témoignages dans la gare s'avéraient décevantes. Des milliers de gens y circulaient, mais personne ne voyait jamais rien, c'était une loi du genre. Kerman ou Duplat appelaient Marion à tout bout de champ, le plus souvent pour lui poser une question ou pour obtenir une information sur la plate-forme, ses personnels, ses zonards. En échange Marion récupérait quelques bribes d'informations sur l'affaire. Kerman lui avait ainsi appris que des empreintes pullulaient sur le revolver et la carte de réquisition du gardien Empereur. Probablement les siennes, mais comment savoir puisque personne ne les lui avait jamais relevées ? Celles d'Ange-Lou – là on avait pu le vérifier après les avoir prélevées sur son corps à l'IML – sur son classeur. Plusieurs traces papillaires étrangères à Ange-Lou y avaient été découvertes, toutes inconnues du FAED. En dehors de cela, de nombreux éléments, cheveux, poils, inexploitables à ce stade, avaient été mis en évidence, plus quelques poussières d'une matière géologique blanchâtre et des déchets biologiques animaux, avec une probabilité forte pour des excréments de rongeurs. Mais, ainsi que l'avait claironné Rambo, les rats n'étaient pas rares près des bennes.

Le capitaine Abadie sortit de la zone sanitaire et s'approcha de la femme de ménage avec laquelle il entreprit une conversation animée.

Amel, planté devant le photomaton, hésitait à prendre une initiative, regardant autour de lui sans trop savoir par quoi commencer. Il avait établi que la photo trouvée dans la poche de Pierre Palmieri avait été réalisée dans ce photomaton qu'un taggeur avait orné d'un point d'interrogation sans point, sur le rideau de fond. Plus étrange, la photo subtilisée par Marion à Nina venait de là aussi. Nina avait permis de situer la cabine de photos express : niveau mezzanine, contre le mur des toilettes des femmes. Elle n'avait pas d'explication quant au choix de ce photomaton où Ange-Lou l'avait entraînée, mais l'enquête du tandem Abadie-Amel avait démontré que les photos avaient été faites le même jour, le samedi qui avait précédé l'agression du garçon et l'assassinat d'Ange-Lou. Que s'était-il passé pour Pierre Palmieri entre le samedi matin et le dimanche après-midi ?

— Il y a beaucoup de choses qui convergent là, avait dit Marion en montrant le cercle rouge qu'elle avait tracé sur le plan de la gare. Ce n'est sûrement pas un hasard.

Abadie, à présent, montrait les clichés des enfants à l'employée de Pronet. Elle fit une moue que Marion interpréta comme négative et le capitaine l'abandonna pour rejoindre la commissaire.

— Elle est sourde et aveugle, marmonna-t-il. Il y a pourtant pas mal de drague dans le coin. Des vieux qui cherchent des jeunes. Garçons ou filles. Mais on dirait que ça leur écorche la bouche de nous parler.

— Ils ont la trouille, éluda Marion. Il faut être incolore, inodore et sans saveur pour survivre ici. Et la femme qui était de service quand Pierre Palmieri a débarqué dans les chiottes ? Vous l'avez vue ?

Abadie regarda au loin Amel qui parlait avec une jeune fille squelettique et sale.

— Je l'ai croisée quand je suis venu faire les constates. Elle n'avait rien vu, même pas le gamin. Elle s'était contentée de ramasser son sang avec sa serpillière. Même que ça a rendu Roger Lenfant furieux.

— Mais c'est qui ?

— Une femme d'une quarantaine d'années, avec des grosses lunettes et une gueule pas possible. Le genre revêche.

— Vous ne l'avez pas entendue ?

— Pour lui faire dire quoi ?

Abadie plongea le nez sur ses boots luisants de propreté. Marion observa un temps de silence en se demandant ce qu'elle aurait fait à la place d'Abadie. Sans doute la même chose, conclut-elle, mais peut-être un peu plus.

— Il faudra entendre cette femme, dit-elle et Abadie

compris qu'elle lui donnait un ordre. Et tous ceux qui travaillent là, d'ailleurs.

Le capitaine songea qu'il allait passer un temps fou à répertorier un personnel employé à des tâches précaires et soumis à un « turn-over » à donner le vertige. Mais, conscient qu'il aurait dû faire cela plus tôt, il s'empressa d'acquiescer.

— Il faudrait que je parle avec Nina, ajouta-t-il. Elle a peut-être vu quelque chose ou quelqu'un.

— L'agresseur de Pierre Palmieri ? Ça expliquerait ce qui s'est passé le lundi ?

— Je ne sais pas. C'est une hypothèse.

— J'ai déjà beaucoup parlé avec Nina, objecta Marion, à propos de ces photos. Si elle avait vu quelque chose elle me l'aurait dit.

Amel les rejoignit alors qu'ils faisaient demi-tour pour regagner la brigade.

— Vous avez travaillé sur ces enregistrements dont a parlé le surveillant de la SNCF ? demanda-t-elle soudain.

— Roger Lenfant est notre correspondant officiel à la salle de vidéosurveillance, biaisa Abadie. Il garde tout ce qui peut servir pour les enquêtes, règlements de contentieux, accidents. C'est pas un stock qu'il a, c'est l'Himalaya.

Il glissa sur son regard noir, contempla les évolutions d'un couple de musiciens qui massacrait de vieilles chansons russes, enfonça les poings au fond de ses poches.

Marion, elle, pensait aux garçons disparus. Aussi, à Nina et Ange-Lou qui avaient rôdé par ici. Les bandes vidéo, c'était beaucoup de temps et de travail pour une hypothèse fragile. Bien que fastidieuse, la tâche n'était rien à côté du temps qui passait. D'Empereur qui restait introuvable. De l'assassin de Pierre Palmieri qu'on n'identifiait pas et de Zig, l'enfoiré, qui demeurait un mystère.

Abadie chercha du secours auprès d'Amel qui regardait ailleurs.

— On va s'y mettre demain, souffla-t-il.

— Pas demain. Tout de suite.

49

L'enquête du rouleau compresseur s'effectuait avec sa légendaire lenteur méthodique et obstinée. Marion s'efforçait de ne pas se mêler de ce qui ne la concernait pas mais cette progression à petits pas l'exaspérait et, surtout, elle ne savait plus quoi dire à Nina.

La petite avait exprimé à Brigitte Nill le dépit qu'elle éprouvait à l'égard de sa mère dont elle ne comprenait pas l'attitude. Marion était son modèle, son héros tout-puissant. Comme elle ne pouvait venger Ange-Lou elle-même, c'est sa mère qui devait le faire. Mission impossible, avait dit Marion, comment peut-elle exiger cela de moi ?

« Parlez avec elle, consacrez-lui le plus de temps que vous pouvez, expliquez-lui ce que vous faites, ne la laissez pas en rade, elle a besoin de comprendre. »

Marion lui avait raconté comment l'enquête évoluait, les difficultés et les pièges, les incertitudes et les doutes, et tous les éléments qui s'empilaient de jour en jour et ne servaient, à ce stade, qu'à brouiller un peu plus les cartes. Elle avait comparé l'enquête à un puzzle. Si le principe était toujours le même – des morceaux à assembler pour produire une image pourvue de signification –, il en existait de plus difficiles que d'autres.

Le week-end passa sans qu'aucun morceau de puzzle n'en vienne troubler la mornitude et le lundi, la petite ne se sentit pas prête à retourner au collège. Marion s'arrangea avec la directrice pour qu'une élève de la classe passe chaque jour faire le point sur les leçons jusqu'à ce qu'elle se sente complètement d'attaque. À la voir ainsi, pâle et sans énergie, Marion s'inquiétait.

Mais voilà que le lundi soir, contre toute attente, Nina manifesta l'envie d'aller au cours de théâtre. Marion saisit la balle au bond, déjà prête à croire au miracle.

Au téléphone, Gervaise se montra soulagée : elle avait pesé le pour et le contre pour ce qui était de la reprise des cours. Laisser passer quelque temps afin que les esprits chagrins n'y voient pas une inconvenance ? Recommencer tout de suite, pour faire un pied de nez au mauvais sort et parce que, ainsi qu'elle l'exprima en toute simplicité : « the show must go on » ?

En définitive, l'appel de Marion, qui n'avait pour but que d'aider Nina à sortir de son état de torpeur, apporta à Gervaise le coup de pouce décisif.

Marion avait mis une seule condition : elle accompagnerait sa fille.

Elle demanda à Abadie de prévoir un dispositif pour surveiller le secteur. Et tant pis si la Crim', qui serait sûrement là aussi, en prenait ombrage.

50

Assis côte à côte sur des chaises inconfortables au fond de la minuscule salle, Marion et Abadie ressemblaient à un couple de parents ordinaires. Gervaise évoluait sur la scène, entourée d'un vaste nuage de fumée. Quelques adolescents se pressaient autour d'elle et Nina attendait son tour, légèrement en retrait, plongée dans la lecture de son texte.

Gervaise fit un geste autoritaire à l'adresse d'une grande fille au visage ingrat qui se mit à déclamer maladroitement :

— Je me moquerais fort de prendre un tel époux...

Un adolescent un peu rond s'avança :

— Vous avez là ma fille, une peste avec vous...

Le garçon, en pleine mue, tentait de se faire une voix mâle :

— Avec qui... avec qui sans péché... il me, non pardon ! Avec qui sans péché, je ne pourrai plus vivre...

— T'as pas appris ton texte, mon coco, gronda la voix râpeuse de la grosse femme. C'est : « Avec qui sans péché, je ne saurais plus vivre. » Répète après moi ! Et tu es Orgon, n'oublie pas, tu es furax ! Tu dois bouger dans cette scène, poursuivre Dorine, la souffleter. Bon sang, si tu restes planté comme ça, tu vas prendre racine ! Et mets-y un peu de tripes ! On dirait que tu récites la messe !

Les jeunes gens laissèrent retomber leurs textes, profitant de l'interruption de Gervaise pour souffler.

— Allez ! fit-elle avec un ample mouvement qui fit voler son châle, on passe à la scène suivante. Louis, tu apprends ton rôle pour la prochaine fois, sinon c'est toi qui tireras le rideau, pigé ? Allez ! On enchaîne ! Acte deux, scène trois...

La jeune fille au visage plein d'acné s'avança seule :

— Avez-vous donc perdu, dites-moi, la parole ?

Et faut-il qu'en ceci je fasse votre rôle ?

Souffrir qu'on vous propose un projet insensé,

Sans que du moindre mot, vous l'ayez repoussé !

Elle se tut. Un silence épais s'installa. Gervaise tapa du pied sur le plancher avec violence, tout en consultant le texte.

— Contre un père absolu... Alors, tu roupilles, bonhomme ?

Marion avisa un garçon qu'au premier abord elle avait pris pour une fille avec son visage délicat, ses cheveux un rien trop longs et ses grands yeux innocents. Il portait une sorte de grand sarouel qui ressemblait à une jupe ample. Gervaise le houspilla :

— Hou, hou, Mariane, on t'attend !

Une fraction de seconde, le silence fut total. Puis, le garçon s'avança, un peu hébété.

— Contre un père absolu... attaqua-t-il d'une voix flûtée.

Marion avait décroché du spectacle. Elle voyait vaguement Gervaise s'agiter, enveloppée dans la fumée, irréelle. Au fond de la scène, Nina n'avait pas bougé.

— Qu'est-ce qu'il y a ? chuchota Abadie à qui la brusque tension de Marion n'avait pas échappé.

Il se retourna. La porte était fermée, ils étaient les seuls spectateurs. Ni la Crim' ni l'enfoiré n'avaient daigné se montrer.

Il suivit le regard de Marion qui dévisageait le garçon occupé à réciter son texte sur un ton uniforme.

Cinq minutes passèrent. À la faveur d'une nouvelle interruption de Gervaise, Marion se leva et s'avança vers la scène.

Le jeune acteur amateur s'appelait Lucas Mérien. C'était inscrit sur un badge qui ornait sa poitrine, à l'instar de tous les autres élèves. Marion l'imagina habillé en fille et elle se dit que parfois la nature était bien imprévoyante. La grâce que Lucas employait pour repousser la mèche qui lui tombait sur l'œil, Marion aurait rêvé de la trouver chez Nina, sa belette, son garçon manqué.

Le cours touchait à sa fin. Marion restait rivée à Lucas Mérien dont les grands yeux accompagnaient attentivement les gestes des uns et des autres et elle se dit que si les anges avaient un visage, ils auraient celui-là. Mais une petite lueur, tout au fond du regard candide, la maintenait sur ses gardes. À chaque instant, le garçon lorgnait le fond de la salle, comme en attente.

La musique de Pulp Fiction explosa dans le théâtre, faisant sursauter Gervaise d'indignation. En fouillant sa poche à la recherche de son téléphone, Marion se promit, pour la énième fois, de changer cette sonnerie insupportable.

— Ou de mettre la position vibreur, chuchota Abadie qui était revenu près d'elle.

— Patron, dit une voix zélée en provenance de la brigade, il y a un incendie.

51

On voyait encore distinctement la tête du tigre sur la vitre arrière du 4 × 4. Les pneus avaient fondu, l'intérieur était détruit, le carburant avait joyeusement fait flamber l'engin qui avait failli tout embraser autour de lui dans ce parking souterrain de la gare malgré la protection des murs du box dans lequel le véhicule était planqué. Mais il n'y avait pas de doute, c'était bien le camion de l'enfoiré. La plaque d'immatriculation avant, sauvée du désastre, en était le témoignage. La chaleur restait forte à proximité du foyer encore fumant.

Marion contemplait le spectacle avec une étrange sensation. Elle aurait dû être satisfaite, elle n'éprouvait que de l'angoisse. Malgré elle, elle se retournait sans cesse, scrutant les recoins du parking, sursautant à chaque mouvement insolite.

Après être allé prendre quelques informations auprès des pompiers, Abadie l'avait rejointe cependant que Gervaise raccompagnait Nina à l'appartement sous bonne escorte.

La Crim' avait déployé ses troupes et des renforts de la PUP, appuyés par les hommes de la brigade, fouillaient tous les niveaux du parking souterrain. Un périmètre de sécurité permettait aux spécialistes du laboratoire central, section incendies, et à ceux de l'identité judiciaire, de conduire leurs investigations. La commandant Régine Duplat officiait en personne et Marion entendit le rapport que lui faisait un technicien vêtu de blanc sur les premiers éléments issus des constatations. La combustion avait commencé vers l'avant du véhicule, le foyer y avait été intense et brutal ce qui laissait supposer l'utilisation d'une grande quantité de produit inflammable. Une main criminelle ? En revanche, le volet métallique du box n'avait pas été forcé, la clef ayant servi à l'ouvrir avait même été trouvée dessus. Curieusement épargnée par le feu, elle était entre les mains d'un autre technicien qui venait d'y isoler une « belle paluche ». La main criminelle était-elle celle de l'enfoiré ? Qui pensait ainsi détruire les traces de son forfait ? Pourquoi ici ? Le 4 × 4 bien planqué dans son box, où était le danger ? Et pour un accro du tuning, détruire son véhicule revenait presque à s'amputer des deux jambes.

— Si ce type ressemble à celui que j'ai connu, murmura Marion dans le dos de Régine Duplat qui dirigeait les actes de l'IJ, non seulement il ne peut pas y mettre le feu, mais, en plus, il ne peut pas passer une journée loin de sa bagnole. C'est une addiction bien pire que la drogue ou le sexe.

La commandant lui jeta un coup d'œil rapide.

— Ce qui veut dire ?

— Si ce n'est pas lui qui a fait ça, il va venir.

Régine Duplat suspendit son travail.

— Vous croyez ? dit-elle après un long temps de réflexion.

— J'en suis sûre.

— Alors, on sera là.

Elle s'éloigna ostensiblement. Marion et ses hommes la virent s'entretenir avec des civils et le chef des hommes en blanc. Ni ses gestes mesurés, ni son visage impassible ne trahissaient la moindre émotion. À croire qu'elle ne ressentait rien. Jamais, rien, puisqu'elle faisait toujours cette tête. Elle revint vers Marion :

— Dès que nos opérations seront terminées, nous allons disparaître. Les lieux vont être surveillés, mais je ne veux personne ici. Je vous demanderai, madame, de donner des instructions en ce sens.

Message reçu. Si seulement il y avait eu un peu de chaleur dans cet échange d'une technicité chirurgicale.

— Vous avez pensé bien sûr à la vidéosurveillance du parking ? reprit Marion ajoutant que le système du gestionnaire était indépendant de celui de la gare.

— Oui, j'ai envoyé quelqu'un au poste de garde. On est en train d'examiner les enregistrements.

Marion hocha la tête.

— Personne, dans ce parking, n'a jamais remarqué cette bagnole pourtant remarquable, soupira-t-elle. N'est-ce pas ?

Duplat acquiesça silencieusement.

Marion, d'un geste, enjoignit à ses hommes de s'écarter. Elle allait partir quand, de manière inattendue, Régine Duplat saisit son bras. Leurs regards se croisèrent et celui de la commandant avait perdu de sa distance :

— Ne vous méprenez pas, madame, dit-elle, je sais ce que vous ressentez et je compatis. Si vous avez vu juste, on va l'avoir, je vous le promets.

— Merci, commandant, dit Marion.

52

Gervaise répondit à la première sonnerie.

— Je m'inquiétais, dit-elle. Vous arrivez bientôt ?

— Pourquoi ? Il y a un problème ?

— Non, non, mais je tombe de sommeil. Je ne suis pas une couche-tard.

Marion marqua une pause. Ennuyée d'avoir à avouer que non seulement elle ne rentrait pas mais qu'elle avait encore besoin de ses services. Abadie écoutait ce qu'elle disait et ses épaules se voûtaient : la nuit s'annonçait blanche et il n'en pouvait plus.

— Lucas Mérien ? s'étonna Gervaise. C'est vrai qu'il est meilleur dans les rôles de fille. Vous avez entendu sa voix ? Un velours. Et ses mimiques ? Ses gestes ? Une vraie ingénue. En plus c'est lui qui le demande. Il ne veut pas de rôle masculin.

— Qu'est-ce que vous savez de lui ?

Gervaise prit le temps de réfléchir.

— Pas grand-chose, fit-elle en définitive. Son adresse, son numéro de téléphone. Ah si ! Il est élève du lycée Jacques-Decour, lui aussi. En quatrième, je crois. Pourquoi ?

— Je ne sais pas.

— Ah ! Alors ça risque d'être compliqué... Je vous attends ? J'ai compris, fit-elle avec un soupir alors que Marion gardait le silence, vous en avez pour la nuit. Et moi je me fourre dans votre canapé, c'est ça ?

***

Abadie marchait à côté de Marion. La gare était curieusement animée, sans doute parce que les équipes de sécurité n'avaient pas encore viré les zonards qui menaient grand train au milieu des aboiements excités de leurs chiens.

— Ce gamin, Lucas Mérien, il ne vous inspire rien ?

Abadie ébaucha un vague sourire.

— Si j'étais trivial, je lui dirais « bienvenue au club ».

— Ce n'est pas ce que je voulais dire, Abadie, riposta Marion. Il ne vous rappelle personne ?

— Non. Mais à vous oui, si j'ai bien compris. Qui ?

— Pierre Palmieri.

Abadie s'arrêta net. Mains sur les hanches, il détailla Marion, ses traits tirés par la fatigue et son regard sombre qui flambait de fièvre ou d'excitation. Il secoua la tête, apitoyé :

— Vous devriez rentrer vous reposer.

— Me reposer ! De toute façon, je ne pourrai pas, il faut que je m'occupe. Je crois que je ne pourrai plus dormir tant qu'on ne l'aura pas serré.

Abadie songea que des gens avaient passé des années, ainsi, à attendre qu'on arrête un assassin. Par charité, il s'abstint de répliquer.

*
* *

Ils passèrent devant le bar à sandwichs encore ouvert et les odeurs rappelèrent à Marion qu'elle avait le ventre vide.

Quelque part, un accordéon jouait *Le dénicheur*. Une femme qui passait avec un petit chien en laisse entama le refrain d'une voix chevrotante et une jeune fille en haillons qui mendiait à côté d'un tas de vêtements dans le même état, esquissa un pas de valse. C'étaient des tableaux de tous les jours. La fille dormirait sur son tas de loques, l'accordéoniste, russe, bulgare ou roumain, irait rejoindre une caravane dans un terrain vague de banlieue et tout le monde serait à son poste demain. Rien ne changerait, jamais. Marion lutta farouchement contre le spleen qui l'envahissait.

Au sommet de l'escalator qui montait des profondeurs du réseau souterrain et dégorgeait des centaines de personnes à l'heure, des individus de tout acabit squattaient encore les lieux. Jeunes et moins jeunes, ils rôdaient en attente d'une bonne fortune, les yeux mobiles, prompts à se fixer sur qui les intéressait. Marion repéra aussi deux dealers qu'elle avait croisés dans les locaux de la brigade et un type à moustache qui drivait une équipe de mendiants des deux sexes. À la vue du couple de policiers, il s'écarta vivement d'une femme qui tenait un bébé endormi dans les bras et plongea dans l'escalier.

— Il faudra le coincer, celui-là, dit Marion, j'en ai marre de ces proxos.

— Bien sûr, répondit Abadie sans s'émouvoir. Mais c'est pas lui tout seul qu'il faut coincer, c'est le réseau.

— Qu'est-ce qu'on attend ?

Le capitaine soupira :

— D'avoir le temps...

Ils parvinrent à la mezzanine et, à hauteur de la zone sanitaire, Marion aperçut la rotation imperceptible d'une caméra encastrée dans un angle du plafond.

Abadie devança sa question :

— Dix caméras pour un enregistreur. Ça tourne sans arrêt. Celle-là, la K28TF, imprime une image toutes les dix prises. Il y a cinq enregistreurs pour la plate-forme. Comme seule cette zone nous intéresse, je suis obligé de tout visionner et de trier, plage par plage. La K28TF ne prend malheureusement pas le photomaton dans son champ.

L'endroit était désert et en regardant autour d'elle, Marion ne vit à proximité qu'un technicien de surface poussant un chariot de ménage. Le soir, les préposés étaient plutôt des hommes car les femmes avaient peur. Celui-ci passa à deux mètres d'eux et leur glissa un regard morne. Marion le suivit des yeux tandis qu'il tournait à droite et disparaissait dans le petit couloir qui menait aux toilettes des femmes.

— Vous voulez qu'on aille voir ? s'enquit Abadie qui avait suivi son regard.

Il y avait des tags tout frais sur les murs. Orgo, un taggeur nouvellement débarqué dans le secteur et très prolixe, s'était lâché. Il faudrait rapidement le faire pister par le groupe de recherches avant qu'il ne redécore la gare et l'ensemble du parc ferroviaire.

Des odeurs nauséabondes sortaient du couloir. Marion, un bref instant, compatit au sort de l'homme à la blouse verte qui ouvrait la première cabine pour la nettoyer. Indifférent, résigné. Puis elle décida de battre en retraite, se demandant, une fois de plus, ce qu'elle était venue faire dans cet univers glauque, sans espoir.

— Vous pensez attendre longtemps comme ça ?

L'officier redressa la tête et releva sur son nez ses lunettes qu'il ne mettait que le soir, quand il était fatigué. Il était une heure du matin. Le service s'était assoupi tandis que les patrouilles partaient pour les derniers trains et que l'officier de permanence Amel s'allongeait sur son lit picot.

Marion n'arrivait pas à se décider à rentrer chez elle. C'était un état qu'elle connaissait par cœur : quand la proie se rapprochait, elle pouvait passer plusieurs jours sans dormir, sans manger. Sans rien faire d'autre qu'attendre. Avec l'exaltation et la lucidité que donnent certains stupéfiants.

— Il est tout près, Abadie, vous ne comprenez pas ?

— Vous ne croyez pas qu'il faudrait dormir ? Ça ne sert à rien...

— Je n'ai pas sommeil, martela Marion.

Le téléphone la fit bondir.

La commandant Régine Duplat ne parut pas surprise de trouver Marion à la brigade.

— Madame, dit-elle de sa voix impersonnelle. Je vous rappelle comme promis.

Promis ? Qui avait promis ? Marion attendit la suite.

— L'empreinte laissée sur la clef du box ne correspond à aucune de celles découvertes ce matin dans le sac noir.

— Ç'aurait été trop beau, dit Marion avec une pointe d'ironie. Ce matin, il balance des objets compromettants, ce soir, il fout le feu à son véhicule... Ou alors il a très envie qu'on l'attrape !

— Pourquoi pas ?

Régine Duplat, son ton cassant l'indiquait, appréciait modérément les remarques sarcastiques de Marion.

— Commandant, fit celle-ci pas fâchée de se sentir pour une fois en position de force, vous ne m'appelez pas que pour cette paluche ?

— En effet. Deux de mes hommes sont encore au poste de garde du parking. Est-ce que vous pourriez aller les rejoindre ?

— Pourquoi ?

— Je voudrais que vous regardiez les vidéos.

53

Les officiers de la Crim' attendaient en buvant du café. Deux gardiens du parking, en uniforme bleu nuit, fumaient en silence.

Abadie et Amel, Garnier et Wolski, rappelés dare-dare, accompagnaient Marion.

— L'incendie s'est déclaré entre vingt et une heure et vingt et une heure quinze. Juste après la dernière ronde inscrite sur le registre. Si l'on en croit la sécurité incendie, il n'a fallu que quelques minutes pour que le feu embrase tout et que la fumée déclenche l'alarme. Les loueurs de voiture plient bagages à dix-neuf heures et les occupants des boxes sont tous rentrés avant vingt heures. À l'heure qui nous intéresse, il n'y a qu'une personne filmée.

L'officier Petit s'exprimait avec la rigueur qu'on lui avait enseignée. Il claqua des doigts et le deuxième flic mit en marche le magnétoscope. Marion et son équipe firent cercle autour.

La caméra filmait en alternance la zone des loueurs de voiture et l'accès réservé aux occupants des boxes. Un escalier protégé par une porte métallique et qui débouchait rue de Maubeuge, en face de l'entrée de l'hôpital Lariboisière. À vingt et une heures six, la caméra enregistrait l'image de cette porte close. À dix, la zone des loueurs, déserte. À douze, la porte d'accès, de nouveau. Le policier interrompit le défilement et actionna le zoom. Le battant, en gros plan, entrouvert. Un vague mouvement derrière et plus rien. À quinze, une femme apparut sur le côté droit de l'écran, brièvement. Puis elle entra dans le champ de nouveau, de dos. Huit secondes et elle franchit les quelques mètres la séparant de la porte.

— Elle ouvre, commenta Petit. Elle sort et disparaît.

— Vous pensez que c'est elle, l'ombre derrière la porte ? demanda Marion.

— C'est une éventualité.

— Ça signifierait qu'elle connaît la temporisation de la caméra ?

— Oui, enfin, si on veut, objecta Wolski-Rambo. Elle a quand même été chopée.

— Est-ce que ça vous dit quelque chose ? les interrompit Petit que les élucubrations des autres fatiguaient visiblement.

— Zoom ! ordonna Marion.

*
* *

Elle avait été filmée de dos. Elle n'avait pas de visage. Un foulard sur des cheveux que le noir et blanc faisaient paraître blonds ou gris. Un imper foncé, informe, qui tombait jusqu'à des bottines en caoutchouc de couleur sombre. Les mains dans les poches, un peu voûtée, plutôt forte, elle avançait du pas assuré de quelqu'un qui connaît bien les lieux. Rien, dans son allure, ne laissait supposer qu'elle venait de faire un mauvais coup.

— On ne l'a jamais vue par ici, dit un des gardiens. Et il faut avoir la clef pour passer par là.

— Une clef, ça se vole, ça se prête, marmonna Marion.

Elle se redressa.

— Désolée, mais cette femme ne me rappelle rien.

Elle leva les yeux sur ses hommes qui se contentèrent de secouer la tête, à l'unisson.

Abadie bâilla. Il décréta qu'il allait rentrer chez lui, que Marion soit contente ou pas. Elle était partie pour passer la nuit ici et il ne se sentait pas d'attaque. Tous les prétextes étaient bons. Ils étaient redescendus deux fois au poste de surveillance du parking. La première pour regarder les enregistrements de la nuit de l'assassinat d'Ange-Lou. Aucune des bandes n'avait imprimé un quelconque mouvement du Hyundai. Puis, elle avait voulu redescendre pour vérifier les comptes rendus des patrouilles de la société de gardiennage. Désespérément sans intérêt. Les regards de travers des officiers de la Crim' qui n'avaient pas encore eu le temps de se livrer à ces vérifications, au lieu de la calmer, avaient fait grandir sa nervosité.

En garçon ordonné, Abadie rangea quelques papiers qui débordaient le tas que, de jour en jour, Marion laissait grossir. Puis il se dirigea vers le fax dont la lampe verte clignotait, indiquant la réception d'un document.

— Écoutez, dit l'officier visiblement excédé, cette nuit on ne peut plus rien faire. Alors, on perd du temps. Tenez, c'est pour vous.

Il lui tendit une liasse de feuillets. Ils portaient l'en-tête de maître David Schmidt, place des Abbesses. C'était la copie d'une plainte déposée par Jean Marly contre le commissaire principal Edwige Marion, pour homicide volontaire. Marion lui arracha les papiers des mains mais il avait déjà lu le début. Ses épaules s'affaissèrent et il crut qu'elle allait tomber là, sous ses yeux, brisée.

— Allez-vous-en, Abadie, dit-elle d'une voix qui manquait de fermeté. Rentrez chez vous.

— Alors il l'a fait ? C'est insensé.

Elle insista pour qu'il parte. Elle voulait être seule. Il hésitait à obéir. Elle le poussa dehors. Il s'obstina à vouloir la raccompagner. Elle accepta à condition qu'il ne fasse aucun commentaire. Il l'escorta jusqu'à sa porte, gentiment, sans un mot.

54

Elle se dévêtit, prit une douche en faisant attention à ne pas réveiller Nina ni Gervaise qui ronflait dans le salon comme une escouade de porcelets.

Elle s'enferma dans sa chambre et entreprit de lire le document envoyé par l'avocat avec la conscience aiguë que ce n'était pas une bonne idée : ce tissu d'insanités allait la mettre dans tous ses états. Mais c'était plus fort qu'elle. Bien après en avoir terminé avec les accusations de Jean Marly, ses mots durs, définitifs et tellement injustes, elle resta immobile, les feuilles de papier entre les doigts.

Elle pensait à Kerman qui avait fait le nécessaire à sa place en lui trouvant un défenseur et elle hésitait entre l'irritation et la gratitude. Peut-être qu'il tenait vraiment à elle, en définitive. Elle fut troublée par cette pensée et, dans un élan, saisit la carte de visite qu'il avait « oubliée » sur la table de chevet. Il y avait noté son numéro personnel au verso. « Tu peux m'appeler à n'importe quelle heure. Jour et nuit. »

Après trois sonneries, le téléphone de Kerman fut décroché. La femme qui répondit avait la voix endormie. Marion raccrocha sans rien dire.

*
* *

Il était cinq heures quand le divisionnaire rappela Marion. Elle dormait d'un sommeil agité, pénible. À tout moment, elle sursautait avec le sentiment de courir un grand danger. Kerman avait la voix claire, très sûre, vaguement en alerte, comme s'il était en train de travailler. Elle s'attendait à ce qu'il lui parle de la femme qui avait répondu à sa place et qui, probablement, avait partagé son lit. Même si elle n'avait pas prononcé un mot, il ne pouvait ignorer que c'était Marion qui l'avait appelé à deux heures, les téléphones étaient devenus de vrais mouchards. Il allait lui donner une explication vaseuse. Elle supposa qu'il allait lui dire qu'il n'avait pas vécu comme un moine pendant ces dix ans sans elle. Combien avait-il eu de femmes ? Qui étaient-elles ? Et celle-la, était-ce une femme de passage ou une régulière ? Elle se rendit compte qu'imaginer Kerman avec une autre lui déplaisait.

— Tu m'entends, Edwige ?

— Oui, je t'entends ! répondit-elle d'une voix brève. Tu n'étais pas obligé de me rappeler cette nuit. Tu pouvais finir de baiser tranquille...

Il observa un temps, puis, sans s'émouvoir :

— Tu veux savoir ?

— Je ne veux rien savoir.

— Edwige, j'ai quelque chose à te dire.

Elle allait raccrocher, il n'y avait aucune raison pour qu'elle l'écoute lui raconter sa vie sexuelle, à cinq heures du matin de surcroît.

— Tu me parleras de tes exploits un autre jour...

— On a arrêté un suspect dans le parking. Le propriétaire du 4 × 4...

55

Il était huit heures. Gervaise était partie au petit matin et Marion avait mis plus d'une heure à choisir ses mots. Elle observait Nina qui se préparait sans enthousiasme. Nina qui ne savait pas encore que l'enfoiré était dans la cage du 36, ou déjà en cours d'interrogatoire.

Quand Marion se décida à lui annoncer la nouvelle, Nina ne manifesta ni trouble, ni excitation. Elle réfléchit un moment, les sourcils froncés puis demanda à sa mère qui avait arrêté l'assassin d'Ange-Lou.

— Ne t'emballe pas, éluda Marion. C'est un suspect. Seulement un suspect. Il faut que tu gardes ton sang-froid et que tu l'examines sans arrière-pensée. D'accord ?

— C'est toi qui l'a arrêté ? insista Nina avec rudesse.

— Non. C'est Serge Kerman, enfin, son équipe.

La petite considéra sa mère avec une grimace à peine ironique.

— C'est Kerman qui est chargé de l'enquête, répéta Marion qui sentait Nina sur le point de dire quelque chose d'irréversible. Tu le sais et l'essentiel est qu'il soit arrêté, tu ne crois pas ?

Le ton de Marion était rarement aussi sévère avec sa fille, Nina se le tint pour dit. Elle vint tout près de sa mère.

— Est-ce que je vais le voir en face, l'assassin ?

Sa question ne contenait aucune appréhension. Bien au contraire, elle semblait désirer cette confrontation, Marion le comprit à la lueur résolue qui animait son regard.

— Non, mon cœur, tu ne seras pas en sa présence. On va te le montrer derrière une vitre. Dans une pièce spéciale.

— Il me verra ?

— Non, il ne te verra pas.

56

Kerman les attendait dans son bureau. Il les fit asseoir dans les deux fauteuils de cuir bordeaux tandis qu'il prenait place sur le coin du bureau, une jambe se balançant dans le vide. Un peu pâle, les traits tirés. Marion le trouva beau.

De l'autre côté de la porte, les couloirs de la Crim' bruissaient de quelques pas feutrés. L'équipe de Régine Duplat était au travail.

Kerman expliqua en quelques mots à Marion qu'elle avait vu juste en prédisant que le propriétaire du 4 × 4 customisé viendrait se jeter dans leurs pattes. Il avait débarqué vers quatre heures et avait manifesté bruyamment son désespoir à la vue de son véhicule détruit.

— On l'a filmé, dit Kerman. C'était pire que s'il avait perdu un proche.

— Mais pour lui, c'est sûrement pire, commenta Marion. On sait pourquoi il venait chercher sa voiture au milieu de la nuit ?

— Il dit qu'il allait à Rungis, au marché.

Marion ouvrit de grands yeux. Kerman fit un geste signifiant que cette question était subsidiaire. Il fit pourtant preuve de bonne volonté :

— Il a été cuisinier, paraît-il, il a des contacts là-bas et de gros besoins alimentaires.

Marion manifesta de nouveau sa surprise. Kerman lui lança un coup d'œil agacé :

— Écoute, c'est ce qu'il dit, tu liras les auditions, je t'y autorise.

Ça signifiait « arrête de me gonfler avec tes questions, ce n'est pas toi qui m'intéresses ».

— Nina, dit-il doucement, tu sais pourquoi tu es là...

Elle hocha la tête, la gorge serrée, et frotta ses mains contre son jean, démentant ainsi l'assurance qu'elle affichait.

— Il y a un homme pas loin d'ici, enfermé dans une cellule. On l'a arrêté cette nuit. Il s'appelle Laurent. Laurent ZIG.

Zig ! Ainsi, c'était bien son nom. Nina partit d'un petit rire nerveux. Kerman sourit :

— C'est un drôle de nom, je sais.

— Pardon, fit Nina. Je ne voulais pas me moquer de lui.

Elle leva sur lui un regard contrit et il n'aurait su dire si elle faisait allusion à ce petit rire échappé par inadvertance ou à la vraie moquerie qui, devant le théâtre, avait déclenché la colère de l'enfoiré. Une moquerie « pour de rire » que Nina ne se pardonnerait jamais.

— Laurent ? s'étonna Marion. Et Claude, c'est qui ?

Kerman prit une inspiration.

— C'est sa mère. Nina... Dis-moi... Avant qu'on aille le voir, tu veux boire quelque chose ?

Nina demanda un verre d'eau qu'il alla chercher dans un petit cabinet de toilette attenant à son bureau. Il le tendit à la petite avec des gestes mesurés et attentifs. Marion regardait autour d'elle, évitant de croiser les yeux bruns du divisionnaire.

— Tu cherches quelque chose ? demanda-t-il. Brigitte Nill peut-être ? Elle n'est pas là, elle est partie sur une scène de crime à trois heures. Tu vois, on ne chôme pas ici.

Il décrocha le téléphone et annonça à son correspondant qu'il serait là dans cinq minutes. Il revint vers Nina qui lui rendit son verre vide. Il se pencha vers elle avec une bienveillance tranquille que Marion ne lui connaissait pas.

— Ça va aller, Nina ?

La petite fit oui de la tête et ne protesta pas quand Kerman entoura ses épaules de son bras pour l'entraîner vers la porte. Le long couloir les accueillit avec ses placards alignés. Ils passèrent devant l'état-major où le permanent lisait un magazine en attendant qu'on lui signale de nouveaux cadavres. Encore et toujours des cadavres. Ce n'était pas sans raison qu'on appelait cet endroit l'étage des morts.

Elle marchait à côté de sa fille que Serge Kerman tenait toujours par l'épaule. Elle fut irritée de constater que ses propres jambes tremblaient, ses paumes de main se mouillaient et son cœur s'affolait. Nina avançait sans frémir, guidée par la main sûre de Kerman. Pourtant quand ils tournèrent l'angle d'une coursive et qu'elle aperçut la commandant Duplat et deux de ses hommes, la fillette marqua un arrêt brutal et saisit la main de sa mère.

Restituée dans son rôle, Marion la serra très fort pour lui donner un courage dont elle se sentait, à cet instant, dramatiquement dépourvue. Leurs regards s'étaient arrêtés sur une surface vitrée de trois mètres de large, sombre, et protégeant un espace apparemment désert. L'une et l'autre savaient pourtant qu'il y avait quelqu'un à l'intérieur et que, dans moins d'une minute, elles allaient le découvrir.

— L'intérieur de la pièce va s'éclairer, expliqua Kerman, tu vas le voir mais lui ne te verra pas. Ces vitres sont des glaces sans tain, tu ne dois pas avoir peur, Nina.

— Tu sais, Nina, dit Marion très vite, il faut que tu

sois forte, ça va te faire un choc. Ou ça ne va rien te faire. Il faut que tu sois sûre...

— Je sais, maman, fit Nina. C'est bon ! dit-elle aux autres qui attendaient qu'elle soit prête.

— Alors, allons-y ! ordonna Kerman.

Un officier actionna un interrupteur et une lumière vive envahit la pièce meublée d'un simple banc de bois. L'homme était assis, les coudes sur les genoux. Il ne sursauta pas quand la lampe frappa son visage et Marion ne put s'empêcher de noter ce sang-froid inhabituel dans ces circonstances. Il fixa la porte comme si elle allait s'ouvrir et l'ombre d'un sourire flotta sur ses lèvres. Ses yeux bruns, légèrement globuleux tournèrent un moment dans l'espoir de découvrir quelqu'un sur qui se poser. Marion s'empara de son image en une fraction de seconde, le détaillant de la tête aux pieds. Une impression, vague, de déjà-vu. Se méfier de ce syndrome qui surgissait à la faveur d'une grande fatigue ou d'un stress trop fort. Pourtant...

À ses côtés, Nina ne bronchait pas. Fugitivement, Marion sentit qu'elle était comme elle : déçue. Elles s'attendaient à un homme vêtu de noir et coiffé d'une casquette, inquiétant. Elles n'avaient en face d'elles qu'un individu banal, plutôt laid, à l'air vaguement étonné, ni inquiet, ni traumatisé. Habillé en citadin avec un pantalon de flanelle grise et un blouson de cuir marron, une chemise à carreaux à col ouvert et des mocassins à pompons. N'eût été sa corpulence au-dessus de la moyenne et le fait qu'il était propriétaire d'un 4 × 4 unique en son genre, cet homme n'avait, tel quel, rien de commun avec l'enfoiré qui avait tué Ange-Lou.

Ils lui demandèrent de se lever, de marcher. De faire

demi-tour et de boiter. De se pencher, de ramasser un bout de papier par terre. De parler. De crier les mots qu'il avait prononcés quelques jours plus tôt. Il s'exécuta sans rechigner, presque trop docilement, pensa Marion qui avait mauvais esprit parfois. Il avait une voix de fausset et un ton monocorde.

Nina le scrutait avidement. Elle demanda qu'on le fasse parler encore. Et encore. Les mots cruels, ceux qu'elle entendait chaque nuit dans ses cauchemars « Stop Nina ! Ou je la tue ! » Le coup de feu claquait dans ses oreilles tandis qu'elle courait, courait... La voix de l'homme derrière la vitre ressemblait, quand il criait ainsi, à celle d'un cochon qu'on égorge. Les mots lui faisaient mal mais la voix qui sortait de ce type quelconque ne lui faisait rien. Ni mal, ni peur. Rien.

— C'est lui, dit-elle enfin.

— Tu es sûre ?

Kerman se penchait vers la fillette, son visage tout près du sien.

Marion connaissait Nina mieux que si elle l'avait conçue. Et s'il y avait bien une chose dont elle était convaincue à cet instant, c'est que sa fille n'était pas certaine de ce qu'elle disait. Leurs regards se croisèrent. Nina soutint celui de sa mère, sans ciller. Puis se retourna vers la cage :

— Oui, fit-elle sans regarder personne d'autre que l'enfoiré. Je suis sûre.

57

Il ne réclama aucun des droits que la loi lui offrait : pas de médecin, personne à prévenir. L'avocat lui était imposé par le Code de procédure pénale, il dut faire avec. Il n'en connaissait aucun, il eut droit à un permanent du barreau qui se contenta de répéter ce que Zig rabâchait avec insistance : il était responsable de sa mère, une femme grabataire et diabétique avec laquelle il vivait. S'il restait absent trop longtemps, le pire pouvait arriver. Il était prêt à répondre à tout, prêt à coopérer, y compris à revêtir une tenue noire de la BRI et des rangers pour un autre défilé derrière la vitre à condition que cela ne dure pas la journée car il fallait qu'il aille s'occuper d'elle.

— C'est quoi, cette histoire de mère ? demanda Marion qui trouvait qu'à onze heures on n'avait guère progressé.

— Un leitmotiv, fit Régine Duplat laconique. C'est un truc classique pour nous focaliser sur un point de blocage. Genre le chien qui hurle à la mort dans la maison vide, le lait oublié sur le gaz, le bébé qui attend son biberon...

— Vous n'y croyez pas ?

— Si c'était vrai, dit un jeune lieutenant avec une pointe d'irritation, il aurait un portable. De nos jours, c'est la moindre des choses si on veut être joint par une mère en danger de mort permanent...

*
* *

Lorsqu'il eut enfilé la tenue noire, il fallut bien reconnaître qu'ainsi attifé, il ne ressemblait à rien, surtout pas à un dangereux criminel. On lui fit mettre une casquette. Ce n'était pas mieux. Il se tenait voûté, l'air malheureux. Marion s'était rendue jusqu'au bureau de Régine Duplat et elle lisait la première audition de Laurent Zig, 38 ans, fils naturel de Claude Zig. Il n'avait aucune autre famille. Une sœur décédée, pas de femme, pas de compagne. Il avait appris la cuisine et exercé ce métier jusqu'à un accident du travail qui l'avait obligé à changer de voie. Ironie du sort, s'agissant de voie, puisqu'il avait été ensuite embauché à la SNCF grâce à son grand-père – le fameux Joseph Zig, d'Écouen – qui y avait occupé un poste élevé pendant un demi-siècle. Zig avait quitté l'entreprise de transports trois ans plus tôt pour des raisons encore obscures. Depuis, il vivait des rentes de sa mère. Le Hyundai Terracan était une folie, maman Zig savait à l'occasion se montrer généreuse.

L'adresse d'Écouen ? Le cabanon ? Le dernier vestige de la propriété familiale. Sa mère tenait beaucoup à cette adresse comme elle entendait affirmer que l'argent investi dans le 4 × 4 était le sien en mettant la carte grise à son nom. Claude, un prénom asexué qui avait embrouillé Marion...

Tout était simple, tout s'emboîtait. Il y avait des questions et des réponses. À la fin de la première partie, rien ne laissait supposer un quelconque lézard dans la vie de ce Zig que Marion découvrait avec déception.

Un grand criminel, c'est comme le prince charmant qu'on a attendu toute sa vie : forcément grandiose. C'est un mythe, c'est idéalement irréel. De même qu'un prince charmant ne peut pas n'être qu'un homme qui se nourrit, va aux toilettes et ronfle la nuit, un grand criminel ne pouvait pas être cette caricature de citoyen moyen, sans histoire, sans vie, presque.

Le cœur de Marion battit plus vite quand elle aborda la deuxième partie, l'emploi du temps de Zig le soir de la mort d'Ange-Lou. Quelque lignes et la déconvenue au bout. Du temps de la SNCF, Zig avait travaillé dans les gares de l'Est et du Nord. Il avait aussi élu domicile quasiment entre les deux, rue de Belzunce, entre le boulevard de Magenta et la rue de Maubeuge. Mais ce n'était qu'un hasard : sa famille y était propriétaire d'un appartement et, après le décès de Joseph Zig, la maison d'Écouen ayant dû être vendue, Claude Zig était venue s'installer là avec son fils. Celui-ci connaissait bien le quartier, mais prétendait n'y avoir aucune activité et ne fréquenter personne, sa mère occupant le plus clair de son temps. Le lundi où Ange-Lou était morte, il se trouvait avec elle, justement, rue de Belzunce. Il n'avait pas utilisé le Hyundai pour la bonne raison qu'il ne le sortait surtout pas la nuit à cause de sa mauvaise vue. À vrai dire, il s'en servait peu, sauf pour faire les grosses courses et pour une réunion de tuning de temps en temps.

Que pouvait bien cacher ce goût bizarre ? se demanda Marion en se promettant de poser la question à la psy.

Alors qu'elle terminait sa lecture, elle entendit le numéro deux de l'équipe de Régine Duplat qui interrogeait l'identité judiciaire par téléphone et reposait l'appareil sur un au revoir déçu.

— Bien cramée la bagnole, dit-il à Marion qui relevait la tête par réflexe. Y a plus rien, pas une empreinte, pas un bout de poil. Pas d'arme, évidemment, même calcinée.

58

À midi, l'équipe se mit en route pour le domicile de Zig, rue de Belzunce. Une rue étroite qui sinuait entre le boulevard de Magenta et la rue de Maubeuge en contournant l'église Saint-Vincent-de-Paul. Kerman avait invité Marion à les accompagner et elle ne pouvait s'empêcher de se demander ce que cachait autant de sollicitude.

Nina était restée au 36 où elle devait faire une nouvelle déposition. Brigitte Nill était rentrée entre temps et sa présence auprès de la petite avait permis à Marion d'accepter la proposition du divisionnaire.

Quand ils arrivèrent au pied de l'immeuble de cinq étages, sans style et en état moyen, ils comprirent aussitôt qu'il y avait un problème.

— Je vous l'avais dit, hurlait Zig en tressautant malgré les menottes qui lui entravaient les poignets. S'il lui est arrivé quelque chose ça sera votre faute. Je vous traînerai en justice.

C'est Marion qu'il regardait en criant ses menaces. La jeune femme échangea un regard avec Kerman (« décidément tout le monde veut me traîner en justice... »), tandis que le groupe arrivait au contact des véhicules de secours garés devant l'immeuble. Un véhicule de pompiers, un véhicule de police secours et une ambulance du SAMU.

Il fallut la force conjuguée de trois hommes pour empêcher Zig de se précipiter au troisième étage. Ils le continrent un moment dans le hall où un témoin requis par les pompiers pour l'ouverture de la porte roulait des yeux effarés.

— J'avais encore jamais vu ça, ne cessait de répéter

l'homme, dans les rares moments où Zig cessait de hurler.

Marion se glissa dans le groupe mené par Régine Duplat et Serge Kerman qui, négligeant l'ascenseur bloqué par les pompiers, se lançait à l'assaut des trois étages. Le divisionnaire dut montrer sa carte pour pénétrer dans l'appartement où deux agents de police secours montaient la garde. Eux aussi hochèrent la tête en affirmant qu'ils en avaient pourtant déjà vu, mais jamais des comme ça...

Marion imagina le pire, une collection de cadavres, une flopée de petites filles assassinées, empilées par l'enfoiré. Où ? Elle jeta un coup d'œil machinal à la cuisine où régnait un ordre pointilleux. Elle remarqua un réfrigérateur imposant et un congélateur à l'identique. Deux engins comme elle n'en avait vu que dans les cuisines de collectivités. Mais la pièce était vide et l'ensemble des troupes concentré dans le salon. Les pompiers et les blouses blanches du SAMU s'écartèrent pour les laisser entrer et dès la porte, ils eurent un moment de stupeur devant le spectacle. La salle, de dimensions respectables, était presque entièrement occupée par un lit. Un lit gigantesque sur lequel une masse tout aussi énorme était étalée. Il fallut quelques longues secondes à Marion et à ses collègues pour distinguer la nature de ce qu'ils voyaient et à peu près autant pour en comprendre le sens.

— Jamais vu ça, marmonna un jeune médecin en élevant à hauteur de son visage une poche de perfusion. Combien tu paries toi ?

Il s'adressait à un brancardier qui, perplexe, réfléchissait en fermant un œil.

— Au moins trois cents... fit l'homme rêveur.

Trois cents ? Trois cents quoi ? se demanda Marion

abasourdie au moment où un pompier se détachait de la tête du lit, dévoilant du même coup le visage de la créature échouée.

— Oh, doux Jésus, murmura Régine Duplat, c'est une femme ! Quelle horreur !

— Je vous en prie, la sermonna Kerman. Un peu de retenue, commandant.

Marion comprenait ce qui lâchait chez Régine Duplat. Le spectacle du monstrueux renvoyait l'homme à des réactions primitives. Le rejet, le dégoût, et, peut-être, le rappel d'une image maternelle enfouie ou niée. Comme toutes les mères, celle-ci était, à sa manière, excessive. En même temps, ils perçurent l'odeur, épouvantable. Même Kerman, le bien élevé donneur de leçons, recula.

Claude Zig pesait dans les trois cents kilos et, pour l'heure, se battait pour essayer de vivre encore un peu. Ses sphincters avaient lâché, libérant une masse pestilentielle qui dégoulinait le long du matelas aquatique sur lequel elle passait certainement l'intégralité de sa vie. Comment, en effet, une telle montagne de chair et de graisse aurait-elle pu se mouvoir ? Quel squelette aurait été assez fort pour en supporter le poids sans se rompre ?

— Elle nous a appelés vers onze heures et demie, dit le capitaine de pompiers qui dirigeait l'opération. Elle était seule et se sentait mal. Elle nous a dit qu'elle était cardiaque et que, en raison d'une « surcharge pondérale », elle ne pouvait pas se déplacer. Tu parles d'une surcharge !

— Vous êtes entrés comment ?

— On a enfoncé la porte. Elle a signé une décharge.

— Elle aurait pu appeler un médecin, objecta Kerman.

— Ben, et comment il serait entré, hein ? En plus, elle avait chié partout.

Marion frémit en résistant à une féroce envie de sortir respirer. Tout, même l'air vicié de la rue, plutôt que cette pestilence de fosse d'aisances.

— On sait qui est responsable de cette... personne ? demanda un autre pompier qui ne savait plus comment nommer l'Himalaya de chairs boursouflées et marbrées de bleu.

— Oui, fit Kerman, son fils.

— Il faut l'amener là. Elle ne coopérera pas tant qu'il ne sera pas près d'elle.

— Qu'est-ce qu'elle a ? demanda Régine Duplat d'une voix étrange.

— Emphysème, diabète aigu, plus... une bonne chiasse. Merde !

— C'est le cas de le dire, murmura encore la commandant sans sourire.

— Bon, dit Kerman qui pâlissait à vue d'œil, allez chercher Zig et commencez la perquisition avant que tout l'appartement ne disparaisse sous la merde. Et ouvrez les fenêtres, bordel !

Zig demanda qu'on lui retire les menottes mais Kerman refusa. Il avait déjà connu de graves ennuis pour des types qui avaient joué les filles de l'air. Chaque fois que c'était arrivé, les bons sentiments étaient en cause. « Mon père est cardiaque, monsieur le commissaire, il ne supportera pas de me voir comme ça... »

— Ma mère est cardiaque, affirmait Zig, hors de lui. Vous êtes des monstres. Je vous préviens...

— Pas de menace, le coupa Kerman avec dureté, ou bien on fait demi-tour. Illico. Et au trou.

Geste à l'appui, regard implacable. Apeuré, Zig

ravala sa hargne et on dut encore le maintenir pour éviter qu'il ne se jette sur l'énorme tas de chair qui tressautait sous les manipulations des secours.

— Mam ! Mam, sanglota Zig, qu'est-ce qu'ils t'ont fait ? Oh Mam ! Je suis tellement désolé...

— Désolé, rugit une voix que personne n'avait encore entendue et qui semblait sortir de dessous le lit. Tu me laisses seule, tu oublies de revenir et tu es désolé !

La baleine échouée donnait de la voix. Et quelle voix ! Grasse, épaisse.

— Ce n'est pas ma faute, geignit Zig d'une voix de petit garçon pris en faute. Je voulais pas te laisser toute seule. On m'a empêché de revenir. Mais je suis là, Mam, je vais m'occuper de toi. Je vais te nettoyer.

Partiellement rassurés sur l'état de leur patiente malodorante, les secours s'éloignèrent pour respirer un peu. Kerman, Régine Duplat et son groupe entreprirent la fouille de l'appartement qui, outre le salon et la cuisine, comportait deux chambres, un bureau et une salle de bains. Zig, menotté dans le dos et retenu d'une main ferme grâce à une chaîne d'accompagnement par un jeune flic baraqué, se retrouva seul avec sa mère et Marion. Celle-ci, fascinée par le spectacle, en oubliait l'odeur incommodante. Son regard allait de Zig à sa mère et ce qu'elle voyait la terrifiait. Il y avait une telle dépendance, une telle allégeance chez le garçon, tellement de mépris et de colère chez la mère...

— C'est elle, tout ce cirque ? fit subitement Claude Zig.

Le regard de Zig se désunit un bref instant.

— Mam, enfin... elle... Elle est morte !

La bouche, mince trait rougeâtre cerné de cascades

de chair et d'une infinité de doubles mentons, s'entrouvrit sur des abimes terrifiants tandis qu'une lueur perçante fusait des petits yeux à peine visibles dans la graisse. Zig se hâta de lui couper l'herbe sous le pied.

— Mam, je suis désolé, vraiment désolé. Je vais te laver et après je te ferai à manger, tu dois être affamée ! Je ferai tout comme les autres jours, Mam, enfin si monsieur veut bien me détacher les mains. Vous êtes en train de commettre une grave erreur, messieurs...

De nouveau, il fixait Marion en oubliant toute sa réserve. Elle frémit devant sa voix de fausset, son air de pauvre type qui, le soir, devait se vautrer sur l'énorme sein de sa maman en espérant qu'elle finirait par l'aimer.

— Quoi ? s'enquit l'énorme. Te... détacher les mains ! Qu'est-ce que... ?

À demi tourné, Zig lui offrit le spectacle de ses mains entravées. Elle leva péniblement le bras droit, une sorte de jambon poilu maculé de traînées brunes suspectes et le laissa retomber sur son sein, impressionnante montagne de gélatine grelottante. Quelque part là-dessous, sûrement, prisonnier d'une gangue graisseuse, un cœur battait.

— Oh mon Dieu ! gémit-elle. Mais qu'est-ce que je vais devenir ?

— Mam, ne crains rien, ils vont me libérer. C'est obligé. Il n'y a aucune raison. Je vais m'occuper de toi, comme avant, comme toujours. Je te le jure, mam !

— Mais qu'est-ce que vais devenir ? continua à psalmodier la femme obèse, qu'est-ce que je vais devenir ?

Marion assistait à un dialogue impossible. La quête d'amour pathétique de Zig se heurtait à l'égocentrisme forcené de sa mère. Quoi qu'il ait fait, l'enfoiré, si c'était bien le malheureux qui se dandinait près de sa mère couverte de merde en faisant comme s'il n'y avait rien au monde de plus beau, avait mille excuses et plus encore. Elle faillit le prendre en pitié. Jusqu'à ce que le petit corps d'Ange-Lou ne reprenne place dans ses bras, sous ses doigts fébriles son pouls qui disparaissait telle une flamme épuisée. Ses sentiments devenaient cacophoniques. Ne pas se laisser aller. Réagir en flic, analyser.

« Maman, ils m'ont arrêté, ils m'ont mis les menottes, regarde ! »

« Mon Dieu, mais qu'est-ce que je vais devenir ? »

Et si ce n'était pas seulement la réaction d'une mère égoïste ? Mais celle d'une mère qui sait pourquoi on a arrêté son fils, que la raison en est extrêmement grave et qu'il va partir pour très, très longtemps ?

Mais qu'est-ce que je vais devenir ?

*
* *

Kerman revint et décida que le tête-à-tête mère-fils avait assez duré. Zig tenta de s'accrocher à la masse laiteuse. Le lieutenant baraqué eut raison de sa résistance et Zig s'écarta en poussant des cris d'orfraie. Marion distingua des mouvements de bottes et de blouses blanches qui revenaient. Elle se courba vivement sur l'énorme femme qui semblait respirer avec difficulté et chercher loin un souffle improbable. Elle se pencha sans parvenir à réprimer l'infinie répulsion que lui inspirait cette chose puante, indescriptible, pitoyable.

— Madame Zig, fit Marion très vite, s'il y a quelque chose que vous devez dire, c'est maintenant.

Les petits yeux vifs se fixèrent sur le visage de la

jeune femme qui se sentit comme dénudée. Un dosage subtil de méchanceté et de revanche.

— Je vous en prie, reprit Marion en s'approchant plus près. Pensez aux enfants disparus... À cette petite fille morte. Est-ce que votre fils... ?

L'obèse s'agita tout à coup, libérant violemment les remugles des excréments dans lesquels elle baignait toujours. L'estomac de Marion lui remonta dans la gorge et, d'instinct, elle se rejeta en arrière.

— Je vous dégoûte, ahana la femme, je le vois dans vos yeux. Et laissez mon fils tranquille. Il n'est pas responsable.

— Responsable ? Responsable de quoi ? Pourquoi ? Pourquoi me dites-vous cela ?

— Allez vous faire foutre.

59

Nimbus répondit encore une fois présent. Il ne lui fallut pas plus d'une minute pour donner le renseignement à Marion. Zig n'avait pas de téléphone portable, certes. Il n'y avait toujours aucun abonné du nom de Claude Zig à Paris. Pas plus de Laurent Zig d'ailleurs. Mais madame baleine avait quand même bien, à portée de main, un téléphone grâce auquel elle avait appelé les pompiers. Le titulaire de la ligne de la rue de Belzunce s'appelait Aubin. Georges Aubin. Nimbus n'avait aucune explication et Marion non plus. Elle se mit à chercher Kerman.

*
* *

La perquisition se déroulait selon les règles mises au point par le rouleau compresseur : méthode et précision. Lenteur et réflexion. Après une heure de travail dans un silence à peine troublé par les interpellations des secours qui, de l'autre côté des cloisons, se demandaient comment ils allaient pouvoir évacuer Claude Zig, les espoirs de découvrir de quoi accrocher son fils s'amenuisaient. Rien de ce qui pouvait se rapporter à la mort d'Ange-Lou ne se trouvait là. Bien sûr, l'IJ travaillait d'arrache-pied, principalement dans la chambre que Zig avait désignée comme la sienne et qui ne recelait que les vêtements et objets usuels d'un petit bourgeois ordinaire. Les spécialistes tamponnaient, prélevaient, aspiraient, photographiaient. Marion avait quitté le salon et suivait les opérations avec une sorte de détachement. Kerman, qui examinait des papiers dans le bureau, s'en aperçut.

— Qu'est-ce qu'il y a ? Tu t'ennuies déjà avec nous ?

— Non... Mais c'est curieux... Je ne sens pas cet endroit.

— Explique-moi comment tu fais, ironisa Kerman. J'ai l'impression d'être tombé dans une cuve de merde.

— Je pense qu'on ne trouvera rien ici, rectifia-t-elle en réprimant un sourire.

— Intuition ?

— Hum... En quelque sorte.

— Oui, mais nous, tu sais, l'intuition, ce n'est pas...

— Votre mode de fonctionnement, je sais. Le mien non plus, d'habitude, mais là je me sens moins concernée par la technique, alors, je me laisse aller.

— J'adore quand tu te laisses aller.

Il triait des papiers, sans lever les yeux. Marion hésita à répliquer qu'il n'y aurait plus d'autre laisser-aller avec lui. Espèce d'homme à femme, baiseur de putes. Elle sursauta quand elle se rendit compte qu'elle s'énervait toute seule. Surtout, ne pas laisser voir son trouble ni le rouge qui montait à son front. Revenir à l'affaire.

— On sait quelque chose sur la sœur ?

— Quelle sœur ?

— Celle qui est morte. Pourquoi il y en a d'autres ?

— Pas que je sache ! Elle s'appelait Laurette. Y a pas grand-chose à dire de plus. Pourquoi ?

Laurette Zig. Drôle de départ dans la vie, un nom pareil. Il y a des parents bizarres.

— Pour rien.

— Mais non, pas pour rien. Écoute Edwige, je te connais par cœur. Alors vas-y.

— Non, non, je t'assure. Tout à l'heure la mère Zig a dit quelque chose et j'ai eu l'impression qu'elle ne parlait pas d'une morte. Ou alors d'une morte récente dont elle n'a pas encore intégré la disparition.

— D'après toi, trente-neuf ans, c'est suffisant pour intégrer la mort d'un enfant ?

— Pardon ?

— Laurette, la sœur aînée de Laurent Zig est morte il y a trente-neuf ans, elle avait douze ans.

60

Une agitation et, de nouveau, des bruits de bottes. Marion se précipita dans le couloir. Zig était assis dans la cuisine entre son méga-frigo et son méga-congélateur qui lui servaient à stocker les tonnes de victuailles qui faisaient prospérer les trois cents kilos de Mam. Un cri provenant du salon le fit tressaillir :

— Elle fait un arrêt cardiaque !

— Non ! Mam ! hurla Zig en écho.

Claude Zig, après soixante-dix ans passés à s'engraisser comme une truie, décidait de passer la main. Pourtant, elle n'avait pas toujours été grosse, elle avait même été assez belle, ainsi qu'en témoignaient de vieux clichés aux bords festonnés, trouvés dans le fatras de papiers du bureau. Pas une beauté académique, mais du charme et de la vie. Il y avait peu de photos, toutes très anciennes et toutes sur le même sujet : une fillette blonde, avec des yeux clairs. Une fois, Claude Zig figurait sur la photo avec la jolie petite fille qui portait une robe à carreaux et des nœuds de satin dans les cheveux. La légende de la photo mentionnait une date. 15 août 1963.

— Il faut l'évacuer ! cria un médecin qui massait comme un fou le poitrail démesuré de la femme.

Marion se plaqua au mur pour laisser passer un pompier qui portait une masse et deux autres qui tenaient un bélier. Elle les suivit, éberluée. Kerman surgit alors que des coups violents commençaient à ébranler l'immeuble.

— Qu'est-ce qu'ils font ? demanda Marion qui n'en revenait pas.

— On a fait venir un engin de levage avec un palan. Les pompiers défoncent le mur de façade pour élargir la fenêtre. Y a pas d'autre solution pour la sortir de là. Elle est impossible à manipuler, à soulever et elle passe pas par les portes. Il faut l'emporter avec son lit.

— Nom d'un chien, murmura Marion qui, pas plus que les autres, n'avait encore vu une chose pareille.

— Elle revient ! triompha le médecin masseur, j'ai un pouls !

De la cuisine parvint le fracas d'un meuble qui s'écroule, de vaisselle qui se brise. Des cris, des piétinements. Kerman fonça, Marion sur ses talons. La porte résista un peu puis s'ouvrit sur Régine Duplat, la coiffure désordonnée. Deux boutons de sa veste de tailleur avaient sauté et son chemisier était maculé de sang.

— Il a essayé de nous fausser compagnie, dit-elle d'une voix désunie. Par la fenêtre. Quand il a entendu que sa mère flanchait.

Zig était assis sur une chaise, hébété, à moitié assommé, le pantalon sur les chevilles, lié autour de ses mollets par un torchon de cuisine. Trois flics lui étaient tombés dessus quand il avait tenté le saut de l'ange. Le coup du pantalon c'était pour l'entraver et l'empêcher de recommencer. Marion remarqua qu'il portait un slip en coton blanc ridicule et des plaies sur les jambes. Du sang en suintait qui formait des rigoles sur sa peau lisse. Pas de poils, sur ses jambes. Elle l'observa plus attentivement. Est-ce qu'il en avait sur les bras ? Et la poitrine ? Et sa barbe, comment était sa barbe ? Elle refoula l'envie brutale de terminer de le foutre à poil. Pour voir à quoi ressemblait un enfoiré nu.

Zig releva la tête et considéra, hébété, le spectacle auquel, depuis un moment, on essayait de le soustraire. Autour de lui, tout le monde s'était arrêté de parler et suivait, fasciné, le dernier épisode de cette aventure loufoque. Zig vit le lit de sa mère soulevé dans les airs. Sur la couche aquatique, les chairs nauséabondes de Mam, inertes. Et tel un faune chevauchant une walkyrie hypertrophiée, un médecin agenouillé sur elle se cramponnait à une perfusion comme un pou obstiné à sucer son sang jusqu'à la dernière goutte. Le lit tournoya un peu dans la pièce avant de se diriger vers la lumière d'une béance ouverte sur le ciel gris d'automne. Est-ce ainsi que partent les mères, emportées par un gnome ricanant, happées vers une porte céleste défoncée à la masse par des pompiers ? Zig ne trouva pas la réponse mais une douleur très profondément fichée dans sa poitrine lui apprit qu'il ne verrait plus Mam. Plus jamais. Il estima que c'était une chose insupportable et s'évanouit.

Sur le chemin du retour, Kerman conduisait, Marion assise près de lui. Ils restèrent silencieux jusqu'au moment où ils aperçurent les tours rondes de la Conciergerie et le rayon de soleil malingre qui faisait flamboyer la flèche de la Sainte-Chapelle. Un long silence pour digérer l'indicible. Tout comme elle, après ce qu'ils venaient de voir rue de Belzunce, Kerman avait du mal à revenir à l'essentiel : l'enquête sur un odieux assassinat et son principal suspect que seules, pour l'heure, les affirmations de Nina permettaient d'accrocher.

— On va chercher Nina, on va déjeuner, fit Kerman, retrouvant son ton péremptoire pour retomber sur ses pieds sans honte.

— Beurk... Manger après ça... T'es pas dégoûté.

— Si, mais ça ne change rien. Ne sommes-nous pas des humains qui meurent s'ils ne mangent pas ?

61

Nina était en compagnie de Brigitte Nill et elle semblait aller aussi bien que possible. Marion réussit même à la serrer contre elle et à l'embrasser sans qu'elle cherche à se dérober.

— Tu as faim ?

— Non, s'exclama Nina, j'ai déjà mangé. Brigitte m'a proposé un chinois, c'était trop génial... Je t'ai pas attendue, ça t'ennuie pas, maman ?

Bien sûr que si. Mais qu'est-ce qui était prioritaire ? Qu'elle-même se rassure en retrouvant des réflexes humains en compagnie de sa fille ou que Nina profite de la force que lui communiquait la psy pour affronter le reste de la journée ?

— Pas du tout, dit-elle en s'efforçant de sourire. Je... dois aller faire un tour à mon service. Brigitte, je vous laisse Nina ?

Brigitte Nill acquiesça avec un petit sourire : elle avait compris le sens du mensonge. Une bonne manière que Marion faisait à sa fille afin que la petite continue à se sentir bien. Brigitte était une très jeune femme, jolie et délicate mais il émanait d'elle une force supérieure que l'on ne rencontrait pas communément.

Elles partirent en jacassant comme de vieilles copines et Marion se retrouva seule, hésitant à aller rejoindre Kerman, ainsi qu'il le lui avait demandé sur un ton qui ne souffrait guère de discussion. Et qui suffisait à lui donner l'envie de ne pas obéir. Aussi tourna-t-elle le dos à son bureau.

Il était presque trois heures de l'après-midi et ce qu'elle allait faire, là, tout de suite, c'était s'offrir une heure de marche sur les quais. Regarder les bateaux, fureter dans les boîtes des bouquinistes, feuilleter les livres et les renifler longuement pour surmonter l'odeur de merde dont tous ses vêtements paraissaient irrémédiablement imprégnés. Alors qu'elle se glissait, ombre furtive, dans les couloirs à la recherche des escaliers, Régine Duplat sortit d'un bureau.

— Ah, madame ! fit-elle, on casse la croûte, ça vous dit ?

Manger. C'était écrit, elle n'y échapperait pas. Elle faillit refuser, finalement elle accepta. Ne pas se fâcher avec tout le monde. Ceux-là pouvaient encore lui en apprendre.

Le groupe était là, au grand complet. Des boîtes de pizzas ouvertes un peu partout sur les bureaux entassés les uns contre les autres, entre les ordinateurs et les procédures en cours et, pour certains, les cadres avec les photos des gosses. Au fond de la pièce, sous le vasistas, un aquarium amoureusement entretenu mettait une touche suave dans l'agencement plutôt rigoureux des lieux. Ils mangeaient en parlant ou parlaient en mangeant et, quand elle entra, ils se turent. Le beau gars qui, lors de la perquisition, avait bien failli passer par la fenêtre avec Zig, s'empressa pour lui proposer une part de pizza qui sentait le fromage de chèvre chaud.

— Je préférerais autre chose, dit-elle presque intimidée par leur silence. Pas de chèvre en tout cas.

Il lui dénicha un morceau à la tomate et aux olives, et tout en mastiquant, Marion se rendit compte qu'elle était en observation. Il faut dire que la situation ne leur était pas familière. Une personne étrangère, fut-elle de la maison, proche d'une victime de surcroît, qui assistait à des parties très confidentielles de l'enquête, ce n'était pas chose courante. Et, bien sûr, ils étaient tous en train de se dire que, si elle bénéficiait de ce privilège, c'était grâce à son intimité avec le patron. Qu'est-ce qu'ils savaient de cela, au juste ? Marion flaira la curiosité dans leurs regards en dessous.

— Finalement, fit-elle après une gorgée de bière avalée à même la cannette, cette perquisition ?

— Rien, nada.

Régine Duplat venait de réintégrer la pièce. Elle désigna quelques cartons posés dans un coin, à même le sol.

— On va chercher là-dedans, encore.

Sur le bureau où Marion avait posé sa boîte de bière, plusieurs petites photos, la plupart en noir et blanc, alignées les unes à côté des autres.

— L'album de famille ?

La commandant acquiesça.

Le silence revint. Marion prit entre ses doigts une des photos de la sœur décédée. Laurette, Laurette Zig. Et pourquoi n'y avait-il aucune photo de Zig dans les boîtes ? Quelle avait été la vie de cet enfant né, si elle comptait bien, moins de un an après la mort de sa sœur ? L'image de Zig en assassin se faisait floue. Marion, à son corps défendant, ne gardait en mémoire que celle d'un petit garçon terrifié à l'idée de perdre sa mère.

— Y a quand même un truc marrant, dit le second de groupe, un capitaine au regard gris, un peu triste.

Il avait terminé sa pizza et commencé le tri, sans perdre de temps. Régine Duplat fit le tour du bureau et se pencha. Le capitaine avait entre les mains une carte d'identité en papier jaune, un vieux modèle d'avant la plastification supposée rendre ces documents infalsifiables.

— C'est la CNI de Zig, la première je suppose. Elle date de 1969. C'est bien lui sur la photo ?

Marion se pencha à son tour, de l'autre côté. Bien qu'il n'ait encore que cinq ans, des cheveux longs et un curieux col à dentelle, Zig avait déjà sa tête d'aujourd'hui. Il y a des gens qui ne vieillissent pas. Peut-être parce qu'ils n'ont jamais été jeunes vraiment.

— Qu'est-ce qu'il y a de marrant ? s'enquit-elle.

— Vous ne remarquez rien ?

— Ah oui ! s'exclama Marion.

La carte d'identité avait été établie au nom de Zig Laurence. Laurence ! Pas Laurent Zig, Laurence Zig. La date de naissance était la bonne et la photo aussi. Alors pourquoi Laurence ?

— Une faute de frappe ? suggéra le numéro trois du groupe.

— En général, on fait rectifier l'erreur assez vite, dit Régine. Sinon, c'est invivable.

— On a vérifié à l'état civil ?

C'était un automatisme, une règle de base. Précisément, celui qui en était chargé, c'était le numéro trois. Il n'en avait pas encore eu le temps. Confus, il prit le téléphone.

Kerman profita de l'accalmie pour faire son entrée. Les mains dans les poches, il alla renifler les cartons vides des pizzas.

— Merci de m'en avoir gardé, dit-il avec une grimace.

— Désolée, fit la commandant même pas confuse. Je croyais que vous alliez déjeuner...

Il se fendit d'un coup d'œil en direction de Marion qui continuait à tourner entre ses doigts une photo de la petite Laurette. Prise de loin, en pied, très jolie. Sur le cliché en noir et blanc les traits s'estompaient et, à cause du temps impitoyable, la blondeur de la longue tresse devenait extrême. Marion eut la sensation étrange d'une évidence insaisissable.

— Je mangerai une autre fois, marmonna Kerman en tournant le dos à Marion qui s'obstinait à l'ignorer. Les enfants sont arrivés.

Marion s'était perdue dans une réflexion abyssale. Sur le visage de Laurette se superposaient celui de Nina, celui d'Ange-Lou, obstinément. Rien à voir, aucun point commun, ni avec l'une ni avec l'autre. Marion s'escrimait à comprendre. Pourquoi elles ?

— Eh bien ! s'énerva Kerman, vous m'avez entendu ? Les enfants sont arrivés.

Les enfants ? Marion leva enfin les yeux sur Kerman qui dardait sur elle un regard impatient.

Les autres, avec un ensemble parfait, se levèrent et quittèrent la pièce.

— Tu viens ? demanda Kerman à Marion qui ne se décidait pas à bouger.

Elle le suivit machinalement.

62

Ils étaient tous venus. Le rouleau compresseur n'avait oublié personne. Les « enfants de Gervaise » inscrits au cours du lundi, accompagnés d'un de leurs parents. Père ou mère. Plus Gervaise. Cela faisait du monde. Kerman les avait fait entrer dans une salle beaucoup trop petite, la plus grande pourtant dont il disposait dans les locaux exigus du 36. Kerman leur expliqua ce qu'il attendait d'eux. Nina écoutait comme les autres mais avec l'attitude détendue d'un vieux routard de la Crim'.

Brigitte Nill se tenait à la porte, près de Marion et de Régine Duplat qui attendait le feu vert de son patron pour déclencher l'opération de retapissage.

— Vous avez l'air préoccupé ? dit la psy à voix basse.

Marion fit une moue distraite. Kerman leur tournait le dos et les adolescents lui faisaient face. Ils étaient attentifs, certains crispés. Sauf Lucas Mérien qui regardait autour de lui ou au plafond. À ses côtés, une femme qui devait être sa mère. Plus très jeune, pas très jolie. Des traits sans finesse, alors que lui...

Marion se demanda comment était le père de Lucas.

— On y va, ordonna Kerman.

Ils défilèrent devant la vitre sans tain et n'exprimèrent aucune réaction. Aucun des adolescents n'avait vu Zig, ni de près ni de loin. Même pas croisé dans le quartier, près du théâtre ou dans la gare du Nord. Lucas aussi resta impassible. En revenant vers Marion, il garda les paupières baissées et elle ne put déceler son regard. Gervaise passa à son tour devant la silhouette prostrée de Zig et secoua ses larges joues, désolée.

Nina était restée en arrière, avec Brigitte Nill et Kerman. Le divisionnaire fit pivoter la petite :

— Nina, dit-il, on va recommencer la présentation. Je veux que tu sois sûre de toi.

63

Il était vingt heures. L'heure difficile du crépuscule où les chiens hurlent à la mort sans raison et où les bébés connaissent leurs plus profonds désespoirs. Nina regardait la télé sous la garde de Maguy, la secrétaire de Kerman. Et Marion attendait, en compagnie de Brigitte Nill, que le groupe Duplat se disperse. En passant près d'elle, le divisionnaire marqua une courte pause, une interrogation muette dans le regard. « Qu'est-ce qu'on fait, ce soir ? On se voit ? » Glacée, elle se détourna.

Le breafing de fin de journée de la Crim' venait de se terminer dans la pièce où avaient été réunis les enfants. Marion, qui avait été invitée à y assister, en sortait avec un fort sentiment de frustration.

Le résultat des investigations du jour n'était pas brillant.

La perquisition au domicile de Zig n'avait permis la découverte d'aucun élément, même lointain, à rapprocher du meurtre d'Ange-Lou.

L'abonnement téléphonique, au nom d'un certain Georges Aubin, restait un mystère. Personne n'avait encore cerné ni logé le personnage dont on savait seulement qu'il était un ancien occupant de l'appartement. Quant aux appels passés du logement des Zig, ils se limitaient aux fournisseurs de produits alimentaires : boucher, épicier, traiteur... et, aujourd'hui, les pompiers. Pas de médecin, pas d'infirmière et personne ne téléphonait jamais à cette étrange famille.

— Du moment que les factures sont payées... avait dit le lieutenant Petit. Qui ça peut gêner ?

Georges Aubin, peut-être ?

Aussi désespérément muet, le 4 × 4 détruit, que personne n'avait vu le soir des faits, ni au parking, ni dans les rues voisines du lycée Decour. Même Gervaise Bousse n'était plus sûre de le reconnaître. Demain, Régine Duplat le présenterait à Nina. C'était inévitable mais le cœur de Marion était devenu douloureux, soudain.

Restaient le sac noir, le classeur d'Ange-Lou et les affaires du gardien Empereur. Aucune des traces papillaires relevées sur ces objets n'appartenait à Zig et les recherches d'identification au FAED n'avaient livré aucune autre identité. Seule l'empreinte isolée sur la clef restée sur le rideau de fer du box correspondait à quelque chose. Le pouce droit de Zig. Par association d'idée, Régine Duplat avait précisé que Zig était droitier, sans ambiguïté.

Malgré sa résistance, Zig avait été conduit aux urgences médico-judiciaires après sa tentative de suicide. Son état était jugé compatible avec la garde à vue et sa crise attribuée au désespoir quand il avait cru que sa mère allait mourir.

— Et ses blessures aux jambes ? s'était aventurée Marion, étonnée que personne n'en parle.

C'était des plaies sans importance, des boutons grattés, des petits bobos superficiels. Elle avait insisté, au grand agacement de Kerman, forcé de constater que la lumière n'était pas faite sur ce point. Il avait exigé un examen plus approfondi et, sachant ce qui tracassait Marion, lui avait fait assurer que Zig ne boitait pas, même un peu.

Les résultats des comparaisons de l'ADN de Zig avec les éléments prélevés sur le corps d'Ange-Lou et dans le sac noir avaient été envoyés au laboratoire d'expertises biologiques de Nantes, en urgence. La réponse ne reviendrait que le lendemain matin ce qui impliquait que la garde à vue de Zig devrait être prolongée. Enfin une bonne nouvelle, avait pensé Marion. Vingt-quatre heures de plus pour cuisiner l'enfoiré, vingt-quatre heures pour « l'habiller » ou lui faire cracher le morceau. Vingt-quatre heures. Un grand bout d'éternité.

Quand ils avaient abordé la personnalité de Laurent Zig, Marion s'était encore mêlée de la discussion. Zig avait bien été enregistré à l'état civil avec les prénoms de Laurence, Marie, et il avait fallu attendre 1976 pour qu'il y ait un acte de modification, à la requête de Claude Zig. Le troisième du groupe penchait pour une erreur, lors de la déclaration de naissance.

— Une erreur qui figurait sur une carte d'identité établie en 1969 ! Et la mère ne s'est rendu compte de rien ? Et elle a attendu 7 ans avant de faire rectifier le tir ?

Il n'y avait pas de réponse. Ni de Zig, ni de sa mère que l'on avait pas encore pu interroger. Et cette vieille histoire barbait tout le monde à la Crim'. Marion l'avait déduit de leurs silences crispés. Elle avait failli insister mais ils étaient déjà passés aux ressources de Zig, d'abord aide-cuisinier, puis agent d'accueil à la SNCF où il avait passé huit ans avant de démissionner trois ans plus tôt sans raison évidente. La seule corrélation était une date, celle de la mort de son grand-père, Joseph. À cette époque, Claude Zig avait hérité de la propriété familiale qu'elle avait très vite revendue pour s'installer rue de Belzunce. La fortune soudaine de la famille avait probablement motivé la décision de Zig de rester chez lui pour s'occuper exclusivement de sa mère qui devait déjà peser deux bons quintaux. L'appartement de la rue de Belzunce appartenait à la famille

Zig depuis 1938 et la situation financière des héritiers était saine.

Marion se tourna vers Brigitte :

— On peut se parler un moment ?

64

Le bureau de Brigitte Nill était exigu et coincé sous un escalier. Borgne, sombre et encombré.

— Pourquoi il ne vous donne pas la parole ? s'insurgea Marion. Vous avez des choses à dire, non ?

— C'est encore trop tôt. Il faut que je lise la procédure et Zig n'a pas encore été vraiment interrogé sur le fond...

— Vous assistez aux auditions ?

Brigitte fit non de la tête :

— La règle a été fixée et je la respecte. Je n'interviens que si on me demande de le faire.

— Moi je vous demande de me parler...

— Je ne sais pas si je peux.

— C'est informel. Ça restera entre nous. Je vous demande cela pour Nina, et pour moi aussi.

Brigitte Nill alla se poster le dos au mur. Bras croisés, elle considéra Marion un long moment.

— D'accord, dit-elle après plusieurs secondes de silence rompu seulement par quelques claquements de portières en provenance de la cour. Que voulez-vous savoir ?

Marion voulait savoir qui était Zig, comment décrypter son rapport étrange avec sa mère, pourquoi il s'en était pris à Nina et Ange-Lou, pourquoi il en avait tué une. Et pas l'autre.

Brigitte sourit sous l'avalanche. Elle ne savait pas répondre à tout. Marion pensait que Zig n'avait pas été aimé par sa mère. Brigitte pensait le contraire mais elle sentait des ombres dans tout cela et, elle était d'accord avec la commissaire sur ce point, l'erreur de prénom sur l'état civil était suspecte. Quant à la projection qu'un individu pouvait faire sur un véhicule en le traitant, non comme un objet utilitaire, mais comme une source de plaisir, elle dénonçait un déficit d'image, un narcissisme par procuration qui signifiait avant tout la peur de l'autre. La sensation d'être à poil dans la vie et de devoir se mettre à couvert derrière un objet fantasmatique.

— Cet homme a une image de lui-même très floue, très brouillée. Je ne peux pas en dire beaucoup plus.

— Un dédoublement de personnalité ?

— Peut-être. Une personnalité mal cernée en tout cas. Comme s'il ne savait pas vraiment qui il est. Il faudrait fouiller dans l'histoire de cette famille.

— Vous pensez à la mort de sa sœur, Laurette ?

Brigitte acquiesça. Comme Marion, elle voyait dans « l'erreur » de l'état civil à l'enregistrement de la naissance de Zig une sorte d'acte manqué. Manqué ou volontaire ?

— C'est un constat assez courant dans le cas de ce qu'on appelle « l'enfant de remplacement ». Celui dont la conception est destinée à remplir le vide laissé par un enfant mort. La proximité entre les prénoms est un autre signe. Laurette, Laurent. Il y a des cas célèbres dans l'histoire.

— Ce trouble qu'ils ressentent peut les conduire à quoi ?

Brigitte fit une moue prudente. Elle chercha ses mots. Tout compte, dans ces moments-là. Tout ce qu'on dit et surtout ce qu'on ne dit pas.

— Une fracture familiale, même gravissime et très probable en ce qui concerne Zig, laisse toujours des traces profondes. Ça ne fait pas de ces gens fatalement des criminels. Certains sont devenus des génies, comme Dali, Van Gogh.

Des génies un peu dingues, non ? Un ange passa, squelettique faucheuse ailée à l'oreille coupée.

— À votre avis, demanda enfin Marion, s'il s'en est pris aux filles, c'est à cause de cette vieille histoire ?

— Non… Enfin, c'est difficile à dire. Et puis, je ne vois pas pourquoi il ferait ça maintenant.

— Il faut bien commencer un jour. Il y a peut-être eu un fait déclencheur, un événement…

— Il faudrait que je lui parle, mais je doute de pouvoir le faire.

La procédure judiciaire était primordiale, Marion le savait et elle ne jugea pas utile d'insister là-dessus.

— Dites-moi quand même… C'est un pervers sexuel ?

— Pas sûr. En tout cas, s'il est vraisemblable qu'il a un contentieux avec les petites filles – à cause de la sœur morte juste avant sa naissance –, je ne le vois pas exercer cette perversion avec elles.

— Pourquoi ?

— Parce qu'il est homosexuel.

65

La nuit fut plate et sans rêve, tous les cauchemars de Marion et de Nina enfermés dans le noir des pilules roses. Même Marion avait cédé à leur magie pour la première fois de sa vie.

Il était à peine plus de huit heures quand elle poussa la porte de la brigade. Au moment de partir pour le garage de la préfecture de Police où avait été remorqué le 4×4 de Zig, elle avait passé un coup de fil au permanent pour le prévenir qu'elle serait encore absente toute la journée. Elle avait compris que l'état-major était submergé par les problèmes et qu'elle devait passer. Ne serait-ce que passer, avait dit l'officier, la voix lasse.

— Qu'est-ce qu'il y a eu, ici ? murmura-t-elle après avoir franchi la porte blindée. Un raz de marée ?

— On pourrait dire ça, oui... souffla le major Morel qui portait sur le visage les stigmates d'une nuit blanche.

Une porte avait été à moitié arrachée et pendait sur un gond. C'était celle qui fermait le bureau servant à la présentation des suspects. La glace sans tain avait explosé et quelques bouts de verre brillaient encore le long des plinthes. Des chaises cassées, des téléphones arrachés de leurs prises et jetés au sol, de larges écorchures sur les murs et de sombres coulées indéfinissables complétaient le tableau.

— Grosse baston, résuma Morel. Une douzaine de branleurs a réussi à entrer pour tenter de délivrer un dealer que le groupe d'intervention venait de sauter. On a un gardien à l'hosto, il a eu un tendon sectionné par un éclat de verre.

— Grave ?

— Assez. Plusieurs mois d'arrêt en perspective. Déjà qu'on manque d'effectifs.

— Ce n'est pas primordial, major, les effectifs, au point où on en est. Pas d'autres blessés ?

— Rien d'important. Des contusions, des écorchures. La bande est au trou. On les a répartis dans toutes les gares, par sécurité, et on a renforcé les gardes. Tout le groupe judiciaire est sur le pont.

— Pourquoi vous ne m'avez pas appelée ?

Marion hésitait entre la sévérité et le découragement.

— J'ai essayé, dit une voix derrière elle. Ça ne répondait pas.

Abadie apparut, un nunchaku à la main. Une prise de guerre.

— Tiens, dit-il à une gardienne qui le suivait de près, tu me places ce joujou sous scellé.

— J'ai pris un somnifère, fit Marion contrite. Je ne le fais jamais, d'habitude, mais là...

— Je comprends, patron. J'ai fait de mon mieux.

— J'en suis sûre. Il y a un autre problème ?

Morel et Abadie échangèrent un coup d'œil ennuyé. L'estomac de Marion se contracta.

— Eh bien ? C'est grave ? Combien de morts ?

Morel esquissa un vague rictus.

— Venez voir, fit-il enfin en remettant sur sa tête la casquette qu'il tournait entre ses doigts.

Il l'entraîna dans le vestiaire des gardiens. À côté, plus exigu, celui des gradés. Encore plus loin, le carré des officiers.

Partout, sur les armoires, les murs et les portes, des bouts de papiers jaunes étaient placardés. Le texte, en lettres noires, surmonté d'un gros titre : « RAS LE

BOL » en majuscules. L'énumération de tout ce qui coinçait dans le service depuis l'arrivée de Marion. Des griefs qui s'accumulaient.

— Il y en a dans tous les postes des autres gares. C'est très sérieux, comme crise, cette fois.

— Merci de me rassurer ! Qu'est-ce qu'on fait ?

Il écarta les bras : le patron c'est toi.

— J'ai enrayé le mouvement jusqu'ici, dit-il pourtant. Mais ça ne durera pas. Il faut recevoir les syndicats.

— J'ai horreur qu'on me force la main.

— Ils iront plus haut. Je crois savoir qu'il y a déjà un courrier tout prêt pour la direction.

Elle fronça les sourcils et planta ses yeux noirs dans ceux, braves, de Morel.

— Ça peut attendre combien de temps ?

— Quelques jours pas plus. Il faut fixer la date, ça va les calmer. C'est pas tout...

— Nom d'un chien, vous me faites peur, major !

— L'inspection générale a passé la journée d'hier à nous pourrir la vie. Ils s'étonnent de votre absence et de votre silence.

— Comment ça, mon silence ?

— Ils vous ont convoquée, paraît-il.

Marion blêmit. Les mots du divisionnaire, chef de mission, lui revinrent en mémoire. Lundi ! C'était lundi qu'elle devait aller là-bas !

— Merde ! dit-elle dans un murmure, j'ai oublié. Mais alors ce qui s'appelle oublié. Ils croient que je l'ai fait volontairement, n'est-ce pas ?

Le major confirma ses craintes.

— En plus, fit-il pour enfoncer le clou, ils reviennent aujourd'hui. Quand ils vont voir le bazar et ça (il montrait les tracts jaunes du geste ample du semeur), ça ne va rien arranger.

— Ils sont furax, confirma Abadie, j'ai fait de mon mieux pour leur expliquer la situation et les calmer, mais je crains que ça n'ait pas suffi.

— C'est-à-dire ?

— Vous êtes convoquée chez le directeur ce matin à onze heures.

— Oh merde ! Et vous ne pouviez pas le dire, non ?

— Ça vient de tomber, se justifia Abadie. Tout le monde vous cherche, patron.

Désemparée par le déluge de mauvaises nouvelles, Marion se laissa tomber sur une chaise dont le dossier avait disparu, laissant les supports nickelés à nu, tels deux bras morts dressés vers le plafond.

Le symbole d'une débâcle.

Les deux hommes se taisaient. Elle les examina tour à tour. Si elle flanchait là, maintenant, c'en était fini d'elle.

— Bien, expira-t-elle froidement en se remettant sur ses pieds. J'attends l'inspection générale. Je les reçois dès qu'ils arrivent. À onze heures je vais voir le dirlo. Pour les syndicats, vous me laissez une semaine. Réunion générale vendredi prochain, 9 heures. Mais attention, je ne veux pas de sous-fifres, je veux les responsables. Et je compte sur vous deux pour me préparer les dossiers. Reçu ?

— Et pour les tracts, qu'est-ce qu'on fait ?

Elle considéra la pièce. Le mobilier, moche. Les peintures, sales, écaillées. Un sourire ironique fusa sur ses lèvres :

— Vous les laissez là, major. Je sais, pas vous, mais moi j'adore le jaune.

Abadie lui sourit, gentiment.

— Je suis content de vous voir, dit-il.

— On dirait bien que je suis partie depuis un mois !

— Je suis content quand même.

— Merci. Où en êtes-vous ?

Elle attendait ses visiteurs de l'inspection générale dans son bureau, à peu près rangé. Abadie était passé par là, il avait trié et classé les monceaux de paperasses.

— C'est long, ces foutues bandes, dit-il. Et c'est pratiquement toujours la même chose. Des femmes qui entrent dans les sanitaires, qui en sortent. Les femmes – et hommes – de ménage. De temps en temps un plombier. Quelques scènes cocasses. Rien qui pourrait nous intéresser, jusqu'ici. Le problème c'est le temps. J'ai eu une relance du parquet. On ne va pas assez vite, j'ai peur qu'il nous dessaisisse. Remarquez, ça serait peut-être mieux qu'il donne l'affaire à la DPJ ou à la Crim'...

— Ça va pas, non ? On va y arriver, Abadie. Et ne vous avisez pas de souffler cette idée au Proc, hein ?

— Pour qui vous me prenez ? Je disais ça comme ça. Pour la baston de cette nuit...

— Laissez faire le groupe d'intervention.

— Ce n'est pas son boulot.

— Pour une fois, si. Vous leur direz que c'est un ordre. Concentrez-vous sur l'affaire Palmieri avec Amel. Et prenez Valentine Cara si vous voulez.

Abadie l'observa avec attention.

— Je croyais...

Marion fit un geste bref :

— La Crim' n'a plus besoin de Valentine pour me surveiller. Quant à elle, j'espère qu'elle a choisi son camp. Sinon, je ferai en sorte qu'elle quitte le service.

Abadie manifesta son scepticisme par une moue dont elle ne vit rien puisqu'elle avait le nez sur ses chaussures qu'elle avait, une fois de plus, oublié de cirer. Elle se demandait parfois d'où elle tenait cette aversion au cirage, elle si méticuleuse, si exigeante avec l'hygiène.

L'officier changea de sujet :

— Est-ce que je peux vous montrer le rapport complémentaire du labo et le compte rendu de l'autopsie de Pierre Palmieri ?

— Un résumé, s'il vous plaît. J'ai peu de temps.

Elle regarda sa montre. Dans moins de dix minutes, l'IGPN serait là.

— Alors... Des éléments pileux ont été découverts sur ses vêtements. Également, sur son visage, des résidus de desquamation et des traces de salive. Tout ça ne correspond pas à la victime. Il y a aussi des taches de sang sur son jean. Un sang étranger. On a établi une empreinte génétique. Malheureusement, la formule n'est pas dans le FAEG[1].

— Évidemment, bougonna Marion, il n'y a rien dans ce FAEG. Une outre vide, oui. Rien en toxicologie ?

— Si. Une trace d'injection et une faible dose de benzodiazépine dans le sang.

— On l'a shooté ?

— Probable, mais juste de quoi le faire tenir tranquille. On a dû l'attacher avec du tissu ou une ceinture souple, il n'y a que des traces très peu apparentes sur ses poignets.

— L'épilation ?

— Rasoir mécanique vraisemblablement. Quelques

1. FAEG : Fichier Automatisé des Empreintes Génétiques.

abrasions sur la peau, plusieurs microcoupures. Opération effectuée quelques heures avant la découverte de la victime. Aucune explication.

Marion se remit à réfléchir. Les jambes de Zig vinrent inopportunément lui brouiller la vue.

— Rien du tout de sexuel, c'est confirmé ?

— Rien. Tous les orifices sont nets, exempts de traces de violence, de forçage ou de sperme.

Abadie parlait avec une précision crue, sans chichis. Il leva brusquement la tête vers Marion et elle craignit d'avoir commis un impair de plus.

— Quoi, Abadie ?

— Rien, patron.

— Mais si. Qu'est-ce qui se passe ?

Il avait un peu pâli et ses lèvres se serraient comme celles d'un enfant prêt à crier sa colère ou son dépit.

— Eh bien, c'est à propos de Zig...

— Quoi, Zig ? Vous avez quelque chose de nouveau à son sujet ?

Il se redressa brusquement. Son attitude lui rappela celle de ses lieutenants lyonnais, la nature affective de leurs rapports qui les menait parfois très loin, dans des scènes comme celle-ci. Heureux le froid Kerman qui savait si bien se mettre à l'abri...

— Je pensais que vous alliez me raconter...

— Oh ! Abadie, fit-elle attendrie, bien sûr que j'allais le faire !

Elle lui relata les péripéties de la veille dans les grandes lignes. Il observa un silence attentif. Des voix se firent entendre dans le couloir. Les « bœufs-carottes » pointaient leurs chaussures à clou.

— Où est Nina, en ce moment ? dit-il à la fin.

— Avec Kerman. Ils la gardent encore toute la journée. C'est atroce ce qu'elle subit.

— Je sais, oui.

— Non, je ne crois pas. Des victimes on en voit tous les jours, des familles de victimes aussi. Mais, de l'autre côté de la barrière, c'est l'enfer, croyez-moi.

66

Marion retrouva Nina en milieu d'après-midi. La petite était épuisée. Elle avait très mal vécu la présentation du 4 × 4. Comme le craignait Marion, elle n'était plus sûre de sa mémoire. Le fameux éclair étincelant qu'elle avait aperçu dans la nuit était noirci par la fumée et la peinture faisait des cloques autour, déformant le dessin. Les pneus blancs étaient noirs et gondolés quand ils n'avaient pas fondu. Pourtant, elle avait « formellement identifié » le véhicule qui les avait interceptées dans le square, tel un gros prédateur de ferraille.

Nina avait retrouvé sa place dans le bureau de Kerman qui, lui, était invisible.

— Pourquoi tu arrives seulement maintenant ? demanda-t-elle d'une voix incertaine.

— J'ai dû régler quelques problèmes à la brigade.

— La brigade, toujours la brigade !

— Si je ne m'occupe pas de mon service, expliqua Marion avec patience, j'aurai inévitablement de gros soucis. C'est ce que tu veux ?

De gros soucis, un euphémisme.

Une heure avec l'IGPN. Une toute petite heure. Si précieuse pourtant quand tant d'affaires attendaient. Elle avait tout pris sur elle. Attitude politiquement incorrecte au regard des pratiques courantes chez les chefs de service qui se défaussaient fréquemment sur la hiérarchie intermédiaire. Le divisionnaire de l'IGPN ne comprenait pas.

— Il y a des gens qui attirent les ennuis comme les papillons la lumière, avait-il conclu, dépité par l'absence de collaboration de la commissaire.

En sortant de chez le directeur où les choses s'étaient encore moins bien passées, elle s'était dit qu'elle ne tiendrait pas le coup dans cette ratière.

— Maman, c'est terrible...

Nina se mit à pleurer doucement. Marion se précipita.

— Non, non, chérie, ne pleure pas ! Je n'aurai pas d'ennuis. Ne t'inquiète pas pour moi, je suis plus forte qu'eux... Mon amour, mon amour...

— C'est pas ça... C'est Ange-Lou...

— Quoi, Ange-Lou ?

Oh Seigneur ! Ange-Lou... Nina n'aurait-elle pas tout dit ?

La tête de Marion se mit à tourner, à toute vitesse.

— Ange-Lou, sanglota Nina.

— Mais Nina, parle à la fin !

Maguy, la secrétaire de Kerman, quitta son bureau, alertée par les pleurs de la fillette.

— Je crois qu'elle veut vous parler de l'enterrement de son amie, madame.

Marion leva la tête vers elle, larguée.

— L'enterrement ?

— Oui, il a été fixé à après-demain. C'est moi qui ai pris l'appel tout à l'heure. Je l'ai dit à M. le divisionnaire...

En présence de Nina. Maguy était désolée. Qu'est-ce que ça changeait, au fond ? Il fallait bien que cela arrive un jour, les morts ne peuvent pas passer leur vie dans un frigo. Marion avait entraîné sa fille.

— Viens, ma chérie, on va aller prendre l'air.

Une fois dans le couloir, Nina manifesta l'envie d'aller aux toilettes.

— Va, dit Marion, je t'attends ici.

Nina connaissait le chemin. Les coins et recoins de la Crim' n'avaient plus de secrets pour elle. Elle se dirigea vers les sanitaires qui marquaient la séparation avec la brigade des stupéfiants et atteignit le dernier bureau dont la porte était grande ouverte. Elle tourna la tête machinalement et s'arrêta net, la bouche sèche.

Zig était là, seul. La main droite attachée à un anneau fixé dans le mur, il était avachi sur sa chaise, le menton sur la poitrine. Aux mouvements réguliers de ses épaules et au souffle rauque qui s'échappait de ses lèvres entrouvertes, Nina comprit qu'il dormait. Mais où étaient donc passés les autres ? Pourquoi est-ce qu'il n'y avait personne avec lui ? Bien sûr le vasistas était protégé par une grille et Zig n'était pas libre de ses mouvements. Pourtant, cet homme, seul, même entravé, portait en lui comme une menace.

Fascinée par l'étrangeté du spectacle, la petite fit un pas en avant. Zig ne bougea pas. Elle s'enhardit, de la confusion plein la tête. Deux pas encore. Puis deux autres. Son regard bleu, intensément, cherchait à pénétrer dans le corps, dans la tête de l'enfoiré. Elle détailla son visage grassouillet, le double menton qui surmontait un col de chemise à carreaux, la barbe qui ombrait ses joues, son air à la fois veule et désarmé. À sa merci comme, un soir, elle avait été à la sienne.

Bientôt, elle ne fut plus qu'à un pas de lui, si près qu'elle pouvait sentir son odeur. Un mélange de sueur avec des relents encore perceptibles d'eau de Cologne, une vague persistance du sandwich dont le reste traînait sur le bureau. Jambon-beurre. Et de café, dont un fond stagnait dans un gobelet en plastique.

Nina se pencha, s'efforçant de respirer l'effluve qui émanait de l'homme et d'en faire surgir un souvenir qui se dérobait avec obstination.

Raviver la peur, quitte à ne pas pouvoir en supporter les conséquences.

Mais elle eut beau faire, l'odeur de Zig n'était pas celle qu'elle avait respirée dans le square. L'homme n'était que pitoyable ainsi.

Elle remarqua que l'endormi penchait dangereusement vers la gauche et qu'il allait bientôt se casser la figure. Que se passerait-il s'il se réveillait et la trouvait là, penchée sur lui ? Il la reconnaîtrait ? Il crierait « Nina, stop, ou je te tue » ?

Zig sursauta dans son sommeil et Nina prit peur. Elle s'enfuit vers le couloir au moment où le procédurier revenait avec deux gobelets de café. La porte des toilettes s'ouvrit sur un autre officier du groupe et les deux hommes considérèrent Nina avec stupeur.

— Qu'est-ce que tu fais là ? s'exclama le commandant.

Pâle, son corps mince agité de tremblements, elle tourna les talons sans répondre.

— Tu as laissé le suspect seul ? Ça va pas ? Tu cherches les emmerdes ou quoi ? entendit-elle tandis qu'elle s'enfuyait vers sa mère.

67

Le briefing du jour avait été fixé par Kerman à vingt heures.

Le groupe Duplat s'était relayé pour dormir par tranches de trois heures. Ils étaient donc relativement en forme et il fallait chercher ailleurs la cause de leur morosité.

Kerman caressa discrètement la nuque de Marion – là où frisaient toujours quelques cheveux indociles – en passant près d'elle. Il y avait de la douceur sur son visage, une lassitude triste à l'égal de celle qui faisait parfois s'abaisser les coins de ses paupières et s'affaisser les commissures de ses lèvres.

Angle de table, jambe dans le vide, cigarette piquée dans le paquet du second de groupe. Nouveau, ça. Les mauvais pressentiments de Marion s'emballèrent. D'autant plus vite que Brigitte Nill était absente de la réunion.

— Feu ! dit Kerman qui avait le sens de l'image.

L'officier à lunettes lui tendit son briquet. Kerman sourit vaguement de son gag involontaire et aspira la fumée.

— Mauvaise nouvelle, attaqua Régine Duplat. On a planté la tente à l'hôpital Lariboisière pour rien. Claude Zig n'a pas pu être entendue, pas même approchée et ce soir, elle a fait un deuxième arrêt cardiaque. Avec une petite hémorragie cérébrale en prime. Elle est dans le coma. Espérance de vie voisine de zéro. Quelques heures, pas plus. On n'a encore rien dit à Zig.

Kerman marmonna une vague imprécation avant de poursuivre :

— Enquête de voisinage ?

Le plus jeune officier du groupe prit la parole :

— Cinq occupants au 5 bis, rue de Belzunce. L'immeuble tout entier appartient à la famille. Zig et sa mère n'avaient pas de mouron à se faire. Financièrement, disons...

— O.K., s'impatienta Kerman, la suite, Petit.

Petit, c'est son nom, se souvint Marion qui savait Kerman peu porté sur la familiarité avec ses troupes.

— Des personnes âgées pour la plupart. Loyers soumis à la loi de 48, occupation stable depuis un demi-siècle donc, gérée par le cabinet Lorit, rue des Pyramides. Les gérants connaissent peu les Zig qui ont avec les autres occupants des rapports de bon voisinage sans plus.

— Rien à signaler, c'est ce que vous voulez dire ?

— Oui, en quelque sorte.

— Georges Aubin ?

— D'après le cabinet Lorit, Georges Aubin a occupé le logement du troisième et, quand les Zig sont arrivés, il a grimpé d'un étage. C'est tout.

Kerman fit un geste agacé.

— Mais vous l'avez vu Aubin, ou pas ?

— Non. D'après les voisins, on ne l'a plus croisé dans le secteur depuis longtemps.

— Quelqu'un d'autre, dans cet appartement ?

— Non.

Silence général. Kerman rappela qu'il voulait des investigations plus fouillées et des réponses précises et Marion, pour une fois, lui donna raison.

— On enchaîne ! ordonna-t-il.

— Les résultats bio, toxico, le bide total, dit Régine Duplat. Nantes a renvoyé les résultats à midi. L'ADN de Zig ne colle avec aucun des prélèvements effectués sur le corps de la petite Marly, de ses vêtements, des objets du sac et notamment du classeur vert. RAS sur toute la ligne.

Un soupir. Un silence épuisé. Pour Marion, l'appréhension de ce qui allait suivre.

— Rien sur l'incendie du véhicule ? relança Kerman. La femme du parking ?

— Inconnue au bataillon. Si c'est elle qui a mis le feu, il n'y a aucune raison connue à ce jour.

— Et si c'était Zig lui-même, l'incendiaire ? suggéra Marion formulant l'évidence.

Soupirs discrets, quelques regards de commisération. Kerman écarta les mains :

— Explique-nous ton point de vue !

— Mais je ne peux pas ! Je suggère une idée pour qu'on puisse avancer. On peut essayer de voir les choses sous un autre angle !

— Le Proc attend des éléments objectifs, fit Kerman d'une voix cassante, pas des extrapolations. Il n'y a pour l'instant aucune raison de le soupçonner d'avoir mis le feu à une bagnole qu'il idolâtre.

Le groupe Duplat et la commandant elle-même ne bronchèrent pas mais leurs attitudes exprimaient clairement qu'ils partageaient le point de vue de leur patron. Marion les affronta après un long moment.

— Nina l'a reconnu. Elle ne ment pas, émit-elle d'une voix tendue.

Kerman prit le temps de souffler une bouffée de fumée et d'écraser son mégot dans un cendrier Ricard.

— Personne n'en doute, fit-il dans un silence lourd, mais il faut bien admettre qu'aujourd'hui, l'habillage de Zig ne tient que par son témoignage. On n'a pas de mobile, pas d'éléments concrets en dehors du véhicule. Sauf que Nina et Gervaise Bousse n'ayant pas vu les mêmes parties de ce 4 × 4, on a fait un copier-coller et on est tombé sur Zig.

« Je suis tombée sur Zig », songea Marion en se demandant si ce n'était pas, précisément, ce qui gênait Kerman.

— Alors, je vous le dis, poursuivit le divisionnaire, le Proc nous enjoint de lui apporter des billes avant cinq heures demain matin, heure de fin de garde à vue, prolongation comprise.

— Qu'est-ce qu'on peut faire de plus, ce soir ? s'enquit Régine Duplat qui semblait avoir perdu l'espoir.

— Interroger Zig, encore. Ne pas le lâcher. Le coincer, et le faire s'affaler, si on peut.

L'enfance de l'art. Zig savait-il qu'on n'avait, pour l'accrocher, que le témoignage d'une fillette ? Oui, bien sûr, il le savait.

— Ce n'est peut-être pas lui, lâcha l'officier à lunettes, exprimant ce que tous les autres pensaient.

Kerman reprit une cigarette, l'alluma, montra une vieille pendule Jaz au-dessus de la porte :

— Il vous reste huit heures pour démontrer le contraire.

68

Alors qu'elle s'apprêtait à partir avec Nina, Kerman rappela à Marion qu'on pouvait encore avoir besoin d'elle – de sa fille, traduisit-elle – jusqu'à cinq heures du matin. Elle devait rester à portée de téléphone. Elle s'attendait à ce qu'il renouvelle sa tentative de la veille mais elle en fut pour ses frais. N'étant pas à une contradiction près, elle en éprouva une sorte de dépit.

— Où veux-tu que j'aille ? En boîte ? bougonna-t-elle.

Kerman embrassa Nina – un pas de plus dans l'intimité – et posa sur Marion un regard doux, loin de ses fanfaronnades sexuelles. Il lui dit « à demain » comme un époux voyageur de commerce qui s'en va en tournée.

Elle laissa partir Nina devant. Kerman savait ce qu'elle allait dire.

— Je te jure qu'on fait le maximum, se hâta-t-il, mais il y a des gens dans le groupe qui ont du mal à y croire. On n'a pas le droit de faire dans le subjectif, de laisser parler les sentiments. Il faut te mettre à leur place, tu connais bien le problème, non ?

— J'ai tellement peur pour Nina, dit-elle d'une voix démunie.

Il serra ses mains dans les siennes, chaudes, fortes. Son regard était éloquent : je suis là, Edwige, je suis là.

C'est dans la voiture, loin du 36, que Nina se laissa aller.

— Marion, je crois que j'ai fait une bêtise...

Le cœur de Marion eut un raté.

— Une... bêtise ? À propos de quoi ?

— De Zig.

— Quoi ?

La petite jeta un regard morose sur la façade illuminée de la Samaritaine où, déjà, on accrochait des guirlandes de fête et d'énormes boules rutilantes. Les vitrines animées, les Père Noël par dizaines sur les trottoirs, les flammes des bougies reflétées dans les yeux des mômes, la convoitise et l'impatience qui les faisaient briller, tout cela ressemblait aux relents d'une enfance qui fuyait Nina. Ses pupilles avaient perdu leur éclat, un instant la brève lueur d'un phare s'y posa, un reflet dans des yeux morts.

— Je suis allée le voir.

La voiture fit une embardée, manquant renverser un scooter qui lança un coup d'avertisseur enrhumé.

— Qu'est-ce que ça veut dire, Nina ?

— Je l'ai vu, il était dans un bureau, je me suis approchée de lui, j'aurais pu le toucher.

— Mais où, quand ? Qui t'a laissé faire ça ?

Nina le lui dit en quelques mots.

— Tu es folle, Nina, complètement folle. Et eux, tiens... J'en parle même pas !

— J'ai senti son odeur.

Sa voix, lointaine, qui cherchait à réveiller sa mémoire.

— J'ai pas reconnu son allure, ni sa voix. J'ai pas reconnu son odeur non plus, poursuivit Nina.

— Pourquoi tu dis ça ?

— Quand il s'est approché de nous, dans le square, je l'ai senti. Il sentait pas comme tout à l'heure. Dans le square, il sentait... le sale.

— Le sale ? murmura Marion, de plus en plus désemparée.

— Oui, tu sais, le linge mal lavé. Ça sent un peu le vomi, le moisi, la crasse. Et puis, un autre truc, encore plus malodorant. Tu vois ?

Pas très bien, non. Marion, heure après heure, ne voyait plus grand-chose.

— Il ne portait pas les mêmes vêtements, objecta-t-elle cependant. C'est peut-être la raison.

Se raccrocher à tout prix à l'idée qu'elles n'avaient pas vécu ces heures d'enfer pour rien. Nina s'enfonça dans son siège, ferma les yeux.

Elles roulèrent en silence jusqu'à la rue Saint-Vincent-de-Paul.

Quand elles se retrouvèrent chez elles, au septième, à côté de Dieu qui écoutait du jazz en remuant des casseroles, Nina affronta sa mère et son regard insistant. Elles s'étudièrent longuement. La petite ne céda pas.

— C'est lui, maman. J'en suis sûre.

— Nina ! tu viens de dire le contraire...

— Je sais. Je n'arrête pas d'y penser.

Elle bougea, tourna les talons. Se retourna après quelques pas, des larmes plein les yeux :

— Je veux qu'il paie.

69

Marion rêvait de Kerman. Il était près d'elle, dans son lit. Assis sur le bord et vêtu avec élégance. Il caressait son front, ses joues, relevait quelques mèches en bataille. Il parlait mais elle ne comprenait pas ce qu'il disait. Lui non plus n'entendait pas ses mots qui ne franchissaient pas ses lèvres, en dépit de ses efforts. « Enlève ces vêtements de bureaucrate, essayait de lui dire Marion, couche-toi près de moi, colle ta chair à la mienne. » Peine perdue. Il effleurait sa peau, et elle se laissait couler dans cette douceur infinie. Elle avait tellement sommeil.

— Elle est toujours aussi dure à lever le matin ?

— Ben non, je comprends pas, elle est plutôt insomniaque d'habitude.

— Elle a encore pris un truc pour dormir ?

Nina gloussa. Son rire s'enfonça dans la ouate du cerveau de Marion. Nina ?

Marion se dressa en poussant un cri et faillit cogner le crâne de sa fille qui s'écarta juste à temps. En même temps, elle aperçut Abadie qui hésitait sur le seuil de la porte.

— Mais ça va pas ? Qu'est-ce que vous faites là, vous ? Au milieu de la nuit !

Nina se mit à rire tandis que l'officier s'éclipsait vers le salon.

— Il est presque neuf heures quand même ! s'écria-t-il.

— Neuf heures ? Merde ! Mais pourquoi tu ne m'as pas réveillée, Nina ?

— Ça fait un quart d'heure que j'essaie...

— J'ai quelque chose à vous montrer, cria Abadie de loin.

— Ça ne pouvait pas attendre ?

— Non.

Il y avait de l'excitation dans la voix du capitaine Abadie.

*
* *

Ils s'étaient préparé un petit déjeuner avec les moyens du bord. Depuis dix jours, la maison était à l'abandon. Courrier pas ouvert, ménage en déshérence, pas de courses, plus rien à manger. Nina était allée s'enfermer dans la salle de bains, ulcérée par sa mère qui avait refusé qu'elle aille seule jusqu'à la boulangerie.

— Où ça en est ? demanda Abadie.

Accroupi devant le magnétoscope, il était en train d'y engager une cassette vidéo.

— Vous parlez de Zig ? La garde à vue est terminée. Il doit être au dépôt.

— Il a parlé ?

Sûrement pas. Kerman se serait fait une joie de la réveiller pour le lui dire.

— Je ne sais pas. Allez-y, capitaine, on ne va pas y passer la journée.

Il appuya sur marche et vint s'asseoir près d'elle, télécommande en main. Des images défilèrent en accéléré. Des gens qui cavalaient à toute vitesse dans les différents secteurs de la gare, des visages en gros plan, déformés, des quais, des trains qui dégorgeaient des masses d'anonymes. Abadie surveillait le compteur. Arrêt sur image. Caméra K28TF. 150902/10H. La mezzanine, zone des toilettes des femmes. Vide.

Marion cessa tout mouvement.

— Regardez bien, dit Abadie.

Il relança le défilement, image par image. La zone déserte d'abord. Quelques passants. Une technicienne de surface entra dans le champ, poussant son chariot. Blouse verte, logo Pronet. Elle pénétra dans les toilettes. Fin. Zone vide de nouveau. Changement de décor : la sortie du grand escalator, caméra K32ZR. Abadie passa en accéléré. Les chiffres défilèrent comme les gens, à toute allure. Nouvel arrêt sur image. Caméra K28TF. 150902/10H10. Mezzanine, zone des toilettes des femmes. Toujours aussi désespérément vide. Porte des toilettes. La technicienne de surface réapparut, poussant son chariot. Elle traversa le champ, disparut. Clac. Abadie appuya sur la touche stop et entreprit de rembobiner la bande. Marion fixait l'écran du téléviseur, stupide.

— Je n'ose pas comprendre, murmura-t-elle.

— J'ai eu la même réaction que vous. C'est pour

cette raison que j'ai préféré vous montrer les images avant de vous donner mon sentiment. Je vous la refais ?

— Oui.

Nouveau défilement de la bande. Les images une à une. Marion, rivée à l'écran, commenta à voix basse :

— À dix heures, la femme de ménage entre avec son chariot. À dix heures dix elle ressort. Regardez le sac !

Dix heures, le sac accroché au chariot est vide. 10 h 10, la femme de ménage sort, le sac est plein. Archiplein. La femme semble s'arc-bouter sur le trolley pour le faire avancer.

— Elle n'a pas pu remplir son sac-poubelle en dix minutes, confirma Abadie. La production de déchets en provenance des toilettes en remplit un en moyenne toutes les huit heures. Essentiellement du papier et des protections périodiques, des déchets légers. Volumineux mais léger. Ce qu'elle traîne est très lourd.

— Chapeau, Abadie !

Abadie remit la bande en route sans relever.

— Vous voyez la date ?

— Oui. 15 septembre 02.

— Un des gamins a disparu le 13. C'est comme ça que j'ai trouvé. En comparant les enregistrements avec les périodes des disparitions, du moins celles qu'on connaissait avec certitude.

Marion se tut. La pensée qu'Abadie était, d'une façon générale, beaucoup plus tordu qu'elle, l'effleura. Puis, tout aussitôt, s'imposa la conviction qu'ils venaient de mettre le doigt sur quelque chose de plus horrible que ce qu'elle était capable d'imaginer.

— C'est qui cette femme ? murmura-t-elle.

Il fit avancer la bande. S'arrêta sur une image de l'employée Pronet, de face. Zoom. Un visage lunaire, enlaidi par des lunettes à verres épais.

— Connais pas, marmonna Marion.

— C'est la femme qui était de service quand Pierre Palmieri est apparu. Celle qui a lavé son sang.

— Celle que vous avez oublié d'entendre ! Comment elle s'appelle ?

— Aubin. Laurence Aubin.

Aubin. Il devait bien y avoir quelques centaines d'homonymes, rien qu'à Paris. Pourtant, Marion fut aussitôt sur le qui-vive.

— Son adresse ?

Des Aubin, par centaines.

Abadie fixa son regard sur la porte-fenêtre. À travers les vitres, le ciel plombé se confondait avec le gris des toits de Paris.

— C'est ça le meilleur..., dit-il l'air un peu gêné. Elle habite 5 bis, rue de Belzunce.

70

La gardienne Martine Maire avait repris son poste auprès de Nina qui avait bien voulu d'elle car elle avait apporté une boîte de Haribo et deux cassettes vidéo.

Marion avait filé à la brigade et passé outre les tentatives de Morel qui voulait la voir « pour lui rendre compte d'affaires qui ne pouvaient pas attendre » et s'était enfermée dans son bureau avec le capitaine Abadie. Valentine Cara n'était pas en vue. Abadie avait fini par avouer qu'elle avait pris des congés.

— En ce moment ! gronda Marion, le nez plongé dans la procédure Palmieri. Avec le boulot qu'on a ! Elle a de bonnes raisons, j'espère !

— Besoin de récupérer.

Marion se dit qu'elle bénéficiait décidément d'un régime de faveur dans ce service. La pensée lui vint aussi que c'était sans doute à cause d'elle si les choses tournaient ainsi. D'elle et de sa manière de faire, à l'emporte-pièce, aussi changeante et instable que ses humeurs.

— Et Amel, il a bossé ?

— Oui, il nous rejoint dans dix minutes.

Bien qu'elle se soit mise aux abonnés absents, la salle de commandement insista pour lui passer une communication. Marion bondit sur le téléphone, s'attendant à entendre Kerman. C'était maître Schmidt, rue des Abbesses, surpris de ne pas avoir obtenu de réaction de sa part après l'envoi de son fax. Elle éructa une vague excuse et il n'insista pas, se contentant de lui annoncer la date de sa convocation chez le juge : vendredi en huit, 14 heures. Les syndicats le matin, le juge l'après-midi.

— Vous êtes libre le soir ? demanda-t-elle à l'avocat qui répondit par un silence. On pourrait aller se soûler. Pour se détendre.

L'homme partit d'un petit rire embarrassé et raccrocha non sans l'avoir fortement engagée à venir le voir avant la date fatidique et à ne pas prendre les choses à la légère.

— C'était qui ? demanda Abadie imprudemment.

— Personne.

Elle saisit la fiche que Roger Lenfant avait remise à Abadie, au milieu de plusieurs dizaines d'autres.

Aubin Laurence, née à Pontoise. Employée de la société Pronet.

Laconique, la fiche, sans même une photo de l'intéressée. Qui était-elle ? Comment vivait-elle ?

— Je vais la convoquer, dit l'officier dont le malaise grandissait.

Bien sûr. Dès qu'on saurait quoi lui demander. Par exemple : qu'est-ce que vous trimballez dans vos poubelles, madame Aubin ? Peut-être ces jeunes disparus débités en morceaux ? Vous savez, ceux dont on n'a jamais retrouvé la trace, ni les corps ?

Laurence Aubin, 5 bis, rue de Belzunce.

Si ce n'était pas une coïncidence, c'était quoi ?

Elle regarda sa montre.

— Qu'est-ce qu'il fout ?

— Il va arriver.

Elle lança un regard aigu à Abadie qui feuilletait les pièces du dossier pour se donner une contenance. Il releva la tête et vit son visage interrogateur.

— Amel, il va arriver. Vous attendez quelqu'un d'autre ?

— Oui.

Oui, oui ! J'attends Kerman. Mais pourquoi n'appelait-il pas ? À cette heure de la matinée, il devait au moins avoir une idée de la décision des magistrats.

— Sale type, grinça-t-elle.

— Pardon ?

— Pas vous, Abadie, pas vous.

71

Depuis cinq minutes, Kerman fixait le téléphone un peu comme s'il avait eu en face de lui un cobra qui n'attendait qu'un geste pour lui injecter son venin dans les veines. Immobile, il ne parvenait pas à se décider.

— Edwige, murmura-t-il, j'ai quelque chose à te dire, c'est... difficile...

Non, non, trop mièvre.

— Marion, tu vas m'écouter sans t'énerver ! Je sais que c'est con, mais...

Non, trop abrupt.

— Edwige, tu te souviens de ce que je t'ai dit hier...

Un toussotement gêné lui fit lever la tête. Maguy, la secrétaire des patrons de la Crim' depuis trente ans, s'encadrait dans la porte.

— J'ai frappé, monsieur, dit-elle dans un souffle.

— Oui, Maguy ? Je... répétais mon topo pour le préfet...

Le préfet ! se moquèrent les yeux de Maguy. Le préfet s'appelle Edwige maintenant !

— C'est à propos de l'enterrement de la petite Marly. Les RG ont appelé et comme vous étiez au palais...

— Oui ? s'impatienta Kerman qui ne supportait pas les bla-bla inutiles.

— Il va y avoir beaucoup de presse et un regroupement – dans la dignité ils ont dit – à l'appel de l'Association « SOS Enfants violés ».

— Enfants violés ? Qu'est-ce que c'est que cette connerie ? Y a pas d'enfant violé ! Où est-ce qu'ils ont pris ça ?

Maguy haussa les épaules. Comment aurait-elle pu savoir ? Kerman se mit à arpenter son bureau, contrarié.

— Putain ! Quand ils vont savoir le reste... On a intérêt à baliser... Convoquez une réunion générale, il faut qu'on se prépare.

La secrétaire se disposait à sortir, il la retint :

— Ah, Maguy, autre chose ! Vous ne parlez pas de

l'enterrement à madame Marion. Je dis ça au cas où elle appellerait. Quoi ? Qu'est-ce qu'il y a ?

La tête de Maguy était éloquente.

— Mais nom d'une pipe, je suis entouré de branques, ou quoi ?

Il savait que c'était faux. Que Maguy était la plus fidèle et la plus compétente des assistantes. Elle avait cru bien faire, Marion était une collègue, après tout. Il la congédia d'un geste et se rassit derrière son téléphone, toujours aussi indécis.

72

Amel, Wolski, quelques officiers et... Roger Lenfant regroupés autour d'Abadie et de Marion, venaient de visionner les parties de la bande sélectionnées par le capitaine.

Roger Lenfant prit la parole le premier, la voix cassée par l'émotion :

— Qu'est-ce que vous pensez qu'il y a dans ces sacs ? Dites-moi la vérité.

— On n'en sait rien, dit Marion doucement. Tout ce qu'on sait, c'est que beaucoup de choses se sont passées dans cette zone.

Amel confirma. Il avait surveillé le coin avec deux de ses collègues et quelques gardiens qui avaient accepté de faire des heures supplémentaires. Ils avaient mis à jour d'étranges manèges auxquels se livraient des adolescents des deux sexes. Trois points de fixation avaient été ciblés. Le premier à l'arrière du bar à sandwichs situé en extrémité de mezzanine, près des escalators remontant du RER. Le second le long des coursives menant à la dalle routière où de jeunes prostitués venaient faire leurs passes dans des conditions incroyables.

Le troisième terrain de manœuvre des gosses se situait à l'autre extrémité de la mezzanine, près des sanitaires des femmes, dans une cabine photomaton. Là, les amateurs de sensations fortes se faisaient photographier avec leurs « clients » de passage. Un jeu en échange de quelques euros arrachés à des hommes à la recherche de plaisirs furtifs qui traversaient la gare entre le métro et le RER ou le train, juste avant de rejoindre leurs femmes et leurs gosses. Et de s'endormir peinards, les sens apaisés et la conscience tranquille.

Personne ne pouvait dire depuis combien de temps ça durait, mais un formidable bouche à oreille drainait une clientèle de plus en plus nombreuse.

— Vous avez identifié des clients ? demanda Marion abasourdie.

— Non, dit Amel. C'est un travail de longue haleine, pour la brigade des mineurs.

— Vous les avez appelés ?

— Pas encore, j'ai pas eu le temps, se justifia l'officier. En plus...

Le regard de Marion le dissuada de se chercher d'autres arguments.

— J'y vais, dit-il.

73

Kerman fut interrompu une deuxième fois dans sa méditation par Régine Duplat.

— Claude Zig est morte il y a une heure.

— Merde. « Il » est au courant ?

— Non.

— Est-ce que le juge va le lui dire ?

— Je ne suis pas intime avec lui.

Il croisa les bras, les décroisa, s'empara d'un stylo qui traînait près du téléphone, le tourna entre ses doigts. Le reposa, affronta le regard froid du commandant :

— C'est pour quelle heure ?

— Midi.

— Merde.

— Vous avez du vocabulaire, patron, ce matin. Qu'est-ce qu'on fait ?

— On lui colle au cul.

— Ah bon ? Et pour quelle raison ?

Il leva les mains, se redressa.

— Je ne peux pas lui faire ça.

Le commandant sourit sans joie, ses traits tirés accusaient la fatigue.

— Elle n'est pas au courant ?

Kerman fit non de la tête, lentement. Régine Duplat découvrit ce jour-là un homme qu'elle n'avait encore jamais perçu sous le divisionnaire carré et professionnel. Un homme amoureux et terriblement malheureux. Deux états indissociables dont, par bonheur, elle ignorait tout.

74

Roger Lenfant avait travaillé pour Marion tant pour tromper son angoisse que parce qu'il était un vrai flic raté. Si quelqu'un était passé à côté de sa vocation, c'était bien lui. Rêver dès l'enfance de courir après de beaux voyous et se retrouver surveillant à la SNCF... Il y avait des jours où cette ironie du sort le déprimait profondément.

— Laurence Aubin travaille pour Pronet depuis un peu moins de trois ans. D'abord à temps complet, puis elle a été aménagée après une période de maladie. Elle fait des remplacements, son emploi est irrégulier. Y a pas grand-chose dans son dossier, ajouta Lenfant. Un CV genre « light ». Pas de diplômes, jamais travaillé auparavant. Correcte au boulot, rien à signaler.

« Light » était un grand mot. Désertique convenait mieux.

— Son adresse, c'est...

— On l'a, dit Marion.

— Quatrième étage, précisa Lenfant.

— Bien, fit Marion en mémorisant cette précision. Qu'est-ce qu'elle avoue comme situation de famille ?

— Euh... Célibataire, sans enfant.

Quel rapport avait-elle avec le fantomatique Georges Aubin, sinon l'adresse et l'étage ? Une évidence la frappa : quels que soient les relations de ces gens entre eux et d'éventuels liens avec les Zig, il s'était passé quelque chose trois ans en arrière. Cette date semblait un taquet sur lequel butait une histoire commune à tous ces êtres ordinaires.

— Où est-elle en ce moment ?

— Ben justement, on ne sait pas. Elle a travaillé

lundi matin, en première vacation de matinée, 5 h/11 h. Et depuis, rien. Elle devait revenir mardi soir, elle n'est pas venue. J'ai vu son chef d'équipe, il ne sait rien.

— Personne n'a essayé de l'appeler ?

— Elle n'a pas le téléphone.

Un téléphone au nom d'Aubin au troisième étage du 5 bis, rue de Belzunce au domicile d'une femme qui s'appelait Zig. Au quatrième, une femme qui s'appelait Aubin et n'avait pas de téléphone.

Marion hocha la tête, dépassée. Il y a sûrement une explication, aurait dit Kerman, il y a toujours une explication.

— Vous pourriez envoyer quelqu'un chez elle, suggéra Lenfant.

Marion fit la moue. Comment lui dire qu'elle en mourait d'envie mais que le chef de la Crim' prendrait cela très mal ? Du reste, il était temps qu'elle l'appelle pour lui expliquer pourquoi elle était convaincue, à présent, que leurs enquêtes étaient intimement liées.

— Abadie, dit-elle néanmoins, faites vérifier l'état civil exact de Laurence Aubin, assurez-vous de son emploi du temps dans les jours qui ont suivi l'ensemble des disparitions et réunissez tout le monde.

Le capitaine était resté silencieux, enregistrant sur l'ordinateur les éléments livrés par Roger Lenfant.

— D'accord, dit-il.

Il leva la tête et comprit, à l'air résolu du commissaire, qu'un branle-bas de combat se préparait. Elle prit une inspiration profonde :

— Si le point commun entre nos disparus et Pierre Palmieri est la cabine de photomaton et, dans son prolongement, les toilettes des femmes de la mezzanine, il faut en avoir le cœur net. Je veux que vous investissiez la zone, que vous fermiez ces chiottes et que vous mettiez tout sens dessus dessous pour trouver ce qu'il y a à trouver là-dedans. Monsieur Lenfant, vous pouvez nous donner un coup de main ?

— Évidemment. Je fais le nécessaire. Vous aurez toute l'aide de mes gars.

Marion avait remis sa veste sur sa chemise. À cause d'un vent plutôt frais, elle avait aussi prévu une parka. Muet de stupeur, Abadie la regarda se diriger vers la porte.

75

Vu de l'extérieur, cela ressemblait au Beyrouth de la grande époque. De la grande destruction, plutôt. À un de ces immeubles criblés de balles et de roquettes. Des murs avec des ouvertures sans fenêtres et des gens qui dormaient là, en plein air, parfois dans des lits posés au bord du vide.

Personne n'avait eu l'idée de fermer le trou sur la façade du 5 bis, rue de Belzunce creusé par les masses des pompiers. Sans doute parce qu'il n'y avait personne pour le faire.

Marion contempla le spectacle qui ne faisait même pas lever la tête des passants, puis elle se glissa dans l'immeuble. Il était midi, tout était calme, quelques odeurs de nourriture filtraient à travers les portes closes. Au troisième, la porte avait été refermée sommairement. Une bande jaune et noir fixée en travers indiquait que l'accès était interdit. À l'étage au-dessus, il n'y avait rien à voir, qu'une porte peinte en marron, sans nom et sans sonnette. Marion frappa longuement. Pas un frémissement de l'autre côté. Elle hésita à cogner aux autres portes, se disant qu'elle courait quand même le risque de tomber sur un des membres du groupe Duplat et que la seule chose qu'elle devait faire à présent c'était précisément de les appeler.

Elle allait redescendre quand Pulp Fiction se fit entendre.

— Edwige ?

Kerman. La voix pas comme d'habitude.

— J'ai une mauvaise nouvelle.

*
* *

Elle marcha dans la rue, s'assit sur un banc, remonta son col à cause du froid. Rassembler ses esprits. Ne pas paniquer.

Il fallait aller voir Nina. Lui annoncer la nouvelle : son témoignage n'avait pas été tenu pour déterminant. Faute de preuves, Zig venait d'être remis en liberté. À midi. Le contrôle judiciaire auquel il était astreint n'avait pour but que de permettre de boucler les quelques investigations subsidiaires qui n'avaient pas pu prendre place pendant le délai de garde à vue. Marion s'y attendait confusément. Mais, pour Nina, c'était une autre histoire.

Sous le coup de l'émotion et de la fatigue, elle se sentit accablée. Dépourvue de courage pour aller balancer à Nina qu'elle était désavouée, que son chagrin et sa rage ne pourraient s'adresser à personne et qu'elle devrait faire avec cela encore longtemps peut-être.

Brigitte Nill avait pris sa journée pour convenances personnelles et Kerman avait une foule de problèmes à régler. Marion avait eu l'impression confuse qu'il se défilait.

— On va le garder sous contrôle, avait-il assuré.

Sous contrôle ! Et Nina ? Qui allait la contrôler ?

Malgré les gens qui la regardaient avec curiosité, elle avait haussé le ton :

— On ne peut pas garder les gens sous contrôle toute leur vie. Tu sais ça, Kerman, non ?

— Je te dis que...

— Et Nina, qu'est-ce que je fais avec Nina ? J'attends qu'il vienne la tuer aussi ? Je la fais escorter jour et nuit jusqu'à ce qu'il meure d'une crise cardiaque comme son énorme mère ?

— Je sais que tu le fais déjà, Edwige. Continue quelque temps. Je te promets...

— Oh ! les promesses à présent ! Qui n'engagent que ceux qui les écoutent, c'est bien connu !

— Tu me fais confiance, oui ou merde ?

Elle avait coupé la communication.

Sur ce coup, pas de confiance. À personne. Tu as laissé passer ta chance, Kerman. Toi et tes gars qui n'y ont pas cru. Ils ont fait comme d'habitude et tu les as laissés faire. Sauf qu'on n'est pas dans une affaire comme les autres. Dans celle-la, il y a Nina.

Elle se leva et s'en fut dans la rue d'une démarche flottante. Puis elle se reprit, serra les poings au fond de ses poches :

— Maintenant, Kerman, c'est chacun pour soi.

76

Régine Duplat lança un coup d'œil irrité dans le rétroviseur latéral. La rue était vide, les immeubles engloutis dans une grisaille de saison. Son collègue Petit remua sur le siège voisin et son estomac gronda.

— Putain, j'ai faim ! Qu'est-ce qu'on fout là, tu peux me le dire ?

— La ferme ! Surveille plutôt la cible.

— La cible ! ricana l'officier. Tu parles d'une cible. On va faire le guignol combien de temps au cul de ce misérable ?

— Tant que Kerman ne décidera pas de décrocher.

— Mais pourquoi nous ? Pourquoi pas la BRI ou un autre service ?

— Tu sais très bien pourquoi. Arrête de poser des questions à la con.

Un mouvement au troisième étage. La cible venait de s'asseoir devant la fenêtre défoncée. Le regard au loin, douloureux.

— Et s'il téléphone de là-haut ? reprit Petit, provocant.

— La ligne est coupée depuis hier. Et l'hôpital a des consignes au cas où il appellerait : personne n'a vu sa mère.

Le lieutenant se renfonça dans le siège, les mains serrées entre ses genoux.

— Il fait froid, merde.

Peu après, Zig apparut en bas, un sac de voyage à bout de bras.

— Ça bouge, dit Petit.

— J'ai vu.

Régine Duplat attendit que Zig ait parcouru une

vingtaine de mètres pour lancer son moteur. Tant qu'à se retrouver en train de filocher, autant conduire. Et puis, s'il fallait que l'un des deux parte à pied, « au cul » de la cible, autant que ce soit l'autre.

Quand Zig atteignit le boulevard Magenta, un taxi débarquait un couple. Le temps que le chauffeur remette son compteur à zéro, Zig s'engouffra dans la voiture qui repartit en trombe. Régine Duplat enfonça l'accélérateur et commença seulement à se sentir bien.

77

Nina regardait un des films que Martine Maitre avait apportés, son visage étroit marqué par la fatigue. D'emblée, à la tête que faisait sa mère, elle comprit que quelque chose n'allait pas.

— Pourquoi tu rentres déjà ? T'es malade ?

— Viens là, Nina, viens.

Ce fut pire encore que ce que Marion avait redouté. La gardienne Martine Maitre ne reviendrait qu'en début d'après-midi et, seule avec Nina, elle ne savait plus quoi lui dire. La petite la mettait en cause, elle, puis Kerman, les autres, la justice impuissante, la terre entière. Tout était pourri. Marion essayait d'argumenter : la loi, valable pour tous, la présomption d'innocence qui obligeait à respecter les droits des mis en cause et à ne pas les enfermer sans preuves, encore moins les condamner.

— Comment ça, pas de preuves ? Et moi ? Ce que je dis, ça compte pour du beurre ?

— Bien sûr que ça compte... Mais c'est ta parole

contre la sienne. Tu le reconnais, il nie. Il n'y a rien d'autre de tangible. Tu comprends ?

Nina ne pouvait pas comprendre, elle était au-delà du droit et de la loi.

De mots amers en larmes de désespoir, Marion dut promettre à Nina pour la calmer qu'elle l'emmènerait à l'enterrement d'Ange-Lou. Nina avait le droit aux adieux au moins autant que les parents et que les camarades de classe et de théâtre qui avaient prévu d'envoyer une délégation. La discussion cessa sur un compromis. Nina accepta de voir le deuxième film en compagnie de Martine Maitre tandis que Marion retournerait à la brigade : Abadie avait appelé, il avait des choses à lui dire.

78

Gare de l'Est, c'était l'heure des grands départs. La foule se pressait sous les panneaux d'affichage, côté grandes lignes. Régine Duplat qui venait de rejoindre Petit après avoir laissé le véhicule au bout de la file des taxis, craignit un moment que Zig ne prenne un train.

— Manquerait plus que ça, ronchonna le lieutenant, pas emballé par l'éventualité d'un départ précipité.

— Qu'est-ce qu'il vient foutre là ? marmonna la commandant alors que tous, elle en premier lieu, avaient pensé qu'il remuerait tout Paris et ses hôpitaux pour retrouver sa mère.

Au lieu de cela, Zig sillonnait la gare de l'Est, fendant la masse des voyageurs. Il obliqua sur sa gauche au niveau de la voie 7 et s'arrêta brièvement dans une boutique Relay, le couple de la Crim' sur les talons. En sortant, il déchira le papier d'emballage d'un Mars et poursuivit son chemin en croquant dans la friandise qu'il fit disparaître en deux bouchées. À l'extrémité de la gare, une sorte de hangar ouvert sur des chariots à bagages, des casiers à consigne et, en plein milieu, un enchevêtrement de colis et de valises qui bouchait presque entièrement la vue sur l'intérieur du local. Zig s'y engouffra et disparut.

— Il y a des consignes là-dedans, dit Régine Duplat à son coéquipier, c'est sûrement là qu'il va. Reste ici pour le cas où il nous ferait un coup de bluff.

Elle s'engagea à la suite de Zig après avoir posé des lunettes fumées sur son nez et enroulé une grande écharpe bordeaux – assortie à ses chaussures – autour de ses cheveux blonds.

Elle aperçut Zig, près des casiers, qui se retournait à demi, jetant autour de lui un regard aigu. Elle cessa d'avancer et attendit qu'il se remette en marche. Il dépassa le premier alignement de coffres et il allait tourner le coin quand un groupe d'agents de la SNCF en uniforme sortit d'un local de service sous le nez de Régine Duplat. Ils étaient une bonne dizaine à lui barrer la route et le temps qu'elle les contourne, Zig avait disparu. Un coup d'œil en arrière : pas de Petit en vue.

— Où est-ce qu'il est passé ? marmonna-t-elle en imaginant la tête de Kerman si elle lui annonçait qu'ils avaient perdu leur « cible ».

Résolument, elle reprit sa progression sous la lumière morne de quelques néons dispersés, longea la rangée de casiers près desquels elle avait vu le suspect pour la dernière fois. C'est alors qu'elle dépassait le dernier que le ciel lui tomba sur la tête. Un gros chariot à bagages vint la percuter de plein fouet et elle partit à la renverse.

Le lieutenant Petit surgit au moment où Régine Duplat, assise par terre, tentait de reprendre ses esprits et sa dignité. Elle refusa la main tendue de l'officier et se releva en grimaçant.

— Zig, dit-elle d'une voix altérée, tu le vois ?

Ils prirent chacun d'un côté, explorèrent les allées. Zig n'était pas en vue. Ils le cherchèrent partout, sans résultat. Se rendirent à l'évidence après avoir découvert au fond du hangar une porte fermée à clef et en avoir obtenu l'ouverture par un surveillant de la gare à l'issue d'un bon quart d'heure de palabres : la pièce abritait une ancienne consigne manuelle à présent transformée en entrepôt. Elle était borgne et vide. Zig avait disparu.

79

Les trois officiers du groupe d'intervention de la gare du Nord avaient investi la zone des sanitaires et, assistés des hommes de Roger Lenfant, en sondaient le plus infime centimètre carré. La cabine photomaton avait été neutralisée et on attendait de la main-d'œuvre pour la démonter et lui faire cracher ses secrets.

Marion leur rendit une rapide visite, le temps de comprendre que l'affaire n'était pas du goût de la SNCF et qu'elle allait encore devoir faire rapport sur rapport pour justifier cette tornade qu'elle abattait sur la gare.

— Qu'est-ce que ça donne ? demanda-t-elle, plus anxieuse qu'elle n'aurait voulu.

— Rien encore, dit Abadie qui revenait de l'autre extrémité de la mezzanine.

— Et vous, vous avez du nouveau ?

Abadie fit oui de la tête.

— La mairie de Pontoise n'a enregistré la naissance d'aucune Laurence Aubin, ni à la date indiquée, ni jamais.

Marion le toisa sans aménité.

— Je sais que j'aurais dû l'entendre le jour même, se mortifia-t-il, lui demander ses papiers... Putain, si j'avais su...

La sonnerie du téléphone portable de Marion coupa court à ses lamentations. Il voulut s'éloigner mais, d'un geste, la commissaire lui intima l'ordre de rester près d'elle.

— Ah ! dit-elle en reconnaissant la voix de Kerman. J'allais t'appeler.

Au fur et à mesure que le divisionnaire parlait, Marion se décomposait. Elle se cramponna à la rampe de l'escalier qui conduisait à la surface, ses jointures blanchirent et Abadie remarqua qu'elle devenait très pâle.

— Qu'est-ce que tu comptes faire maintenant ? demanda-t-elle d'une voix caverneuse.

À la façon dont elle se raidit, il était manifeste que la réponse du divisionnaire ne lui plaisait pas.

— Écoute, dit-elle dans un effort inouï, tu ne t'approches plus de Nina, tu me laisses m'occuper de ça. J'espère pour toi qu'il n'arrivera rien.

Elle coupa la communication, démontée.

— Une tuile ? fit la voix d'Abadie au-dessus du vacarme d'un train qui faisait hurler ses freins.

— Zig... Ils l'ont paumé. Il est dans la nature.

*
* *

Trois hommes de la brigade pour veiller sur Nina. En permanence. Ils se relaieraient dans le salon, sur le palier, dans la cour. Qu'importait, du moment qu'ils ne lâchaient pas la petite d'une semelle. Et si un seul des hommes de Kerman se pointait dans le secteur, il pouvait numéroter ses abattis. Marion voyait rouge.

Mettre en place le dispositif, décider, ordonner, exécuter des gestes cent fois répétés lui permit de reprendre un peu de sang-froid avant d'aller affronter Nina qui découvrit ses trois « nounous » en ouvrant la porte à sa mère.

— Qu'est-ce qui se passe ? Qu'est-ce qu'ils font là, ceux-là ? C'est pas pour moi quand même ?

— Nina... Le... Enfin, Zig...

Nina fixait intensément Marion.

— Eh ben quoi, Zig ? Il est pas mort, ça serait trop bien !

— Il est en fuite. Enfin, on ne sait pas où il est, voilà !

*
* *

Nina avait éclaté d'un rire nerveux, fustigeant tour à tour les grands flics « qui se la pétaient avec leurs airs supérieurs » et sa mère qui les avait laissés faire pour ne pas se fâcher avec Kerman, qu'elle se remettait à haïr avec une énergie survoltée. Puis la peur avait pris la place de la colère. Et avec elle la détresse.

— Il sait que je l'accuse, qu'est-ce qu'il va me faire ?

— Nina, je veille sur toi.

— Tu vas rester avec moi ?

— Le plus possible, mon amour. Je vais faire en

sorte. Sinon j'enverrai des gens solides. Mais toi, de ton côté, tu dois me promettre de rester tranquille, de ne pas passer un quart d'heure sans un contact avec moi si je ne suis pas là.

— D'accord, murmura Nina.

Marion s'efforçait de ne pas montrer sa propre panique.

— Tu veux qu'on invite Gervaise, ce soir ? demanda-t-elle sur un ton qu'elle voulait détendu.

— Non, maman, je veux rester avec toi. Rien que nous deux.

80

Zig savait qu'il n'avait pas beaucoup de temps devant lui. Une fois dans la rue d'Alsace, il entra dans la première sanisette qu'il trouva sur son chemin. Il y ouvrit le sac qu'il avait récupéré rue de Belzunce et ressortit après s'être activé quelques minutes.

Il se regarda à la dérobée dans la vitrine d'une boulangerie, se rendit compte qu'il avait faim. Il entra, choisit un croissant au chocolat et un chausson aux pommes, tendit un billet.

— Merci, madame, dit la boulangère en lui rendant la monnaie.

Zig lui sourit. Une fois dehors, il revint vers la gare de l'Est, observa de loin le remue-ménage qu'il avait déclenché dans la grande galerie à bagages. Il poursuivit son chemin jusqu'au boulevard Magenta, prit sans se presser la direction de la gare du Nord. Au carrefour de Maubeuge, il acheta dans une boutique une valise de taille raisonnable et s'engagea dans la rue Saint-Vincent-de-Paul qu'il remonta jusqu'à hauteur d'un immeuble de sept étages, gris et triste. Il entra, juste en face, au Select Hôtel, un deux étoiles sans panache où il loua une chambre sur la rue, au deuxième étage.

De sa fenêtre, Zig avait une vue parfaite sur les fenêtres du 7e étage où, à cause de la sombre ambiance d'un jour mort-né, la lumière brillait déjà.

81

Kerman acheva de distribuer les photos de Nina. En face de lui, rangés en arc de cercle, quinze hommes prêts à partir, enfouraillés comme des bâtiments de guerre. Des pros de la surveillance rapprochée.

— Attention, avertit le divisionnaire de sa voix brève des grands jours, ne vous faites pas détroncher ! Je ne veux pas que le type vous repère s'il se pointe.

Et Marion non plus, aurait-il dû ajouter.

— Je veux aussi que vous soyez transparents pour la gamine et son entourage. Il est important qu'elle se comporte avec naturel. Attention, il y a beaucoup de collègues dans la sphère.

— Ah bon ? On sert à quoi, alors ?

— Si vous ne comprenez pas, capitaine, je prends quelqu'un d'autre !

Le chef de la bande des hommes en noir, un géant chauve aux yeux bleus, ne moufta pas. Kerman n'avait pas la réputation de rigoler tous les jours.

— Pourcentage de risque de contact ? demanda le géant sur un ton redevenu neutre.

— Élevé. C'est un type qu'on a interrogé dans l'affaire du meurtre d'une adolescente, l'autre soir à Pigalle, vous vous souvenez ?

Le capitaine approuva d'un signe de tête.

— Faute d'éléments, on l'a remis en liberté mais la petite Nina, celle de la photo, a témoigné contre lui. C'est notre seul témoin. Pigé ?

— Pigé.

Avant de sortir, l'homme s'arrêta près de Kerman. Il sourit, légèrement, agita la photo de Nina en homme qui sait :

— Et la petite, vous y tenez beaucoup, patron !

82

Abadie venait de décacheter une enveloppe provenant de la préfecture de Police. Un pli envoyé par Régine Duplat à l'intention de Marion qui avait autorisé le capitaine à en prendre connaissance. Il en sortit deux photos IJ, agrandies au format 10 × 10. Il lut d'abord le petit mot d'accompagnement signé de Kerman qui demandait à Marion d'assurer la diffusion, en urgence dans toutes les gares de Paris et de banlieue, de la photo de l'homme en fuite, un habitué des plates-formes ferroviaires. Puis il examina les clichés. En gros plan le visage de Laurent Zig. Sur l'autre, le même individu debout. Abadie sursauta.

— Vous vous souvenez, dimanche ?

— Dimanche ?

Marion jouait au Monopoly avec sa fille. Pour décoincer la tension qui les vidait, l'une et l'autre, de toute envie. Elle venait d'acheter la rue de Belleville et Abadie débarquait au téléphone tel un tank dans une cour d'école.

— La veille du jour de la mort d'Ange-Lou Marly, articula-t-il.

Marion fit signe à Nina qu'elle n'en aurait pas pour longtemps.

— Abadie, je suis occupée, si vous pouviez accélérer...

— Oui, oui... Vous vous souvenez du type qui était assis dans le couloir, à l'écart des autres ?

— Non, enfin, vaguement. Pourquoi ?

— C'était Zig.

*
* *

Abadie, invité à venir prendre le thé, arriva en même temps que Gervaise qui, elle, n'avait pourtant pas été conviée. Mais elle apportait une grosse boîte pleine de pâtisseries, faites maison, précisa-t-elle, et Marion la laissa entrer.

L'officier exhiba la photo de Zig et le petit mot de Kerman.

— Je l'ai à peine vu, dit Marion consternée. Même pas regardé.

— Quand on est revenus de la mezzanine, vous avez surtout regardé Nina avec les baltringues. Quant à moi, je ne fais que des conneries depuis le début, je me donnerais des baffes...

Abadie était effondré. Zig, dans le couloir, à portée de leurs mains. Qu'est-ce qu'il était venu faire, au juste ? Zig dont personne n'avait pris la plainte qu'il prétendait vouloir déposer et qui s'était esquivé avec une arme piquée dans l'armurerie.

— Que tu supposes qu'il a piquée dans ton armurerie, rectifia Kerman quand Marion réussit à le joindre. Tu m'as bien dit qu'une gardienne l'avait vu après son départ de la brigade ?

— En effet. Mais un fusil, ça se planque sous un manteau, dans son pantalon, dans son dos, ou ailleurs, qu'est-ce que j'en sais, moi ?

— Où ?

Marion s'énerva :

— Mais j'en sais rien. C'est un tordu ce type, tout est possible !

— Bon. Calme-toi. Tu te mets la tête à l'envers, ça ne fait pas avancer les choses tant qu'on n'a pas retrouvé le fusil ni le gardien Empereur.

Elle ne l'écoutait plus.

— Merde, merde et merde ! râla-t-elle. Si la gardienne avait pris sa plainte...

Les plaignants attendaient parfois des heures, certains se décourageaient. Mais lui, Zig, pourquoi n'avait-il pas attendu quelques minutes de plus ? Pourquoi, sinon parce qu'il avait saisi une opportunité inespérée ?

— Oui, Edwige, répliqua Kerman un peu rudement, si la porte de ta foutue armurerie avait été fermée, si tu étais arrivée à temps au théâtre...

— Merci de me remonter le moral, se vexa-t-elle avant de raccrocher et de balancer son portable sur le tas de cartons.

Elle était blême et le silence dans la pièce était à couper au couteau. Même Gervaise avait cessé de s'empiffrer de tuiles aux amandes et autres galettes normandes bien grasses.

— Mais qu'est-ce que j'ai fait au Bon Dieu, bordel de Dieu !

— Ah ! si vous lui parlez comme ça au Bon Dieu, s'offusqua Gervaise la bouche pleine, ça va pas s'arranger !

Marion éluda la remarque d'un revers de main nerveux. Nina se planta au milieu du salon, les poings sur les hanches :

— Eh ben, moi je trouve ça nul ! C'est sa faute, à Kerman ! Il n'avait qu'à pas relâcher l'autre tordu.

— Nina, je t'ai déjà expliqué...

— Mais oui, des bla-bla, toujours des bla-bla... J'en ai marre. C'est le monde à l'envers vos histoires !

Elle sortit en claquant la porte et Marion lança à ses deux vis-à-vis un regard plein de désarroi. Gervaise compatit mais Abadie ne réagit pas, plongé dans ses pensées, pas fier de ses ratages successifs. De ce qu'il n'était pas loin de nommer son incompétence.

— Où allez-vous ? demanda Marion alors qu'il se levait pour partir.

— Essayer de me rattraper.

83

Gervaise venait de terminer le dernier gâteau. Marion attendait qu'elle se décide à partir sans vraiment s'être posé la question de la raison de sa présence.

— Je suis venue pour demain, dit finalement la prof de théâtre embarrassée. J'accompagne des élèves de mon cours à l'enterrement et je voulais savoir si Nina serait là...

— Évidemment qu'elle sera là, fit Marion sombrement.

— Bien, bien.

Marion pressentit une mauvaise nouvelle :

— Ça pose un problème ?

— Eh bien, c'est à dire... Monsieur Marly a exigé que je donne la liste des « participants », si je puis m'exprimer ainsi. Et il a dit, enfin... quand je dis « dit », je devrais dire « ordonné » que Nina n'y soit pas... Voilà. En prime, se hâta-t-elle d'ajouter, plusieurs parents sont venus me trouver pour me demander la même chose...

— Le connard ! gronda Marion, en plus, il fait du lobbying !

— Ils ont peur que le tueur cherche à s'en prendre à leurs enfants ! Vous savez, l'assassin qui assiste à l'enterrement et qui déglingue le témoin... Ou qui est buté par les flics en pleine cérémonie...

— Charmant. Il n'y a pas de quoi flipper, ça n'arrivera pas, on n'est pas au cinéma. Nina est sous protection.

— Justement, c'est ce déploiement... Ça les met en transes. Ils y voient l'expression d'une menace.

— Bon, on écartera le dispositif, concéda Marion, mais Nina ira à l'enterrement, et moi aussi. Et autant que vous le sachiez, Gervaise, le premier qui essaie de nous en empêcher...

*
* *

Le cimetière de Montmartre était figé sous un ciel bas qui annonçait la pluie. Une vague brume stagnait vers le haut des murs, plongeant l'assemblée dans un décor de circonstance. Assemblée était un grand mot. Marion comprit subitement le sens de la visite de Gervaise et tout ce qu'elle n'avait peut-être pas osé lui dire. Il n'y avait pas eu de cérémonie religieuse, Jean Marly portant haut et fort la bannière d'un athéisme farouche. Autour du cercueil de bois clair, les parents et le frère d'Ange-Lou. Un professeur du lycée et quelques élèves de la classe, Gervaise et trois adolescents du cours de théâtre, parmi lesquels Lucas Mérien. L'arrivée de Marion et de Nina, évanescente dans un anorak vert d'eau et un jean délavé fit l'effet d'un grain qui se serait abattu sur les tombes. Une des filles de la classe de cinquième était en train de lire un poème écrit collectivement. Elle aperçut les nouvelles arrivantes et s'arrêta net, faisant lever la tête à tous les autres.

Nina, obnubilée par le cercueil, fonçait droit dessus en émettant d'inquiétants petits sanglots rauques, comme si elle avait manqué d'air. Marion la suivait d'une démarche mal assurée, la gorge serrée, les poings crispés au fond de ses poches. Elle vit Ève Marly vaciller, retenue juste à temps par Gervaise. Étrange ballet dansé par ces deux femmes si contrastées, accrochées l'une à l'autre. Puis Jean Marly les aperçut à son tour. Son regard chargé de menace la fit frémir.

Ses yeux étaient rouges et gonflés, il avait dû pleurer sans discontinuer pendant tous ces jours et toutes ces nuits. Il y avait encore des larmes accrochées à ses cils et d'autres qui remplissaient le coin de ses yeux bouffis. Mais pour rien au monde il n'aurait capitulé. Nina parvint jusqu'au cercueil après que les autres se furent écartés pour la laisser passer.

Jean Marly fit un pas dans sa direction.

— Je vais partir, s'empressa Marion, qui fixait avec inquiétude son visage ravagé. Mais je vous en prie, laissez Nina lui dire adieu.

Nina avait posé sa main sur le cercueil d'Ange-Lou. Marion chancela.

— Il faut la laisser, monsieur Marly. Ange-Lou était sa seule amie...

Jean Marly parut vouloir s'avancer encore mais resta immobile tandis qu'explosaient les sanglots de sa femme.

Marion rejoignit rapidement Nina près du catafalque et l'entraîna vers la sortie, les jambes tremblantes.

Dans le cimetière, un petit vent aigrelet venait de se lever. Le cercle restreint se referma autour du cercueil. Le petit carré de papier que Nina avait posé dessus s'envola, voltigea mollement avant de retomber au sol. Deux fillettes y prenaient la pose, l'une sérieuse et l'autre rieuse, un gros point d'interrogation sans point au-dessus de leurs têtes.

84

Kerman l'attendait à l'extérieur du cimetière, près de sa voiture.

— Vraiment, par moments, je me demande à quoi tu penses, grogna-t-il.

— Tu ne comprends rien, s'insurgea Marion.

— Tu es inconsciente.

— Mêle-toi de ce qui te regarde à la fin ! C'est quoi cette crise d'autorité ?

— De quoi tu parles ?

— Ta superproduction en noir ! Tu crois qu'on ne les voit pas peut-être ?

— C'est une précaution.

— Je t'avais dit de ne pas te mêler de ça !

— Je n'ai pas d'ordre à recevoir de toi !

— Tu aurais dû m'avertir !

— Tu fais chier, Edwige !

Ils parlaient en même temps, s'énervaient. Leurs voix survoltées arrachaient les tympans de Nina. La petite porta la main à sa bouche.

— Mais arrêtez de vous disputer ! s'écria-t-elle d'une voix ulcérée. Ah ! maman, ajouta-t-elle le souffle court, j'ai envie de vomir.

*
* *

Le médecin urgentiste appelé par Marion diagnostiqua une grande fatigue faisant suite à un choc nerveux et Marion se dit qu'elle aurait pu aussi bien s'établir médecin. Nina devait se reposer, dormir. Il suggéra un voyage, un dépaysement. Facile, songea Marion dont le téléphone mobile n'arrêtait pas de vibrer contre la hanche. Sans compter la Crim' et Kerman. Et Zig. Pas question de tourner le dos avant de l'avoir, celui-là.

— Impossible en ce moment, murmura-t-elle à l'homme qui haussa les épaules, pas concerné.

Avant de partir, le médecin prescrivit quelques nouvelles pilules – anxiolytiques, antidépresseurs – une benne de chimie. Tuer le chagrin et la culpabilité de Nina à l'arme lourde.

— C'est indispensable ?

— N'ayez crainte, ça ne va pas l'assommer. Juste lui

redonner un peu la pêche et l'aider à passer le cap. Faites attention, elle est au bord de la dépression.

Rassurant.

Puis Marion appela Brigitte Nill qui promit de passer le soir et Gervaise qui, de retour des obsèques, digérait mal le comportement de Jean Marly.

— Je viens, dit-elle.

Au moins ça, en attendant de pouvoir emmener Nina loin de ces souvenirs pénibles.

— Elle dort, dit Gervaise une fois que Marion fut revenue de la pharmacie. Allez faire ce que vous avez à faire, je lui donnerai ses médicaments quand elle émergera. Et ne vous inquiétez pas, tout ça va passer.

85

Marion croisa quelques ombres silencieuses parmi lesquelles Valentine Cara qui tenta de se dérober quand elle aperçut la commissaire.

— Je suis contente de vous voir ici, l'interpella Marion. Ça ne vous gêne pas de vous reposer quand les autres croulent sous le boulot ?

La jeune lieutenant baissa les yeux tandis que les hommes autour d'elle manifestaient leur réprobation à l'égard de leur chef de service. Ils évoquaient leurs droits, elle, leurs devoirs. Marion décida qu'elle n'était pas en mesure de discuter avec eux et entra dans son bureau. Abadie la suivit sans lui demander son avis.

— J'ai quelques tuyaux, déclara-t-il, une fois la porte refermée sur les orages de la brigade.

Il semblait bien survolté, Abadie, tout à coup.

— Allons-y, soupira la commissaire en le dévisageant avec appréhension.

Il consulta ses notes qu'il gardait dans un calepin à spirale, tel un écolier studieux. Comme son fidèle Talon, se souvint Marion avec un petit serrement de cœur.

— Claude Zig s'est mariée avec Georges-Philippe Aubin en décembre 1955. Qu'est-ce que vous en dites ?

— Qu'est-ce que je devrais dire ?

Il replongea dans ses notes avec une mimique déçue.

— Ils ont divorcé en 1963, avant la naissance de Laurent.

— C'est son fils ?

— Sais pas. Il ne l'a pas reconnu en tout cas. Aubin s'est installé rue de Belzunce à ce moment-là, sans doute en vertu d'un accord entre les époux. Il a laissé la place il y a trois ans.

— Et le téléphone à son nom...

Bien sympa ce Georges Aubin, finalement. En tout cas, voilà un mystère qui tombait.

— Ce que j'aimerais savoir, c'est où il est aujourd'hui. Et cette Laurence, c'est qui ? Sa deuxième femme ?

Abadie haussa les épaules en signe d'ignorance. Pour l'heure, ses investigations n'avaient pas élucidé ces deux points.

— Et la petite Laurette, reprit Marion, on sait comment elle est morte ?

— Elle s'est noyée. C'était le 15 août 1963, au cours d'une fête, semble-t-il.

Il faudrait connaître l'histoire de la famille, avait dit Brigitte Nill. Bribes par bribes, cette histoire montrait le bout de son nez. Encore pleine de zones d'ombre et d'abîmes.

— Qui vous a dit tout ça, Abadie ?
— La mairie d'Écouen.
— Vous avez été discret ?
— Bien sûr. Qu'est-ce qu'on fait maintenant ?
— Il faut retrouver Georges Aubin.
Elle le retint, une fraction de seconde posa la main sur son épaule. Merci, dirent ses yeux et Abadie rougit, troublé.

86

Au même moment, Brigitte Nill arrivait rue Saint-Vincent-de-Paul. Gervaise ne pouvait pas rester car le soir elle donnait un cours aux adultes. Pourtant le repas asiatique que la psy avait acheté en route la fit hésiter. Des nems aux crevettes, des raviolis pékinois et des nougats chinois pour Nina qui dormait toujours. Marion téléphona vers dix-huit heures trente pour demander des nouvelles.
— Ça va, dit Gervaise. Si vous arrivez bientôt, je vous attends, je mangerai un morceau avec vous...
Marion l'avertit qu'elle ne pourrait pas être là avant vingt heures et demanda à parler à Brigitte :
— C'est normal qu'elle dorme comme ça ?
— Après un traumatisme, c'est une réaction fréquente. Une forme de narcolepsie qui permet d'oublier. Pour elle, une autre façon de fuir.
Brigitte savait expliquer les choses avec simplicité. Elle tenta de rassurer Marion :
— Je ne la connais pas beaucoup mais je crois que Nina a des ressources personnelles énormes. Toutefois,

vous avez raison, il ne faut pas la laisser s'enfoncer. Je vais aller la voir.

*
* *

Marion s'apprêtait à se rendre dans la gare pour superviser l'avancement des actions menées autour des sanitaires par Amel et les renforts de son groupe quand Abadie sortit en coup de vent de la salle de commandement. Son air catastrophé fit sauter le cœur de Marion dans sa poitrine :

— C'est une certaine Brigitte Nill. Elle dit que ça urge.

Les cours, les passerelles, les bâtiments, les sept étages. La porte grande ouverte. Les pompiers, le SAMU. Marion s'engouffra dans le couloir en criant le nom de sa fille.

87

Zig vit Nina partir dans l'ambulance, suivie par sa mère, dans tous ses états, à bord d'un véhicule banalisé.

Il sourit dans l'ombre qui envahissait la chambre minable du Select hôtel.

Il savait où l'on emmenait les enfants malades.

88

Les gros cubes blancs de l'hôpital Robert-Debré illuminaient les abords du périphérique. Une pluie froide s'était mise à tomber en cours de route avec une violence inattendue.

Nina avait disparu dans le ventre de l'établissement hospitalier et Marion faisait les cent pas, dans un état de confusion indescriptible.

— Pourquoi elle a fait ça, Brigitte ?

La psy se tenait adossée au mur dans sa position favorite, pas loin de Valentine Cara qui avait tenu à accompagner Marion.

Brigitte Nill fit un pas en avant.

— Elle déprime, dit-elle à Marion qui se demandait pourquoi tout allait si mal tout à coup. Le contrecoup, plus l'enterrement, la réaction de M. Marly et...

— Et moi ? fit Marion presque agressive. Eh bien dites-le ! C'est ma faute ?

— C'est vous qui vous torturez toute seule, fit Brigitte Nill doucement. Croyez-moi, si vous voulez aider Nina, il faut arrêter de vous sentir coupable de tout, tout le temps.

— Eh bien, c'est pourtant le cas.

Kerman apparut au coin du couloir et tout le monde se tut. Il s'arrêta près de Marion, la prit par le bras avec ménagement et l'entraîna à l'écart des autres.

— Elle a pris des somnifères ?

— La plaquette entière.

Marion était au bord des larmes. Kerman l'attira contre lui, apaisant.

Elle se détacha, raide.

— Tu m'en veux ?

La voix sourde de Kerman glissait sur les murs laqués. Invisible derrière une porte, un enfant gémissait sans discontinuer.

— Ça changerait quoi ? dit Marion, à cran.

— On a fait ce qu'on a pu.

— Vous avez merdé.

— Edwige, celui que tu appelles l'enfoiré, ce n'est peut-être pas Zig.

— Tu te répètes, Kerman. Mais si ce n'est pas lui, pourquoi il s'est barré ? Et si ce n'est pas lui, l'enfoiré, le vrai, il est où ? C'est qui ? Tu vois que tu ne peux pas répondre !

Valentine Cara et Brigitte Nill, à quelques mètres, côte à côte, s'observaient sans se parler. Derrière elles, une blouse blanche se profila. Elle s'arrêta près des deux filles qui se retournèrent en chœur, montrant le couple de commissaires. Les sons se firent flous. Le sol plastifié impeccable de propreté devint mou sous les pieds de Marion qui, instinctivement, s'accrocha à Kerman.

— C'est vous la mère ? s'enquit l'homme en blouse blanche.

— Oui, s'étrangla Marion.

— Ça va, elle est tirée d'affaire.

89

Nina dormait pour une bonne douzaine d'heures. Le médecin conseilla à sa mère d'en faire autant.

— Je suis bien trop énervée ! Je serai là demain

matin à son réveil, dit-elle avant de se laisser entraîner dehors.

— Edwige, fit Kerman alors que Marion s'éloignait sans lui dire au revoir, tu as une minute, s'il te plaît ? J'ai les résultats de l'expertise médicale de Zig, ajouta-t-il avec l'air de quelqu'un qui consent un effort considérable. Ça t'intéresse ?

— Évidemment.

Il lui tendit une enveloppe.

— La copie du rapport.

90

Les plaies qui avaient saigné sur les jambes de Laurent Zig étaient des entailles faites par un objet tranchant. Courtes et de forme caractéristique, elles signaient l'usage d'un rasoir. Il y en avait des dizaines et des dizaines, des cicatrices aussi dont les plus anciennes dataient de plusieurs années. Les plus récentes entailles n'avaient que quelques heures. Cela ressemblait à des scarifications mais le sens du rituel échappait à toute logique. Seules les jambes étaient concernées. Cependant, il aurait pu y en avoir ailleurs car Zig se rasait entièrement. Les bras, le torse, même le pubis.

Elle gardait l'œil rivé sur le rapport.

Abadie à qui elle venait d'en faire une lecture rapide ne disait rien, il avait compris.

— Il faut demander la comparaison de l'ADN trouvé sur Pierre Palmieri avec celui de Zig, lui dit Marion d'une voix tendue.

L'officier garda un silence concentré en lissant sa moustache noire, longuement.

— Si vous demandiez à Kerman ? Il...

— Non, dit Marion définitive.

Abadie rumina encore, interminablement.

— Ça va faire des vagues, dit-il enfin.

91

Nina mit un temps fou à émerger. Elle ouvrit un œil alors que sa mère était près d'elle depuis déjà une bonne heure. Son visage n'exprimait rien qu'une immense lassitude, ses yeux bleus un grand vide.

Marion se pencha sur elle et la petite se mit à pleurer.

— Maman, je suis désolée...

— Pourquoi, Nina ? Tu ne veux pas mourir, ne me dis pas ça ...

— Je voulais dormir longtemps. C'est trop dur, je veux pas être adulte.

Ses pleurs redoublèrent et sa mère prit ses mains dans les siennes même celle où était encore fixé un cathéter de perfusion. Marion, la voix enrouée par l'émotion :

— Je t'en supplie, ma Ninette, je ne veux pas que tu pleures. Je veux que tu sois comme avant, mon amour. Ce n'est pas juste, on va te sortir de là.

— Je peux pas, maman. Je suis nulle. J'ai même pas été capable de reconnaître le gros taré.

— Mais si, tu l'as reconnu, tu as fait ce qu'il fallait.

— Mais je suis pas sûre, maman, je suis pas sûre. Je

voulais tellement que ce soit lui. Mais je suis pas sûre. Tu comprends, maman ?

Marion se redressa, les doigts de Nina, chauds, vivants, toujours entre les siens.

— Écoute, chérie, il faut penser à toi. C'est toi qui comptes, pas ce type. N'y pense plus.

— Je peux pas. Je ne pense qu'à ça. Il faut...

— Il faut quoi, Nina ?

— L'arrêter, maman, le retrouver, l'arrêter.

— On va le faire, Nina.

Une lueur fusa dans les yeux mornes de la fillette.

— « On » va le faire ?

Marion secoua la tête, catastrophée. Elle comprenait où Nina voulait l'entraîner.

— Je veux le voir en face, reprit-elle, je veux que tu l'arrêtes et...

— Et quoi, chérie ?

Nina détourna la tête. Une larme glissa le long de son nez, puis une autre.

— Je veux qu'il meure, maman. Sinon ce n'est plus la peine que moi je vive.

*
* *

Le médecin s'en était mêlé et Marion dut laisser la petite entre ses mains. Elle alla boire un café et quand elle revint, il lui annonça que Nina s'était rendormie, qu'il valait mieux la laisser tranquille, tout contact avec sa mère ne débouchant à ce stade que sur un conflit.

« Il faudrait savoir, ruminait Marion en s'en allant, l'une dit qu'il faut rester avec elle, l'autre qu'il ne faut pas. J'en ai assez. »

Elle passa sa rage sur sa voiture qu'elle poussa à

travers la ville au-delà des limites qu'imposait l'âge respectable de l'engin.

Valentine Cara, sanglée dans son uniforme impeccable, attendait manifestement son arrivée à la brigade.

— J'ai des informations pour vous.

Marion poursuivit son chemin :

— Je vous écoute.

— Abadie est allé à la pêche dans le dossier de Zig et il a vu des gens qui ont travaillé avec lui. Il a occupé plusieurs postes ici, à la gare du Nord. Il y est resté quelques années. Il s'occupait de commercial et d'accueil. Puis on l'a muté à la gare de l'Est. À la consigne manuelle. C'est là qu'il a terminé sa carrière à la SNCF.

— Nom d'un chien ! La consigne !

La lieutenant ne semblait pas comprendre. Elle avait raté quelques épisodes. Marion consentit à s'arrêter de marcher.

— Je comprends pourquoi il a emmené la Crim' là-bas. Il connaît bien l'endroit, expliqua-t-elle. On sait pourquoi il a été muté dans ce trou ?

— Rien de clair. Il a été suspecté de tendances pédophiles. On l'a surpris une ou deux fois avec des ados, des garçons. C'était équivoque, pas plus mais personne n'a voulu prendre de risques.

Pas prendre de risques consistait à le transférer d'une gare à une autre. Une variante du jeu de la patate chaude. On bouclait Zig dans une consigne, à l'écart des tentations trop évidentes.

Zig, amateur de jeunes gens ?

Zig qui se rasait. Pierre Palmieri aussi, était rasé. Zig qui se mutilait en se rasant les jambes. Pourquoi, les jambes ?

Et quel rapport avec Ange-Lou et Nina ? Un

moment les images se brouillèrent. Les visages des filles se firent flous, celui de Pierre Palmieri fut remplacé par un autre. Délicat, trouble, ambigu. Lucas Mérien... Quel rapport, encore impénétrable, avait-il avec cette histoire ?

Marion bondit sur ses pieds.

— Demandez à Abadie de communiquer cette information à la Crim'. Il faut explorer les consignes de la gare de l'Est, il y a sûrement quelque chose là-bas.

— Vous allez où ?

— Au lycée Jacques-Decour.

92

Amel tournait dans les toilettes des femmes de la gare du Nord comme un chat dans un panier trop petit pour lui. Il n'aurait pu dire depuis combien de temps il était là et ce qu'il attendait exactement. Un miracle ? Une révélation ? Qui sortirait de cet alignement de chiottes ? Ou du local pas plus grand qu'une cabine téléphonique où les employés de Pronet garaient leurs chariots et stockaient les produits d'entretien, sur une étagère arrimée à la cloison recouverte de vastes plaques de plastique noir par de larges cornières ? Il y pénétra, alluma le phare que les agents de la SNCF leur avaient prêté la veille pour faciliter les investigations. Amel pensa qu'ils étaient à côté de la plaque. Il n'y avait rien à gratter aux abords de la cabine photomaton. Elle ne communiquait ni avec le local technique ni avec la zone sanitaire. Les gamins venaient s'y frotter à des désirs dangereux. Ce qui se passait de l'autre côté de la cloison n'avait rien à voir.

Amel alluma une cigarette et en offrit une au surveillant de l'équipe de Roger Lenfant qui gardait l'entrée. Au moment où il lui tendait son briquet, l'autre baissa les yeux et sursauta :

— Ah ! la vache !

Il fit un bond en arrière et dans le mouvement, Amel vit le rat. Vingt centimètres, de longues moustaches, des petits yeux à l'affût.

— D'où ça sort ça ? murmura l'officier, impressionné par la taille de la bestiole.

L'animal tourna un moment dans le réduit puis, s'apercevant qu'il n'était pas seul, fila se planquer derrière un seau.

— Il sort des conduits, tu crois ?

— Ça m'étonnerait. T'as vu la taille du mammouth ?

En même temps, il se souvint que les rongeurs pouvaient se glisser dans des trous, des interstices dix fois plus petits que leur taille.

— C'est la première fois que je vois un rat ici, dit le surveillant. Oh putain, regarde !

Un deuxième rongeur pointait ses moustaches sous la dernière planche de l'étagère. Au moins aussi gros que le premier, sinon davantage.

— Tu devrais éteindre le phare, ajouta-t-il, hésitant entre le rire et le dégoût, c'est la lumière qui les attire.

— Voilà ! La lumière ! C'est ça, Jojo, la lumière. C'est la lumière qui les attire !

93

La sonnerie retentit dans les cours désertes du collège et aussitôt des portes s'ouvrirent par dizaines, libérant des hordes d'adolescents. Postée entre l'allée qui conduisait à la sortie et une des classes de 4e, Marion dut attendre que tous les élèves se soient égaillés dans la cour avant de le voir apparaître. Il la reconnut, battit brièvement de ses longs cils en cherchant à droite et à gauche un improbable secours.

— Lucas ! dit Marion avec douceur, tu as deux minutes ?

94

Une équipe de la Crim' renforcée de quelques unités supplétives investit un peu avant midi le hangar à bagages de la gare de l'Est, passa au tamis l'ancienne consigne manuelle où Zig avait été employé. Une resucée d'investigations qui, pas plus que la première fois, ne permit de découverte déterminante. Au fond du local, quelques marches s'enfonçaient dans le ventre de la gare. Une porte blindée barrait le chemin au pied de l'escalier. L'exemplaire unique de la clef – si l'on en croyait les on-dit – se trouvait dans le bureau du directeur de la plate-forme que l'on alla chercher séance tenante. Ce que les hommes de Kerman découvrirent de l'autre côté les laissa sans voix.

— Ce sont ce qu'on appelle les « salles des Allemands », expliqua leur cornac. Ils avaient installé là de quoi faire fonctionner les installations de la gare en cas de bombardement des infrastructures de surface par les alliés. En effet, c'est par cette gare que les Allemands acheminaient leurs troupes, leur matériel...

Tout y avait été conservé en l'état, des documents datant des années de guerre aux vélos qui permettaient de faire fonctionner une dynamo et produire de l'électricité. Les hommes de Kerman en firent le tour. Explorèrent les lieux en détail. Pas la moindre trace de Zig. Si l'enfoiré était passé par là, il avait été particulièrement discret. Ils tournaient depuis un quart d'heure sans se décider à partir.

— Les Allemands ne pouvaient pas prendre le risque de se laisser enfermer là-dedans, fit soudain remarquer Régine Duplat, il y a forcément une issue de secours.

Sa voix, pourtant étouffée par les plafonds bas, résonna comme un coup de tonnerre.

Le guide s'empressa :

— Ah oui, bien sûr. Où avais-je la tête ?

Pour une raison qui tenait peut-être à son caractère rétif, Kerman n'avait pas réussi à éradiquer toute forme de déduction non rationnelle chez Régine Duplat. Elle eut l'intuition qu'elle allait faire un grand pas en avant.

95

Amel se pencha, constata que les rats traversaient la cloison sur laquelle s'appuyait l'étagère.

— Qu'est-ce qu'il y a là-derrière ? demanda-t-il.

L'autre le dévisagea avec étonnement :

— Ben rien.

— Y a forcément quelque chose. T'as les plans du secteur ?

— Oui, là, dit Jojo en montrant une sacoche en cuir.

Ils les déplièrent. La zone qui se trouvait de l'autre côté de la cloison était hachurée en gris, ce qui voulait dire qu'il s'agissait de parties condamnées ou fermées définitivement. Entre l'espace grisé et le local à balais, un rectangle noir.

— C'est quoi, ça ?

— A priori un escalier ou une trappe de visite.

— Pour aller où ?

— Ben en dessous, cette bonne blague ! Il y a des gaines techniques, tout un réseau de boyaux là-dessous... Tu vois ?

Amel ne voyait rien, mais l'idée des boyaux, il trouvait cela plutôt intéressant. La première bonne nouvelle depuis qu'ils avaient, comme disait le commissaire Marion, investi la zone.

— C'est toujours en service, ces circuits techniques ?

— Certains oui, mais tout ce qui est en noir ou hachuré est en principe hors d'usage.

— En principe... bougonna Amel. Bouge pas de là, je vais voir ma patronne.

96

— Qu'est-ce que vous me voulez ? demanda Lucas, vaguement inquiet.

— Je voudrais que tu me parles des endroits que tu fréquentes, dit-elle au hasard.

— Je vous demande pardon ? Quels endroits ?

Le jeune garçon s'arrêta de marcher et lui fit face. Il était réellement très beau. Ses yeux clairs assombris par de longs cils, sa peau délicate qui accrochait la lumière, ses traits fins et jusqu'à la nuance naturellement cendrée de ses cheveux, toutes les filles de son âge en auraient rêvé. Parfait, pensa Marion troublée par la transparence de son regard, il est parfait.

— Dans la gare.

— Je ne vais jamais dans la gare.

— Lucas, je t'en prie, ne mens pas.

— Je ne mens pas. C'est un endroit que je déteste. C'est sale, ça sent mauvais. Et puis, maman m'interdit d'y mettre les pieds.

— D'accord, Lucas, fit Marion avec effort. Et les autres ?

— Les autres quoi ?

— Les autres gares ! Tu prends le train quelquefois, ou le métro ?

— Jamais.

Marion avait du mal à le croire. Cependant, Lucas ne mentait pas, c'était une certitude. Ou alors il était très fort.

— Tu n'as jamais été importuné ?

— Pardon ? Que voulez-vous dire ?

Le regard clair, pas encore offusqué mais plein de questions. Marion se sentit rougir de confusion.

— Dans la gare, ou en dehors ? Enfin tu me comprends, Lucas ?

— Vous voulez dire par ces hommes qui proposent des choses dégoûtantes ? Jamais de la vie.

Il avait l'air choqué.

— Écoute, Lucas, reprit-elle de plus en plus mal à l'aise, je te promets que ça restera entre nous. Mais si ça t'est arrivé, il faut me le dire. C'est une question de vie ou de mort.

— J'aimerais bien vous aider, madame. Je sais que c'est à cause de Nina et d'Ange-Lou que vous me posez ces questions. Mais je vous assure, je vous jure que je ne suis pas concerné par tout ça.

Il regarda autour de lui, revint à Marion avec un soupçon d'impatience :

— Il faut que je parte maintenant, ma mère va s'inquiéter.

Ne renonce pas, disait une petite voix intime et obsédante, tu ne lui poses pas les bonnes questions.

Mais quelles questions, bordel ? Sur quel terrain faut-il l'amener pour brouiller cette surface lisse ? Et si tu te trompais, Marion ? S'il n'y avait rien à gratter chez ce garçon ?

— À propos, dit-elle subitement inspirée, le soir de la mort d'Ange-Lou, tu n'es pas venu au théâtre ?

Il lui lança un coup d'œil rapide et fit non de la tête.

— Pourquoi ?

— Mon père. J'ai dû rester avec lui. Il est malade. Il ne sort jamais et ma mère travaille souvent le soir.

— Et les autres lundis ? Il reste seul ?

— Ce jour-là, il était très malade. Dans ces cas-là, il faut que quelqu'un reste près de lui. Je dois vraiment m'en aller maintenant. Au revoir madame !

*
* *

Marion, perplexe et furieuse contre elle-même, observait le charmant jeune homme qui s'éloignait dans la rue d'une démarche légère quand son téléphone sonna.

Brigitte Nill.

Le pouls de Marion grimpa en flèche.

— Rien de grave, dit la psy avec calme. Je voulais seulement vous donner une petite appréciation après lecture des déclarations de Zig et du rapport médical le concernant.

Marion l'écouta tout en redescendant vers la gare du Nord.

— Je pense que le traumatisme lié au décès de sa sœur a eu des conséquences durables pour les membres de la famille, la mère en a gardé des séquelles inguérissables. Elle a dû d'abord très mal digérer que l'enfant qu'elle faisait pour remplacer sa fille soit un garçon.

— Et lui s'est ingénié à ressembler à une fille pour lui plaire... Excusez-moi, mais c'est raté, non ?

— En effet... C'est la raison pour laquelle il compense d'une autre manière. Les plaies sur ses jambes me font penser à des automutilations comme s'il voulait se punir de ne pas pouvoir se débarrasser de ses poils. Je pense qu'il se travestit.

L'image fugitive d'une femme traversant un parking dans un imper sans couleur et des bottes en caoutchouc effaça brièvement l'enseigne d'un café devant lequel Marion s'était arrêtée.

— Ça veut dire aussi qu'il peut nous tromper, reprit Brigitte Nill.

Une coulée glacée dévala le long de l'échine de Marion.

— Vous croyez qu'il a en tête de tenter quelque chose ?

— Il a un projet auquel il tient par-dessus tout...

— Quel projet ?

— Si je le savais ! Mais c'est extrêmement important pour lui. Vous l'avez vu avec sa mère ? Vous avez vu dans quel état de soumission et de quête affective il était vis-à-vis d'elle ? Eh bien depuis qu'il est en cavale, il n'a pas essayé de la voir, ni même de prendre de ses nouvelles... Et ça, c'est inquiétant. Ça veut dire que ce qu'il mijote est plus fort que son amour pour sa mère, qu'il est prêt à tout pour y arriver. D'une façon ou d'une autre, les filles ont dû le mettre en danger... Si on pouvait savoir ce que Zig voulait ce soir-là, on ferait un grand pas.

Un bip insistant indiqua un double appel. Marion interrompit Brigitte Nill.

C'était Abadie, pressant et pressé.

97

Dans la dernière des salles des Allemands, des projecteurs avaient été installés à l'entrée d'un trou fermé par une grosse plaque d'égout par lequel les occupants de la France en guerre envisageaient de s'échapper en cas de nécessité. Une échelle métallique plongeait dans le noir, sous la gare.

— Il existait un souterrain qui reliait les gares de l'Est et du Nord, avait dit le cadre de la SNCF en réponse à la question de Régine Duplat. Je ne sais pas ce qu'il en reste.

Le meilleur moyen de le savoir était d'aller voir. Un homme était descendu. Au pied de l'échelle, des galeries s'ouvraient. Impraticables par un humain même de très petite taille. Sauf une qui partait en direction du nord-ouest. Il y faisait noir comme dans le ventre d'une vache et pour poursuivre les investigations, il avait fallu s'équiper.

Munis de torches et de lampes frontales qui les faisaient ressembler à de gros vers luisants, deux hommes de la Crim' et deux agents de la SNCF étaient partis en exploration. Les gaines étaient étroites, mal commodes d'accès, encombrées de câbles de toutes tailles qui rampaient contre les parois, ficelés en paquets reposant sur des traverses métalliques horizontales. Une partie du réseau téléphonique des quartiers voisins occupait les anciennes galeries de repli. Une bifurcation s'était présentée. Sur la droite, le boyau se rétrécissait rapidement jusqu'à devenir infranchissable. À gauche, la galerie était fermée par un mur de parpaings grossièrement empilés. Une construction approximative, un travail d'amateur.

Démolir le pseudo-mur n'avait pris que quelques minutes. Mais dès les premiers parpaings tombés, les quatre hommes avaient compris, à l'odeur qu'ils avaient libérée, qu'il y avait là-derrière un secret abominable.

98

La gare du Nord grouillait de monde et Abadie eut quelques difficultés à fendre la foule pour apporter au galop la réponse lapidaire de Marion. Amel se mit aussitôt en devoir de débarrasser l'étagère. Des renforts attendaient à l'extérieur de la zone, masses et barres à mine en mains.

Une fois l'étagère vide, Amel l'examina, se demandant comment il allait s'y prendre pour détacher du mur les grosses cornières sans tout démolir. Il se mit à genoux en soufflant un peu à cause de la bouée qui empâtait sa taille, afin d'évaluer la difficulté vue du dessous.

— Tu vois quelque chose ? demanda Abadie dans son dos.

Il y avait un interstice de trois centimètres sous la cloison, sur une largeur de un mètre, largement de quoi laisser passer une armada de surmulots. Il sembla à Amel percevoir un souffle, une sorte de respiration fétide provenant des entrailles de la gare. Il prit peur, inexplicablement, et se redressa aussi vite qu'il put en prenant appui sur l'étagère. Le meuble chancela avant de basculer sur l'officier qui partit à la renverse. Abadie n'eut que le temps de s'interposer pour empêcher que son collègue ne se trouve écrasé comme un insecte par une tapette à mouches.

Les cornières n'étaient que des leurres. L'étagère n'était pas fixée au mur recouvert de plastique noir, elle n'était que posée. Il suffisait de la faire pivoter pour libérer l'accès à la cloison. Abadie releva Amel et, à deux, ils dégagèrent le passage. En tâtonnant le revêtement plastifié ils finirent par découvrir le pot aux roses : le plastique dissimulait une porte, une simple et banale porte.

99

Avant d'arriver à la gare de l'Est, Kerman appela le capitaine chauve au regard de banquise qui dirigeait la surveillance à distance de Nina.

— Vous vous méfiez de tout le monde, lui dit-il, même des femmes.

— Si vous croyez que c'est facile, dans cet hosto gigantesque ! En plus, on est trop loin. On ne peut pas s'approcher un peu ?

— Non, pas encore. Ouvrez l'œil et n'oubliez pas : méfiez-vous de tout, même des femmes, martela-t-il pour bien se faire comprendre.

Surtout des femmes, aurait-il dû dire, convaincu par Brigitte Nill que s'il tentait une offensive contre Nina, Zig le ferait sous l'aspect d'une femme.

Régine Duplat l'accueillit en bas de l'échelle métallique.

— Venez voir, patron, c'est pas triste.

Ils parcoururent en silence la distance entre l'échelle et le lieu où l'IJ était déjà au travail. Avant d'y arriver, Kerman renifla l'odeur affolante.

Il y avait un corps dans l'espace de deux mètres sur trois, une ancienne « chambre de retrait », autrement baptisée « chambre de sécurité », selon les spécialistes. Une excavation que l'on trouvait à intervalles réguliers dans tous les tunnels. Celle-ci était plus vaste que la moyenne et avait abrité l'inimaginable travail d'un enfoiré.

L'homme assis contre la paroi du fond avait un trou dans la gorge et son sang s'était répandu sur son torse, jusque sur son pantalon. Il avait encore entre les mains le fusil à pompe à canon scié grâce auquel, sans doute, il avait trouvé la mort. La lumière du projecteur braqué sur lui révélait que les rongeurs avaient commencé leur festin depuis plusieurs jours, sur toutes les parties du corps non protégées par les vêtements. Par endroits – cou, visage, mains –, la chair avait été entièrement dévorée, laissant les os à nu.

L'œil aiguisé de Kerman nota en un éclair le pantalon bleu marine en toile resserré aux chevilles, les rangers noirs, la chemise bleu ciel et les galons argentés. Accrochés au ceinturon, le holster vide et le bâton de défense. Un peu plus loin, au sol, une paire de menottes, ouvertes au centre d'une zone où quelques ravages laissaient supposer qu'une bagarre avait pu s'y dérouler.

— C'est ce que je pense ?

— Oui, admit Régine Duplat, on attend quelqu'un pour l'identifier formellement. Mais pour moi il n'y a aucun doute, c'est le gardien Empereur.

100

L'hôpital Robert-Debré vivait un après-midi comme les autres. Les hommes de la BRI étaient positionnés sur les extérieurs : parkings, accueil, accès ambulances. La foule qui hantait cet établissement disproportionné interdisait toute surveillance fine puisqu'il ne fallait pas s'approcher d'« elle ».

Devant la porte de la chambre 326, troisième étage du service de neuropsychiatrie, les trois gardes du corps en civil de la brigade des trains luttaient contre la torpeur. L'heure de la sieste, la chaleur excessive de l'hôpital, tout contribuait à les ramollir. Ils se tenaient debout, positionnés en triangle, et ne se parlaient pas, conformément aux instructions de la « taulière » puisque c'était ainsi qu'ils surnommaient leur chef de service.

Dans la chambre, Nina venait de se réveiller. Elle avait sonné et réclamé sa mère à l'infirmière. La femme avait promis de l'appeler et, en attendant, Nina était retombée dans une demi-somnolence. À l'instar de tous les enfants malades de ce secteur, elle ne disposait pas du téléphone ni de la télévision.

Un des anges gardiens bâilla tandis qu'au bout du couloir, une femme de service apparaissait, poussant un chariot plein de produits d'entretien et d'instruments de ménage. Elle avançait lentement et les hommes de faction ne lui prêtèrent pas attention. Elle marqua un temps d'arrêt devant la porte de la chambre 324, dans laquelle elle pénétra après un coup d'œil rapide sur les flics. Elle ressortit une minute plus tard, jeta le contenu d'une corbeille dans un sac-poubelle, disparut une nouvelle fois dans la chambre. Refit son apparition après quelques secondes et reprit son trolley en main. Elle progressa sans se presser, stoppa devant la chambre 326.

— Bonjour, dit-elle gaiement, c'est l'heure des soins ? On vous a mis dehors ?

Les trois nounous de Nina examinèrent distraitement la femme, ses grosses lunettes de vue et sa blouse verte, identique à toutes celles qui sillonnaient les couloirs de l'hôpital.

— Ce n'est pas l'heure du ménage, fit remarquer le plus âgé des trois en regardant sa montre.

— Je ne choisis pas, rétorqua la femme, j'exécute les ordres. On m'a dit que la petite avait vomi.

— Vous ne pouvez pas entrer. On doit vérifier votre identité.

— C'est quoi, ce nouveau règlement ? Vous n'êtes pas de la famille ?

— Nous devons fouiller votre chariot. Et vous aussi.

Elle prit l'air courroucé :

— Doucement ! Vous allez la réveiller !

— Oh ! ça va, s'écria le flic. Et d'abord montrez-moi votre badge !

Le ton de la femme monta d'un degré. Sa voix se fit aiguë :

— Silence !

*
* *

Nina hésitait à replonger dans le sommeil salvateur, un nirvana profond et tiède où elle n'entendait ni ne sentait plus rien, à continuer à flotter entre deux eaux ou à réintégrer le monde hostile de la réalité. Des bruits de voix derrière la porte stimulèrent sa conscience. Elle ouvrit les yeux, comprit quelques mots : « la petite a vomi ». Une femme, dehors, parlait d'elle.

— Je n'ai pas vomi, murmura-t-elle tandis qu'un sentiment de panique violente s'emparait d'elle.

« Silence ! » entendit-elle.

« Silence ! On se couche en silence, sinon... crac ! »

Nina se dressa sur son lit, en transes. La voix ! Sa voix ! C'était la voix de l'enfoiré !

101

Les hommes de la Crim' remontaient les objets qu'ils avaient trouvés dans la chambre de retrait de la gare de l'Est. La collecte était encore en cours mais elle s'avérait d'ores et déjà décevante en proportion de ce qu'ils en espéraient. Pas d'objets, pas de vêtements. Quelques traces suspectes qu'il conviendrait d'analyser plus avant. Les techniciens de scène de crime et les photographes avaient fini leur travail et on attendait du matériel adapté pour enlever le corps. Marion était arrivée en catastrophe avec Morel qui connaissait Empereur mieux qu'elle. Le major avait identifié le gardien sans aucune hésitation malgré l'état délabré de son cadavre. Il se tenait près de Marion, pétrifié d'horreur mais digne.

Les premières estimations du médecin-légiste plaidaient pour un suicide par balle, en raison de la position de l'arme et de la blessure de bas en haut dénonçant un projectile tiré sous le menton et qui avait fait sauter tout l'arrière du crâne.

— Je comprends pas, souffla Morel en écartant les bras, qu'est-ce qu'il est venu foutre là-dedans, Empereur ?

— Il a été en poste dans cette gare, non ? dit Régine Duplat et c'était plus une affirmation qu'une question.

— En effet, avant d'aller à la nuit, il était ici. Trois ou quatre ans.

— Il connaissait la gare, il est venu s'enterrer là pour se flinguer après avoir buté la petite.

Ainsi résumé tout paraissait clair en effet. Empereur passait à la brigade le dimanche soir. Il prenait ses rangers neufs et en repartant, piquait une arme. Préméditation ou simple geste opportuniste ? Le lundi soir il allait attendre les filles, essayait de les approcher. Quand elles partaient seules dans la nuit, il profitait de l'aubaine et tentait de les enlever. Nina se rebiffait et, aveuglé par la rage, il tuait Ange-Lou puis, terrifié par son geste ou bouffé de remords, s'en allait se flinguer dans un trou à rats.

Et le 4 × 4 ? Et Zig ? Et l'arme et la carte de police dans la benne à ordures ? Et les travelos, au bois de

Vincennes, il y était allé quand ? Juste avant de se flinguer ?

Marion affronta Kerman :

— Tu te rends compte de toutes les questions auxquelles cette hypothèse ne permet pas de répondre ? Qu'est-ce que tu fais du témoignage de Nina ?

Kerman agita les épaules dans un mouvement vague.

— Et Zig ? Pourquoi il s'est barré, selon toi ?

Le divisionnaire la considéra avec patience. Des émotions contradictoires se livraient bataille dans ses yeux bruns. Marion attendait qu'il en exprime une, au moins une, mais il semblait verrouillé à double tour.

Un silence relatif s'installa. Puis, de drôles de bruits se firent entendre à l'opposé de la chambre de retrait, provenant de la galerie qui poursuivait sa route dans les entrailles du quartier, quelque part entre l'est et le nord. Kerman intima à tous d'un geste autoritaire l'ordre de ne plus bouger. Les frôlements se firent plus proches. Des pas qui tâtonnaient en cherchant leur chemin. Subitement, au fond du boyau noir, une vague lueur apparut, instable. Une voix encore lointaine :

— Putain, y a de la lumière, là-bas !

Kerman fit quelques gestes emplis d'autorité et, en silence, ses hommes se plaquèrent contre les parois, dégainèrent leurs armes.

— Tu vois quelque chose ? énonça une deuxième voix.

— Abadie, cria Marion, c'est Abadie !

102

Il ne leur fallut pas plus de dix minutes pour rallier le local à balais des toilettes des femmes de la gare du Nord. Ils s'examinèrent avec curiosité à la lumière du jour et Marion faillit éclater de rire. Kerman, Duplat, les autres, étaient blancs des pieds à la tête. À cause des souterrains creusés dans le calcaire et de la couche de poussières de ciment qui recouvrait le sol de la salle de retrait. Le divisionnaire épousseta ses vêtements – un de ses immuables costumes gris – et s'énerva un peu quand Marion lui fit remarquer qu'il avait aussi des saletés dans les cheveux et sur le visage.

— Tu peux m'expliquer ? demanda-t-il, pincé, en couvrant le décor des sanitaires d'un geste ample.

*
* *

Elle s'exécuta. Lui parla de ces dossiers jamais refermés, de la fin terrifiante de Pierre Palmieri qui avait éclairé les autres cas d'un jour nouveau, du photomaton, de ce que venaient y faire quelques adolescents en quête de sensations fortes, de sa décision de faire explorer la zone.

— Pourquoi tu ne m'en as pas parlé plus tôt ?

— J'allais le faire. J'attendais d'avoir un peu plus que des impressions.

— Tu es sûre ?

Elle regarda ailleurs, croisa le regard d'Abadie. Le lien entre les affaires était là, sous leurs pieds. Une galerie crayeuse entre deux gares. L'officier lui renvoya une mimique d'encouragement.

— Mais oui, Kerman. Le capitaine Abadie a constitué un dossier. Il est à ta disposition.

Une cavalcade dans leur dos. Marion se retourna brusquement. Valentine Cara fit son apparition, le teint enflammé d'avoir couru. Régine Duplat recula avec un curieux soubresaut. Mais Valentine ne lui accorda pas le moindre signe d'intérêt. Elle avait l'air tragique :

— Patron, dit-elle encore essoufflée, l'hôpital Robert-Debré vient d'appeler.

103

Nina était en pleine crise de nerfs. Elle avait refusé tout calmant et ne laissait personne approcher tant qu'elle n'avait pas vu sa mère.

— Maman, hurla-t-elle quand Marion franchit la porte.

— Oui, chérie, je suis là, je suis là !

Les trois gardes du corps attendaient au garde-à-vous de pouvoir s'expliquer.

— Vous pensez bien qu'on n'allait pas la laisser entrer, dit le chef des trois. D'abord, c'était pas l'heure du ménage.

— Ensuite ?

— Elle a fait une pause devant la 324, elle est entrée, ressortie avec la poubelle. Elle était bizarre.

— Bizarre ? Comment ça, bizarre ?

— Ben... Sa voix, sa façon de parler, sa gueule... bizarre quoi.

— Je ne comprends pas que vous l'ayez laissée filer !

Le plus jeune se braqua légèrement :

— Quand on a entendu votre fille appeler au secours, on s'est précipités.

— Et quand on est ressortis, conclut le troisième, elle était plus là.

Marion faillit leur demander ce que leur avait appris l'école et l'expérience. L'un va voir, les autres surveillent dehors. Ou l'inverse. Ce sont les gendarmes qui vont par deux. Ce qui n'est guère facile quand on est trois, auraient-ils pu objecter.

À quoi bon refaire l'histoire maintenant ?

— On l'a cherchée, vous pensez bien. À croire qu'elle s'est évaporée.

— Pourquoi Nina a-t-elle crié ?

Les hommes se regardèrent, embarrassés. Pas de réponse.

— Bon alors, qu'est-ce qu'elle a dit, cette femme… bizarre ? insista Marion. Vous vous souvenez de ce qu'elle a dit ?

Ils répétèrent ce qu'ils avaient retenu.

Ce fut Nina qui apporta, un peu plus tard, la réponse déterminante.

— J'ai entendu « silence » et je me suis revue dans le square. C'était horrible, maman. Il est venu pour me tuer, n'est-ce pas ?

104

Kerman était furieux et il aurait été incapable de dire ce qui le mettait le plus en rogne : la BRI qui n'avait pas pu pister la femme de service suspecte ou les trois guignols de Marion qui les en avait empêchés par leur seule présence. Ou, en définitive, Marion.

— Tu veux jouer toute seule dans ton coin, tu vois le résultat !

Marion, qui s'était isolée dans l'espace jeux du 3e étage de l'hôpital, salua silencieusement l'ironie involontaire du propos de Kerman. Elle était auprès de Nina quand son mobile avait vibré contre sa hanche. « Je reviens » avait-elle dit à la petite qui alternait les crises de larmes et les phases de prostration et à qui l'angoisse d'une menace de plus en plus précise faisait perdre la tête.

La nuit était tombée depuis longtemps et les jouets abandonnés semblaient imprégnés encore de la détresse des petites mains qui les avaient touchés.

— De quoi tu parles ? fit Marion. De la surveillance de Nina que tu as montée ici sans me le dire ? Tu espérais quoi ? Attirer l'enfoiré grâce à ma fille ? T'es un beau salaud ! On pourrait aussi l'attacher à un piquet dans la cour et la barbouiller de confiture !

— Arrête de te mettre la tête à l'envers ! la modéra Kerman. Cette bonne femme n'a peut-être rien à voir avec Zig. On devient tous parano à force.

— Nina a reconnu la voix de Zig, martela Marion qui devinait qu'il cherchait seulement à la rassurer.

— Nina est dans les vapes.

— Sa peur est anormale, excessive. Je n'arrive pas à la calmer.

— On va retrouver cette femme de ménage. J'espère que Nina aura eu peur pour rien.

Il était presque vingt et une heures comme l'indiquait le petit coucou accroché au mur et qui n'allait pas tarder à pointer son bec. Il s'était écoulé plus de six heures depuis l'incident.

— Tu l'as cherchée au moins ?

— Évidemment qu'on la cherche !

Kerman élevait le ton et, tout à coup, Marion comprit qu'il ne l'avait pas appelée que pour prendre des nouvelles de Nina.

— Bon, vas-y maintenant, dis-moi ce que tu veux me dire.

— J'ai lu le dossier de ton adjoint. Depuis quand tu sais que la femme de ménage de la gare du Nord a un rapport avec Zig ?

— Depuis hier.

La tension et une sorte de rage étaient perceptibles jusque dans le silence de Kerman. Marion admit qu'il avait un exceptionnel contrôle sur lui-même. Mais tout être humain a ses limites. Aussi se hâta-t-elle :

— C'est une autre enquête, Kerman. Les disparitions ont été rapprochées de l'affaire Palmieri sans raison objective. C'était une simple hypothèse de travail. Ensuite – tu dois le savoir puisque tu as lu le dossier –, il se trouve que, dans l'affaire Palmieri, la femme de ménage en question était présente quand le gamin a été découvert. Si je n'avais pas été au courant de l'existence de Zig et de son adresse à cause de l'enquête sur la mort d'Ange-Lou, jamais ce rapprochement n'aurait été fait. Du moins, pas tout de suite. Et si Zig ne vous avait pas amenés – on se demande bien pourquoi d'ailleurs – à la consigne de la gare de l'Est, c'est nous qui aurions découvert le souterrain et Empereur. D'accord ?

Elle haussait le ton, elle devait se protéger. Kerman lui faisait des reproches et, telle une mauvaise élève, elle s'empressait de se justifier.

— J'ai demandé au parquet à être saisi de l'enquête sur la mort de Pierre Palmieri, dit-il d'une voix plate.

Tu n'as plus le dossier, donc, tu ne touches plus à rien. Je te préviens : si un seul de tes gars pointe son nez où il ne faut pas, je l'explose et toi avec. Salut, Marion, embrasse Nina.

105

Marion s'en fut à la recherche de l'équipe de nuit envoyée par la brigade et demanda que l'un des hommes s'installe au pied du lit de Nina, le temps qu'elle règle une ou deux bricoles. Après quoi, elle prendrait la relève.

L'affrontement avec Kerman avait eu un effet immédiat : à partir de maintenant, elle ne quitterait plus sa fille. Plus une seconde, tant que Zig ne serait pas en cabane.

De cela aussi, elle décida de se charger elle-même.

*
* *

Nina dormait, apaisée par la présence de sa mère. Dans le couloir, ses gardiens pour la nuit s'étaient posés sur des chaises. Raides et silencieux. Quand, pour la deuxième fois, Marion sortit de la chambre, l'un d'entre eux se leva et retourna prendre sa place au chevet de la petite, comme dans un ballet bien rôdé. Marion s'éloigna dans le couloir pour téléphoner, juste assez loin pour échapper à leur curiosité.

— Kerman me mène en barque, dit-elle à Abadie qui n'avait pas encore quitté la brigade, la femme de service est bidon et il le sait. Personne ne la connaît.

Elle a réussi à pénétrer dans les sous-sols, là où sont stockés les trolleys servant au nettoyage. Elle en a pris un au nez et à la barbe de tout le monde. Très habile et maligne. Je devrais dire « malin » car je suis sûre que c'était Zig. Il a joué au con à la Crim', en fait c'est un gros malin et je commence à flipper, Abadie.

— Qu'est-ce qu'il a en tête ?

— À votre avis ?

— Nina ? En quoi Nina est-elle dangereuse pour lui ? Puisque son témoignage n'a pas suffi à l'accrocher ?

— Justement. C'est la question que je me suis posée.

— Vous avez trouvé la réponse ?

— Non, pas complètement. Mais je sens que Nina le dérange. À cause de ce qui s'est passé à la Crim' mais surtout pour l'avenir. Comme si elle détenait une information qui le met en danger, vous voyez ?

Abadie observa un silence prudent. Elle l'entendit froisser des papiers.

— Vous m'écoutez, Abadie ?

— Oui, patron, bien sûr. Mais j'avoue que je suis un peu au bout du rouleau. Ça n'a pas été une partie de plaisir ce soir...

À quoi Abadie faisait-il allusion ? À ce qu'il avait subi de la part d'un Kerman remonté à fond ou dans la brigade où l'annonce de la mort violente du gardien Empereur sapait encore un peu plus l'ambiance ? Ou les deux ?

— Je m'en doute, Abadie, je vous revaudrai ça. Si je ne me fais pas virer. Parce que là j'avoue que je n'ai plus de visibilité sur les événements, comme disent les gens intelligents.

— Vous voulez que je fasse quoi, patron ?

— Que vous veniez me rejoindre ici.

— Maintenant ?

Il s'était exclamé, prêt à lui dire non. Elle chercha son souffle, déterminée :

— Oui, maintenant. Récupérez Valentine Cara et venez ici. Tous les deux.

*
* *

Valentine rejoignit la brigade sans se faire prier et, toujours par téléphone, Marion leur expliqua ce qu'elle attendait d'eux. Quand elle eut terminé, ils restèrent muets un long moment. Saisis, « espantés » aurait traduit le capitaine originaire du Sud-Ouest.

— Allô ! Vous êtes avec moi ?

— C'est très risqué ce que vous voulez faire, madame, dit enfin Valentine d'une voix tendue. Vous avez pensé aux conséquences, je me doute...

— On n'a pas le temps de discuter, Valentine... Sans vous, je ne peux rien faire. Alors, vous me dites oui ou...

— D'accord, trancha Abadie. Dites-nous comment on fait.

106

Kerman marchait de long en large. Régine Duplat se taisait. Elle venait de lui montrer ce qu'il n'osait pas voir. Il se retourna, affronta son regard froid.

— Des ossements humains, dit-il, contrarié. Manquait plus que ça.

Des doigts, à première vue, d'adolescent vu l'état des cartilages qui indiquaient une croissance pas tout à fait achevée. Une main d'enfant avait été découverte au fond du trou, enfouie dans la poussière, après l'enlèvement du corps d'Empereur !

— Le test de Gonzales sur les mains d'Empereur ne révèle aucune trace de poudre, enchaîna Régine Duplat impitoyable. Et, d'après le légiste, il a été menotté serré. Probablement aussi, étouffé par un bâillon. La quantité de sang répandu sur le buste indique qu'il a eu la gorge tranchée ce que confirme l'examen des blessures. Il était déjà mort au moment du coup de fusil. Alors, à moins...

— Ça va, ça va, s'énerva Kerman, j'ai compris.

Il avait déjà la main sur le téléphone.

— Capitaine ? Vous êtes toujours à l'hôpital ?

— Vous ne nous avez pas dit de lever la garde, patron...

— Bien. Resserrez le dispositif.

— Ah bon ? Mais, la commissaire, elle va pas...

— Ne vous occupez pas de ce qu'elle va faire ou pas... Exécution.

107

Abadie et Valentine arrivèrent à l'hôpital Robert-Debré à bord d'un véhicule de police sérigraphié. Ils avaient mis la rampe lumineuse en marche et quand ils s'arrêtèrent devant l'entrée principale, les éclairs bleutés dessinèrent d'étranges scènes sur les murs. Le couple de policiers sortit du véhicule, en tenue d'uniforme. Ils se dirigèrent vers l'accueil, des documents à la main, du pas assuré de ceux qui savent pourquoi ils sont là.

Ils ne virent pas les hommes de la BRI dans le secteur mais ils firent comme s'ils étaient embusqués dans chaque recoin.

« Ils sont là, avait affirmé Marion qui en avait repéré plusieurs, ne vous y fiez pas. »

Ils parlementèrent un moment avec l'agent de l'accueil qui finit par prendre son téléphone.

— Il est tard, dit-il sur un ton de reproche, ça ne pouvait pas attendre demain ?

— Non, on a un suspect en garde à vue. Une sale affaire... fit Valentine à voix basse, nous devons voir ce témoin maintenant.

À l'autre bout du fil, l'interlocuteur semblait au courant de la visite des policiers. L'agent désigna d'un geste les ascenseurs.

— Troisième étage, fit-il. Restez pas trop longtemps. Les enfants ont besoin de repos.

*
* *

Marion les attendait dans la chambre 324, en compagnie de la mère de l'enfant malade qui occupait cette pièce et, pour l'heure, dormait, assommé par les drogues. Abadie ferma la porte une fois qu'il fut entré avec Valentine. Nina était assise sur une chaise, habillée pour sortir, un bonnet de laine emprisonnant ses cheveux. Légèrement hagarde. Obéissant aux instructions de Marion, ses trois gardes du corps avaient fait semblant de ne s'apercevoir de rien quand elle avait quitté sa propre chambre.

— Merci, madame, de m'aider, dit Marion à la

femme qui lui lançait quand même quelques œillades inquiètes. Tout va bien se passer. Tenez !

Elle lui tendit son propre blouson que la femme enfila. Marion se voulut encore plus rassurante :

— Ne vous inquiétez pas, mes hommes vont veiller sur votre fils. Dans dix minutes, vous serez de retour près de lui.

— Je ne suis pas inquiète, affirma la femme, je suis contente de vous aider. Les hommes sont des salauds, j'en sais quelque chose.

Valentine et Abadie se regardèrent, ébahis.

— Bon, soupira Marion avec un petit sourire, je descends devant.

*
* *

Le capitaine de la BRI finissait de réviser son dispositif conformément aux ordres de Kerman quand Marion déboucha dans le hall. Furieuse, elle se dirigea vers l'agent d'accueil.

— Écoutez, monsieur, voilà une heure que je réclame une personne de service... Ma fille a eu un problème, elle a vomi... Il faut nettoyer.

— Vous avez appelé qui ? demanda l'homme tandis qu'elle s'agitait devant lui.

— Qui ? Mais qu'est-ce que j'en sais, moi ? J'ai sonné...

Abadie et Valentine Cara sortirent de l'ascenseur, encadrant un adolescent mal assuré sur ses jambes et une femme qui lui entourait les épaules de son bras avec une tendresse touchante. Le quatuor traversa la zone d'accueil déserte sans se presser.

— Vous avez sonné et personne n'est venu ? reprit, incrédule, l'agent d'accueil que l'intermède ennuyait.

— Puisque je vous le dis ! Enfin, c'est incroyable !

Marion continua son numéro sous l'œil intéressé d'un homme en tenue d'intervention noire qui revenait du fond du couloir, un gobelet à la main. Le flic s'accouda nonchalamment au bout du comptoir en soufflant sur son café. Le message de son chef parvint dans son oreillette au moment où la voiture de police qui était arrivée un peu plus tôt démarrait, gyrophare en action. L'homme en noir remarqua qu'il y avait une femme avec les deux collègues mais, ce qui l'intéressait, c'était Marion, en pleine crise d'autorité. Il se fit la réflexion que les tauliers et surtout les taulières étaient tous un peu barges cependant que l'agent d'accueil rendait les armes et prenait son téléphone pour demander un examen détaillé de la situation de la chambre 326. Satisfaite, Marion annonça qu'elle allait prendre l'air et fumer une cigarette dehors.

Longtemps, l'homme de la BRI regretterait de n'avoir pas su que le commissaire Marion n'avait jamais fumé de sa vie.

108

Marion venait de coucher Nina dans un des lits jumeaux de la chambre au décor passe-partout de l'hôtel Corail. Un établissement correct, le long d'une rue tranquille, à cent mètres de la gare du Nord. Elle y avait logé quelques nuits au mois de mai quand le directeur l'avait fait venir à Paris, pour « mesurer » son aptitude à diriger la brigade des chemins de fer. La chambre trois, rez-de-chaussée, tout à côté de la sortie de secours. Accès direct à la cour et à une autre petite rue tranquille. Un avantage.

— Merci, dit Marion à ses deux acolytes. Vous êtes des chefs.

Le tour de passe-passe avait fonctionné à merveille. Marion avait marché jusqu'en bas de l'allée, dépassé le poste de garde de l'hôpital. De l'autre côté de la barrière, la voiture de police attendait. Marion y était montée et la femme de la chambre 324 lui avait rendu son blouson avant de retourner auprès de son enfant endormi. Même si les hommes de la BRI s'étaient rendu compte du tour de passe-passe, c'était trop tard.

— Comment vous avez fait pour la convaincre de vous aider ?

— Je lui ai fait le coup du mari violent, déchu de ses droits parentaux, violeur, de surcroît, ce qui justifiait les gardiens devant la chambre... J'ai joué la femme terrifiée, persuadée qu'il allait enlever Nina. Ça a marché.

Abadie médita un moment sur cet étrange talent de comédienne. Il lissa sa moustache, se lança :

— Pourquoi vous nous avez demandé ça à nous ?

Marion s'avança près de la fenêtre protégée par des grilles, ferma les doubles-rideaux de tissu plastifié qui ne laissaient pas passer la lumière.

— Vous croyez que j'avais le choix ?

Puis, comme la tête de l'officier s'allongeait :

— Je plaisante, Abadie ! J'ai confiance en vous, je vous ai nommé responsable du groupe judiciaire, non ?

— Et moi ? dit Valentine sur la défensive.

— Vous ? Je voulais savoir si vous êtes un vrai flic et si je vous garderais dans mon service...

Valentine Cara observa le visage de son commissaire

pour y débusquer une trace d'ironie. Mais Marion était sérieuse. Terriblement sérieuse.

— Qu'est-ce qu'on fait, maintenant ? demanda la lieutenant.

— Vous allez rentrer chez vous. Je vais me débrouiller.

Ils ne bougeaient pas.

— Allez, répéta-t-elle, allez-vous-en !

— Mais qu'est-ce que vous allez faire, vous ? osa encore Valentine.

— Ne vous tracassez pas pour moi. Vous avez déjà beaucoup trop donné. Kerman va être à vos basques dès demain, soyez-en sûrs.

— Faites attention, patron, dit Abadie dont les traits se creusaient avec les heures qui passaient. Kerman n'est pas content de vous non plus.

— Je suis au courant. Il nous a fait retirer l'affaire Palmieri.

— Raison de plus pour...

— Je ne peux pas attendre. Je sais qu'il va être efficace, il n'est pas borné. Il est juste trop lent. Zig est dehors et il va vite. Il le manipule.

Valentine s'était assise au bord du lit vacant sur lequel elle louchait avec envie. Marion n'attendit pas qu'Abadie lui demande ce qu'elle avait en tête pour poursuivre son raisonnement :

— Zig savait que Kerman allait le faire suivre. On pourrait croire qu'il essayait de leur fausser compagnie. Moi je pense qu'il a emmené l'équipe à la gare de l'Est exprès, directement au bon endroit. Il voulait qu'ils trouvent le souterrain.

— Je ne vois pas quel intérêt il avait...

— Personne ne peut comprendre, on ne raisonne pas comme lui. Mais je suis certaine qu'il voulait que

Kerman trouve Empereur. C'est une façon de démontrer qu'il est fort et qu'il peut encore le surprendre.

Valentine retint un bâillement, se laissa aller en arrière, contre l'oreiller.

— Je ne comprends pas pourquoi il voulait qu'on trouve sa cachette, dit-elle d'une voix atone. Il se grille complètement. C'est idiot.

Marion les regarda l'un et l'autre. Le souterrain, le lieu où Zig emmenait ses victimes. Que leur promettait-il pour les attirer là-dedans ? Une aventure extraordinaire ? Une flambée d'adrénaline ? Elle frissonna à la pensée de ce qu'elles avaient pu subir. Elle prit une inspiration :

— Parce que le souterrain ne lui sert plus à rien. Il brûle ses ponts parce qu'il touche au but. Il est indifférent aux conséquences de ses actes. Il a tué la petite Ange-Lou dans le même état de détachement, simplement parce que, ce soir-là, il était contrarié. Ses autres victimes ont un lien avec le but qu'il poursuit mais il les a déjà oubliées.

— Mais c'est quoi son but ?

Elle soupira :

— Si je le savais, Abadie.

*
* *

Marion ne pouvait pas avancer dans son raisonnement. Il lui manquait encore tant de pièces. Une pensée l'obsédait : l'affligeante pauvreté des découvertes au cours de la perquisition au domicile de Zig et, le jour même, dans la chambre de retrait, lui semblait forcément suspecte. Plus elle y songeait, plus elle était convaincue qu'ils étaient passés à côté d'une évidence :

Zig avait un lieu où il planquait les fameux indices qui faisaient défaut. Elle tournait autour de cette énigme comme un moustique affamé autour d'une peau sucrée.

Elle se remit sur ses pieds, contempla Nina endormie. Valentine, bien carrée contre la tête du lit, luttait de moins en moins contre le sommeil.

— Qu'est-ce qu'il a dit Kerman, à propos de Laurence Aubin ? chuchota Marion.

Abadie redressa la tête. Lui ne luttait pas contre un endormissement sournois mais contre une furieuse envie de fumer. À chaque instant il tâtait le paquet au fond de sa poche. Il fit un geste vague :

— J'ai cru comprendre qu'ils iraient là-bas en perquise demain matin.

— Pas ce soir ?

— Pouvaient pas, il était trop tard.

Vingt et une heures-six heures, interdiction légale de perquisitionner, sauf cas particuliers prévus par la loi.

Marion fixait le capitaine qui, tout à coup, comprit ce qu'elle avait en tête. Il se souvint de la commande qu'elle lui avait passée, plus tôt dans la soirée.

— Vous ne voulez pas aller là-bas, quand même ?

— J'ai besoin de savoir, Abadie. Je suis sûre qu'une partie de la réponse s'y trouve.

— C'est carrément hors la loi.

Elle leva un doigt, tel un élève appliqué :

— Nécessité fait loi, capitaine.

109

Abadie avait été intraitable. Au point où ils en étaient, il ne pouvait pas la laisser seule.

5 bis, rue de Belzunce. Minuit. L'immeuble était plongé dans le noir, les vieux couchés depuis longtemps. Petite patrouille de sécurité dans la rue afin de s'assurer que la troupe de Kerman ne leur tomberait pas sur le râble. Ils n'observèrent aucun mouvement suspect mais Marion savait que si le divisionnaire faisait surveiller le secteur, elle ne s'en apercevrait que trop tard. Elle répéta à Abadie qu'il n'était pas obligé de prendre le risque avec elle. Il se contenta de hausser les épaules dans l'obscurité.

Au quatrième, la porte était trop bien verrouillée, protégée par un blindage. Marion fit signe qu'il fallait renoncer à entrer par là et elle entraîna l'officier dans l'escalier. Au troisième, elle lui désigna la porte. Il n'y avait pas de scellés, c'était déjà ça. Avec délicatesse, elle détacha la bande noir et jaune agrafée en croix sur le battant.

Ils n'eurent pas à utiliser le passe ni le pistolet à serrure car la porte, mise à mal par les pompiers, n'était que sommairement refermée. Une simple poussée suffit à l'ouvrir. L'intérieur de l'appartement baignait dans la clarté dorée de l'éclairage public qui s'engouffrait par la déchirure de la façade.

Marion veilla à ne pas s'en approcher et tira les rideaux devant les autres fenêtres avant de commander par gestes à l'officier d'allumer la torche. Abadie examina les lieux, vaguement mal à l'aise. Jamais, avant que Marion surgisse dans sa vie, il n'aurait imaginé pouvoir se trouver dans une telle situation. Il examinait l'appartement de Zig en évitant de penser à ce qui se passerait si, par malheur, on les surprenait là.

— Vous savez ce que je crois, Abadie ? fit-elle à voix basse.

Elle montra le plafond et le capitaine suivit son regard. Ils se trouvaient au fond d'un couloir étroit sur lequel s'ouvraient deux portes. Le faisceau de la lampe torche balaya avec insistance les poutres.

— Je crois que Laurence Aubin est là-haut.

Abadie eut un haut-le-corps.

— Laurence Aubin ? Là-haut ? Vous voulez dire... vivante ou morte ?

Elle fit une grimace indéchiffrable. Abadie reprit son examen du plafond, pas rassuré. Tout à coup, Marion le saisit par le bras, lui arracha la torche des mains, braqua le faisceau sur une rainure rectiligne, perpendiculaire aux poutres. Sur les bords, le vernis était plus clair, comme usé par une friction répétée :

— Regardez !

— Quoi ? murmura Abadie qui ne voyait rien.

— J'en étais sûre, jubila Marion, c'est là-haut que ça se passe !

— Je comprends rien, fit le capitaine.

— Là, dit-elle en montrant le plafond, il y a une trappe. Comme il n'y a pas d'échelle, il doit y avoir un escalier.

— Un escalier ? chuchota Abadie de plus en plus incrédule.

— Escamotable. Un escalier escamotable.

Ils se mirent à chercher fébrilement. Explorèrent les murs à tâtons, soulevèrent les deux tableaux qui se faisaient face. Si Marion avait raison, la commande ne pouvait pas être loin. Soudain, elle étouffa un petit cri de victoire : elle venait de découvrir, derrière un des carreaux de la plinthe, un poussoir en laiton. Système ancien, élaboré, efficace. La trappe s'ouvrit avec un claquement discret et, doucement, l'escalier se déplia.

Abadie n'en revenait pas. Comment Marion avait-elle pu avoir cette idée ? Elle éluda la réponse d'une mimique emplie d'humilité. Elle-même ne savait jamais si ces éclairs fulgurants qui la plaçaient sur la bonne voie étaient le fruit de son intuition ou le résultat d'un lent et invisible travail de déduction.

— Restez là, dit-elle. Je vais voir.

— C'est pas prudent...

Elle dégagea son arme de service de son étui et l'agita sous les yeux d'Abadie.

— Je préfère qu'on ne se fasse pas surprendre ici, prévenez-moi si quelqu'un se pointe.

Elle commença à monter, son revolver à la main.

*
* *

L'appartement était la copie conforme de celui du troisième. Marion marqua une pause en haut de l'escalier, le temps de s'imprégner de l'ambiance et de laisser ralentir son rythme cardiaque. Elle huma l'air, n'y décela que des parfums ordinaires de poussière, de linge sale et de vieux tissus. Pas de lumière, pas de bruit, pas le moindre signe d'une présence. Après une attente raisonnable, elle se décida à allumer sa lampe. La première chose qu'elle vit lui arracha un hoquet. En face de la trappe, une vaste étagère supportait une collection de poupées alignées dans la même position assise. Leurs visages de porcelaine paraissaient identiques et leurs yeux de verre semblèrent suivre Marion quand elle fit quelques pas dans la pièce. Ce qui frappait le plus, c'était leurs robes, toutes les mêmes, à carreaux roses et blancs, avec de la dentelle autour des cols Claudine, et les tresses blondes nouées de délicats rubans soyeux. Elles devaient être une trentaine, peut-être plus et leur présence inattendue déconcerta la jeune femme. Elle fit un tour rapide de l'appartement meublé dans un style faux rustique mâtiné de quelques belles pièces, des copies Louis XV ou XVI – elle ne savait pas trop faire la différence – avec un grand lit à coquille dans une des deux chambres et un couvre-lit de satin vert. Des vêtements de femme dans les placards. Confusément, Marion sentait que ce logis ne vivait pas, ce que lui confirma la vacuité des placards de la cuisine et l'absence de réfrigérateur. Le plus intéressant était dans la salle de bains. Tout ce qu'elle espérait découvrir se trouvait là. Sans y toucher, elle en entreprit l'inventaire, entre excitation et répulsion à imaginer le monstre qui avait trouvé refuge ici. Du sang maculait la baignoire. Un rasoir, lui aussi taché, était posé sur le bord. D'un tas de vêtements lâchés en vrac à même le sol montait une odeur âcre de sang et de chair putréfiés, de déjections et de vomissures. Marion comprit que c'était cette odeur-là que Nina avait reniflée dans le square et qu'elle n'avait pas pu retrouver au contact de Zig, vêtu de propre, à la Crim'.

En revenant vers le lit, elle fit une autre découverte capitale. Sur une chaise, un imperméable de couleur grise avait été jeté sans précaution. Elle se pencha. Sous un meuble en marqueterie, une paire de bottes en caoutchouc noir. L'image d'une femme arpentant le parking de la gare du Nord la traversa. Était-ce Laurence Aubin ? Mais qui était donc cette Laurence Aubin, si toutefois elle avait jamais existé ?

La voix d'Abadie la tira brutalement de son examen.

— Il faut s'arracher, y a du monde en bas...

Elle obtempéra, frustrée. En repassant près de l'étalage de poupées, elle s'arrêta, le temps de comprendre ce que lui inspirait ce musée insolite. Sur la rangée du milieu, posée bien au centre, une photo. Marion se pencha pour la voir de près. En noir et blanc, visage en gros plan, une fillette vêtue à l'identique des poupées souriait de toutes ses dents.

— Laurette, murmura-t-elle.

— Patron, magnez-vous, on va se faire serrer !

Abadie s'impatientait au pied de l'escalier.

Elle s'empara de la photo et redescendit rapidement.

— Du suif ?

— Y a un équipage de la PUP qui est passé deux fois. Je sais pas si c'est une patrouille de routine ou si quelqu'un nous a reniflés dans le coin.

La police urbaine de proximité, c'était moins grave que la bande à Kerman. Mais pas très bon pour autant. Marion passa devant Abadie qui lui barra le passage :

— Vous pourriez me dire ce qu'il y a là-haut.

— Là-haut ? Ah ! Là-haut ! Il y a tout ce qu'il faut pour accrocher Zig. L'enfoiré !

Elle frémit, fit trois pas dans le couloir en jetant un coup d'œil inquiet par le trou de la façade.

— En revanche, chuchota-t-elle, pas de Laurence Aubin, ni morte, ni vive. Vous savez ce que je crois ?

Abadie secoua la tête, agacé :

— Ma foi non !

— La femme du parking et Laurence Aubin, c'est la même personne...

Le capitaine attendit qu'elle s'explique plus avant. Mais elle lui fit remarquer que le temps pressait.

— On remet l'escalier en place ?

— On le laisse comme ça. Ça fera gagner quelques heures à Kerman.

110

Marion avait éteint son portable dès qu'elle avait quitté l'hôpital et ses deux complices en avaient fait autant. Il y avait des chances pour que Kerman se soit mis à sa recherche dès cette nuit et le téléphone était la première chose dont il fallait se méfier. Abadie et Valentine venaient de partir, elle était seule avec Nina qui avait suivi le mouvement docilement, déconnectée par les drogues mais contente de quitter l'hôpital.

Elle s'assit sur le bord du lit et contempla longuement sa fille endormie.

— Tout va s'arranger, mon amour. On va l'avoir ce salopard, ma Ninette.

La fillette respirait fort mais calmement. Son visage pâle émut Marion, de même que les cernes sous ses yeux et les paumes de ses mains tournées vers le plafond.

Marion la secoua doucement. Elle gémit dans son sommeil et tira le drap vers son menton pour échapper aux mains de sa mère qui tentait de la faire lever.

— Nina, chérie, réveille-toi ! Il faut que tu m'aides !

La petite entrouvrit les yeux, ronchonna quand elle vit sa mère habillée, prête à partir.

— Qu'est-ce que tu fais ? bafouilla-t-elle.

— On s'en va, chérie ! Allez, debout !

*
* *

Sortie de secours. La cour intérieure d'un immeuble silencieux avec ses poubelles et un chat vagabond qui vint se frotter à elles en ronronnant.

— On pourra avoir un chat, maman ? fit la voix engourdie de Nina.

— Oui, mon cœur, si tu veux. Viens, il ne faut pas traîner là !

La rue des Deux-Gares, déserte. Au bout, la rue d'Alsace et le New Modern Hôtel. Elles s'y engouffrèrent sans avoir rencontré âme qui vive. Le veilleur de nuit tendit sa clef à Marion. Il avait un bon sourire.

— Vous n'auriez pas quelque chose à manger ? demanda-t-elle. J'ai faim, je dévorerais un bœuf.

L'homme, un africain coiffé d'un bonnet rouge tricoté à la main, rit pour de bon :

— Je n'ai pas de bœuf... Du pain, du beurre et de la confiture, ça ira ?

— Et un café, s'il vous plaît.

Nina se recoucha aussitôt, sans manger. Le périple pourtant modeste au milieu de la nuit l'avait définitivement épuisée. Marion se restaura en essayant de se familiariser avec l'hôtel et ses bruits. Puis elle prit une douche et se glissa dans son lit. Son corps moulu plongea avec volupté entre les draps propres et cette chambre anonyme au décor minable lui apparut comme un cocon protecteur. Pour autant, elle n'avait pas sommeil. Sa visite sauvage au 5 bis, rue de Belzunce la laissait tendue. Quels autres indicibles secrets allait découvrir l'équipe de Kerman, demain matin ?

La photo qu'elle avait subtilisée à l'invincible armada des poupées était posée sur la table de chevet. Marion la prit et d'un doigt distrait caressa lentement le papier glacé.

La fillette souriait, immuablement. L'impression de déjà-vu revint. Marion ferma les yeux, explorant chaque case de sa mémoire. Elle contemplait ce visage parfait et une image tentait de se faire reconnaître, s'animait brièvement pour disparaître tout aussi vite. Cette fillette, Laurette, elle la connaissait. Elle était morte depuis trente-neuf ans et elle vivait encore, quelque part dans un souvenir récent. Un visage parfait... À quel visage avait-elle attribué ce qualificatif, récemment ? Quand elle rouvrit les yeux, l'image insaisissable était là, sur le papier glacé. Marion se dressa en poussant un petit cri.

— Nom de Dieu !

111

Nina se réveilla vers sept heures et fut prise de panique en découvrant le décor inconnu de la chambre d'hôtel. Puis elle aperçut sa mère endormie dans le lit voisin et, tremblante, alla se glisser près d'elle. Au contact de son corps chaud, Marion ouvrit les bras et, sans se réveiller, les referma sur la petite qui se blottit contre elle.

— Qu'est-ce qu'on fait là, maman ? Pourquoi on est là ?

— Chut, ma chérie... On dort encore un peu, s'il te plaît...

Marion avait eu un mal fou à s'endormir, surexcitée par ce qu'elle venait de découvrir. C'était à la fois évident et saugrenu. Lumineux et incroyable.

Elle replongea dans un sommeil incertain, rêva un peu.

Puis, Nina bougea contre elle et elle émergea. Il était presque neuf heures.

Doucement, elle expliqua à Nina ce qu'elle avait fait

et pourquoi elle l'avait fait. La veille, assommée par les tranquillisants, la petite ne s'était pour ainsi dire rendu compte de rien. La fuite de l'hôpital, l'arrivée à l'hôtel Corail, le départ furtif, presque dans la foulée, pour le New Modern hôtel, tout s'était mélangé dans un demi-sommeil et, ce matin, Nina avait encore du mal à assimiler ce que Marion était en train de lui dire : elles étaient entrées dans la clandestinité. Le but : de gibier devenir chasseur.

— Rien que nous deux ?

— Pour l'instant, oui.

— Et après ? demanda Nina qui prit le temps de réfléchir à ce que lui annonçait sa mère. On le met en prison et il ressort ?

— Allez, Nina, fit Marion pour couper court à une nouvelle discussion sans issue, on va prendre un petit déjeuner. Ensuite, on a à faire.

Nina regardait sa mère qui enfilait son jean et un pull de fine laine bleu pâle. Elle ne bougeait pas. Marion suspendit ses gestes, revint s'asseoir près d'elle et l'obligea à la regarder dans les yeux :

— Écoute, Nina, c'est tout ce que j'ai trouvé pour te redonner le goût de vivre. Mais si tu préfères, je te ramène à l'hôpital. Seulement, je te préviens, moi je ne renonce pas. Je vais chercher l'enfoiré, avec ou sans toi.

Nina eut enfin un sursaut et ses yeux s'allumèrent :

— Tu veux dire que je viens avec toi ?

*
* *

Les tribulations dans lesquelles sa mère l'avait entraînée lui ayant ouvert l'appétit, Nina se laissa tenter par les croissants et un gros bol de chocolat écumant. Pâlotte, amaigrie, elle faisait peine à voir mais dans son regard, un éclat retrouvé leva les derniers doutes de Marion quant à ce qu'elle était en train de faire. Entraîner Nina dans une aventure hors norme, au risque de passer un jour pour une mère irresponsable, voire dangereuse, ne pesait rien en face du gouffre dans lequel la petite était en train de plonger. À cause d'un enfoiré qui s'amusait à la voir se détruire lentement.

Du téléphone d'un café proche de l'hôtel, Marion consulta la messagerie de son téléphone mobile. Pas question de rebrancher l'engin, fut-ce une minute.

Deux messages de Kerman. Le premier à vingt-trois heures, glacial et empli de rage. Le deuxième, à deux heures. Il n'avait plus le moindre espoir de la joindre, mais sa colère avait fait place à une inquiétude qui paraissait sincère. Il espérait que Marion ne liquidait qu'un trop-plein de blues et que, le matin, elle reviendrait à la raison. « Ne fais pas de connerie, concluait-il, je ne me le pardonnerais pas. » Ne pas se laisser attendrir, il fallait me dire ça plus tôt, Kerman.

Un message d'Abadie, à neuf heures trente, ce matin.

— Je suis devant l'endroit où on s'est quittés hier soir, on me dit que vous êtes partie. Il faut que je vous parle. Je serai chez moi, dans une demi-heure.

Elle sourit en regardant sa montre.

*
* *

À l'issue de la demi-heure, elle l'appela d'une cabine, à quelques encablures de l'hôtel New Modern.

— Pourquoi vous avez fait ça ? lui reprocha-t-il.

— C'est mieux pour tout le monde. Si Kerman vous met la pression, vous pourrez craquer et lui dire où vous nous avez emmenées hier. Ça lui montrera que vous êtes de bonne foi. Vous gagnerez du temps, et moi je me sentirai moins coupable vis-à-vis de vous.

Abadie admit son point de vue, ajoutant qu'il avait fait ce qu'elle lui avait demandé : il s'était mis en congé et Valentine aussi.

— Bien, dit Marion. Qu'est-ce que vous aviez à me dire ?

— J'ai le résultat de la comparaison de l'ADN trouvé sur Pierre Palmieri...

— Et ? fit la voix légèrement oppressée de Marion.

— C'est positif. C'est bien celui de Zig.

— Tu parles ! J'en étais sûre !

Elle n'était sûre de rien, c'était une façon de parler. Et de se rassurer : elle ne s'était pas mise au ban de la police pour rien. Zig était bien un enfoiré.

— J'ai reçu un coup de fil de Gervaise Bousse, enchaîna le capitaine, elle voulait votre numéro de portable... Je lui ai dit que vous étiez partie quelques jours.

— Qu'est-ce qu'elle me veut ?

— Vous parler. Elle n'a pas voulu me dire de quoi mais elle semblait dans tous ses états.

— Bon, fit Marion, je vais l'appeler. Et Georges Aubin ?

— Rien. Pas l'ombre de ce type nulle part. Pas plus que Laurence Aubin, du reste.

— Il faut essayer encore. La sécu, les impôts.

Il se renfrogna.

— Sans commission rogatoire, la sécu... Je suis sûre que Kerman...

— Non, trancha-t-elle, pas de Kerman sur ce coup.

Elle n'attendit pas davantage pour rappeler Abadie qui décrocha aussitôt. À croire qu'il était scotché à son téléphone.

Elle lui expliqua en quelques phrases ce qu'elle attendait de lui.

— Kerman me cherche, dit-il quand elle eut terminé.

— Raison de plus pour faire vite.

*
* *

Marion trompa son impatience en exécutant quelques tâches matérielles indispensables : louer une voiture, acheter quelques effets de première nécessité puisqu'il était exclu de retourner à l'appartement que, très certainement, Kerman avait placé sous surveillance. Nina suivait le mouvement, de plus en plus radieuse d'heure en heure.

— Quand est-ce qu'on va l'arrêter ? demanda-t-elle fébrile alors que Marion garait la Clio verte de location à proximité de leur hôtel.

— D'abord, il faut le trouver.

— Tu sais pas où il est ?

— Non, fit Marion après une courte hésitation, mais je vais le savoir.

*
* *

À midi, elle n'y tenait plus. Cette fois, Abadie tarda à répondre et elle craignit qu'il ne soit déjà tombé entre les mains de Kerman. Finalement, il fut en ligne, essoufflé.

— Je viens de rentrer du lycée Jacques-Decour, dit-il. À deux minutes près, vous me ratiez.

— Alors ?

Je comprends pourquoi ce gamin vous trottait dans la tête. Il porte le nom de sa mère, Annabelle Mérien. Mais son père...

Il marqua une pause pour ménager ses effets. Marion ressentit une grande chaleur dans tout son corps avec l'impression que son sang allait jaillir par tous les pores de sa peau.

— Son père, c'est Georges Aubin.

113

18, rue des Petits-Hôtels. Un immeuble cossu, autrefois élégant, aujourd'hui noir de crasse et délabré. Marion consulta la liste des occupants sur les petites cases de l'interphone. Mérien, premier étage, gauche.

— Chez qui on va ? demanda Nina.

— Lucas Mérien.

— Pourquoi ?

— Plus tard. C'est une très longue histoire. Et du temps, on n'en a pas beaucoup.

Nina acquiesça tout en épiant les gestes de sa mère. Marion hésitait sur la tactique. Elle jouait une partie hasardeuse. Elle réfléchit à ce qu'elle avait appris de Lucas Mérien lui-même : si rien ne survenait d'inattendu, elle avait quelques heures devant elle. Elle prit une inspiration et appuya sur le bouton de l'interphone.

— Qu'est-ce que c'est ?

La voix, épuisée, d'un homme qui ne semblait pas très jeune et pas au mieux de sa forme.

— Monsieur Aubin ?

Silence.

— Vous m'entendez, monsieur Aubin ?

— Oui. Qui êtes-vous ? Qu'est-ce que vous voulez ?

Elle se présenta : maman de Nina, une des deux fillettes… Elle omit de dire qu'elle était flic, aussi.

— Je suis malade, souffla l'homme. Je ne peux pas vous recevoir.

Elle insista. L'homme ne se décidait pas.

Alors que la situation s'enlisait, elle eut une inspiration subite.

— Monsieur Aubin, Lucas est en danger. Je vous en prie, ouvrez-moi.

*
* *

— Je vais te demander une chose, Nina, dit Marion alors qu'elles montaient les marches. Tu n'interviens pas dans la conversation. Sauf si je te le demande. D'accord ?

Nina était d'accord. Que n'aurait-elle consenti pour rester aux premières loges ?

La porte était entrouverte. D'abord, elles ne virent personne et se hasardèrent, dans l'appartement mal éclairé. La rue étroite, le jour grisâtre et pluvieux, l'absence d'éclairage intérieur avaient créé ici un sentiment d'abandon. Une odeur de renfermé et de médicaments complétait le tableau. Marion en comprit l'origine quand elle aperçut Georges Aubin qui les attendait, assis dans un fauteuil roulant, près de la fenêtre. Son état physique était pire que sa voix mal assurée le laissait supposer. Très maigre, le corps flottant dans un jogging beige et une grosse veste de laine, quelques rares cheveux plaqués sur son crâne déplumé, un visage où les creux dominants faisaient saillir un squelette trop voyant. Il salua ses deux visiteuses d'un signe de tête épuisé et, en s'en approchant, Marion nota l'odeur aigre qui émanait de lui. Nina, intimidée, restait debout au milieu de la pièce sans que l'homme ne songe à s'en inquiéter.

— Monsieur Aubin, attaqua Marion, je ne vais pas vous importuner trop longtemps.

La main décharnée de Georges Aubin s'éleva en un geste difficile à interpréter.

— Monsieur Aubin, vous avez entendu parler de l'assassinat de cette fillette... n'est-ce pas ?

— Évidemment. C'est... votre fille ?

Il louchait sur Nina, statufiée.

— En effet, elles étaient ensemble quand c'est arrivé.

— En quoi mon fils est-il concerné ?

La gorge de Marion s'assécha subitement. De qui était-il question quand Georges Aubin évoquait son fils ?

— Votre fils ?

— Oui, Lucas, mon fils. En quoi cette malheureuse histoire le concerne-t-elle ?

Lucas Mérien, son fils. Pourquoi ne s'appelait-il pas Lucas Aubin, son fils ?

— C'est vous qui pouvez le dire, monsieur Aubin.

— Moi ?

Il avait manifesté sa surprise par un tressaillement du buste. Marion remarqua alors ses jambes entièrement inertes, ses bras qui bougeaient avec de grandes difficultés.

Sans un mot, elle sortit de sa poche la photo de Laurette et la tendit à Georges Aubin. Il la prit, y posa un regard bref. Quand il laissa retomber sa main, Marion vit que celle-ci tremblait.

— Oh non, gémit-il, pas ça ! Pas cette vieille histoire...

— Cette vieille histoire, comme vous dites, explique sans doute ce qui se passe aujourd'hui. J'ai besoin que vous m'éclairiez, monsieur Aubin.

— Mais pourquoi ? Dites-moi pourquoi ! J'ai changé de vie, rompu avec ce passé-là. Je suis en train de mourir. Je ne veux pas retourner en arrière, c'est trop de douleur.

Il se tut, à bout de forces. De la sueur perlait à son front en dépit de la température de glacière de l'appartement. L'odeur déplaisante se renforça.

— Nos enfants sont en danger, monsieur Aubin. Votre fils Lucas et Nina, ma fille. Je veux comprendre pourquoi et ce qu'il faut faire.

— Que voulez-vous que je vous dise ?

— Parlez-moi de la famille Zig et de Laurent, monsieur Aubin !

— Laurent ? Qui est Laurent ?

Incrédule, Georges Aubin laissait aller son regard voilé par la souffrance de Marion à Nina.

Marion se pencha en avant, posa ses coudes sur ses genoux. Trouver le regard de l'homme, y plonger. Elle s'y accrocha, à la manière d'un naufragé à un bout de bois. Il résista un peu puis rendit les armes.

— Racontez-moi, supplia-t-elle.

*
* *

Ils avaient seize ans. Claude Zig était la fille unique du « châtelain » d'Écouen, Joseph Zig, issu d'une bonne famille juive de Paris, dont l'un des membres avait épousé une Rothschild.

— La mère de Claude et la mienne étaient cousines, poursuivit Aubin. Il m'arrivait de passer des vacances à Écouen. La famille Zig faisait sa bonne action. Ça s'est passé pendant l'été 1950...

Pendant tout un mois, les arbres du parc près de la cascade tremblèrent des ébats de ce couple encore enfantin et déjà si expert. Expert mais imprudent.

— Quand je suis parti, Claude était enceinte, murmura Georges Aubin. On ne m'a rien dit. Vous pensez, le cousin fauché... Bref, j'ai su que j'avais une fille alors que Laurette avait déjà un an.

La famille de Claude avait interdit à Georges de revendiquer sa paternité et il s'était incliné. Les années passèrent. Georges était devenu comptable et vivait dans un studio à Paris. Claude élevait Laurette, une fillette d'une exceptionnelle beauté.

— Sa passion pour cette enfant n'avait pas de limites, elle en avait fait sa reine, sa déesse. J'étais exclu de la vie de cette petite, mais je voyais la mère de temps en temps...

Georges Aubin avait du mal à terminer ses phrases. Il s'arrêtait parfois longuement et Marion redoutait à chaque instant de le voir s'endormir.

— Je n'en pouvais plus d'être mis à l'écart et j'ai revendiqué des droits sur Laurette. Claude a refusé. Nos relations se sont détériorées. Je ne les rencontrais que de loin en loin, puis plus du tout. Jusqu'au 15 août 1963. Ce jour-là il y avait fête au château, murmura Aubin, les yeux levés au ciel pour mieux se souvenir. Laurette allait entrer au lycée, elle devenait une jeune fille. J'avais été invité, je ne sais pas en quel honneur, une faiblesse des Zig probablement. Laurette était sublime dans sa robe à carreaux roses et blancs à col Claudine bordé de dentelles, ses longs cheveux blonds retenus par des rubans de satin framboise.

Le souvenir, bien que vieux de trente-neuf ans, était encore douloureux.

Dans l'après-midi, Laurette s'était éloignée de la fête. Au bout de deux heures, on avait commencé à la chercher. Le soir, bien après la tombée de la nuit, on l'avait retrouvée au pied de la cascade. Elle s'était noyée et personne n'était capable d'expliquer comment c'était arrivé.

Claude était folle de douleur, folle tout court. Elle prétendait que Georges était responsable de tout et il n'arrivait pas à la calmer. Incapable de se faire entendre, il décida de disparaître pour de bon de sa vie. Elle était d'accord. À une condition.

— Une condition ? demanda Marion qui connaissait la réponse. Un enfant ? Elle vous a demandé de lui faire un enfant ?

Aubin acquiesça en tremblant de plus belle.

— Il faut que je prenne mon traitement. Je suis atteint de sclérose en plaques. Mon corps ne m'obéit plus.

Il fit pivoter son fauteuil, s'écarta avec difficulté et disparut dans la cuisine. Il revint quelques instants plus tard, un bol posé entre ses cuisses squelettiques.

— Il faut que je mange aussi. Sinon, j'ai des crises d'hypoglycémie.

— Monsieur Aubin, reprit Marion. Le temps presse... Qu'est-il arrivé ensuite ?

— J'ai accepté, murmura-t-il après un temps. Nous avons fait l'amour. Une fois. Puis Claude a coupé les ponts. Je n'ai plus eu de contacts avec elle.

— C'est à ce moment-là que vous vous êtes installé rue de Belzunce ?

— Oui. Un geste du vieux Joseph...

— Et ensuite ?

— Ensuite ? fit Georges Aubin, surpris. Mais... rien. Les années ont passé. J'ai fini par oublier cette période douloureuse. Puis, j'ai rencontré Annabelle. Nous travaillions dans le même lycée. Elle avait déjà trente-huit ans et moi presque soixante, elle était pressée...

Lucas était né et portait le nom de sa mère.

— Plus tard, je suis venu habiter ici. Lucas grandissait et je venais d'apprendre que j'étais malade.

— Et... Laurent ?

— Pardon ? Laurent ? De quel Laurent parlez-vous, à la fin ?

— Votre fils, l'enfant qui a remplacé Laurette.

— Mais enfin, voyons, c'était une fille ! Claude a eu une fille ! Laurence. C'est elle-même qui me l'a dit.

Marion le scrutait, abasourdie. C'était encore pire que ce qu'elle avait supposé. L'homme assis en face d'elle avait un fils de trente-huit ans dont il était convaincu qu'il était une fille.

— Vous n'avez jamais pris de ses nouvelles ?

Il avait l'air hébété, comme si sa tête le trahissait aussi, après ses jambes et le reste de son corps.

— Non. J'avais promis de ne jamais chercher à savoir.

— Que s'est-il passé il y a trois ans ?

— Je vous l'ai dit. Joseph Zig est mort, le château a été vendu.

Nina avait fini par s'asseoir à même le sol, tout près de sa mère.

— J'aurais... un fils ? proféra Georges Aubin tout à coup. Je ne vous crois pas...

Marion aussi avait du mal à croire ce vieux bonhomme. Comment avait-il pu se montrer aussi lâche ?

— Essayez de réfléchir, monsieur Aubin ! Est-ce que, au cours des dernières semaines, quelqu'un serait venu vous voir ? Quelqu'un que vous n'aviez jamais vu auparavant ?

— Vous voulez dire que ce pourrait être ce... enfin... Laurent ?

— Oui.

Il fit un effort de concentration. Marion pensa qu'il jouait la comédie.

— Pensez à ce que je vous ai dit. Vous ne voulez pas qu'il arrive malheur à Lucas ?

— Mais pourquoi est-ce qu'il lui ferait du mal ?

— Monsieur Aubin ! Je n'ai plus beaucoup de temps.

— C'est... Enfin, il y a eu ce professeur de musique...

114

Marion et Nina redescendirent, laissant Georges Aubin en plein désarroi. Professeur de musique, avait prétendu l'inconnu qui faisait, disait-il, du porte à porte pour proposer ses services. Aubin avait décliné l'offre. Il se souvenait que Lucas était arrivé au moment où il allait mettre l'importun à la porte et que l'autre avait regardé l'adolescent comme si le messie lui apparaissait. La pensée d'un homme en quête sexuelle l'avait effleuré et il avait mis Lucas en garde contre ce type d'individus. Madame Mérien, prompte à s'affoler et à prendre des mesures excessives, n'avait pas été informée de l'incident et il n'avait plus été question de ce professeur.

Pourquoi Zig s'était-il approché de son père sans lui dire qui il était ? Que voulait-il, exactement ? Et s'il avait à ce point flashé sur Lucas, était-il pensable qu'il n'ait pas cherché à revenir au contact ? Et si c'était le cas, s'il avait tenté une approche, pourquoi Lucas n'avait-il rien dit ? Même quand Marion lui avait tendu une perche grosse comme un poteau électrique ?

Elles descendaient le boulevard Magenta à bord de la voiture de location et à petite vitesse. Marion surveillait ses arrières, en alerte.

— Je comprends rien à toute cette histoire ! se plaignit Nina.

Marion hocha la tête sans quitter des yeux le rétroviseur. Moi non plus, mon cœur, moi non plus, je ne comprends pas tout.

— Ne me dis pas que Lucas est le frère de l'autre... reprit Nina qui lisait la concentration sur le visage de sa mère.

— Si, Nina, c'est son frère.

— Et pourquoi il voudrait lui faire du mal si c'est son frère ?

Avant de regagner l'hôtel, Marion fit une halte pour consulter la messagerie de son téléphone mobile.

Kerman avait encore appelé deux fois. « Je suis allé à l'hôtel Corail sur les indications de ton capitaine Abadie. Où es-tu, Edwige ? Bon Dieu, tu as perdu la tête ? »

Le deuxième message était plus gentil. « Laisse au moins ton portable en marche, Edwige... Je ne te chercherai pas, je te le promets... »

Tu parles.

« Je veux que tu puisses m'appeler. Tu me fais peur. Ne fais pas de connerie ! » Tu te répètes, Kerman.

Le troisième était d'Abadie. « J'ai dû lâcher du lest avec Kerman... Il m'a laissé partir mais je pense qu'il me fait suivre. Si vous avez besoin de moi... »

Suivait un numéro inconnu.

Le dernier message était de Gervaise. « Si vous êtes dans les parages et que ça fait envie à Nina, ce soir, on répète la pièce. J'ai un créneau de libre, on peut s'avancer, ça nous fera pas de mal... Vingt heures trente. Ciao les filles, faites gaffe à vos os. »

Marion resta songeuse quelques secondes. Puis elle mit en mémoire dans son mobile le numéro laissé par Abadie et éteignit l'appareil.

115

Kerman réfléchissait.

— Tête de bois ! jura-t-il entre ses dents.

Les yeux clos, il s'efforçait d'imaginer ce que Marion pouvait bien manigancer. Quels projets tordus avait-elle en tête ? Et surtout, que pouvait-elle avoir en main qu'il ignorait ? Il fulmina brièvement contre Abadie et Valentine Cara – des têtes de bois pires que leur commissaire –, dont il n'avait rien obtenu. Il aurait pu les coller en garde à vue, les traîner devant le juge. Il avait préféré les garder sous contrôle en les laissant dehors, en mesure de donner un coup de main à Marion. Ils étaient à cet instant son seul lien avec la femme de sa vie. Eux et un enfoiré dans la nature.

Le téléphone le fit tressaillir. Le pôle technique.

— On a eu un signal du portable de madame Marion. Pas longtemps. La zone de couverture est comprise entre les rues d'Alsace, rue du Faubourg-Saint-Denis, rue La Fayette. C'est vaste, je sais...

Les rues citées constituaient un îlot entre les gares de l'Est et du Nord. Pas si vaste, en fait, mais insurmontable quant il s'agit d'y trouver quelqu'un qui se planque et qu'on n'a pas de temps devant soi.

— Mais qu'est-ce qu'elle fout dans ce coin ? s'énerva Kerman quand il eut raccroché.

Il réfléchit trente secondes : à coup sûr, elle savait quelque chose et elle avait en tête un projet insensé. Il reprit le téléphone :

— On fouille le secteur, dit-il à Régine Duplat. Commencez par les hôtels.

116

Marion acheta quelques victuailles dans une épicerie arabe au pied de l'hôtel des Arts, rue de Rochechouart. Pas la peine de se faire repérer dans un restaurant. Les agapes, ce serait pour plus tard, quand elle aurait trouvé l'enfoiré.

Dans la chambre 206 du deuxième étage, Nina mangea de bon appétit une boîte de thon à la tomate au milieu d'une demi-baguette croustillante. Elle allait mieux. De mieux en mieux.

— C'est pour semer qui, maman, qu'on change tout le temps d'hôtel ?

Marion ne répondit pas. Elle avait acheté quelques

journaux. La presse, unanimement, ne faisait aucun commentaire. Ni sur les souterrains, ni sur leur contenu, ni sur les implications de ces découvertes. Kerman avait verrouillé : inutile que Zig suive en direct les progrès de ses investigations. Marion reposa Libération avec un soupir : l'affaire Ange-Lou Marly n'était plus évoquée nulle part.

— Qu'est-ce qu'on fait maintenant ? demanda Nina quand elle eut terminé son festin.

— Il faut que je réfléchisse.

Nina alluma la télévision et Marion, les yeux collés au plafond craquelé de la chambre au piètre décor, mit son plan au point.

Elle partait d'un postulat simple : Zig avait des projets concernant Lucas. Inutile de chercher à deviner lesquels ou ce que l'enfoiré savait exactement du jeune Mérien. Ce qui était important maintenant, c'était de comprendre comment il comptait l'attraper. Sans doute Zig surveillait-il Lucas. Sans doute connaissait-il tout de sa vie, de ses habitudes. Sans doute avait-il déjà des intentions à son égard le lundi de la mort d'Ange-Lou. Il n'avait pas pu assouvir son envie ni accomplir son projet et sa frustration l'avait conduit au meurtre de la petite Marly. Conclusion : si Lucas était la réelle, l'unique convoitise de Zig, il n'aurait de cesse de l'avoir.

Et si Zig attendait une occasion d'agir, il se pointerait au théâtre, ce soir, pour la répétition exceptionnelle. À condition, bien sûr, qu'il en soit averti. Confusément, Marion sentait que, d'une façon ou d'une autre, il le serait.

Nina avait fini par s'endormir devant la télé. Sans faire de bruit, Marion sortit pour téléphoner.

*
* *

Nina ouvrit un œil. Elle s'étira, fixa sa mère comme si elle la découvrait. Marion avait préparé son outillage. Son arme de service et une petite réserve de munitions. Deux paires de menottes car deux précautions valent mieux qu'une. Nina bondit sur ses pieds, l'œil luisant d'excitation :

— Où on va, maman ?

— On va au théâtre, habille-toi.

Convaincre Georges Aubin d'envoyer Lucas à la répétition avait été l'affaire de Gervaise.

Marion n'avait pas livré tous ses plans à la grosse femme, seulement prétendu avoir besoin de parler à Lucas en dehors de la présence de ses parents. Et à leur insu, afin de ne pas les inquiéter. Gervaise avait-elle été dupe ? En tout cas, elle n'avait pas posé de questions superflues. À sa manière directe, elle avait exigé des instructions précises. Marion savait qu'elle les exécuterait de façon pointilleuse : accompagner Lucas de la rue des Petits-Hôtels à l'impasse du théâtre, donner son cours. Laisser la commissaire faire le reste.

C'était quitte ou double. Marion avançait les yeux bandés pour une partie de colin-maillard où elle risquait de se retrouver seule à tourner en rond si Zig ne venait pas. Et s'il venait...

— J'espère que vous savez ce que vous faites, l'avait mise en garde Gervaise. N'allez pas faire de connerie, hein ? Je suppose qu'il ne faut rien dire au gamin non plus ?

— Évidemment, Gervaise, surtout pas !

Surtout ne rien dire à Lucas, en effet. Depuis qu'elle avait rencontré Georges Aubin et qu'il lui avait tout déballé, une question la chiffonnait. Comment Lucas, qui avait rencontré Zig au moins une fois, avait-il pu ne pas le reconnaître lors des confrontations à la Crim' ? Et s'il l'avait reconnu, pourquoi n'avait-il rien dit ?

*
* *

Elle écouta une dernière fois ses messages. Kerman ne s'était plus manifesté et elle en éprouva une angoisse diffuse. Elle ne le voulait pas dans ses pattes, elle ne voulait pas pour autant qu'il la lâche.

Il y avait un autre message, d'Abadie. Il était anxieux. Il avait obtenu dans le détail le résultat de la perquisition effectuée au quatrième étage du 5 bis, rue de Belzunce. Une apothéose. Marion avait raison : il y avait là de quoi envoyer Zig en cabane pour le reste de ses jours. Les disparus de la gare étaient passés entre ses mains, les preuves étaient stockées là, abondantes. Le système ingénieux – construit par Joseph Zig au début de la Seconde Guerre mondiale quand il avait compris que les juifs étaient menacés du pire – reliait les deux étages. Zig jouait des deux niveaux comme il jouait de ses deux personnalités. En bas le fils attentionné qui s'habillait comme un petit-bourgeois, en haut le tueur qui gardait, imprégnée sur sa tenue noire, l'odeur de ses crimes. Abadie disait aussi que des ossements humains avaient été retrouvés dans la chambre de retrait du souterrain. D'après le commandant Duplat, sans doute ceux d'un des jeunes gens. Une monstruosité.

Enfin, l'officier lui demandait de rebrancher son portable : il avait peur pour elle.

Dehors, la nuit était tombée. La pluie fine qui noyait les contours des immeubles lui serra le ventre. Elle hésita, prête à obéir à ces hommes qui probablement ne voulaient que son bien. Elle n'avait qu'un geste à faire. Appuyer sur une touche, composer un code. Appeler ou pas mais se relier à eux grâce au signal qui allait indiquer la position de son mobile. C'était ça ou le vol sans filet. La séance de théâtre de ce soir ne figurant pas au programme, ni Kerman ni Abadie ne viendraient spontanément à sa rescousse.

Nina était prête. Elle attendait, les mains dans les poches de son blouson. Elle comprit que sa mère était en train de flancher et leva vers elle son petit visage de Gavroche qui avait repris des couleurs :

— Maman, ça ne va pas ?

La promesse faite à Nina. C'était à cela que la petite se cramponnait, grâce à cette sortie de route de sa mère qu'elle avait une chance de traverser sans trop de dommages l'épreuve la plus terrible de son existence. Marion la prit contre elle, la serra à l'étouffer.

— Si, si, murmura-t-elle, ça va.

Elle remit son portable dans sa poche sans appuyer sur la touche.

117

Pas un chat dans la ruelle. La pluie ne désarmait pas, posant sur les réverbères et les voitures en stationnement un voile luisant, parfaitement sinistre.

Marion avait chaussé des lunettes sombres et, dissimulée par l'ombre d'un parapluie fort opportun, elle effectua un petit tour de repérage aux environs du théâtre. En passant près de la porte entrouverte, elle entendit les adolescents écorcher Molière :

Voix de fille : Enfin, vous l'aimez donc ?

Voix de Lucas : Oui, d'une ardeur extrême.

Fille : Et selon l'apparence il vous aime de même ?

Lucas : Je le crois.

Fille : Sur cette autre union, quelle est donc votre attente ?

Lucas : De me donner la mort, si l'on me violente.

Marion contourna le théâtre, s'assura qu'il n'y avait âme qui vive dans le secteur. Elle revint dans la rue, explora les véhicules en stationnement. Dans la voiture de location garée au bout de la ruelle, prête à démarrer, Nina se dissimulait contre le siège passager, invisible. Si quelque chose d'insolite survenait, elle avertirait sa mère d'un coup de klaxon.

Il était vingt heures quarante-cinq et Marion soupira, les pieds mouillés, l'humidité froide s'infiltrant entre ses vêtements, au bord du découragement. Une boule de mauvais augure ne voulait pas quitter le fond de sa gorge.

Elle revint à la voiture, s'installa dans la tiédeur de l'habitacle.

— Alors ? dit Nina.

— Rien.

Marion regarda le visage menu de la petite et subitement, l'absurdité de la situation la frappa. Qu'est-ce qu'elle était venue faire là, avec sa fille ? Son métier lui avait appris que rien ne se passait jamais comme on l'avait prévu, qu'il ne fallait jamais sous-estimer l'adversaire. Jamais se lancer dans une opération aussi peu préparée, une équation où dominaient les inconnues. Ce soir, moins que jamais, elle était en position de réussir un coup aussi hasardeux.

— Nina...

La petite l'interrompit :

— On attend encore un peu, maman, s'il te plaît.

118

Il était vingt et une heures cinquante-cinq. Zig ne viendrait plus et Marion le dit à Nina.

— Qu'est-ce qu'on fait alors ?

— Je vais aller chercher Lucas et lui faire cracher le morceau.

— Où tu vas l'emmener ?

Marion hésita. Nina ne la lâchait pas.

— Je sais, Nina, que ça ne va pas te plaire, mais ce qu'on fait là est trop risqué.

— Tu veux l'amener chez Kerman ?

— Ce serait raisonnable.

Nina se rejeta contre le siège.

— On n'y arrivera pas toutes seules, plaida Marion.

— Tu disais le contraire.

— C'est trop risqué, répéta-t-elle. Je tiens trop à toi, mon amour...

Elle sortit son téléphone portable de sa poche, composa le code Pin et appuya sur dièse. Nina s'offusqua :

— Tu vas pas l'appeler quand même ?

— Pour l'instant, je le remets en marche. Bon... je retourne au théâtre. Tu m'attends ici ?

Nina ne répondit pas.

— Tu te souviens, tu klaxonnes si tu vois quelque

chose... Surtout, tu ne bouges pas de la voiture, en aucun cas. J'ai ta parole, Nina ?

— Ouiiii, s'énerva la petite.

— Tiens, prends ça. En cas de besoin, tu appuies sur la touche 3. C'est le numéro de la brigade.

Marion tendit son téléphone mobile à Nina qui s'en empara sans un mot. Elle ne répondit pas à son petit signe de connivence mais dès que sa mère eut claqué la portière et fait deux pas dans la ruelle, elle jeta à l'appareil un regard venimeux. Marion n'avait pas besoin de lui expliquer ce qu'impliquait le simple fait de remettre le portable en route. Nina avait cent fois entendu parler, à la brigade ou à la maison, de la facilité avec laquelle on pistait les voyous grâce au signal émis par les appareils et aux antennes qui les recevaient. Kerman ou les hommes de Marion allaient débarquer dans la minute.

Pourtant sa mère avait promis : Zig, c'était une affaire entre elles deux.

Sans trembler, elle appuya sur la touche arrêt. La fenêtre s'éteignit et elle glissa l'appareil dans la poche arrière de son jean.

119

Marion s'avança vers le théâtre. La porte avait été refermée à cause du vent froid qui s'était levé et envoyait des giclées de pluie dans la salle exiguë. Elle se glissa sur le côté du bâtiment et se hissa sur la pointe des pieds pour apercevoir l'intérieur par un vasistas situé à mi-hauteur du mur. Gervaise gesticulait sur la scène en rouspétant après ses élèves qui ne connaissaient toujours pas leur texte et massacraient Molière. Marion repéra Lucas et les regards incessants qu'il lançait en direction de la porte. Gervaise lui tournait le dos, penchée sur les feuillets qu'une des élèves tenait en main. Les autres faisaient cercle autour, hormis Lucas resté à l'écart. Tout à coup, Marion le vit entamer subrepticement un mouvement en direction de la sortie. Après qu'il eut parcouru deux mètres, il marqua une pause et se retourna du côté du vasistas. Marion n'eut que le temps de se rejeter en arrière.

*
* *

Nina vit la voiture arriver et son allure la mit aussitôt en alerte. C'était une grosse Ford grise, haute sur roues et pourvue d'un vaste habitacle. La petite ressentit au fond de ses tripes l'angoisse excessive déclenchée par ce véhicule qui, après une entrée silencieuse dans la ruelle, venait de s'arrêter à cinq mètres du théâtre et entamait un demi-tour.

La Ford se retrouva face à elle et elle reçut en plein visage la violence de ses deux phares. Le théâtre et la ruelle disparurent, engloutis par la lumière.

*
* *

Marion n'eut pas le temps de se demander si Lucas l'avait vue ni pourquoi il avait l'intention de fausser compagnie à Gervaise. Un bruissement furtif derrière elle la figea sur place. Le vent poussa jusqu'à ses narines une odeur déplaisante.

Sa peau se hérissa et à la brûlure qui transperçait sa nuque, elle sut qu'il était là.

Elle n'eut pas le loisir de se retourner pour l'affronter. Deux bras enserrèrent fortement ses cuisses et la firent ployer en avant. Sa tête heurta le mur et il lui sembla que ses dents éclataient.

*
* *

Pleins phares dans les yeux, Nina ne voyait rien. Elle s'était glissée derrière le volant et actionnait l'avertisseur à petits coups affolés.

— Marion ! cria-t-elle, mais qu'est-ce que tu fous ?

Un mouvement sur la droite de la Ford fit trembler la lumière. Une silhouette se détacha en ombre chinoise, s'avançant dans la ruelle. L'ombre menue d'un adolescent. Nina reconnut ses cheveux blonds et la délicatesse de sa démarche.

— Lucas ! s'exclama-t-elle en ouvrant brusquement la portière. Lucas !

Dans la panique, elle oubliait les consignes de sa mère, elle oubliait toute prudence.

— Lucas ! cria-t-elle en courant vers lui.

*
* *

Nina rejoignit Lucas qui s'était avancé au milieu de la ruelle. Elle s'étonna qu'il n'y ait personne avec lui, aucun élève. Le moteur de la Ford tournait au ralenti. Nina ne distinguait pas le conducteur. Elle se dévissa le cou. Pas de Marion en vue non plus.

— T'as pas vu ma mère, Lucas ? demanda Nina d'une voix trop aiguë.

— Elle est là !

Lucas fit un geste vague qui indiquait aussi bien le théâtre que la voiture. Nina marcha dans la direction qu'il désignait, contourna la portière avant de la Ford. Au moment où elle allait dépasser le véhicule, l'homme jaillit de l'ombre et ouvrit brusquement le haillon arrière. Il saisit Nina à bras-le-corps et elle sentit tout contre elle les chairs molles et l'odeur de Zig. L'odeur de sang, de linge mal lavé et de vomi. Elle se débattit violemment.

— Aide-moi, Lucas ! gronda Zig.

Nina ouvrit la bouche pour hurler. Un coup dans le dos lui coupa le souffle. Une autre paire de bras s'empara de ses jambes et elle fut propulsée sans douceur sur le plancher recouvert de moquette. Elle voulut crier sa douleur mais aucun son ne franchit ses lèvres. Des mains cherchèrent les siennes, elle ressentit le froid du métal autour de ses poignets. Le crissement des menottes déclencha une vague de panique.

Le haillon se referma avec un bruit sinistre, puis deux portières claquèrent en même temps et le véhicule démarra en faisant miauler ses pneus.

Nina se redressa dans un sursaut. Par la vitre arrière, elle aperçut une forme imposante qui jaillissait du théâtre, enroulée dans des tissus informes. Gervaise gesticulait en courant maladroitement dans la nuit puis le véhicule tourna l'angle avec rudesse et la petite s'écroula sur une forme recroquevillée.

Nina reconnut sa mère.

— Maman ! Maman ! Qu'est-ce qu'il t'a fait ? Au secours !

Nina se mit à crier, au bord de la crise de nerfs.

— Tais-toi, hurla Zig. Surtout, tais-toi !

Marion ne bougeait pas. Nina se rendit compte qu'elle était à moitié inconsciente. Une grande détresse la submergea et elle se laissa aller contre elle en sanglotant.

120

Il s'engagea sur le périphérique et Marion, qui reprenait lentement ses esprits, en distingua les lumières et les panneaux à l'envers. Porte de Saint-Ouen.

— Maman, souffla une petite voix en état de choc.

Marion tressaillit. La voix de Nina ! Le coup sur la tête la faisait délirer.

— Maman, réveille-toi ! supplia Nina.

Cette fois, le doute n'était plus permis. Marion fit pivoter sa tête et la blessure de son crâne fit exploser trente-six chandelles. Le visage de sa fille les éteignit.

— Tu es là, Nina ? Oh Seigneur !

Un bref instant, Marion avait espéré une hallucination en s'arc-boutant sur l'espoir que Nina était restée dans la ruelle et qu'à présent elle était en lieu sûr.

— N'aie pas peur, murmura Marion, reste calme, surtout reste calme !

— Silence, cria Zig. Ou je vous tue !

Il se mit à rire et un autre rire, encore infantile, fit écho au sien. Lucas !

Un flot de bile remonta dans la gorge de Marion. Lucas riait aux côtés de Zig.

Depuis quand avait-elle flairé que Lucas jouait double jeu ? Lucas, son visage angélique et ses airs ingénus ! Était-il seulement conscient de ce que l'autre allait lui faire ?

Nina ne bronchait plus. Elle avait réussi à se redresser et fixait la route, la circulation clairsemée et la silhouette de l'enfoiré qui se dessinait en ombre chinoise. Il conduisait sagement, sans tourner la tête, sans chercher à contrôler ses arrières.

— Qu'est-ce qu'il va nous faire ?

Marion, les mains ligotées dans le dos avec ses propres menottes, était incapable du moindre mouvement. Du regard, elle enjoignit à Nina de s'approcher d'elle. La petite se pencha, le corps agité de spasmes.

— Appuie sur la touche 3, articula Marion dans un souffle.

Nina fit comme si elle ne comprenait pas.

— Le téléphone, insista Marion presque silencieusement.

Nina se mordit la lèvre et des larmes brillèrent dans ses yeux. Elle montra ses mains menottées.

— C'est pas grave, souffla Marion déçue, ils vont nous localiser, ne t'inquiète pas.

Le petit visage de Nina, dévoilé par intermittence par les lampadaires du périphérique, se crispa et ses lèvres se mirent à trembler violemment.

Il s'engagea sur une bretelle de sortie, direction porte de la Chapelle et, après le grand virage, bifurqua en direction de l'autoroute A1.

Il conduisait à vitesse constante, sans prendre de risques.

Il ralentit en approchant de la sortie Stains-La Courneuve dans laquelle il s'engouffra, avant d'aborder la nationale 16. Il traversa Stains, Pierrefitte, Sarcelles. La tête relevée au maximum, les tempes douloureuses, Marion suivait l'itinéraire grâce aux panneaux en hauteur. À l'avant, Zig murmurait parfois quelques mots à Lucas qui lui répondait sur le même ton complice. À l'évidence, ces deux-là s'étaient déjà rencontrés.

Bien avant qu'il soit sorti de Sarcelles, Marion comprit que la route que prenait Zig était celle d'Écouen. Il entra en effet dans la ville et tourna à gauche, passa devant le grand château, le vrai, où d'énormes projecteurs incendiaient jusqu'à la cime des arbres. Tout de suite après, l'obscurité se fit et elle en déduisit qu'ils pénétraient dans la forêt.

121

Abadie tournait comme un derviche dans la salle de commandement de la brigade, quasiment viré des bureaux du rez-de-chaussée investis par la Crim' qui en avait fait sa base avancée. Valentine multipliait les initiatives pour tromper son anxiété et aucun des membres du groupe d'intervention n'avait voulu décrocher de la brigade. Kerman était enfermé dans le bureau de Marion avec Duplat et deux officiers de son groupe. Les investigations suivaient leur cours, mais c'était, pour l'heure, le cadet des soucis du divisionnaire. La trace de Zig n'avait pas été remontée et celle de Marion s'arrêtait au New Modern Hôtel. Personne n'était capable de dire où elle se trouvait à cette heure ni ce qu'elle fabriquait. La seule découverte notable était la marque et la couleur de la voiture (une Clio verte) qu'elle avait louée chez Hertz en fin de matinée. L'information venait de tomber : Zig aussi en avait loué une, chez Avis. Elles étaient en diffusion prioritaire mais chercher, en Île-de-France, une Clio verte et une grosse Ford grise, même en diffusion prioritaire... L'équipe de Kerman, maintenue en surveillance près du cabanon de la forêt d'Écouen depuis que ce point de chute de Zig avait été connu, n'avait enregistré aucun mouvement, aucun signe de vie. Ce n'était qu'une précaution : Kerman n'imaginait pas Zig assez stupide pour venir jusque-là se jeter dans leurs pattes.

Quant au pôle technique, il n'avait toujours pas de signal du téléphone mobile de Marion. Tête de bois.

Abadie écoutait les échanges radio, s'attendant à chaque instant à un appel qui apporterait une mauvaise nouvelle. Le téléphone sonna au milieu de la cacophonie générale et l'opérateur qui venait de décrocher lui fit signe :

— Pour vous, capitaine. Une certaine Gervaise Bousse. Vous prenez ?

Abadie lui arracha le combiné des mains. Il écouta et devint si pâle que l'opérateur radio dut lui céder son siège. Après quelques balbutiements, il reposa le téléphone et dévala les quelques marches jusqu'au bureau de Marion. À voir sa tête défaite, Kerman comprit qu'une nouvelle catastrophe était arrivée.

122

La Ford pénétra dans un chemin de terre bordé d'arbres imposants d'où dégoulinaient de gros paquets d'eau. Elle cahota dans des nids-de-poule et Marion poussa un cri de douleur. Des élancements atroces dans son poignet gauche et une nausée sournoise lui firent craindre un nouvel évanouissement. Un trou plus gros que les autres propulsa lourdement Nina sur sa mère et elles crièrent en même temps. À l'avant, Zig poussa son rire dément puis la Ford s'arrêta.

La porte s'ouvrit et les deux femmes furent tirées dehors sans ménagement. Engourdies, sonnées, elles atterrirent sur le chemin détrempé.

123

Annabelle Mérien faillit s'évanouir quand elle découvrit dans son salon une demi-douzaine de flics. Elle n'aperçut pas Lucas, se précipita jusqu'à sa chambre, revint dans le salon, hystérique.

— Asseyez-vous, madame, dit Kerman froidement.

— Où est mon fils ? Où est mon fils ?

— Asseyez-vous ! ordonna le divisionnaire un ton au-dessus. Et calmez-vous, on n'est pas au cirque.

Annabelle Mérien laissa retomber ses bras et finit par s'asseoir. Kerman se tourna vers le père, inerte dans son fauteuil à roues :

— Monsieur Aubin, dit-il sur un ton sans réplique, il faut tout me raconter.

— Raconter ? souffla l'homme qui n'en pouvait plus, mais j'ai déjà tout raconté ce matin.

— Ce matin ? Et à qui, je vous prie ?

— Mais... à la maman de la petite. Une collègue à vous, non ?

Kerman plongea ses poings dans les poches de son pantalon en fixant sur Abadie un regard mauvais. L'officier courba l'échine, comprenant que le divisionnaire le tenait pour responsable de ce qui arrivait. Il en éprouva un violent sentiment d'injustice.

124

— Couché ! J'ai dit couchez-vous ! Et pas d'embrouille, hein ! Sinon crac !

Marion se demanda pourquoi il lui ordonnait de se coucher alors qu'elle était déjà par terre, le nez au milieu des feuilles mortes, les mains menottées dans le dos. Pas loin de son oreille, elle perçut le bruit caractéristique du chien d'un revolver que l'on relève.

— T'entends, Nina ? J'ai dit couché !

Encore et toujours le rire de Zig, méprisant. Marion prit conscience qu'il s'amusait. Il répétait les phrases du square, uniquement pour s'amuser. Où était Nina ? Pourquoi ne la voyait-elle pas ?

Elle fit en sorte de ne pas s'affoler. Malgré la lune qui blanchissait les nuages au-dessus de la forêt, la nuit était trop sombre pour qu'elle puisse se rendre compte de l'endroit où Zig les avait amenées. Il lui sembla pourtant qu'une masse imposante leur barrait la route. Une maison ?

Elle releva la tête. Un coup violent dans le dos la fit se cabrer avec un cri de douleur.

— Qu'est-ce qu'il y a maman ? s'insurgea Nina. Ne fais pas de mal à ma mère espèce de salaud !

Des bruits de pas. Le choc sourd d'un corps qui heurte la tôle de la voiture.

— Nina, ahana Marion le souffle coupé par la peur, je t'en supplie ! Tais-toi ! Je vais bien.

Zig revint à Marion et tira sur les menottes pour l'obliger à se remettre debout. Son poignet blessé lui fit un mal de chien. Ses vêtements trempés collaient à ses jambes et son nouveau cri de douleur fit rire l'enfoiré. Il sautilla dans le chemin, pantin grotesque, tandis que Marion s'efforçait de garder son équilibre.

— Pas brillante, hein, madame la commissaire ! jubila-t-il. C'est drôle, non ? Quand vous étiez derrière cette vitre, avec votre petite garce de fille, vous aviez le beau rôle... La roue tourne, hein ! Lucas, amène la gamine ici !

Il se rapprocha de Marion à la toucher, évolua lentement autour d'elle. Il tendit le bras et elle crut qu'il allait poser sa sale patte sur sa hanche. Elle fit un pas en arrière. Il agrippa sa manche, l'attira violemment à lui et enfonça dans son ventre le Manurhin qu'il lui avait arraché derrière le théâtre avec les deux paires de menottes après l'avoir assommée.

— Laurent Zig, hasarda-t-elle, vous ne vous en tirerez pas ! Mes collègues vont arriver. Pourquoi vous faites ça ?

Dialoguer. Négocier. Elle se souvenait vaguement des cours de négociation de ce psycho-criminologue barbu. Elle aurait bien voulu le voir, là, dans ce cloaque, avec son air pontifiant et ses grandes théories.

— Salaud, hurla Nina ! Assassin !

— Nina, je t'en supplie, tais-toi ! fit Marion dont les dents claquaient malgré elle.

Lucas, collé à Nina, ne pipait mot.

— Avancez ! ordonna Zig.

Ils se mirent en marche, cortège insolite au milieu de la nuit humide. La forêt craquait sous les poussées du vent qui chassait dans le ciel d'épais nuages gorgés d'eau. Une fois dépassé l'abri de la Ford, le chemin se rétrécissait pour n'être plus qu'une sente bordée de hautes herbes et d'orties. Après un temps qui parut interminable aux deux femmes, un bâtiment apparut. Une grande porte aveugle et des murs en brique. Zig remua une clef dans une serrure, tira sur la porte qui glissa sur un rail, juste assez pour les laisser passer.

— Entrez, dit-il sur un ton sans réplique.

125

Kerman avait installé un PC provisoire rue des Petits-Hôtels et Annabelle Mérien bouillait :

— C'est tout ce que vous faites, commissaire ? Vous comptez retrouver mon fils en faisant raconter à mon mari sa vie minable ?

— Le diable se cache dans les détails, dit Kerman qui se demandait comment Marion avait compris que Zig allait s'en prendre à Lucas et pourquoi elle s'était obstinée à vouloir régler cette affaire toute seule.

Avec le temps qui passait, sa colère cédait le pas à une angoisse qui lui serrait les tempes. La Clio verte, abandonnée dans la ruelle du théâtre, les clefs sur le contact et une portière entrouverte, était pour lui le point d'orgue de la soirée. Penser à Marion et Nina entre les mains de l'enfoiré lui était insupportable.

Abadie et Valentine, attablés dans la cuisine comme des enfants punis, ne pipaient mot. Toutes les cinq minutes ils composaient le numéro du portable de Marion et n'obtenaient que la messagerie, immuable, irritante de monotonie. Kerman était sur le point de leur dire qu'ils avaient déconné et qu'ils allaient le payer très cher quand Duplat entra.

— On a identifié l'hôtel où Zig a passé les deux derniers jours, dit-elle d'une voix légèrement essoufflée. Rue Saint-Vincent-de-Paul, en face de chez madame Marion. On l'a trouvé parce qu'on a cherché une femme. Le réceptionniste en a décrit une qui ressemble à ça.

Elle plaqua sur la table de cuisine un croquis hâtivement fabriqué par le dessinateur du pôle technique. Abadie y posa les yeux.

— Il a dit qu'il s'appelait Laurence Aubin, fit la voix de Régine Duplat.

Le capitaine releva la tête, ouvrit la bouche et la referma, abattu.

— Il – elle – je sais plus comment dire... a quitté l'hôtel ce soir, définitivement, à vingt et une heures trente. Et c'est pas tout.

Kerman s'assit sur le coin de la table, une jambe dans le vide, prêt au pire.

— Il – ou elle – a reçu un appel en fin de journée, à dix-huit heures quinze.

— De qui ?

— De qui, je sais pas. Mais d'où...

— Bon alors, d'où ?

— D'ici, patron.

Annabelle Mérien tombait des nues. À dix-huit heures, elle était partie pour ses cours du soir. Son mari téléphonait rarement et à cette heure-là, il prenait son premier repas de la soirée, à cause de l'hypoglycémie qui l'obligeait à en consommer plusieurs. Il n'y avait qu'une possibilité qu'elle ne voulait même pas envisager.

— Lucas ! souffla Abadie.

126

Ce qui frappa Marion quand ils pénétrèrent dans le hangar, ce fut l'odeur de miel. Forte, entêtante. Puis elle vit les ruches empilées. Des dizaines et des dizaines de ruches, grises ou bleues. Et les bruissements sourds qui en émergeaient. Un faible éclairage provenait de quelques ampoules accrochées à des fils. Quelques objets et des outils étaient posés çà et là. L'ensemble, sommaire, respirait l'abandon. Zig referma derrière eux la lourde porte coulissante.

Puis il les fit avancer vers le fond du hangar et leur ordonna de s'asseoir contre une grosse poutrelle métallique. Sans leur retirer les menottes qu'il fixa au poteau à l'aide de mousquetons. C'est du moins ce que Marion, les mains liées dans le dos, entrevit en se dévissant la tête au maximum.

Nina se trouvait derrière elle. Si sa mère ne pouvait la voir, la petite en revanche, ne ratait aucun des faits et gestes de l'enfoiré. Il lui avait laissé les bras devant et, bien qu'elle n'y connaisse rien, elle en savait assez par sa mère pour estimer qu'il avait commis une erreur. Zig s'écarta d'elle une fois son petit travail terminé et l'odeur qui émanait de lui s'éloigna aussi. Il portait sa tenue noire et ses chaussures montantes. Son uniforme de tueur qui dégageait ces effluves détestables.

— Qu'est-ce que vous allez nous faire ? fit Nina d'une voix hargneuse. Nous tuer ?

Nina, à l'évidence, avait surmonté sa peur primaire. Elle avait Zig en face d'elle et, malgré la précarité de leur situation, elle voulait en découdre avec lui.

— Nina, s'il te plaît, intervint Marion sourdement. Tais-toi.

— Écoute ta mère, siffla Zig, si tu la ramènes encore, je te colle un sparadrap sur le bec et si ça me chante, elle, je la tue. Compris ?

Marion ressentit le sursaut horrifié de Nina contre son dos. En même temps elle se rendit compte que ce qui touchait sa nuque, c'était les mains de la petite. « Pourvu qu'elle se taise », supplia-t-elle en silence, consciente que leur seule chance était de gagner du temps, pour tenter de parler avec lui. Et qu'elles le pourraient tant qu'il ne les bâillonnait pas.

Ne pas le provoquer, le laisser venir, aller dans son sens. S'accrocher à l'espoir qu'il ne les tuerait peut-être pas puisqu'il ne les avait pas déjà tuées.

D'où elle était, Marion ne voyait pas Lucas. Elle ne l'entendait pas non plus et elle se demanda où il était passé et ce que mijotait Zig qui s'était planté devant elle et l'examinait avec l'insupportable ironie qui faisait briller ses petits yeux. Marion soutint ce regard détraqué et, comme à bout de provocation, il tourna la tête vers l'autre extrémité du local. Il y avait là une rochelle bâtie à mi-hauteur et fermée par une cloison jusqu'au plafond. Des vitres sur toute la largeur, occultées par des étoffes aux couleurs passées. De la lumière filtrait au gré des trous du tissu. Pas de porte en vue.

— N'essayez pas de crier, avertit encore l'enfoiré, personne ne peut vous entendre. Par contre, moi, si vous me prenez la tête, je vous fais taire. C'est clair ?

— Attendez ! dit Marion, vous pouvez encore vous en sortir, Zig ! Si vous laissez partir Lucas et Nina, je vous promets...

— Ah, ah, ah ! ricana Zig. C'est vous qui me dites ça ? Vraiment...

— Oui. Je resterai avec vous. Je peux vous aider.

Il inclina la tête et l'examina, tel un prédateur évaluant sa proie.

— Qu'est-ce que vous allez faire de nous ? demanda Nina qui ne pouvait s'empêcher de désobéir à sa mère. Vous allez nous tuer ?

— Je ne tue personne.

— Menteur ! Et Ange-Lou ?

— C'était sa faute, et la tienne, fit-il de sa voix de goret excité.

Il fit mine de s'éloigner, s'arrêta et considéra les deux femmes d'un air pensif, entre douleur et regret.

— C'est toujours leur faute, moi je ne veux pas qu'ils meurent... Au contraire, je veux qu'ils soient heureux. Mais ils m'obligent, quand ils crient. Je ne supporte pas les cris, ni qu'on se moque de moi. C'est pourtant clair, non ?

Zig pencha la tête de côté. De la main qui tenait l'arme de Marion, il montra l'empilement des ruches. Sur son visage, une expression extatique :

— Quand j'aurai préparé la petite, on partira. Mam va être contente. Sa Laurette, enfin...

Son regard revint sur les deux femmes qui ne bronchaient plus.

— Vous, fit-il sur un ton redevenu mauvais, vous allez rester là, bien sagement. Vous imaginez toutes les petites bêtes qui dorment dans les boîtes ? En hiver, elles ne sortent pas, le froid les engourdit. Elles vivent au ralenti, elles mangent et elles dorment. Gentiment. Mais s'il y a une chose qu'elles ne supportent pas, c'est qu'on les dérange. Là, elles se dégourdissent et deviennent mauvaises. Et moi, avant de partir, je vais les réveiller. Je les connais, elles m'obéissent, elles. Elles ne crient pas, elles ne se moquent pas. Si vous ne bougez pas, si vous restez bien sages, elles ne vous

112

Gervaise était en train de faire ses courses dans un grand magasin d'alimentation et Marion entendait les annonces des promotions comme si elle s'était elle-même trouvée au milieu des rayons.

— Alors, on me dit que vous êtes en balade ? Vous auriez pu prévenir... J'ai eu un coup de fil de votre... rouleau compresseur. Il paraissait pas vraiment au courant et totalement furax.

Marion l'interrompit sans douceur :

— C'est pour me parler de Kerman que vous...

— Non, dit Gervaise sur le même ton. Hier soir, j'ai emmené quelques élèves voir une petite pièce qui vient de se monter à Aubervilliers. Oh ! des amateurs, pas des grands génies comme nous, mais c'est pas mal.

Elle rit. Marion mourait d'envie de la bousculer. Gervaise le comprit à son silence et se hâta d'en arriver au fait.

— On a parlé d'Ange-Lou. Une des filles m'a appris que la môme avait une drôle de manie...

Le cœur de Marion se mit à battre plus vite. Elle le comprima de sa main libre tout en s'efforçant de respirer avec application.

— Elle appelait ses camarades par le nom de leur rôle dans la pièce. Moi, je ne savais pas ça, bien sûr, et Nina ne pouvait pas le savoir non plus, y avait pas assez longtemps qu'elle venait au théâtre. J'ai demandé aux autres, ils ont confirmé. J'ai repensé à votre question de l'autre soir et je me suis dit...

Marion n'écoutait plus.

Mariane... Les yeux candides de Lucas Mérien s'imposèrent à elle.

piqueront pas tout de suite. Du moins, pas toutes ensemble. Après, bien sûr, ça va les énerver parce que la peur va faire venir sur votre peau une odeur qu'elles détestent et qui les rend folles.

Marion comprit tout à coup ce qu'il voulait dire. La panique fit se hérisser les poils sur sa peau.

— Vous ne pouvez pas faire ça, cria-t-elle. Vous n'avez pas le droit ! Je ne vous laisserai pas faire.

— Et tu vas t'y prendre comment, madame la commissaire ?

Il fit demi-tour, partit en direction de la rochelle.

— Écoute-moi, espèce de taré, cria Marion en pleine panique. Je te jure que tu ne vas pas t'en tirer comme ça !

Négocier. Parler avec calme. Ni colère, ni provocation. Montrer de l'empathie. Laisser à l'autre une porte de sortie honorable. Surtout, pas de menace. Facile, à l'école.

Zig se retourna, son éternel sourire irritant sur son visage lunaire. Il tendit le doigt vers les ruches, l'agita tel un maître d'école :

— Attention, si vous criez, elles vont attaquer !

Il s'éloigna pour de bon et disparut. Elles entendirent son pas lourd ébranler des marches de bois. Une porte claqua. Puis le silence tomba, brutal. Le vrombissement des abeilles parut soudain plus fort, plus proche. Inquiétant.

— Qu'est-ce qui va se passer ? gémit Nina.

— Ça, ma fille, je n'en sais rien. Comme je m'en veux de t'avoir entraînée là-dedans !

— Je préfère être ici avec toi. Sinon, je deviendrais folle. Ah !

— Quoi ? Quoi, Nina ?

— J'ai une bête dans le cou !

— C'est une abeille ! Ne bouge pas, surtout. N'aie pas peur. C'est gentil une abeille, Nina ! Dis-toi que c'est gentil !

— Oh ! J'ai peur, Marion. J'ai si peur.

— Ils vont nous trouver, Nina.

— Qui ? fit la petite d'une voix mourante.

— Kerman, Abadie, Valentine… Ils ont sûrement déjà repéré mon portable… Ils vont nous localiser.

Dans une forêt, ça pouvait prendre un certain temps. Mais elle voulait y croire et donner à Nina une chance d'espérer, de ne pas paniquer davantage, à cause de la bête qui se baladait dans son cou et d'autres qui pouvaient survenir. Des milliers si l'on supposait que ces boîtes, si jolies au milieu des bois, étaient pleines d'abeilles. Pleines à craquer. La fillette se tut subitement et Marion ressentit contre son cou la tension de ses mains.

— Maman, geignit Nina, je l'ai éteint.

Marion vacilla :

— Qu'est-ce que tu dis ?

— J'ai éteint ton portable.

— Oh ! Nina ! Dis-moi que ce n'est pas vrai ! Pourquoi tu as fait ça ?

— T'avais dit : toi et moi…

— Oh ! Seigneur ! Fais-le maintenant, Nina, si tu peux… La touche rouge, le code Pin, 7788 et dièse. D'accord ?

— Il est dans la poche arrière de mon jean… Je peux pas l'attraper.

127

Rue des Petits-Hôtels, il ne restait que Duplat, Valentine et Abadie. Kerman était parti faire un tour pour s'aérer la tête, tenter de trouver une idée géniale : il y avait forcément autre chose à faire qu'attendre. Tête de bois.

Régine Duplat remplissait quelques paperasses en espérant un événement dont elle percevait encore mal la forme qu'il pourrait prendre. Annabelle Mérien épiait la nuit derrière la fenêtre, telle une femme de marin qui guette l'horizon à s'en faire péter les rétines. Parfois elle se retournait pour jeter au téléphone muet un regard plein de ressentiment.

Abadie, tout comme Valentine, avait refusé de s'en aller. Tant qu'à expier, ce serait jusqu'au bout.

— Bon, fit-il en se levant brusquement, j'en ai ma claque d'attendre comme un con. Madame Mérien, on peut réveiller votre mari ? J'ai une question à lui poser.

128

L'abeille avait fini par s'en aller mais le bourdonnement furtif d'une masse volumineuse de plusieurs centaines de milliers d'insectes ne désarmait pas. Nina ne disait plus rien et à l'abandon de ses mains sur ses épaules, Marion déduisit qu'elle s'était assoupie, terrassée par la tension.

Du fond du hangar, parfois, surgissait un bruit, difficile à identifier. Des bribes de phrases. Un cri étouffé ? Ou un rire ? Qu'est-ce qu'il pouvait bien se passer entre Lucas et l'enfoiré ? À l'imaginer, Marion ressentait une profonde appréhension et, à plusieurs reprises, elle tira sur ses menottes à s'en déchirer la peau. Des efforts stériles qui ne servirent qu'à la faire souffrir pour rien. Dès qu'elle bougeait, son poignet blessé irradiait la douleur jusqu'à son épaule. Elle renonça.

Puis, un silence étrange s'installa.

Zig était-il parti sans qu'elle s'en rende compte ?

Un intense découragement s'abattit sur elle : son portable ne la secourrait pas et Kerman mettrait peut-être six mois avant de retrouver leurs corps dévorés par les abeilles. À quoi bon lutter ? Pourquoi ne pas provoquer dès à présent le dénouement que Zig leur avait promis ?

Nina tressaillit, arrachant à Marion un cri instinctif.

— Ah ! maman !

La petite remua convulsivement, sortie de sa torpeur par une vilaine sensation.

— Maman, y a une abeille ! Ah, et une autre sur ma jambe. Elle est dans mon jean, maman ! Pourquoi elles viennent que sur moi ?

— Calme-toi, chérie, je t'en supplie ! Tu as entendu ce qu'il a dit ? Moi je ne connais rien aux abeilles, mais lui si ! Alors calme-toi, ne les excite pas. C'est ta peur qui les attire. Pense qu'elles sont inoffensives, elles ne te feront rien.

Nina cessa de remuer mais tout aussitôt, Marion s'aperçut qu'elle pleurait. La révolte gronda en elle, repoussant très loin la tentation qu'elle avait eue de baisser les bras. Ça ne pouvait pas durer. Elle ne pouvait pas laisser l'enfoiré disposer d'elles, de leurs vies, et donner leurs corps à becqueter aux suceuses de fleurs. La pensée de ce que pouvaient bien sucer les abeilles en hiver la traversa, déplacée.

— Nina, dit-elle et sa voix était ferme, il faut qu'on se tire d'ici. Il faut que tu m'aides.

129

Annabelle Mérien retira l'aiguille de la cuisse décharnée de Georges Aubin.

— Ça risque de le tuer, fit-elle de son ton revêche. Je vous préviens.

— Et Lucas ? s'énerva Valentine, vous vous en foutez que l'autre cinglé le tue ?

Régine Duplat posa sur le bras de Valentine une main apaisante.

— Laisse tomber, dit-elle. On ne se laisse pas distraire, c'est une règle de base quand le temps presse.

— Je veux voir monsieur le divisionnaire, dit Annabelle Mérien.

La nature profonde d'Annabelle Mérien leur sauta aux yeux : c'était une emmerdeuse, une professionnelle.

— Sortez maintenant ! intervint Abadie sèchement. Foutez-nous la paix !

*
* *

En bas de l'immeuble, Kerman raccrocha son portable et le tendit à un de ses hommes : la batterie était à plat. On lui en installa une pleine et aussitôt, il appela le responsable de l'équipe qui planquait à Écouen, autour de la cabane, reliquat de la propriété des Zig. L'officier lui confirma que rien n'avait bougé dans le secteur.

— Il y a une grosse baraque à proximité, dit Kerman à son correspondant, une espèce de château. Elle a été vendue, mais je voudrais que vous alliez voir quand même. Réveillez les propriétaires, demandez-leur gentiment de vous laisser visiter la maison, grenier, cave, dépendances...

— Il est quatre heures du mat', objecta l'officier.

— J'ai dit « gentiment ». Il y a des vies humaines en jeu.

— S'ils refusent ?

— Vous leur dites que j'ai une commission rogatoire. Article 18 du CPP, extension de compétence. S'ils préfèrent, à six heures on investit la cambuse. Mais prévenez-les : les conditions ne seront plus les mêmes. En gros, ils peuvent déjà appeler les peintres. Pigé ?

— O.K. C'est tout ?

— Non. J'ai alerté les gendarmes et la DDSP du Val-d'Oise. Je leur ai demandé un ratissage complet de la forêt d'Écouen. Ils vont se mettre en place, ne soyez pas surpris. Et vous laissez du monde à la cabane, évidemment.

— Vous avez du nouveau ? s'informa l'homme à l'autre bout.

— Non, mais si je ne tente rien, je suis bon pour l'infirmerie psychiatrique avant la fin de la nuit.

130

Nina était concentrée à l'extrême. Depuis quelques minutes, elle s'escrimait à réduire la taille de ses mains pourtant fines afin de les faire glisser dans la boucle des menottes. Marion avait raisonné : Zig n'étant pas un pro du menottage, il n'avait peut-être pas serré à fond.

Nina se laissa aller contre le dos de sa mère. Impossible, c'était impossible. Zig avait fait l'inverse de ce qu'on pouvait attendre d'un amateur : il avait serré à fond.

— Essaie encore, souffla Marion qui ne cessait de surveiller la rochelle et ses vitres faiblement éclairées.

— Je peux pas ! C'est trop serré, je m'écorche les mains, c'est tout ce que je gagne ! Si je pouvais attraper ce truc !

— Quel truc ?

Dans la position qu'elle occupait, Marion ne pouvait voir ni sa fille ni leurs deux paires de mains attachées au pylône. Nina lui décrivit le mousqueton et, subitement, elle reprit espoir.

— Regarde bien comment ça marche, Nina, chuchota-t-elle en fermant les yeux afin de visualiser mentalement l'objet. Tu vois la charnière et la partie mobile ?

— Je la vois. Ça s'ouvre vers l'intérieur.

— Oui, c'est bien le problème. Essaie de t'aider de la poutrelle pour appuyer sur la patte mobile et, ensuite, pousse dessus. Dès que tu as suffisamment libéré d'espace, tu essaies de faire passer la boucle de la menotte par là.

— Ouais ! Fastoche !

— C'est vrai ?
— Mais non, je blague. Je pourrai pas.
— Essaie, Nina, essaie, je t'en prie.

131

Georges Aubin ouvrit les yeux et dévisagea les têtes penchées sur lui. Il parvint à tourner la sienne avec une aisance qu'il n'avait pas éprouvée depuis longtemps. Il se mit même en tête de se lever, seul et sans aide.

— Mais qu'est-ce que c'est que ce médicament qu'elle lui a donné ? fit Valentine médusée se souvenant de la loque qu'ils avaient trouvée en arrivant.

— Ce sera momentané, avertit Régine Duplat, il faut faire vite.

— Et mon fils ! s'insurgea Annabelle, hostile. Et mon fils ?

— Monsieur Aubin, dit Abadie en ignorant la femme, vous nous avez parlé de la famille Zig, de Claude et de ses enfants. Mais la propriété, vous ne nous en avez pas parlé...

Georges Aubin fit un geste dégoûté.

— La propriété ? Mais pourquoi, la propriété ?

— Parce que nous pensons que Laurent est parti là-bas avec votre fils.

132

Dans sa voiture, Kerman referma son portable avec emportement. La propriété d'Écouen, l'ex « château » des Zig, était en cours de visite. Les nouveaux occupants, tirés de leur lit au milieu de la nuit, avaient consenti à ouvrir leur porte quand ils avaient su de quoi il retournait : ils avaient six enfants, croyaient en Dieu et n'avaient rien à cacher. Du reste, personne ne se dissimulait chez eux, en tout cas au stade où en étaient les recherches.

— Et quatre personnes à planquer, dont trois pas forcément consentantes, ça se remarque, fit observer le responsable de l'opération.

— Vous leur avez demandé s'ils connaissent Zig ?

— Oui, avait répondu l'officier épuisé. Ils l'ont vu une ou deux fois quand ils ont acheté la maison. Leurs enfants l'ont croisé aussi près de la cabane. Il y a longtemps qu'ils ne l'ont pas vu.

— Rien d'autre ?

— Non.

133

Nina en était à sa énième tentative infructueuse. Chaque fois qu'elle approchait du but et que la boucle de la menotte s'engageait dans l'ouverture du mousqueton, la patte mobile se refermait. Clac.

— J'y arrive pas, gémit-elle avec désespoir.

— Essaie encore, essaie, Nina. N'arrête pas ! C'est notre seule chance.

La petite resta immobile quelques instants. Elle était à bout de forces et, surtout, elle n'y croyait plus.

— Allez, l'encouragea Marion, encore un effort. Nina, pense à ce qu'on est venues faire ici. Il faut qu'on l'arrête, Nina, tu te souviens ?

La rage dont Nina redoubla dans son cou lui indiqua qu'elle avait touché juste.

Au fond du hangar, une porte s'ouvrit et le pas d'éléphant fit hurler le bois des marches.

— Il revient, souffla Marion. Attention, Nina !

Nina ressentit au fond du ventre une étrange sensation qu'elle reconnaissait. Elle se revit dans le square brumeux, le nez dans la poussière...

« Cours, Ange-Lou, cours, le plus vite que tu peux. »

Des larmes mouillèrent ses cils. Elle cligna des paupières et l'eau coula sur ses joues.

« Salaud », murmura-t-elle, survoltée par la rage.

La patte mobile sur l'arête de la poutrelle. Pousse, Nina, doucement. Le bout de métal articulé s'ouvrit sous la poussée. Nina tourna légèrement le poignet, engagea l'arrondi de la menotte dans l'espace libéré. Lentement, sans à-coups.

Zig était arrivé au pied de l'escalier.

— Il vient par ici ! haleta Marion.

Une coulée glacée inonda le dos de Nina, la sueur glissa de son front et se mêla aux larmes dans ses yeux. Elle se força à ne pas regarder du côté de l'enfoiré, à ne pas écouter sa mère, à nier la panique qui s'emparait d'elle. Elle poussa de toutes ses forces. Clac. La patte de métal se referma. Sa main retomba et le métal des menottes mugit longuement contre celui de la poutrelle. Nina retomba assise, lourdement. Ébahie, elle contempla ses mains à hauteur de ses genoux. Libres. Toujours menottées mais libérées du mousqueton et du pilier métallique.

— Ça y est ! dit-elle dans l'euphorie.

— Attention, Nina, il arrive !

Nina se contorsionna, tira sur ses bras à s'en briser les tendons, finit par attraper dans sa poche le téléphone de sa mère. Elle jeta un coup d'œil sur la fenêtre noire et le clavier en s'efforçant d'oublier les pas qui faisaient vibrer le sol sous ses fesses. Qu'est-ce qu'elle avait dit, sa mère, à propos du code ?

— 7788, dièse, murmura Marion qui suivait pas à pas les pensées de sa fille. Ensuite, tu appuies sur la touche trois et envoi.

Nina s'exécuta avec toute la vivacité de ses treize ans. Puis, elle reprit sa position, le téléphone serré entre ses cuisses.

134

— Monsieur le divisionnaire !

Kerman sursauta. Il s'était laissé aller une minute. Un moment il avait rêvé d'une paix impossible avec Marion, de douceur et de sérénité. Il ouvrit les yeux et ne ressentit plus qu'une épouvantable désespérance.

Le gardien attendait à distance respectueuse.

— La radio, pour vous. L'état-major de la DDSP du Val-d'Oise.

Il fonça jusqu'à sa voiture, s'empara de l'émetteur qu'il faillit arracher de son socle.

— On a retrouvé un véhicule, dit sur le réseau une

femme à l'accent de l'Est. Une Ford grise. Dans un chemin, en lisière de la forêt d'Écouen.

— Et les occupants ? aboya Kerman.

Un silence bref. La femme revint au contact :

— Seulement la voiture, monsieur. Les recherches continuent.

Kerman raccrocha avec des gestes lents, concentrés. Puis il bondit hors du véhicule.

Abadie, Valentine et Régine Duplat virent entrer le divisionnaire. Chiffonné, grisâtre, malade.

Georges Aubin, les effets de la piqûre déclinant, recommençait à s'effondrer lentement. Il n'avait rien révélé d'exploitable malgré les efforts conjugués des trois officiers.

— On a retrouvé la voiture de Zig, à Écouen, route du Miel, dit Kerman d'une voix atone.

Georges Aubin leva la tête, son corps fut parcouru d'un inexplicable frisson. Ses lèvres minces s'entrouvrirent, son front se plissa. La phrase du divisionnaire réveillait en lui un souvenir, manifestement. Une lueur inattendue alluma son regard terne.

— La miellerie, fit-il dans un souffle.

Ils étaient suspendus à la suite. La sonnerie du téléphone d'Abadie les fit tous décoller.

— C'est la salle de commandement de la brigade, dit-il à bout de nerfs. Ils ont la patronne en ligne.

Kerman lui arracha l'appareil des mains.

— Edwige ? rugit-il pour s'empêcher de défaillir.

135

Zig se planta devant Marion. Son visage était défait, toute morgue disparue.

— Il n'a pas compris, dit-il. C'est toujours pareil.

Parler, gagner du temps. Avec calme, sans agressivité...

— Qu'est-ce qui est toujours pareil, Laurent ? Expliquez-moi !

— Expliquer ! Expliquer quoi ? Comment je vais faire avec Mam ? Qu'est-ce que je vais lui dire ? Depuis le temps qu'elle attend.

— Qu'elle attend ?

Zig lui adressa un regard apitoyé.

— Alors, vous non plus vous ne comprenez pas ? Elle attend quoi, Mam ? Laurette, tiens, elle attend Laurette ! Moi je ne pouvais pas être Laurette, j'étais un garçon et je ne le savais même pas. Elle me faisait des tresses, me rasait les jambes. Ces poils qui poussaient et repoussaient tout le temps, c'était répugnant. Il fallait les arracher, les détruire à la racine... Alors, évidemment pour Mam, ça n'allait pas...

Nina serrait le portable entre ses cuisses. Elle était à deux, trois mètres de Zig, pas plus. Elle détaillait sa tête d'assassin et elle sentait la haine, impitoyable, inonder sa poitrine, son cerveau, tout son corps. Elle entendait la voix de sa mère qui gagnait du temps, arrachait quelques minuscules minutes au destin que leur avait écrit Zig avec son cerveau malade.

— C'est pour ça que vous vous faites du mal ?

— Mam disait qu'il faut punir les vilains poils, parce qu'on ne peut pas mettre une jolie robe si on a des poils...

L'enfoiré regardait Marion qui savait exactement ce qu'elle faisait avec ses yeux noirs scotchés aux siens. Obnubilé par cette femme qui était peut-être la première personne à qui il racontait sa vie, en dehors de Mam et de grand-père Joseph, il en oubliait Nina.

— Elle achetait des poupées qui avaient le visage de Laurette, des masques de porcelaine ou de carton. Elle disait que, dans la réalité, il n'existait personne d'aussi parfait.

Sa voix, plaintive. Il fit un pas en avant, toujours rivé aux lèvres de Marion.

— Et vous pensiez le contraire, n'est-ce pas ? Il y avait ces jolis garçons que vous cherchiez pour votre mère...

— Ah ! s'énerva soudain Zig, ils ne comprenaient rien ! Je leur expliquais, ça n'allait pas, ça n'allait jamais. Au début, oui. Après, quand je voulais leur mettre les affaires, la robe, les rubans, ils gueulaient, gueulaient...

Zig plaqua ses mains sur ses oreilles et sa bouche se tordit en une grimace effrayante. Il se mit à gémir et sa voix était celle d'un enfant qu'on martyrise. Les cris explosaient dans sa tête, les cris des enfants suppliciés et même ceux qu'il n'entendait pas.

— Il fallait bien les faire taire ! bafouilla-t-il après une longue gesticulation.

— Et les filles ? fit Marion atterrée.

Silence. Nina retint son souffle. Zig fronça les sourcils, à la recherche d'une réponse.

— Les filles ? J'aime pas les filles. Elles sont bavardes, incapables de se taire. Mauvaises. C'est comme Laurence. Ah celle-là, je la hais plus que tout.

— Qui est Laurence ?

Nina devina au halètement de Marion qu'il était

urgent qu'elle agisse. Doucement, elle bougea ses mains, à l'abri du dos de sa mère qui la cachait de l'autre. Ses bras ankylosés se reposèrent un instant sur ses cuisses. Elle remua les doigts, puis, doucement, posa le téléphone sur le sol poussiéreux. Elle avait appuyé sur la touche trois, entendu, après quelques bip, une voix lointaine qui disait : « brigade des chemins de fer, j'écoute ». Sa mère avait eu le temps de clamer, assez fort pour qu'on l'entende là-bas, qu'il y avait des abeilles dans le hangar autour d'elles sans que Zig ne prenne ombrage de sa volubilité et avant qu'il ne lui demande de se taire.

L'avait-on entendue ? Nina n'avait pas raccroché. Si tout allait bien, quelqu'un, dans cette salle radio, suivait la discussion entre sa mère et celui qui avait décidé de les tuer.

Nina chercha des yeux un objet assez lourd. Il n'y avait rien à proximité, pas une pierre dans ce hangar. Une abeille tournoya paresseusement autour du pilier métallique, vint frôler le visage de Nina qui fit un effort surhumain pour s'imposer le détachement que sa mère lui avait recommandé. L'insecte finit par se poser sur le mousqueton resté accroché à la poutrelle. Massif, compact. Le cœur de Nina s'emballa.

— Qui est Laurence ? répéta Marion un ton au-dessus.

— Laurence, chuchota Zig sur le ton de la confidence, elle fait rien que m'embêter. Elle pense qu'à me contrarier. Elle est jamais d'accord avec moi.

« Personnalité dédoublée, tantôt Laurent, tantôt Laurence », songea Marion dont la nervosité grandissait avec celle de Zig.

— Qu'est-ce qu'elle fait, par exemple ?

— Le feu ! Elle a brûlé ma voiture ! Elle a jeté mon

sac noir dans la grande benne de la dalle routière ! Elle voulait que je me fasse prendre. Elle ne comprend rien, elle n'aime pas Mam comme moi, elle.

La voix de fausset montait dans les aigus. Nina sentit que Zig allait décrocher. Abritée par le dos de sa mère, elle éleva lentement les mains jusqu'au gros mousqueton. Ses doigts tremblaient trop fort et tout ce qu'elle obtint dans un premier temps, ce fut un cliquetis qui résonna dans l'espace comme l'affrontement de deux escrimeurs.

— Elle vous aidait aussi, Laurence, à jeter les corps des garçons ? s'écria Marion qui devinait ce qui se passait dans son dos.

— Ne criez pas ! s'exclama Zig, je ne suis pas sourd.

Il croisa les bras sur la combinaison noire tendue par sa poitrine replète, les sourcils resserrés par la contrariété, se pencha en avant.

— Oui, elle m'aidait. Mais c'était parce que Mam lui ordonnait de m'aider. Je racontais à Mam quand les garçons criaient, elle comprenait que j'étais obligé de les faire taire. Moi, tout ce que je faisais, c'était pour Mam ! L'autre, elle disait que c'était pour moi, les garçons... Que je les voulais pour moi, pas pour Mam. Quelle idiote ! Je suis content qu'elle ne soit pas là, en ce moment.

Manquerait plus que ça, songea Marion qui suivait les efforts de Nina et les encourageait, en silence, de toutes ses forces. Que ferait Zig si, dans ce hangar, il redevenait Laurence ?

Nina s'appliqua à respirer comme le lui enseignait Gervaise et ses tremblements cessèrent. Lentement, sans un bruit cette fois, elle décrocha le mousqueton qu'elle cala bien au fond de sa paume. En inclinant à peine la tête, elle sortit de la protection de sa mère et reçut en pleine face le visage de Zig. Les petits yeux abjects de l'enfoiré vissés sur Marion qui cherchait à tout prix à poursuivre l'échange.

Nina prit une inspiration profonde, étira lentement en arrière ses bras liés l'un à l'autre. Concentrée à fond, elle arma son tir, visa la gueule de l'enfoiré, bloqua sa respiration, éjecta son projectile avec un han de bûcheron. Le mousqueton fusa dans l'air tiède qui sentait le miel et la poussière. Zig, en train de se courber un peu plus en avant pour convaincre Marion qu'au fond il n'était qu'un enfant malheureux, favorisa la percussion. L'objet le frappa en pleine tempe. Il chancela, partit en une toupie lourdaude. Sa tête heurta sans douceur l'angle de la poutrelle et il s'abattit au sol.

136

Ils avaient mis moins de une minute pour arriver jusqu'à la brigade. Au moment où ils franchissaient la porte blindée, l'officier de permanence qui les attendait depuis le début de la communication avec Marion, secoua la tête :

— On a perdu le contact, dit-il. À l'instant. Y a plus rien.

137

Nina libéra les poignets de sa mère grâce à la clef qu'elle venait de récupérer dans la poche de Zig. S'avancer, le toucher, respirer l'odeur de bête écœurante de ses vêtements de tueur, lui avaient coûté un effort considérable. Peur et répulsion faisaient trembler ses mains tandis qu'elle fouillait ses poches. Après coup, et maintenant que sa mère était libre, une sensation de puissance et de triomphe la faisait planer au-dessus de ce corps inerte qu'elle trouvait plus minable que menaçant. Zig était encore inconscient mais, à quelques mouvements de ses paupières, il était évident qu'il n'allait pas rester immobile longtemps. Marion respira à petits coups pour atténuer les élancements dans ses bras gourds. La circulation se remettait en route dans la douleur et son poignet enflé propulsait des ondes de souffrance jusqu'à la base de son cou.

Elle se remit debout, la tête embrouillée et les jambes en coton, avec une curieuse sensation de faim qui lui tordait l'estomac.

Elle se pencha sur Zig, lui arracha son arme de service qu'il avait glissée dans la poche de son treillis noir.

— Nina, aide-moi !

Elles le retournèrent sur le ventre. Son gros abdomen mou émit le bruit répugnant d'un siphon qui se vide. Nina grimaça de dégoût. Marion, muette et précise, s'activait. Les menottes changèrent de poignets. Quand il fut enchaîné serré, elles le remirent sur le dos et le traînèrent jusqu'à la poutrelle. Avec la deuxième paire de menottes, elles l'amarrèrent au poteau. Exténuées, elles contemplèrent leur œuvre. L'enfoiré, à leur merci.

Alors, Marion prit sa fille contre elle et la serra à l'étouffer. Nina se taisait. De faibles soubresauts indiquaient qu'elle lâchait la pression.

— Tu as été formidable, ma fille, dit Marion remuée. Je suis fière de toi.

Nina serra la main de sa mère qui poussa un petit cri.

— Je crois que j'ai une entorse, dit-elle en se détachant de Nina.

Elle chercha des yeux son portable en se demandant pourquoi personne n'était venu à leur secours. Elle songea avec amertume que tout le monde les avait abandonnées. Elle imagina fugitivement Kerman dans les bras d'une brune, ou d'une blonde, oublieux de son sort. En toute mauvaise foi, elle occultait tout ce qu'elle avait fait pour qu'il en soit ainsi.

Elle repéra enfin l'appareil qui gisait au pied du pilier. Éteint. Elle voulut le remettre en marche. Batterie vide, indiqua l'écran une fraction de seconde avant de s'éteindre pour de bon. Elle empocha l'engin avant de s'intéresser à Nina. Elle vit que la petite fixait Zig, ardemment.

L'enfoiré venait d'ouvrir les yeux.

138

Kerman fonçait au milieu d'une escouade de véhicules de police, toutes sirènes en action. Étonnante procession dont les éclairs bleus modéraient les ardeurs des fous du volant. Le divisionnaire refaisait le chemin de Marion. Il roulait sur ses traces, horriblement inquiet.

Le pôle technique avait localisé le portable de la commissaire dans un périmètre encore trop vaste mais qui correspondait à la situation du rucher, révélé in extremis par Georges Aubin. Les abeilles, la route du Miel, la miellerie. Le rucher. Conçu et équipé par Joseph Zig qui en avait fait son passe-temps. Georges Aubin, qui n'avait pas connu Laurent Zig, ne pouvait pas savoir que celui qu'il n'arrivait pas à considérer comme son fils aimait aussi les abeilles, que c'était auprès d'elles, l'été dans la nature et l'hiver dans la miellerie, qu'il cachait ses larmes et les terribles humiliations que sa mère lui infligeait.

En boucle, Kerman se repassait la bande enregistrée par la salle de commandement de la brigade. La voix de Marion, tendue, émouvante, qui parlait d'abeilles, de hangar et de miel. Puis celle de Zig, identifiable entre mille. « Expliquer, expliquer ! Comment je vais faire avec Mam, moi ? »

Des mots moins clairs puis un crachement et le vide. Plus de signal, avait annoncé le pôle. Perdue, Marion, encore une fois.

Kerman fonçait et s'attendait au pire.

139

Sa voix de goret était pitoyable. Était-ce ainsi qu'il suppliait sa mère alors qu'elle s'entêtait à le vêtir de rose ? Ses mains molles se tordaient, emprisonnées par les menottes et il serrait violemment ses cuisses croisées. Était-ce ainsi qu'il tentait de protéger sa virilité envahissante quand Mam brandissait son rasoir ?

Marion braquait son arme sur Zig. Un moment, elle se demanda pourquoi elle menaçait ce gros homme lâche qui, ainsi ligoté, ne pouvait plus nuire à personne, au lieu de chercher Lucas Mérien.

Elle allait se mettre en marche quand un rapide coup d'œil à Nina lui fit prendre conscience de son expression fascinée. Marion avala sa salive.

— Laurent Zig, où est Lucas ? demanda-t-elle afin de rompre le charme impur qui enveloppait Nina.

Sa voix rebondit sur les ruches assoupies. Zig leva la tête vers elle.

— Lucas ?

Les gros yeux de Zig, emplis d'incompréhension. Sa bouche humide tordue sur une interrogation.

— Vous l'avez tué, lui aussi ?

— Tué ? Lucas ? Mais enfin, non... Qui est Lucas ?

Zig gratifia Marion d'un regard perplexe. Il semblait déconnecté, à côté de ses pompes. Ou bien il faisait semblant et révélait alors un formidable talent.

— Il faudra vous expliquer sur tous ces meurtres, Laurent Zig, dit Marion un ton au-dessus, ceux des garçons que vous emmeniez dans les souterrains... celui de...

— Ange-Lou, proféra Nina d'une voix cassante. Pourquoi tu dis qu'il va s'expliquer ?

— Il va être jugé, Nina. Les parents de ses victimes ont besoin de savoir ce qu'il a fait, pourquoi...

— Moi, je sais ce qu'il a fait, je veux pas qu'on le juge, je veux pas qu'il s'explique ! Je veux qu'on le tue comme il a tué Ange-Lou. C'est tout ce qu'il mérite.

Nina s'était mise à marcher de long en large, à tourner autour de Zig tel un apache autour d'un poteau de torture. Zig la suivait des yeux, il y avait au fond de son regard aigu une haine incompressible. La sueur coulait de son front comme d'une fontaine.

— Nom d'un chien, Nina, arrête !

— Arrête, hurla la petite. Arrête ! C'est moi qui ai tort ? On va l'enfermer, il est malin, il va sortir ! Il t'en a pas assez fait, encore ? Tu crois qu'il allait nous libérer, peut-être ? Tu te rappelles pas ce qu'il a dit à propos des abeilles ?

— Nina, calme-toi ! Tu ne peux pas penser comme ça. Même s'il a fait des choses horribles, il a le droit d'être jugé. On en a déjà parlé.

— Pourquoi tu le flingues pas ? cria Nina hors d'elle. Parce que t'as la trouille ? T'oses pas ?

Elle affrontait Marion et dans ses yeux de saphir, la colère luttait avec le chagrin.

— Tire, Marion ! Je t'en supplie, je veux que tu le fasses. Pour Ange-Lou et pour moi.

— On ne peut pas, souffla Marion, à bout de nerfs. Je suis flic, je ne tue pas les gens.

— Et lui, il se gêne, peut-être ! Je te déteste, Marion, tu es lâche, tu m'aimes pas. Je veux plus être ta fille. Je vais me tuer.

— Ah, ah ! ricana Zig, la petite peste veut se tuer... Quelle bonne idée ! C'est sa faute si tout a raté...

— Ferme-la, connard ! explosa Marion qui venait de comprendre que sa fille s'était braquée sur l'idée que rien ne l'apaiserait jamais, sauf la mort de Zig.

Une mort qu'elle demandait à sa mère d'administrer elle-même, comme une preuve d'amour. Elle recevait en pleine figure la coulée de haine, la détresse. Nina était tombée au fond d'un trou et elle n'en sortirait qu'au prix de la destruction de l'assassin. Marion entrevit en un éclair ce que serait leur vie. Il n'y aurait plus de vie, plus jamais de bonheur, plus rien qu'une terre brûlée et des existences brisées.

— C'est passionnant ! jubila Zig qui, se croyant sauvé puisque Marion avait détourné son arme de son visage, reprenait du poil de la bête. Fascinant !

— Toi, tu la boucles ! cria la commissaire en posant la gueule du canon sur son front.

Yeux écarquillés, lèvres serrées, elle le fixait comme pour l'hypnotiser. Sans changer la position du revolver, elle tira le chien en arrière.

— La ferme, dit-elle plus calmement.

Elle recula lentement et la bouche noire quitta le front de l'enfoiré laissant sur sa peau un double cercle blanc. Elle s'approcha de Nina, lui tendit le Manurhin.

— Tiens, dit-elle, prends-le.

Nina hésita à comprendre. Son regard dur cilla. Zig, conscient qu'il vivait un moment dangereux, cessa de fanfaronner et se mit à respirer à petits coups. Il remua les jambes, tenta de se redresser.

— Vas-y, dit Marion.

Nina prit l'arme avec un air de défi qui fit peur à sa mère. Et à Zig qui se mit à couiner de terreur.

— Le chien est armé, tu n'as qu'à appuyer sur la détente. Puisque tu penses que c'est si facile de tuer quelqu'un...

La petite se campa sur ses jambes écartées et enroula ses deux mains autour de la crosse. Ses deux bras s'élevèrent sans trembler. Le canon pointa sa gueule sombre sur la face de grenouille de Zig dont les yeux se mirent à rouler comme des billes en folie.

— Vous êtes folles, folles à lier. Arrêtez, je vous dénoncerai.

— T'as la trouille, hein ! ricana Nina en position de tir.

Elle posa son doigt sur la détente.

Marion banda ses muscles, prête à bondir. Le temps s'écoula, interminable et dans le silence, les bruissements des abeilles parut soudain furieusement menaçant.

Puis, la main de Nina se mit à trembler légèrement, son doigt se crispa sur la détente. Son visage changea de couleur, la rage disparut, la haine fondit. Ses bras retombèrent et l'arme fit un fracas épouvantable en touchant le sol. Nina, affolée, se jeta dans les bras de sa mère.

— Je peux pas, je peux pas... Pardon, maman, pardon...

140

Les policiers du Val-d'Oise avaient ratissé méthodiquement le terrain autour de la Ford et quand les voitures de la PJ arrivèrent, ils avaient déjà encerclé le hangar. De l'intérieur, rien ne filtrait et, seule, une faible lumière indiquait que l'endroit n'était pas désert.

Kerman s'avança sans bruit dans le chemin mouillé, intimant d'un geste aux autres l'ordre de rester en arrière. La jonction avec le commandant de l'unité locale se fit au moment où retentissait la détonation.

Les hommes se figèrent. Kerman ne perdit pas de temps à avoir peur. Dans l'action, il occultait tous les sentiments parasites. Il flingua donc l'abject pressentiment qui lui déchiquetait les tripes.

— On y va, cria-t-il en fonçant vers la porte.

141

Marion se rendit compte que Zig était vivant à la façon dont il se mit à hurler. Elle serra sa fille convulsivement.

— Je ne t'aurais pas laissée faire Nina, je ne t'aurais pas laissée faire !

Zig reprit son souffle avec des gémissements terrifiés et dans le silence précaire, Marion perçut le grondement qui venait du milieu du hangar. Un coup d'œil éclair lui montra la ruche explosée dans laquelle la balle percutée par le coup de doigt malheureux de Nina avait frappé. Une coulée brune glissait lentement sur la base, rampait vers le sol dans un ronflement mauvais. Une première abeille vint se poser sur la tête de Nina, puis une seconde qui avait perdu toute nonchalance. Marion comprit qu'elles allaient attaquer.

— Viens, dit-elle, viens vite.

Elles fuirent en direction de la porte. Marion crut entendre un remue-ménage à l'extérieur. Mais comment être sûre avec le vacarme que faisait le premier essaim libéré dans leur dos ?

La porte coulissante, bouclée. Pas le temps de chercher la clef ou un autre moyen de l'ouvrir. Marion se retourna. Une nuée sombre envahissait le hangar. Attaché à son poteau, Zig hurlait sans discontinuer. L'essaim fondit sur lui et Marion s'aperçut qu'un autre nuage arrivait sur elles. La seule échappatoire c'était la rochelle. Elle tira Nina par la main et l'entraîna dans l'escalier de bois. En haut, elles se ruèrent dans la pièce éclairée faiblement et s'écroulèrent, le cœur en folie, une fois la porte refermée. Déjà les abeilles cognaient contre les vitres, enragées. Un insecte sorti de nulle part voleta autour d'elles, puis un autre. Horrifiée, Marion constata qu'ils passaient sous la porte. Elle ôta son blouson, fit signe à Nina d'en faire autant. Fébriles, elles se mirent à colmater l'interstice entre le plancher et le battant mais leurs blousons ne suffirent pas et elles durent se défaire aussi de leurs pulls et Nina de son jean. De l'autre côté du contreplaqué, le grondement atteignit son paroxysme. Haletantes, à moitié nues, elles vérifièrent l'étanchéité de leur refuge et ce n'est que quand elles eurent repris leur souffle qu'elles constatèrent qu'elles n'étaient pas seules. Allongée sur un canapé, une fillette en robe à carreaux roses et blancs, chaussée de sandales blanches. C'était Lucas, inanimé.

142

Kerman, ses hommes, ceux de Marion et les flics du département perdirent encore une bonne heure à juguler l'apocalypse des abeilles. Quand ils purent enfin accéder à la chambre de la rochelle, les insectes furieux avaient commencé à se faufiler par d'autres mystérieux interstices malgré les efforts de Marion pour leur barrer la route grâce aux rideaux arrachés aux fenêtres qui donnaient sur le hangar. De son poste d'observation, elle put voir les innombrables suceuses de fleurs s'acharner sur Zig qu'elles finirent par recouvrir entièrement avant de l'abandonner pour se répandre à l'extérieur dès que la porte coulissante fut ouverte. C'est par là aussi qu'elle observa, bouche bée, le déploiement incroyable des renforts menés par Kerman. Elle reconnut le divisionnaire, Duplat, Abadie, Valentine. L'émotion la submergea et elle émit un petit cri qui ressemblait à un sanglot.

— Qu'est-ce que tu as, maman ?

— Rien, chérie, je croyais qu'ils nous avaient... Enfin je croyais qu'on était seules. Regarde, ils sont tous là !

143

— Il est en vie, dit Marion quand ils purent arriver jusqu'à elles et Lucas. Je ne l'ai pas touché, n'aie crainte.

Kerman était à un mètre d'elle. Il la contemplait, vêtue seulement d'un jean et d'un soutien-gorge blanc en dentelle. Il regardait sa peau, ses seins épanouis et c'était comme s'il faisait une découverte importante. Elle mourait d'envie de se jeter dans ses bras. Au lieu de cela, ils se mesurèrent dans un de ces affrontements qui, malheureusement, perdureraient encore longtemps. Kerman attendait que Marion lui saute au cou. Ce fut Nina qui se jeta sur lui et qui se mit à sangloter. Ainsi va la vie, pensa-t-il, bêtement ému.

Épilogue

L'immeuble était situé sur le quai Bourbon et, de ses fenêtres, la vue sur la Seine était sublime. L'ambiance de l'Île Saint-Louis n'était pas celle de la gare du Nord et Nina, intimidée, hésitait sur le trottoir.

— Tu crois que c'est là ? souffla-t-elle tandis que Marion sonnait à l'interphone.

Une voix d'homme leur indiqua qu'elles devaient se rendre au rez-de-chaussée au fond de la cour avant qu'un claquement discret n'indique que la porte cochère était ouverte.

Elles pénétrèrent dans un vaste hall aux murs et sol de pierre, flanqué de statues de part et d'autre. Au fond, deux cariatides supportaient un dôme de marbre délicatement ouvragé. De l'autre côté, une grille en fer forgé protégeait un jardin de petite taille agencé avec goût. Des plantes escaladaient des sculptures de pierre. Des pots avec des buis taillés en boule délimitaient l'allée. La porte d'entrée était entrouverte et quand elles y parvinrent, presque en catimini, elle s'ouvrit complètement. Kerman était là, en bras de chemise.

— Je suis impressionnée, dit Marion qui se laissa embrasser sur la joue.

— Bonsoir, Serge, fit Nina qui regardait autour d'elle avec curiosité. Dis donc, c'est chicos, chez toi.

— Entrez, dit Kerman.

Nina avait disparu à la cave. C'était là que Kerman avait installé son « antre ». Un home-cinéma, une installation de pro, des instruments de musique dont un piano à queue, un ensemble informatique que, d'emblée, Nina s'était approprié. Jeux vidéo, lecteur DVD, elle passait tout en revue avec gourmandise, le regard bleu électrique.

— Laisse-la, dit Kerman à Marion que la boulimie curieuse de Nina mettait mal à l'aise. Pour une fois que quelqu'un s'amuse avec tous ces gadgets.

— Ça ne t'amuse pas, toi ?

— Moins depuis quelque temps.

Elle ne lui demanda pas depuis quand. Elle savait tout ce qu'il avait fait pour qu'elle accepte ce dîner chez lui avec Nina : passé l'éponge sur ses initiatives qu'il qualifiait de fautes inacceptables, oublié qu'elle lui avait menti, par action ou par omission, empêché qu'on lui fasse des ennuis et protégé ses hommes qui avaient tout autant qu'elle, gravement failli. Il avait même, en impie, prêt à toutes les concessions par amour, remercié le ciel parce que le pire n'était pas arrivé.

Elles étaient venues, elles étaient là, vivantes. Nina qui faisait un boucan d'enfer à la cave, Marion près de lui, assise du bout des fesses sur le bord du canapé, en train d'examiner le décor d'un œil soupçonneux.

— Comment peux-tu te payer un endroit pareil ? dit-elle en observant ses mains soignées occupées à décapsuler une bouteille de Martell XO Suprême.

— Tu penses que je suis un ripoux ?

— Un ripoux, ça n'existe pas, c'est une créature de cinéma. Pour moi, un flic qui en croque, c'est un voleur, un voyou et ça ne me fait pas rire.

Il se figea, suspendit son geste, puis, sans préavis, se

mit à rire. Un vrai rire, ample, joyeux. Aux antipodes de sa raideur professionnelle. Ce fut elle qui se raidit.

— Je ne vois pas ce qu'il y a de drôle, fit-elle sur le point de se vexer.

Il versa le cognac dans un verre en cristal et le beau lampadaire art déco s'y refléta un instant. Autour, tout n'était que luxe et harmonie. Marion examinait les meubles et les tissus, les bibelots raffinés, les tableaux de maîtres et son malaise croissait.

Kerman se servit à son tour. Whisky, single pur malt. Verre en main, il quitta le canapé de cuir blanc et se dirigea vers une ravissante commode Louis XVI au-dessus de laquelle un cadre doré hébergeait le portrait d'une ravissante femme qui devait avoir dans les trente ans. Il la désigna de la main :

— Tout me vient d'elle.

— Ta femme ? Ta maîtresse ?

Il marqua un temps. Revint lentement s'asseoir près d'elle qui ne savait plus quoi penser.

— Edwige, tu ne peux pas, une fois, une seule, laisser ton vilain carafon au vestiaire ?

— Tu as raison, je n'aurais pas dû venir...

— Arrête ! C'est ma mère.

Elle se bloqua. Jeta un regard oblique au tableau illuminé par une beauté divine au sourire énigmatique.

— Le tableau a été peint quand elle était enceinte de moi. Enfin, c'est ce qu'elle prétend. Elle est restée très belle. Mon père est mort quand j'avais trois ans. Il était riche. Elle a vécu ici toute sa vie.

— Pas toi ?

— Si, jusqu'à dix-huit ans. Après je suis parti. Elle ne s'était pas remariée, j'étais son seul horizon, j'ai considéré que vivre avec elle passé l'âge de la puberté pouvait être malsain.

Sage Kerman qui avait, contrairement à d'autres, débusqué les vices cachés de l'amour maternel. À quoi d'autre avait-il échappé ?

— Elle s'est amourachée de la Floride il y a quelques années. Elle m'a donné cet appartement mais, quand elle vient à Paris, elle loge ici. C'est elle qui t'a répondu la nuit où tu as appelé.

Elle aurait juré que la femme, au téléphone n'avait pas trente ans. Que sa voix était celle d'une amante dérangée en plein accouplement. Brune ou blonde ? Elle faillit jeter son fiel à la face faussement candide de Kerman mais se contint : la jalousie est rarement glorieuse et elle n'était plus amoureuse de lui, n'est-ce pas ? Elle le lui dirait tout à l'heure, une fois pour toutes.

— Pourquoi n'est-ce pas toi qui réponds puisque c'est chez toi ? demanda-t-elle pourtant.

— Parce que, quand elle est là, je vais à l'hôtel.

Il se tut, se laissa aller contre le dos du canapé.

— Ça ne veut pas dire que je n'ai pas de vie amoureuse, reprit-il avec une ironie qui agaça Marion.

De la cave leur parvint l'écho d'une exclamation joyeuse. Nina avait trouvé le dernier jeu vidéo à la mode. Marion retint le commentaire qui lui venait à l'esprit à propos de sexe et d'amour, deux notions entre lesquelles Kerman ne semblait pas faire de nuance.

Il l'observa un instant puis, comme elle ne disait rien, il se leva, saisit sur une console une pochette de cuir extra-plate et une chemise cartonnée de couleur verte, fermée par des élastiques.

— Tiens, avant que tu ne me reproches de n'être qu'un homme, je tenais à te donner ça...

C'était un beau cadeau. Venant de Kerman, c'était même un exceptionnel présent d'amour. La procédure pour meurtres établie contre Laurent Zig. Une version papier et une version sur CD-ROM.

— Merci, murmura-t-elle, plus touchée que s'il lui avait offert quelques carats montés sur or.

— Je vais m'occuper du dîner avant que tu ne t'attendrisses, dit-il en se dirigeant vers une porte qu'il ouvrit, laissant s'échapper d'appétissantes odeurs.

— Tu veux que je t'aide ?

— Non, pas ce soir. Je veux t'épater, tu comprends ?

Ça l'arrangeait bien. La cuisine, c'est toujours mieux quand on est seul.

Elle posa les yeux sur la chemise verte.

Elle connaissait son contenu par cœur : les meurtres imputables à Laurent Zig – six formellement établis, quelques autres encore incertains – et le résumé d'une histoire familiale qu'elle avait largement contribué à édifier.

La mort du grand-père de Laurent Zig avait fait péter ses dernières amarres. Il n'y avait plus de rempart à la folie de sa mère, à sa pédophilie homosexuelle inavouable, au désordre d'une sexualité en définitive tellement brouillée qu'elle ne pouvait que l'amener au pire. De sa petite enfance habillée en fille, Zig n'avait jamais perdu l'habitude de se travestir. Se faire embaucher par l'entreprise Pronet sous l'identité de Laurence Aubin – le nom de ce père qui n'avait jamais cherché à le connaître – ne lui avait pris que le temps de remplir un formulaire. Dès lors tout avait été facile. Il avait demandé un des postes les moins recherchés : les sanitaires de la mezzanine. Il hantait la gare du Nord et avait repéré le manège incessant qui se déroulait dans le photomaton tout proche. Le souterrain qu'il avait découvert lors de son emploi à la consigne de la gare de l'Est débouchait là aussi, dans le local où on stockait le trolley et les produits d'entretien. À part lui, tout le monde avait oublié l'existence de ces boyaux condamnés. Il choisissait ses victimes, les emmenait visiter les bas-fonds, comme une bête entraîne ses proies dans sa tanière. Quand les jeunes garçons comprenaient qu'ils avaient été dupés, ils se rebiffaient, il les tuait, puis évacuait les corps – en plusieurs morceaux – en les charriant jusqu'aux bennes à ordures. Personne n'avait jamais rien soupçonné.

L'intervention du gardien Empereur dans cette histoire de fou restait une énigme. Sans doute avait-il surpris Zig, à un moment ou à un autre de son escalade meurtrière. Le dimanche soir ? Ou bien le lundi soir ? Avant ou après le meurtre d'Ange-Lou ? Les deux « percés » avaient fini par admettre qu'ils avaient volé le véhicule de la brigade non pas au bois de Vincennes mais devant la gare de l'Est, au petit matin du mardi. Pourquoi Empereur était-il repassé par là ? Comment Zig avait-il réussi à l'entraîner dans les salles des Allemands ? En tout cas, les collègues du gardien avaient été soulagés d'apprendre qu'il n'était pas, ainsi que le disait aimablement Morel, une « tarlouze », encore moins un assassin. Ses obsèques, solennelles, auraient lieu au début de la semaine prochaine.

Marion, les oreilles bourdonnantes, abordait la partie de la procédure concernant Ange-Lou. Morte par hasard, si l'on pouvait dire les choses ainsi. C'était pourtant la vérité. Sans son père et sa maladie, Lucas serait venu au théâtre ce lundi soir. Et Zig aurait emmené son petit frère avec lui. Lucas était consentant, il s'était même préparé en secret à ce départ et ses aveux étaient le seul témoignage concret de cette partie de l'histoire. La seule chose que Lucas ignorait était la raison profonde de cette aventure que son frère lui offrait : sa ressemblance inouïe avec une petite fille dont la mort avait nourri la folie de la famille.

Lucas étouffait chez lui, Zig lui avait fait miroiter un avenir libre. L'enfoiré avait pris son temps, soucieux de ne pas reproduire les échecs passés et quand tout avait été prêt, il avait fixé le moment : un lundi soir, devant le théâtre. Sa déception et sa frustration lorsque, tous les enfants partis, il n'était resté que deux gamines dans l'impasse, Marion l'imaginait sans peine...

Quand il avait reconnu Nina, la fille du commissaire Marion qu'il avait vue la veille au milieu d'un couloir plein de clochards, Zig avait identifié le danger qu'elle pouvait représenter. Pas question de mettre son projet de fuite avec Lucas en péril pour deux filles qui n'auraient pas dû se trouver là.

Marion ne se pardonnerait jamais d'avoir oublié l'heure ce lundi-là. Elle était décidée à l'avouer au juge d'Instruction, demain, malgré maître Schmidt qui lui conseillait de n'en rien faire. Se rendre responsable, c'était une façon de demander pardon à Ange-Lou pour les conneries des grands, les siennes et celles de tous les autres.

De la même façon qu'elle avait demandé pardon à Nina, le dernier soir dans la miellerie en lui tendant son arme.

La procédure gardait le silence sur ces quelques intenses minutes qui avaient précédé la mort de Zig. Nina, lors de sa dernière audition, n'en avait rien dévoilé. C'était un secret qui resterait entre elles deux. Marion n'en était pas fière et Nina non plus. La petite avait pris conscience de l'impossibilité de tuer de sang-froid, fût-ce une bête enragée. Et puis, la mort de Zig sous les dards des abeilles avait calmé sa haine. En quelques heures, elle était entrée dans la cour des grands.

Perdue dans ses pensées, Marion n'avait pas vu que Kerman était revenu et qu'il la contemplait. Le regard empli de tendresse et de désir... Il fit deux pas vers elle et ouvrit la bouche pour dire l'irrémédiable.

Nina choisit ce moment pour remonter de la cave.

— On mange ? dit-elle avec un incroyable naturel.

Kerman marqua le coup et Marion sourit.

— J'allais vous en prier, mesdames, murmura le divisionnaire mimant une large courbette.

Composition et mise en pages réalisées
par ÉTIANNE COMPOSITION
à Montrouge.

Achevé d'imprimer par Rodesa en juillet 2004
N° d'édition : 41092
Dépôt légal : août 2004
Imprimé en Espagne